O ella muere

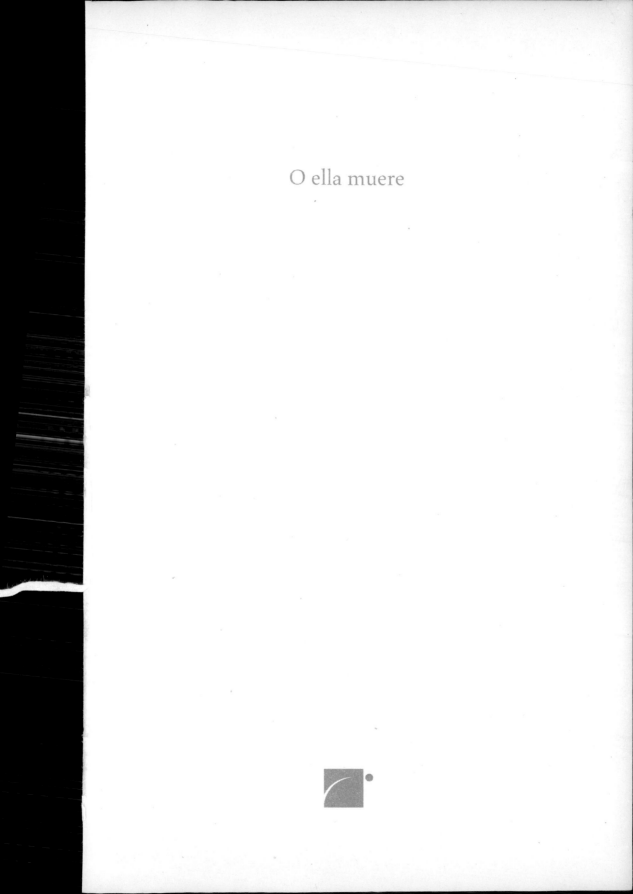

O ella muere

Gregg Hurwitz

Traducción de Santiago del Rey

Rocaeditorial

© by Gregg Hurwitz, 2010

Primera edición: marzo de 2012

© de la traducción: Santiago del Rey
© de esta edición: Roca Editorial de Libros, S. L.
Av. Marquès de l'Argentera, 17, pral.
08003 Barcelona
info@rocaeditorial.com
www.rocaeditorial.com

Impreso por Rodesa
Villatuerta (Navarra)

ISBN: 978-84-9918-400-5
Depósito legal: NA-299-2012

A Kelly Macmanus,
que me introdujo en la ciudad

No hay nada infalible ni a prueba de tontos
si se presenta un tonto con el suficiente talento.

ANÓNIMO

*T*omé una curva muy cerrada sujetando con firmeza el volante y haciendo lo posible para no resbalar en el asiento. Si el cuchillo de carnicero que tenía bajo el muslo se desplazaba, me rajaría de arriba abajo la pierna. La hoja estaba en posición oblicua, de manera que el mango sobresalía hacia la guantera que hay entre los asientos, y me quedaba al alcance de la mano. El olor acre a caucho quemado se colaba por las rejillas de ventilación del salpicadero. Contuve el impulso de pisar a fondo de nuevo el acelerador; no podía arriesgarme a que me obligaran a detenerme en el arcén, y no llegar en el plazo fijado.

Crucé disparado la calleja. Notaba las manos resbaladizas en el volante, y el corazón me bombeaba tanta adrenalina por el cuerpo, que me faltaba el aliento. Miré el reloj, miré la calle, miré otra vez el reloj. Cuando apenas estaba a unas travesías, pegué el coche al bordillo, haciendo chirriar los neumáticos. Abrí la puerta justo a tiempo. Mientras vomitaba en la cuneta, un jardinero, parapetado tras una máquina cortacésped funcionando a toda potencia, me observó con expresión indescifrable.

Volví a incorporarme en mi sitio, me sequé la boca y continué ya más despacio por la empinada cuesta. Doblé por la vía de servicio como me habían indicado, y al cabo de unos segundos apareció ante mi vista el muro de piedra, y luego las verjas de hierro, a juego con las que ya conocía de la parte de delante. Bajé de un salto y pulsé los números del código. Las verjas retemblaron y se abrieron hacia dentro. Flanqueado de jacarandas, el sendero asfaltado discurría por la zona trasera de la propiedad. Por fin distinguí el pabellón de invitados: paredes de estuco blanco, tejado de tejas ligeramente inclinado y un por-

11

che elevado. Era más grande que la mayoría de las viviendas normales de nuestra calle.

Paré el coche junto a una maceta de cactus, al pie de la escalera, muy pegado al edificio; con las manos aún en el volante, hice un esfuerzo para respirar. No había la menor señal de vida. Al otro lado de la propiedad, apenas visible entre la enramada, el edificio principal se alzaba silencioso y oscuro. Me escocían los ojos a causa del sudor. La escalera, que quedaba justo al lado de la ventanilla del acompañante, era tan alta que no lograba ver el porche desde el asiento; no había gran cosa al alcance de la vista por ese lado, salvo los peldaños. Supuse que esa era, precisamente, la intención.

Aguardé y agucé el oído.

Al fin oí cómo se abría rechinando una puerta. Un paso. Después otro. Una bota masculina descendió el escalón más alto que alcanzaba mi campo de visión. Luego la bota derecha y, a continuación las rodillas, los muslos y la cintura del hombre. Llevaba unos gastados pantalones vaqueros de operario, un cinturón negro vulgar, tal vez una camiseta gris.

Deslicé la mano derecha hacia la empuñadura del cuchillo, y la apreté tanto que sentí un hormigueo en la palma. También noté que algo cálido me goteaba en la boca: me había mordido un carrillo.

Él se detuvo en el último escalón, a un paso de mi ventanilla; el techo del coche lo partía por la mitad. Yo deseaba agacharme para verle la cara, pero me habían advertido que no lo hiciera. Lo tenía demasiado cerca, en todo caso.

Alzó el puño y golpeó la ventanilla una vez con los nudillos.

Pulsé el botón con la mano izquierda, y el cristal descendió produciendo un zumbido. Notaba el frío de la hoja del cuchillo bajo mi muslo. Escogí un punto del pecho del individuo, justo debajo de las costillas. Pero sobre todo debía averiguar lo que necesitaba saber.

De pronto su otra mano surgió veloz ante mis ojos, y lanzó un objeto del tamaño de un puño por la rendija de la ventanilla, que todavía seguía descendiendo. Al caer sobre mi regazo, advertí que era una cosa sorprendentemente pesada.

Bajé la vista: una granada de mano.

Se me cortó el resuello, pero me apresuré a agarrarla.

Antes de que mis dedos lograran atraparla, estalló.

Capítulo 1

Diez días antes

*E*n calzoncillos, caminé sobre las frías losas del porche para recoger el periódico, que había ido a parar, cómo no, al charco formado junto al aspersor averiado. Las ventanas y las puertas de cristal correderas de los apartamentos del otro lado de la calle —barrio de Bel Air, aunque solo según el código postal— reflejaban las grisáceas nubes: una imagen bastante acorde con mi estado de ánimo. El invierno de Los Ángeles había hecho como siempre una aparición tardía, perezoso para levantarse, sacudirse la resaca y maquillarse. Pero había llegado, de cualquier modo, bajando los termómetros a menos de diez grados y cubriendo los lujosos coches de *leasing* con una pátina de rocío.

Rescaté el periódico chorreante, por suerte envuelto en plástico, y regresé adentro. Desplomándome otra vez en el diván del salón, quité el envoltorio del *Times* y retiré la sección de «Espectáculos». Al desplegarla, cayó en mi regazo un DVD metido en un estuche transparente.

Me lo quedé mirando. Le di la vuelta. Era un disco virgen, sin etiqueta, como los que se compran al por mayor para grabar. Extraño; incluso con un toque siniestro. Me levanté, me arrodillé en la alfombrilla y coloqué el disco en el reproductor. Desconectando el sonido envolvente para no despertar a Ariana, me senté en el suelo y miré con atención la pantalla de plasma, irreflexivamente adquirida cuando nuestro saldo aún iba viento en popa.

La imagen traqueteó unos momentos y luego dio paso a un apacible primer plano de una ventana con persianas de librillo semicerradas. A través del cristal se veía un toallero de níquel cepillado y un lavamanos de pedestal rectangular; en los márgenes de la ventana aparecía un muro exterior pintado de azul cobalto. Me bastó un segundo para identificar la imagen: me resultaba tan familiar como mi propio reflejo, aunque tuviera —debido al contexto— un aire raramente ajeno.

Se trataba del baño de la planta baja de nuestra casa, visto desde fuera, a través de la ventana.

Un espasmo se insinuó en la boca de mi estómago. Miedo.

La imagen era muy granulada; parecía digital. La profundidad de campo no mostraba signos de compresión, así que seguramente no se había utilizado un zum. Tenía la impresión de que había sido tomada a un metro y medio del cristal, a la distancia suficiente para no captar reflejos. La toma era estática por completo, quizá se había hecho con trípode, y no había sonido: nada, salvo un perfecto silencio que me recorría la piel de la nuca como una navaja. Me quedé paralizado.

A través de la ventana y de la puerta entornada del baño, se atisbaba una rendija del pasillo. Transcurrieron unos segundos de grabación casi inmóvil; después se abrió la puerta. Era yo. Visible desde el cuello hasta las rodillas, aunque seccionado en rodajas debido a las lamas de las persianas, entraba en calzoncillos a rayas azules y blancas, me acercaba al retrete y echaba una meada; apenas se me veía la espalda. Un ligero moretón, en lo alto del omoplato, entraba un momento en el encuadre. Me lavaba las manos, me cepillaba los dientes. Salía.

La pantalla se quedó en negro.

Mientras me contemplaba a mí mismo, me había mordido la mejilla por dentro. Como un estúpido, bajé la vista para comprobar qué calzoncillos llevaba puestos: los de franela a cuadros. Pensé en el moretón: la semana anterior me había dado un golpe en la espalda al incorporarme junto a la puerta abierta de un armario. Mientras trataba de recordar qué día había ocurrido, oí a Ariana manejando cacharros en la cocina para preparar el desayuno. Los sonidos se transmiten con facilidad en nuestra casa de dos pisos sin tabiques, estilo años cincuenta.

El hecho de que el DVD estuviera insertado precisamente en la sección de «Espectáculos» me pareció ahora deliberado y mordaz. Pulsé el botón de «Play» y volví a mirar la grabación. ¿Una broma? Pero no tenía gracia. Tampoco era gran cosa; tan solo inquietante.

Todavía mordiéndome la mejilla, me levanté y subí la escalera cansinamente; pasé junto a mi despacho, que da al jardín de los

Miller —mucho más grande que el nuestro— y entré en nuestro dormitorio. Me observé el hombro en el espejo: el mismo morado, la misma localización, los mismos tamaño y color. Fui al fondo del vestidor a mirar en la cesta de la ropa. Encima de todo estaban mis calzoncillos a rayas azules y blancas.

Ayer.

Me vestí y bajé otra vez al salón. Aparté la manta y la almohada, me senté en el diván y puse de nuevo el DVD. Duración: un minuto y cuarenta y cinco segundos.

Aunque fuese un chiste de mal gusto, era lo último que nos hacía falta a Ariana y a mí ahora. No quería inquietarla, pero tampoco deseaba ocultárselo.

Antes de que consiguiera decidir qué hacer, entró con la bandeja del desayuno. Venía duchada y vestida, y se había puesto detrás de la oreja izquierda un lirio mariposa del invernadero, cuya blancura contrastaba con las ondas de color castaño del cabello. Instintivamente, apagué la tele. Ella echó un vistazo y se fijó en el piloto verde del DVD. Acomodándose mejor el peso de la bandeja, rozó con la uña del pulgar su alianza de oro, un tic nervioso.

—¿Qué estás mirando?

—Nada —dije—. Una cosa de la facultad, no te preocupes.

—¿Por qué habría de preocuparme?

Nos quedamos en silencio mientras buscaba alguna respuesta, pero tan solo me salió un torpe encogimiento de hombros.

Ladeó la cabeza, señalando una pequeña costra que tenía en los nudillos de la mano izquierda, y cuestionó:

—¿Qué te ha pasado ahí, Patrick?

—Me pillé la mano con la puerta del coche.

—Muy traidora esa puerta últimamente.

Dejó la bandeja en la mesita: huevos hervidos, tostadas y zumo de naranja. Me entretuve en contemplarla: la piel acaramelada, la melena tostada, casi negra, los grandes ojos oscuros… Me llevaba un año, pero sus genes la mantenían en los treinta y cinco como si tuviera varios menos que yo. A pesar de haberse criado en el Valle de San Fernando, tenía un aire mediterráneo: griego, italiano, español, incluso con unas gotas turcas; sus rasgos eran un destilado de lo mejor de cada una de esas etnias, o al menos, así la había visto yo siempre. Cada vez que la miraba, me venía a la memoria cómo solían ser las cosas entre nosotros: mi mano en su rodilla mientras comíamos, la calidez de su mejilla cuando despertaba, su cabeza apoyada en mi brazo en el cine. Se me estaba empezando a pasar el enfado con ella, así que me concentré en la pantalla apagada.

—Gracias —dije señalando la bandeja. Mis pesquisas de detective aficionado me habían retrasado diez minutos en mi horario. El nerviosismo que sentía debía resultar evidente, porque me miró con el entrecejo fruncido antes de retirarse.

Sin tocar la comida, me levanté del diván y salí otra vez por la puerta principal. Rodeé la casa por el lado de los Miller. Por supuesto, no había marcas ni zonas enmarañadas en la hierba húmeda bajo la ventana, ni al intruso se le había olvidado dejar caer una caja de cerillas, una colilla o un guante diminuto, que me habrían sido de gran ayuda. Me hice a un lado hasta adoptar la perspectiva exacta. Me asaltó de golpe un presentimiento y me volví hacia un lado y luego hacia el otro, incapaz de dominar mis nervios. Al mirar entre las lamas de la persiana, sentí un espasmo irracional, casi como si esperase verme a mí mismo entrando otra vez en el cuarto de baño en calzoncillos a rayas, como en un túnel del tiempo.

La que apareció, en cambio, en el umbral fue Ariana. Me miró fijamente. «¿Qué demonios haces?», dijo con los labios.

Noté que me dolían los nudillos magullados: tenía crispados los puños. Suspiré y los aflojé.

—Estoy revisando la cerca; se está combando.

Se la señalé como un idiota.

—¿Lo ves? La cerca.

Sonrió con sorna y cerró las lamas con la palma de la mano al tiempo que bajaba el asiento del inodoro.

Volví a entrar, me senté en el diván y miré el DVD por tercera vez. Luego saqué el disco y examiné el logo. Era de la misma marca barata que usaba yo para grabar los programas del sistema TiVo cuando quería verlos en la planta baja. Deliberadamente vulgar.

Ariana pasó por el salón y se fijó en el desayuno todavía intacto en la bandeja.

—Te prometo que no lo he envenenado.

Sonreí de mala gana. Cuando levanté la vista, ella ya se iba hacia la escalera.

Υ

Tiré el DVD sobre el asiento del acompañante de mi baqueteado Camry, y me quedé junto a la puerta abierta, escuchando el silencio del garaje.

Esta casa me había encantado en su día. Estaba en la cima de Roscomare Road, cerca de Mulholland, y si resultaba a duras penas asequible era porque compartía la manzana con los apartamentos de estuco cuarteado y con la zona comercial del barrio. En nuestro lado de la calle solo había casas, y nosotros preferíamos fingir que vivíamos en un barrio propiamente dicho, y no en una carretera entre distintos barrios. Me había sentido orgulloso de este sitio cuando nos mudamos, y me dediqué a renovar el número de la calle, a reparar las luces del porche y a arrancar los rosales de solterona. Todo lo hice con tanto esmero, con tanto optimismo…

El rumor continuo de la circulación se colaba en la penumbra que me rodeaba. Pulsé el botón para abrir la puerta del garaje y me deslicé por debajo mientras se levantaba. Di un rodeo por la verja lateral, pasando junto a los cubos de basura. La ventana que se abría sobre el fregadero de la cocina ofrecía una vista del salón y de Ariana sentada en el brazo del diván. Tenía apoyada sobre la rodilla una taza humeante de café; la sujetaba con aire obediente, pero yo sabía que no se lo bebería, sino que lloraría hasta que se le enfriara y lo tiraría al fregadero. Me quedé clavado donde estaba como siempre, consciente de que debería entrar, pero paralizado por el escaso orgullo que me quedaba. La mujer que era mi esposa desde hacía once años lloraba dentro de casa, y yo afuera, sumido en una silenciosa desolación. Al cabo de un momento, me aparté de la ventana. El extraño DVD había aumentado un grado más mi vulnerabilidad, y al menos esa mañana, no tenía fuerzas para castigarme contemplándola.

17

Capítulo 2

*P*ara mí, de niño, no había nada como el cine. Por las tardes, en una sala desvencijada a tiro de bici, daban sesiones de reestreno a 2,25 dólares. A mis ocho años, los pagaba con las monedas de veinticinco centavos que me sacaba recogiendo latas de soda para reciclar. El sábado, el cine era mi aula; el domingo, mi templo. *Tron*, *Arma joven*, *Arma letal*... Esas películas fueron a lo largo de los años mis compañeras de juegos, mis canguros, mis consejeras. Sentado en la parpadeante oscuridad, podía ser el personaje que quisiera: cualquiera que fuera, salvo Patrick Davis, un chico insulso de los suburbios de Boston, y mientras veía desfilar los créditos, me costaba creer que aquellos nombres pertenecían a personas reales. ¡Qué suerte tenían!

No es que solo pensara en películas, pues también jugaba al béisbol, cosa que enorgullecía a mi padre, y leía un montón, lo cual complacía a mi madre. Pero la mayoría de mis sueños de niñez procedían del mundo del celuloide. Tanto si peloteaba con mi guante de béisbol y pensaba en *El mejor*, como si pedaleaba con mi bici Schwinn de diez marchas y rezaba para que se despegase del suelo como en *E.T.*, estaba en deuda con el cine por infundir en mi infancia, más bien ordinaria, una sensación de asombro y maravilla.

«Persigue tus sueños.» Se lo oí decir por primera vez a mi asesora de estudios de secundaria mientras ojeaba un folleto satinado de la UCLA, sentado en el sofá de su despacho. «Persigue tus sueños»: una frase garabateada en cada foto firmada por alguna celebridad, regurgitada en cada historia de éxito y superación del programa de Oprah Winfrey, en cada sudoroso discurso de graduación y cada charla de gurú a tanto la hora. «Persigue tus sueños.» Y yo lo hice, aunque fuera hijo de un limpiador de moquetas, cruzando todo el país y yendo de una cultura desconcertante a otra que no lo era menos: de los acantilados rocosos a las playas de arena, del acento encorsetado de Boston al hablar arrastrando las palabras de los surfistas, de los suéteres de esquí a las camisetas sin mangas.

Como cualquier joven aspirante, empecé a escribir un guion nada más trasladarme, aporreando las teclas de un Mac Classic incluso antes de molestarme en deshacer las maletas en la habitación de la residencia. Aunque la UCLA me encantaba, me sentí como un intruso desde el principio: un intruso que pegaba la nariz en los escaparates, sin ninguna posibilidad de entrar a comprar. Me costó años descubrir que en Los Ángeles todo el mundo es un intruso, aunque a algunos se les da mejor seguir con la cabeza el ritmo de esa música que se supone que estamos escuchando. «Persigue tus sueños. Nunca te des por vencido.»

Mi primer golpe de suerte llegó pronto, pero como la mayoría de las cosas valiosas resultó ser algo totalmente imprevisto y en absoluto lo que yo andaba buscando. Una fiesta informativa para alumnos de primer curso, montones de risas exageradas y de poses adolescentes..., y allí estaba ella, apoyada en la pared junto a la salida, con un aire de descontento que desmentían sus ojos vivaces e inteligentes. Parecía increíble, pero estaba sola. Me acerqué con el valor que me proporcionaba un vaso de cerveza recalentada.

—Pareces aburrida.

Aquellos ojos oscuros me echaron un vistazo, evaluándome.

—¿Eso es una proposición?

—¿Una proposición? —repetí débilmente, perdiendo arrestos.

—¿Una oferta para quitarme el aburrimiento?

Valía la pena ponerse nervioso por una chica como ella. Aun así, confié en que no se me notara.

—Da la impresión de que eso podría ser la tarea de toda una vida.

—¿Y estás dispuesto? —me preguntó.

Ariana y yo contrajimos matrimonio nada más terminar la universidad; nunca hubo la menor duda de que lo haríamos. Fuimos los primeros en casarnos: esmóquines alquilados, pastel de boda de tres pisos, todo el mundo con ojos humedecidos y expectantes…, como si fuese la primera vez en la historia que una novia recorría pausadamente el pasillo central al son de la *Música acuática* de Handel. Ari estaba deslumbrante. En la recepción, al hacer el brindis, la miré un instante y, ahogado de emoción, no pude terminar mi discurso.

Durante diez años di clases de lengua inglesa en secundaria, y también escribí guiones por mi cuenta. Mis horarios me dejaban tiempo de sobra (salida a las tres de la tarde, largas vacaciones los veranos…), y de vez en cuando enviaba un guion a amigos de amigos que trabajaban en el ramo y de los que nunca recibía respuesta. Ariana no solo no protestaba por el tiempo que pasaba frente al teclado, sino que se alegraba al ver la satisfacción que solía obtener escribiendo, de igual modo que a mí me encantaba la devoción que ella ponía en sus plantas y diseños. Desde que salimos juntos de aquella fiesta, habíamos mantenido en nuestra relación un cierto equilibrio: ni demasiado pegajosa ni demasiado distante. Ninguno de los dos deseaba hacerse famoso ni tampoco muy rico. Por trivial que parezca, queríamos dedicarnos a las cosas que nos importaban y que nos hacían felices.

Pero yo seguía escuchando aquella voz insistente, y no lograba dejar de soñar al estilo de California. No tanto en la alfombra roja de Cannes, como en el simple hecho de estar en un plató, contemplando cómo un par de actores mediocres repetían las palabras que yo había imaginado en boca de otros intérpretes mucho mejores. Simplemente una película de bajo presupuesto que se hiciera un hueco en la sala dieciséis del multicine. No era mucho pedir.

Hace poco más de un año conocí en una comida en el campo a una agente que se entusiasmó con un guion mío de intriga titulado *Te vigilan*, la historia de un inversor bancario cuya vida se va al garete cuando intercambia por accidente su portátil con otro durante un apagón en el metro. Un montón de gorilas de la mafia y de agentes de la CIA se dedican a desmantelar su vida como un equipo de boxes de Fórmula 1; el tipo pierde el mundo de vista, y luego a su mujer, pero por supuesto la recupera al final. Entonces retoma otra vez su vida, maltrecho, pero más sabio y agradecido. En fin, no era el argumento más original del mundo, pero las personas que importaban lo encontraron convincente. Acabé sacando un buen pellizco por el guion y una tarifa considerable por introducir correcciones a lo largo del rodaje. Incluso obtuve una buena cobertura en las revistas del sector: una fotografía mía en *Variety*, en la mitad inferior de la página, y un par de columnitas sobre el éxito repentino de un profesor de secundaria. Tenía treinta tres años y al fin había alcanzado ese objetivo.

«Nunca te des por vencido», dicen.

«Persigue tus sueños.»

Tal vez habría sido más adecuada otra máxima: «Cuidado con lo que deseas».

21

Capítulo 3

*I*ncluso antes de que apareciera la dichosa grabación sobre mí metida en el periódico matinal, disfrutar de un poco de privacidad había resultado complicado. Mi único refugio —un interior tapizado de un metro y pico por dos— requería de cualquier modo seis ventanillas. Un acuario móvil. Una celda flotante. El único espacio donde nadie podía entrar y pillarme ocultando las huellas de un acceso de llanto, o tratando de convencerme a mí mismo de que lograría sobrellevar otro día de trabajo. El coche estaba bastante hecho polvo, sobre todo el salpicadero: abolladuras en el plástico, el cristal del cuentakilómetros resquebrajado, el mando del aire acondicionado a punto de caerse...

Dejé el Camry en un hueco libre frente a Bel Air Foods. Recorriendo los pasillos, cogí un plátano, una bolsa de frutos secos y una botella de té negro helado SoBe, que llevaba ginkgo, ginseng y muchos otros suplementos pensados para espabilar a los soñolientos. Al acercarme a la caja, vi de reojo a Keith Conner en la portada de *Vanity Fair*. Estaba metido en una bañera, pero no llena de agua, sino de hojas, y el titular decía: «CONNER SE PASA A LOS VERDES».

—¿Cómo está Ariana? —me preguntó Bill, haciéndome un gesto para que pasara. Sonriendo con impaciencia, una madre hecha un manojo de nervios aguardaba detrás de mí con su hijo.

—Bien, gracias. —Le lancé una sonrisa postiza, tan instintiva como un tic nervioso.

Deposité las cosas junto a la caja, la cinta zumbó y Bill tecleó el total mientras decía:

—Te llevaste a una de las últimas que valían la pena, eso seguro.

Sonreí de nuevo; Mamá Impaciente sonrió; Bill sonrió. ¡Qué felices éramos!

Cuando estuve en el coche, cogí con dos dedos la clavija donde antes se insertaba el botón, y encendí la radio. Distráeme, por favor. Colina abajo, tomé la curva del desvío a Sunset Boulevard y un sol agresivo me dio en la cara. Al bajar el parasol, vi la foto sujeta con cinta adhesiva. Seis meses atrás, Ariana había descubierto una página web de fotografías y me había torturado semanas enteras imprimiendo instantáneas del pasado y escondiéndolas por todas partes. Todavía encontraba alguna foto nueva de vez en cuando, vestigios de aquel humor juguetón. Esta, desde luego, la había descubierto enseguida: ella y yo estábamos en algún insoportable baile de gala universitario; yo llevaba un bléiser con hombreras y, ¡Dios mío!, con puños arremangados; Ariana vestía un atuendo de tafetán abullonado que parecía un salvavidas. Se nos veía más bien incómodos pero divertidos, demasiado conscientes de estar actuando, de no encajar allí, de no encontrarnos en nuestra salsa como los demás. Pero eso nos encantaba. Era así como nos sentíamos los mejores.

«Te llevaste a una de las últimas que valían la pena, eso seguro.»

Di un puñetazo en el salpicadero para sentir el escozor en los nudillos. Y seguí golpeando. La costra saltó, noté una punzada en la muñeca y el mando del aire acondicionado se partió. Con los ojos llorosos y jadeando, miré por una de mis seis ventanillas: una vieja rubia conduciendo un Mustang rojo me estudiaba desde el carril de al lado.

Exhibí mi sonrisa postiza. Ella desvió la mirada. El semáforo cambió, y ambos volvimos a nuestras vidas respectivas.

Capítulo 4

*D*espués de vender el guion, Ariana estaba más eufórica que yo mismo. La producción iba por la vía rápida. Al tratar con los ejecutivos de los estudios, con los productores y el director, me sentía intimidado pero, a la vez, firme y decidido. Mi mujer me dirigía palabras de ánimo todos los días. Dejé mi trabajo. Lo cual me proporcionó tiempo en abundancia para obsesionarme con los altibajos prácticamente diarios del proyecto: cómo interpretar los sutiles matices de cada e-mail de dos líneas, cómo celebrar reuniones donde se acordaban más reuniones, o cómo atender llamadas del móvil en la calle, o mientras mi primer plato se enfriaba y Ariana se comía el suyo sola. El señor Davis, profesor de literatura americana de último año de bachillerato, no lo entendía. Yo tenía que escoger, y había escogido mal.

«Persigue tus sueños», dicen. Pero nadie te explica nunca lo que habrás de dejar por el camino: los sacrificios y la cantidad de maneras que tienes de arruinar tu vida mientras miras fijamente el horizonte esperando a que salga el sol.

Estaba demasiado distraído para escribir, o al menos para escribir bien. Al mismo tiempo que el proyecto de *Te vigilan* seguía desarrollándose, mi agente revisó mi último trabajo y no lo encontró mucho más atractivo que los guiones que llevaban tiempo pudriéndose en mis cajones. Sentí que mis aspiraciones se desinflaban lentamente, como un neumático atravesado por un clavo. Y mi agente también parecía estar perdiendo entusiasmo. Aunque mi falta de concentración se acabó convirtiendo en un bloqueo en toda regla, nunca tenía tiempo para la gente que me rodeaba. Estaba perdido en un torbellino de posibilidades; me cuestionaba si la película acabaría saliendo adelante, si estaba preparado para lo que me exigiría, o si yo no sería, en el fondo, un fraude.

Ariana y yo no logramos recuperar el equilibrio tras el giro que dio nuestra relación con la venta del guion: abrigábamos callados rencores, y cada uno de nosotros interpretaba mal las emociones del otro. El sexo se volvió incómodo. Nos habíamos alejado demasiado para desearnos y nos estábamos desenamorando. Habíamos perdido la conexión, esa percepción aguzada de la pareja; y al no conseguir que saltara la chispa, dejamos de intentarlo. Nos enterramos en la rutina diaria.

Mi mujer había entablado una amistad, basada en la conmiseración, con Don Miller, el vecino de al lado: un café dos veces por semana, un paseo de vez en cuando… Yo le advertí que era una ingenua por creer que ese hombre no estaba colado por ella, y también por no darse cuenta de que tal circunstancia acabaría afectando su relación con Martinique, la esposa de Don. Nosotros nunca nos habíamos dedicado a vigilarnos mutuamente, así que no la presioné más; el hecho reflejaba mi propia ingenuidad, más que con respecto a Ariana, acerca de hasta qué punto permitiríamos que las cosas se deteriorasen.

Aunque resultara duro reconocerlo, lo cierto es que la mayor parte de ese año estuve pendiente de todo el mundo menos de mí mismo. Lo perdí todo de vista, salvo la película, que entró por fin en fase de preproducción y luego de rodaje.

Tuve que trasladarme a un gélido Manhattan de mediados de diciembre para cumplir como corrector de producción, y allí sufrí una especie de ataque de pánico de efectos retardados. La prohibición del director de utilizar los móviles en el plató no hizo más que empeorar las cosas, porque yo era demasiado tímido para usar las líneas fijas de las caravanas VIP para hablar con mi mujer. Aunque ella estaba inquieta por mí, me las arreglé para devolverle las llamadas algunas veces nada más, e incluso esas conversaciones fueron muy superficiales.

Enseguida quedó claro en el plató que no me habían contratado como corrector de rodaje, sino para escribir al dictado del actor principal, Keith Conner, que tenía veinticinco años. Despatarrado en el sofá de su caravana, sorbiendo ruidosamente un verdoso mejunje macrobiótico, y parloteando la mitad del día con el único móvil exento de la prohibición, Keith me suministraba notas y modificaciones constantes de los diálogos. Solo se inte-

25

rrumpía para alardear como un estúpido, mostrando fotografías de chicas desnudas que les había sacado mientras dormían con su Motorola RAZR. La elevada tarifa semanal que me pagaban no era por generar ideas, sino por hacer de niñera. Los alumnos de bachillerato daban mucho menos trabajo.

Tras algo más de una semana de dieciocho horas diarias, Keith me convocó en su caravana para decirme:

—No creo que el perro de mi personaje haya de tener un muñeco de goma; más bien debería ser una cuerda con nudos o algo así, ¿sabes?

Yo le respondí con hastío:

—El perro no ha protestado, y él sí tiene talento.

La tensión que se había creado entre nosotros estalló al fin como si dos placas tectónicas hubieran chocado. Mientras me apuntaba furiosamente con el dedo, resbaló con las hojas reescritas que había tirado al suelo y se golpeó con el canto de la mesa en su perfecta mandíbula. Cuando sus adláteres entraron corriendo, mintió con descaro y dijo que yo le había pegado; tenía contusiones considerables. Con la cara de la estrella principal en tales condiciones, habría que parar el rodaje al menos unos días. Y dado que nos hallábamos en Manhattan, supondría perder casi medio millón de dólares al día.

Después de realizar el sueño de mi vida, solamente había tardado nueve jornadas en lograr que me despidieran.

Mientras esperaba el taxi que habría de llevarme al aeropuerto, Sasha Salanova, que se hallaba en su caravana, se compadeció de mí. Antigua modelo en Bulgaria, Sasha tenía un acento arrebatador y unas pestañas naturales más largas que la mayoría de las estrellas adolescentes de Hollywood. Trabajando junto a Keith, había tenido que soportar su personalidad de plano. Si estuvo amable conmigo fue más bien porque temía por sí misma, en vez de hacerlo por verdadera amistad, pero yo me sentí conmovido a pesar de todo, y tampoco me venía mal un poco de compañía.

Fue justo entonces cuando Ariana telefoneó al plató. No había contactado con ella ni le había devuelto las llamadas desde hacía tres días, porque me daba miedo desmoronarme si oía su voz. Y como, por casualidad, Keith andaba por allí en ese momento, cogió el teléfono de manos del asistente de producción. Todavía aplicándose hielo en la mandíbula hinchada, le dijo a

Ariana que Sasha y yo nos habíamos retirado a la caravana de la artista, como hacíamos todas las noches al terminar la jornada, siempre con instrucciones de que no nos molestasen «por ningún motivo». Esa fue tal vez la mejor actuación de su vida.

Irónicamente, yo le dejé a Ariana un mensaje en el móvil casi a la misma hora, dándole la última noticia y los detalles de mi vuelo. Poco podía figurarme que Don Miller había ido a mi casa para darme las hojas de inscripción del sindicato de escritores, que habían depositado por error en su puerta. Muchas veces me he imaginado lo que ella debió de sentir «después», cuando, sudada y arrepentida, escuchó mi mensaje en el buzón de voz y cotejó mis abatidas explicaciones con la maliciosa patraña de Keith. Una escena para revolverte el estómago.

El vuelo de vuelta a Los Ángeles fue largo y pródigo en reflexiones. Pálida y desencajada, Ariana me esperaba en la zona de equipajes de la terminal 4, con noticias todavía peores. Ella jamás mentía. Al principio pensé que lloraba por mí, pero antes de que yo abriese la boca, dijo:

—Me he acostado con otro.

No fui capaz de hablar en todo el trayecto a casa. Notaba como si tuviera la garganta llena de arena. Yo conducía; mi mujer lloraba.

A la tarde siguiente me llegó la primera demanda judicial, presentada conjuntamente por Keith y la productora. La póliza de errores y omisiones del seguro no cubre, por lo visto, las heridas sufridas en un berrinche, así que alguien tenía que responder de los gastos ocasionados por la interrupción del rodaje. Conner me había demandado para respaldar su embuste, y la productora se había sumado a la demanda de buena gana.

La versión del actor fue filtrada a los diarios sensacionalistas, y me llovieron toda clase de calumnias con tal frialdad y eficiencia que me pillaron desprevenido. Ya estaba quemado antes de haber logrado brillar, y mi agente me recomendó un abogado carísimo y me dejó tirado como una colilla.

Por mucho que lo intentara, ya no me era posible hallar la motivación necesaria para sentarme frente al ordenador. Mi incapacidad como escritor se había vuelto fija e inmutable, igual a una roca plantada en mitad de la página en blanco. Supongo que ya no me sentía capaz de posponer la incredulidad.

Julianne, una buena amiga desde que nos habíamos conocido

ocho años atrás en Santa Ynez, en un modesto festival de cine, me echó entonces un cable: un trabajo como profesor de escritores de guiones en la Universidad de Northridge. Después de largas jornadas rehuyendo el despacho de casa, agradecí esa oportunidad. Los alumnos estaban preparados y llenos de entusiasmo, y su energía y los destellos de talento que mostraban a veces conseguían que las clases constituyeran algo más que un simple alivio. Te daba la sensación de que valía la pena. No llevaba allí más de un mes, pero empezaba a reconocerme a mí mismo, aunque fuese a base de breves destellos.

Todavía, sin embargo, volvía por la noche a una casa que ya no me parecía la mía, a un matrimonio que no era el mío. Luego llegaron las facturas legales, la profunda apatía y las mañanas despertando en el sofá del salón… Una sensación de estar como muerto, de que nada me arrancaría de mi estado. Y así había sido durante un mes y medio.

Hasta que el primer DVD se escurrió del periódico y cayó en mis manos.

Capítulo 5

—Venga, hazlo —dijo Julianne, levantándose para volver a llenarse la taza en la cafetera de la sala de profesores—. Al menos una vez.

Marcello se pasó una mano por el ahuecado pelo y fingió que volvía a concentrarse en los exámenes que estaba corrigiendo. Iba con unos gastados pantalones marrones, camisa y bléiser, pero sin corbata. A fin de cuentas se trataba del departamento de cine.

—Lo siento, no estoy de humor.

—Recuerda que te debes a tu público.

—Ten piedad, por el amor de Dios.

—Venga… Por favor.

—No tengo preparado mi instrumento.

Yo estaba de pie junto a la ventana, hojeando el *Variety*, ya que antes no había llegado a mirar la sección de «Espectáculos» del *Times*. Y cómo no, en la página tres había un breve artículo sobre *Te vigilan*: La producción acababa de terminarse y se habían desatado grandes expectativas.

—Marcello —dije girando un poco la cabeza—, hazlo ya para que se calle.

Él bajó las hojas, se dio unos golpecitos con ellas en las rodillas y declamó:

—En un mundo de constantes fastidios, un único hombre sobresale de entre los demás.

Era la voz que sonaba en miles de anuncios de películas. Cuando Marcello la saca, te cala hasta los mismísimos huesos. Julianne aplaudió con las manos horizontales, una subiendo y la otra bajando, en una estrepitosa muestra de diversión.

—De puta madre.

—EN ÉPOCA DE CALIFICACIONES ATRASADAS, UN HOMBRE AGRA-
DECERÍA QUE LO DEJASEN EN PAZ.

—Vale, vale.

Julianne se dio media vuelta, ofendida, y se me aproximó. Me
apresuré a dejar el número de *Variety* antes de que viera lo que
estaba leyendo y miré otra vez por la ventana. Yo también debería estar corrigiendo exámenes, pero después del asunto del DVD
no lograba concentrarme. A lo largo de la mañana me había sorprendido varias veces estudiando las caras de la gente que pasaba,
buscando indicios amenazadores o de disimulado regocijo. Ella
siguió mi inquieta mirada.

—¿Qué estás mirando?

Los alumnos salían a borbotones de los edificios aledaños y se
congregaban abajo, en el patio.

—La vida en movimiento —contesté.

—Siempre tan filosófico. Debes de ser profesor.

El departamento de cine de la Universidad Estatal de Northridge reúne básicamente a tres tipos de profesores. En primer lugar, están los que se dedican a enseñar y disfrutan con todo el
proceso, abriendo perspectivas a las mentes jóvenes y demás.
Marcello es de esos profesores, pese a su cultivado cinismo. Luego están los periodistas como Julianne, que llevan suéter de cuello alto y salen siempre corriendo de clase para escribir su siguiente reseña, o un artículo sobre Zeffirelli o lo que sea. A
continuación hay algún ganador de un Oscar que disfruta del
otoño de su carrera y de la admiración de una legión de devotos
aspirantes. Y, aparte, estoy yo.

Contemplé a los estudiantes del patio, que escribían en sus
portátiles o discutían acaloradamente, con toda su desastrosa vida
por delante.

Julianne se apartó de la ventana.

—Necesito un cigarrillo —comentó.

—EN UNA ÉPOCA DE CÁNCER DE PULMÓN, UNA IDIOTA DEBE TO-
MAR LA DELANTERA.

—Sí, ya, ya.

Cuando salió, me senté sosteniendo los guiones de varios
alumnos, pero enseguida me sorprendí leyendo una y otra vez la
misma frase. Desperezándome, me puse de pie, me acerqué al tablón de anuncios y ojeé los folletos expuestos. Y ahí me quedé,
echando un vistazo y tarareando unas notas: Patrick Davis, la

viva imagen de la despreocupación. Advertí que actuaba más para mí mismo que para Marcello; no quería reconocer lo mucho que me había perturbado el DVD. Había pasado tanto tiempo entumecido por emociones sombrías —depresión, letargo, rencor—, que ya había olvidado lo que se sentía cuando una viva inquietud te atravesaba la piel encallecida y se te clavaba en carne viva. Una mala racha, desde luego, pero aquella grabación parecía marcar una nueva etapa de... ¿de qué?

Marcello arqueó una ceja sin levantar la vista, y comentó:

—Oye, en serio, ¿te encuentras bien? Se diría que tienes las clavijas un poco tensas. Más de lo normal, quiero decir.

Se había creado entre nosotros una rápida confianza. Pasábamos juntos muchas horas muertas en la sala de profesores; él había escuchado gran parte de mis conversaciones con Julianne sobre el estado actual de mi vida, y a mí me había sido útil su mordacidad a veces brutal y siempre irreverente. Pero pese a ello, vacilé antes de responder.

Julianne volvió a entrar en la sala, entornó una ventana con irritación y encendió un cigarrillo.

—Hay unos padres de visita; las miradas críticas me crispan.

—Patrick estaba a punto de contarnos por qué está tan distraído —dijo Marcello.

—No es nada. Una estupidez. Me ha llegado a casa un DVD, oculto en el periódico, y me ha trastornado un poco.

Marcello frunció el entrecejo mientras se alisaba su barba perfectamente recortada.

—Un DVD... ¿de qué?

—De mí.

—¿Haciendo... qué?

—Cepillándome los dientes. Iba en calzoncillos.

—¡Qué cagada! —exclamó Julianne.

—Lo más probable es que se trate de una travesura —insinué—. Ni siquiera estoy seguro de que sea algo personal. Podría tratarse de algún chico que merodeaba por el barrio en el preciso momento en que el único gilipollas meando con las persianas abiertas era yo.

—¿Tienes el DVD? —Julianne abría los ojos, excitada—. Echémosle un vistazo.

Tratando de no rascarme los nudillos magullados, saqué el disco de mi bolsa y lo metí en el reproductor.

Marcello miró la grabación con un dedo apoyado en la mejilla. Al terminar, se encogió de hombros.

—Un poco siniestro, pero no espeluznante. La calidad es penosa. ¿Es digital?

—Eso creo.

—¿Algún alumno cabreado contigo?

Esa idea no se me había ocurrido.

—Ninguno en especial, que yo sepa.

—Comprueba si alguno va a suspender, y piensa también si has tenido roces con algún miembro de la facultad.

—¿En mi primer mes?

—Tu historial este año no ha sido muy ejemplar —me recordó Julianne—, en lo que se refiere a las... relaciones personales.

—El departamento está lleno de tipos que hacen películas —explicó Marcello, abarcando todo el edificio con un gesto—. La mayoría de ellas son tan logradas como esta grabación, de modo que no faltan sospechosos. Seguro que no es más que una bromita mezquina.

Había perdido el interés y volvió a sus exámenes.

—No sé... —Julianne prendió otro cigarrillo con el anterior—. ¿Para qué vas a informar a alguien de que lo estás observando?

—Quizá lo catearon en la escuela de espías —sugerí.

Ella carraspeó pensativa, mientras seguíamos observando a los estudiantes que salían al patio desde nuestro edificio. Provisto de enormes ventanales, columnas y un empinado tejado metálico, el Manzanita Hall siempre me había parecido extrañamente precario, teniendo en cuenta que era uno de los edificios construidos a resultas del terremoto del 97.

—Marcello tiene razón. Lo más probable es que tan solo lo hayan hecho para molestarte. Y en ese caso, ¿qué más da? Salvo que se convierta en algo más. Pero la otra posibilidad —lanzó una bocanada de humo por la rendija de la ventana— es que se trate de una amenaza velada. Es decir, tú eres profesor de cine y guionista...

Sin dejar de mirar sus papeles, Marcello puntualizó:

—Antiguo guionista.

—Como quieras. Lo cual significa que quien haya filmado esto sabe seguramente que has visto todos los *thrillers* que hay en las estanterías del Blockbuster. —Con el codo en la cadera, la muñeca flexionada y el cigarrillo consumiéndosele entre los dedos, parecía por derecho propio un estereotipo de cine negro—. Una grabación como pista… Es *Blow-Up*, ¿no?

—O *Blow Out* —repliqué yo—. O *La conversación*. Excepto que yo no me he encontrado la grabación, sino que me la han enviado.

—Vale, pero ellos han de saber que tú captarías esas referencias cinematográficas.

—¿Y para qué hacer una cosa así?

—Quizá no busquen lo habitual en estos casos.

—¿Qué es lo habitual?

—Revelar un secreto enterrado desde hace mucho tiempo. Aterrorizarte. Vengarse. —Se mordió el labio y se pasó la mano por la pelirroja melena. Reparé en lo atractiva que era. Tenía que hacer un esfuerzo para darme cuenta, porque desde el principio habíamos mantenido una relación fraternal. Ariana, pese a su susceptibilidad italiana, nunca había sentido celos de ella, y con razón.

—Podría haber alguien de los estudios detrás del envío —añadió.

—¿De dónde?

—De Summit Pictures. Ten presente el pequeño detalle de la demanda judicial…

—¡Ah, sí, la demanda!

—Ahí tienes un montón de enemigos. No solo ejecutivos, sino abogados, investigadores, toda la pandilla. Alguno podría querer joderte. Desde luego ya han dejado bien claro que no están de tu lado.

Reflexioné: tenía un amigo en Lot Security; quizá valiera la pena hacerle una visita. El DVD, al fin y al cabo, lo habían metido en la sección de «Espectáculos».

—¿Y por qué no Keith Conner? —aventuré.

—Cierto —dijo ella—. ¿Por qué no? Es rico y está loco. Y los actores siempre tienen tiempo de sobra, así como personajes turbios en su entorno dispuestos a cumplir sus órdenes.

Sonó la campana desde la biblioteca. Marcello se levantó y salió de la sala, haciéndonos una reverencia desde la puerta. Julianne dio unas caladas rápidas, y la brasa anaranjada avanzó a sacudidas hacia el filtro.

33

—Además, le diste un puñetazo en la cara. Tengo entendido que eso no les gusta a las estrellas de cine.

—No le di ningún puñetazo en la cara —respondí con hastío.

Ella advirtió cómo la miraba fumar. Yo debía de mostrar una expresión de avidez en la cara, porque me ofreció la punta del cigarrillo con la ceniza en alto.

—¿Lo echas de menos?

—No tanto el fumar en sí. El ritual más bien: darle unos golpecitos al paquete, mi mechero de plata, un cigarrillo por la mañana, en el coche, acompañando una taza de café… Había algo tan relajante en todo el proceso, en el hecho mismo de saber que contabas con ello. Siempre estaba ahí, a mano.

Aplastó el cigarrillo en el filo del marco de la ventana sin dejar de mirarme a los ojos. Desconcertada, preguntó:

—¿Estás tratando de dejar algo más?

—Sí. A mi esposa.

Capítulo 6

*C*uando detuve el coche en el sendero de la entrada, Don Miller salió muy decidido de su casa, como si me hubiera estado esperando. Eran casi las diez. Había cenado palomitas de maíz y pastillas de chocolate en el multicine Arclight, porque le había prometido a uno de mis alumnos que iría a ver la película pseudoindependiente que estaba imitando en el corto que preparaba para la clase. Lo cual me había venido bien porque había visto todos los demás estrenos. Era una manera de ganar tiempo, de dejar las cosas como estaban en casa.

Mientras iba a recoger el correo, Don vino a mi encuentro. Un tipo fornido y seguro de sí mismo, con toda la apostura de un antiguo atleta. Se aclaró la garganta:

—La… eh…, la cerca del jardín se está cayendo. Se trata de la sección de la parte trasera.

Me acomodé la bolsa de la tintorería que llevaba al hombro, y respondí:

—Ya me he dado cuenta.

—Pensaba llamar al operario para que lo arregle. Pero quería asegurarme de que estás de acuerdo.

Le miré las manos. Le miré la boca: se había dejado perilla. Me bullía por dentro un odio animal, pero me limité a asentir:

—Buena idea.

—Mmm… Sé que las cosas te han ido un poco justas últimamente, así que he pensado que me haré cargo yo.

—Nosotros pagaremos la mitad.

Me volví para entrar en casa. Él se acercó.

—Escucha, Patrick…

Bajé la vista. Una de sus botas pisaba el borde de la acera, justo del lado de mi sendero de acceso. Siguió mi mirada y se quedó paralizado. De inmediato se ruborizó. Retiró el pie, asintió y continuó asintiendo mientras retrocedía. Lo estuve mirando hasta que desapareció en su casa y cerró la puerta. Luego subí por mi acera.

Entré en casa, dejé el correo y la bolsa de la tintorería en la mesa de la cocina, y me bebí un vaso entero de agua sin respirar. Apoyado en el fregadero, me pasé las manos por la cara, haciendo lo posible para no prestar atención al montón cada vez más abultado de sobres marrones que había sobre la encimera, procedentes del departamento de contabilidad de mi abogado (la provisión de fondos había descendido otra vez por debajo del umbral de los treinta mil dólares, y debía renovarla); al lado vi un ticket de la tintorería que Ariana me había dejado allí la noche anterior; con las prisas de la mañana se me había olvidado recogerlo. A pesar de los pesares, todavía tratábamos de repartirnos las tareas y de comportarnos con cortesía, sorteando las minas que flotaban bajo la superficie. Ella necesitaba ese traje para una cita que tenía al día siguiente con un cliente importante. Quizá por un milagro, el empleado de la tintorería lo había metido en la bolsa con el resto de la ropa. Iba a comprobarlo cuando un detalle del fajo del correo captó mi atención: el sobre rojo de Netflix —la plataforma de vídeo en *streaming*—, no tenía el mismo aspecto de siempre; parecía distinto. Se me subió la sangre a la cabeza. Me acerqué y lo cogí: la solapa había sido despegada y cerrada de nuevo con cinta adhesiva. La rasgué, y al inclinar el sobre, cayó una funda de plástico.

En su interior había otro DVD sin etiquetar.

Me temblaban las manos mientras metía el disco en la ranura, y a pesar de que hacía esfuerzos para dominarme, tenía la piel fría y pegajosa. Aunque me reventara reconocerlo, estaba tan cagado como un chico escuchando una historia de fantasmas junto a la hoguera de campamento. Era una sensación de desasosiego que me empezaba en los huesos y se expandía luego por todo mi cuerpo.

Regresé al diván y pasé rápido una secuencia de nuestro porche delantero. Es curioso constatar cómo el miedo puede transformarse en impaciencia; equivale a la sensación de estar deseando que caiga de una vez el hacha. La misma calidad de mierda de la otra vez. Teniendo en cuenta el ángulo oblicuo de la escena, advertí poco a poco que debían de haberla filmado desde el tejado vecino.

El tejado de Don y Martinique.

Por la mañana había dejado hecha la cama en el diván, pero ya estaban todas las sábanas desordenadas de tanto moverme. Aguardé apretando los puños sobre las rodillas, mirando con fijeza la pantalla para ver qué sucedería.

Aparecía yo otra vez, cómo no. Al distinguir mi rostro, un escalofrío me recorrió la espalda. El verme a mí mismo en una filmación clandestina, deambulando sin propósito definido, era un hecho al que no creía que me acostumbrara con facilidad.

De pronto, en la pantalla, miraba nerviosamente alrededor. Iba con la misma ropa que llevaba puesta ahora, y tenía el semblante demacrado, indispuesto, y una expresión avinagrada e inquieta. ¿Era ese en realidad el aspecto que ofrecía en estos momentos? El último año me había dejado huella. ¡Qué joven e ilusionado parecía en comparación en la fotografía que habían publicado en *Variety* cuando vendí el guion!

Mientras salía del porche, la imagen se bamboleaba un poco para mantenerme en el encuadre. Se me veía borroso unos instantes, y luego la cámara me enfocaba de nuevo.

Ese efecto, por nimio que fuera, me puso los nervios de punta. En el primer DVD, el ángulo se había mantenido fijo y estático, dando la impresión de que habían colocado la videocámara en un punto determinado y habían vuelto después a recogerla. Esta secuencia, en cambio, no dejaba lugar a ninguna duda: alguien había estado detrás de la cámara, siguiendo mis movimientos.

Me observé mientras rodeaba la casa. Estudiando el terreno con la cabeza gacha, me detenía junto a la ventana del baño, adecuaba mi posición e inspeccionaba la hierba húmeda. La chimenea de los Miller asomaba en el encuadre. Yo miraba alrededor, paseando la vista cerca de la posición de la cámara, como Raymond Burr en *La ventana indiscreta*, aunque distraído. La imagen hacía lentamente un zum y captaba mi rostro ojeroso y enojado en primer plano. Vuelto hacia la ventana, se percibía que decía algo, y entonces los librillos de la persiana se cerraban, manipulados desde dentro por la mano invisible de Ariana. Retor-

37

naba al porche arrastrando los pies y desaparecía en el interior de la casa.

Cuando la pantalla se quedó en negro, advertí que estaba de pie frente al televisor. Volví al diván jadeando y me senté. Me pasé la mano por el pelo; tenía la frente perlada de sudor.

Ariana estaba arriba, en la cama; oía su televisión por entre el entarimado. Cuando yo salía, ponía alguna comedia para sentirse acompañada. No le gustaba quedarse sola; ese era uno de los dolorosos descubrimientos que yo había hecho últimamente. Pasaron varios coches por Roscomare Road, barriendo con sus faros las persianas del salón.

Demasiado agitado para seguir en el diván, recorrí la planta baja, cerrando cortinas y persianas y atisbando por las rendijas. ¿Habría en este momento alguna cámara enfocando nuestra casa? Notaba un barullo de emociones: la inquietud se mezclaba con la furia, y se transformaba en miedo. Espoleado por las risas enlatadas que sonaban en la televisión de Ariana, mis movimientos se aceleraron hasta volverse casi frenéticos. Primero había sido la sección de «Espectáculos» del diario, y ahora Netflix, el sistema de alquiler de películas. Ambas cosas apuntaban a Keith, o a alguien de los estudios. Pero el altercado se había producido hacía meses: una eternidad para los ritmos de Hollywood. Quizá alguna persona ajena al mundillo del cine podría haberse enterado por la prensa y haberlo utilizado para despistarme.

Había luz en el dormitorio de los Miller, pero el tejado estaba a oscuras. Recordé cómo había salido Don de su casa en cuanto bajé del coche. Y el nuevo vídeo había sido filmado desde su tejado esa misma mañana cuando habría resultado muy difícil que alguien subiera allí sin ser visto. Él era, por tanto, el candidato más obvio.

Eché a andar hacia la casa de los vecinos, pero me detuve al borde de la acera. Se me ocurrió que estaba pensando en Don porque resultaba tranquilizador: era alguien familiar, una persona conocida; un gilipollas, sí, pero ¿por qué iba a filmarme?

Me situé frente a su casa, todavía a un paso del bordillo, pero ni siquiera desde ahí podía distinguir si había una cámara en el tejado. Subirme allá arriba para descubrirla habría sido el paso lógico siguiente, de acuerdo con mi lógica. Así pues, no era lo que debía hacer.

Girando en redondo, observé los demás tejados, las ventanas, los coches aparcados en la zona comercial, a media manzana. Imaginaba lentes que me atisbaban desde cada sombra. A simple vista, no había ni rastro de acosadores o de cámaras ocultas que estuvieran esperando para pillarme trepando al tejado de los Miller. Aunque tampoco se veía demasiado bien.

Tenía que dar con una posición más ventajosa para comprobar si la cámara continuaba allí. Los balcones de los apartamentos de enfrente ofrecerían una visión parcial del tejado de los Miller, y lo mismo ocurriría desde las dos farolas más cercanas o el poste de teléfonos; el tejado del supermercado quedaba demasiado lejos... ¿Tal vez lo distinguiría mejor desde otro punto del suelo? Caminé deprisa por la calle, arriba y abajo, probando distintas perspectivas, hasta quedarme sin aliento. Pero la pendiente del tejado de los Miller era demasiado suave para permitirme distinguir con claridad el punto desde el cual me habían filmado. Estaba claro que solo obtendría una perspectiva despejada desde nuestro propio tejado.

Mucho más decidido, regresé corriendo a nuestra casa. Mientras me encaramaba por los aleros bajos del garaje, el viento me azotaba con ímpetu, traspasándome la camisa y alzándome el dobladillo vuelto de los vaqueros. Un olmo tapaba el resplandor amarillo de la farola más cercana. Procurando hacer el menor ruido posible al pisar las tejas, crucé la pendiente sobre la cocina y pasé la pierna por encima del canalón del segundo piso.

—¡Eh! —Desde abajo, en pantalones de chándal y una camiseta de manga larga, Ariana me miraba de hito en hito, abrazándose a sí misma—. ¿Otra vez revisando esa cerca?

Su voz sonaba más irritada que sarcástica.

Me detuve a media escalada, todavía con la pierna por encima del canalón.

—No, no. La veleta está floja: no para de traquetear.

—No lo había notado.

Casi gritábamos. La idea de que la cámara del acosador pudiera estar grabando a Ariana —y no digamos ya nuestra conversación—, me ponía aún más incómodo. Tensé los hombros, como un lobo erizando su pelaje instintivamente.

—Entra en casa, te estás congelando. Bajaré en un minuto.

—He de levantarme temprano; me voy a la cama. Así tendrás mucho tiempo para inventarte una historia más convincente.

Desapareció bajo los aleros, y un instante después la puerta principal se cerró. Con fuerza.

Como la pendiente era pronunciada, me agazapé para mantener una rodilla y un brazo en contacto permanente con las tejas. Desplazándome como un cangrejo, subí en diagonal al punto más alto, junto a la casa de los Miller, y rodeé la chimenea.

No había ninguna cámara en el tejado de los vecinos.

No obstante, la vista de los balcones, las farolas y las demás azoteas era perfecta. Aquella era la mejor posición para buscar escondrijos, y lo escruté todo hasta que me dolieron los ojos: las casas, los árboles cercanos, los patios y vehículos, los postes de teléfonos…

Nada.

Encorvado sobre la pared de la chimenea, suspiré con una mezcla de alivio y decepción, y me di la vuelta para iniciar el descenso. Fue entonces cuando la vi, destellando a la luz mortecina: al borde del ala del tejado que miraba hacia el este y se extendía sobre mi despacho, montada con toda elegancia sobre un trípode y enfocándome a mí, había una cámara digital.

Se me encogió el corazón y sentí un tranquilo terror, como el que te asalta en una pesadilla cuando la sospecha de que estás soñando mitiga la sensación de horror. El trípode, situado a poco más de un metro por debajo de la cresta del tejado, había sido ajustado de acuerdo con la pendiente. El tramo inclinado que se alzaba detrás de él actuaba de cortavientos: un detalle necesario, como atestiguaba la temblorosa veleta que quedaba justo encima. Quien hubiera instalado la cámara —que no miraba hacia el tejado de Don, sino hacia donde yo iría a mirar el tejado de Don— se había anticipado a mis movimientos; lo había calculado todo igual que yo, pero había ido un paso más allá. Separados por un accidentado trecho de tejas oscuras, la lente indescifrable y yo nos escrutamos, como dos pistoleros en una calleja polvorienta del Lejano Oeste. El viento arreciaba en mis oídos, igual que una música de Ennio Morricone.

Pegando las suelas de goma a la rugosa superficie, abandoné el resguardo de la chimenea para dirigirme hacia el punto donde se unían las dos aguas del tejado y, poniéndome a cuatro patas, avancé a lo largo de la cresta. Tenía la boca completamente seca. La altura de los dos pisos parecía mucho mayor desde allí arriba, y el viento, aunque no fuera huracanado, tampoco ayudaba nada.

40

Al llegar al borde, el abismo se abrió ante mis ojos de un modo vertiginoso. Agarré el herrumbroso gallo de la veleta y le eché un primer vistazo de cerca a la cámara, que quedaba algo más abajo, apenas fuera de mi alcance.

¡Aquella cámara era mía!

El visor extendido encuadraba justo el tramo por el que yo había venido. Pero como no estaba encendido el piloto verde, mi travesía por el tejado no había quedado grabada.

Abajo, en la carretera, los coches doblaban la curva rechinando los neumáticos y la luz de los faros destellaba en las carrocerías, cosa que me desorientaba aún más. Me agaché y cogí el artilugio: la memoria digital estaba borrada, y no habían dejado la cámara grabando. ¿Para qué estaba allí entonces? ¿Como un señuelo?

La luz del dormitorio de los Miller se apagó. Lógico: eran las diez y media. Y no obstante, no podía dejar de encontrar sospechoso el momento.

Cargando con torpeza la videocámara —una Canon barata que apenas había utilizado—, emprendí el trayecto de vuelta por la cresta del tejado, y luego salté desde un rincón sobre nuestro lecho de hiedra.

Me apresuré a entrar, me instalé en la lustrosa mesa de nogal del comedor —uno de los diseños de Ariana— y examiné la cámara por todos lados. Disponiendo de zum óptico, batería de duración prolongada y opción para grabar directamente en DVD, era un juguete a prueba de idiotas.

Fui a la cocina, me eché agua por la cara y luego me quedé inmóvil, con las manos apoyadas en el fregadero, mirando las persianas cerradas a medio metro de mis narices.

Por fin subí a mi despacho, que se hallaba presidido por un escritorio desportillado comprado en una liquidación. Abrí el armario donde guardaba la videocámara y comprobé como un estúpido que, en efecto, no estaba allí. De nuevo abajo, moviéndome con decisión y el cerebro a punto estallar, cogí los dos discos y los comparé. Eran idénticos. Tuve que hacer un esfuerzo para volver al despacho sin subir la escalera de dos en dos, cosa que habría despertado a Ariana.

Saqué el cartucho de discos vírgenes de la estantería: el mismo tipo de DVD barato. Exactamente el mismo tipo, incluida la velocidad de grabación, la capacidad en gigas y la marca estampada

41

en la superficie de policarbonato. Desde que había empezado a grabar programas de TiVo el año anterior, habría usado tal vez un tercio. La cubierta de plástico decía «Paquete de 30». Los conté rápidamente. Quedaban diecinueve, todavía intactos en el cartucho. ¿Podía justificar los once restantes?

Bajé otra vez. Aquello se estaba convirtiendo en una sesión de gimnasio. En el mueble del televisor encontré cuatro discos con episodios de *The Shield: Al margen de la ley*, dos de *24* y uno de *Mujeres desesperadas* (de Ariana). También había un disco de *American Idol*, de la temporada de Jordin Sparks, manchado con visibles cercos de jarra de cerveza. Por consiguiente, ocho en total. A pesar de que raramente volvía a mirar un programa, nunca había tirado ningún DVD una vez que lo había grabado. Lo cual significaba que quedaban tres por justificar. Tres.

Volví a registrar los cajones de debajo del televisor y estiré el cuello para ver si había caído algún disco por detrás. Nada. Faltaban tres DVD, de los cuales solo había recibido dos.

Salí a mirar al porche, dejando que entrara una ráfaga helada, pero no había aparecido ninguna entrega por arte de magia. Cerré, y esta vez corrí el cerrojo de seguridad, y también pasé la cadena. Eché un vistazo por la mirilla; luego me di la vuelta y me apoyé en la puerta.

¿Estaría en camino el tercer DVD? ¿Me habría filmado una cámara desde otro punto mientras recuperaba la mía en el tejado? ¿Por ese motivo la Canon no estaba programada para grabar?

La respuesta obvia me vino al fin a la cabeza, y me eché a reír. No era una risa divertida, en absoluto, sino del tipo de la que sueltas cuando pierdes el equilibrio y te caes por una escalera: esa risa mentirosa que pretende demostrar que no pasa nada.

Crucé la cocina. Volví a sentarme a la mesa del comedor y abrí el cargador de la videocámara.

El tercer DVD estaba dentro.

Capítulo 7

*F*undido de entrada de la parte trasera de la casa. Un ángulo bajo de película de terror: varias ramas añadiendo un toque amenazador al panorama nocturno. En un lado del encuadre salía la pared de plástico corrugado del cobertizo en el que Ariana cultivaba sus flores. Avanzando con lentitud, el objetivo se abría paso entre unos arbustos de zumaque y reptaba al estilo psicópata hacia la cara exterior de la misma pared ante la que ahora me hallaba sentado: la pared donde estaba la pantalla plana de la televisión. La banda sonora, si la hubiera habido, habría consistido en una música de cuerda estridente y una respiración agitada. El silencio era peor. Entre las zonas en sombra, las imágenes surgían con aire amenazador: una bombilla de energía solar del jardín y un trecho de hierba iluminado por el cono de luz de la lámpara del porche. Siempre desde un ángulo bajo, el objetivo se elevaba hacia la casa, se acercaba al alféizar de la ventana del salón y rastreaba con sigilo un poco más hacia arriba para captar el techo de esa estancia, tenuemente iluminado por el parpadeo de la televisión.

Notaba la espalda pegajosa de sudor. Dirigí sin querer la mirada hacia la ventana: a través de las cortinas semitransparentes de color verde salvia, el recuadro negro de cristal me escrutó a su vez sin delatar el menor indicio. Hasta ese momento nunca había entendido la trillada expresión de «tener un nudo en el estómago», pero ahora sentía el miedo justo en la boca del estómago: un miedo concentrado e inflexible. En cuanto apartaba los ojos de la pantalla, mi pánico aumentaba, y aunque era algo surrealista, me daba la impresión de que el televisor parecía contener la amenaza presente, mientras que la ventana —al otro lado de la cual podía haber alguien acechando en ese preciso momento— resultaba ficticia. De modo que la pantalla reclamaba toda mi atención.

La cámara, cada vez más atrevida, se alzaba por encima del alféizar, abarcaba la ventana, barría el interior con todo descaro y acababa fijándose en una silueta dormida en el diván bajo una manta.

Mientras la perspectiva retrocedía, percibí las sordas palpitaciones de mi corazón, bombeando adrenalina por todo mi cuerpo.

La imagen avanzó a saltos, resiguiendo la pared hacia la cocina; con un giro rápido, llegó frente a la puerta trasera y se enfocó de nuevo automáticamente. Me quedé sin aliento.

Apareció una mano con guantes de látex y giró el pomo, que cedió sin más. Pese a que Ariana me lo recordaba siempre, a mí a menudo se me olvidaba cerrar la puerta después de sacar la basura a los cubos del patio. Un ligero empujón, y el intruso ya estaba dentro, pegado al frigorífico.

Miré instintivamente hacia la cocina, y enseguida me concentré otra vez en la pantalla.

La imagen avanzó como flotando, sin prisas pero también sin cautela. Cruzó el umbral del salón y se inclinó hacia el diván: el diván en el que yo yacía dormido, el diván donde ahora mismo estaba sentado, obligándome estúpidamente a no girar la cabeza para comprobar si había una cámara a mi espalda, sujeta por una mano enguantada.

No podía apartar la vista de la pantalla. El ángulo bajó en picado: el intruso se hallaba sobre mí; yo seguía durmiendo. Se me veía una mejilla pálida. Parpadeé. Me moví y me di la vuelta, retorciendo con el puño el borde de la manta. La videocámara hizo un zum. Más cerca. Más. Un párpado borroso palpitando en sueños. Más cerca todavía, hasta que ya no se distinguía la carne, hasta que se perdía toda referencia y solo quedaba aquel temblor, como las rayas y las interferencias de una pantalla vacía.

Luego oscuridad.

Estrujaba la manta con el puño, igual que en el vídeo. Me pasé la palma por la nuca, y al secarme el sudor en los vaqueros, dejé una marca oscura.

Subí corriendo, ya sin preocuparme por despertar a Ariana, y abrí la puerta del dormitorio. Estaba dormida, ajena a todo. A salvo. Entreabría la boca, y el pelo le caía sobre los ojos. Sentí con alivio que la brusca oleada de adrenalina cedía, y me apoyé en el marco de la puerta. En la televisión, Clair Huxtable reprendía a Theo a causa de los deberes. Tuve el impulso de acercarme y despertar a Ari, para cerciorarme de que estaba bien, pero me contenté con observar cómo subían y bajaban sus hombros desnudos. La cama de roble nueva, un modelo estilo trineo, de volutas labradas a mano, daba impresión de solidez, incluso de protección. Ariana se había deshecho el mes pasado de nuestra vieja cama y también del colchón. Yo no había dormido en la nueva.

Retrocedí hacia el pasillo, cerré la puerta con sigilo y, pegándome a la pared, solté un hondo suspiro. No era posible que le hubieran hecho daño, desde luego; el vídeo había sido grabado como máximo la noche anterior, y yo había visto a Ariana hacía menos de una hora. Pero la racionalidad me resultaba ahora tan útil como cuando me había atrevido a ducharme por primera vez después de ver *Psicosis*.

Bajé otra vez. Fui al diván donde el intruso, con toda intención, me había filmado durmiendo separado de mi mujer; al diván desplegable que yo me había negado en redondo a desplegar por temor a que ello confiriese mayor permanencia al arreglo actual. En la grabación, la manta no permitía ver con qué calzoncillos estaba durmiendo, así que otra inspección forense de la ropa sucia no me ayudaría a deducir cuándo la habían realizado. Armándome de valor, cogí el mando y pulse otra vez el botón de «Play». Las granuladas imágenes de aproximación a la casa me provocaron un nuevo escalofrío. Procuré distanciarme y las examiné con atención: no se distinguía si el césped estaba o no recién cortado, ni tampoco ninguna marca significativa en la puerta trasera. Y la cocina... Ni un plato en el fregadero con restos de comida. ¡La basura! Pulsé el botón de «Pausa» y estudié el cubo lleno: una caja vacía de cereales, una bola arrugada de papel de plata embutida en un envase de yogur...

Eché a correr hacia la cocina. La basura del cubo coincidía exactamente con la toma del vídeo tanto en cantidad como en composición. No había nada encima de la caja de cereales ni del envase de yogur. Hoy era martes. Ariana había trabajado hasta tarde, como de costumbre, y lo más seguro era que hubiera pedido comida preparada en la galería, así que no había tirado nada al cubo desde ayer. Revisé la cafetera y, efectivamente, el filtro empapado de la mañana seguía dentro.

La secuencia en la que yo aparecía durmiendo la habían gra-

45

bado la noche anterior. Ese vídeo, pues, el del tercer DVD, había sido filmado antes del segundo, el que me mostraba inspeccionando el escenario del primero. Una planificación perfecta. Casi me veía obligado a admirar el cuidado que habían tenido.

Revisé la puerta trasera. Cerrada. Ariana debía de haber echado el pestillo por la mañana. No me harían falta ya más recordatorios para utilizar la cerradura de seguridad. Cogí el DVD, como antes, con un pañuelo, y lo metí en un estuche vacío.

El comentario de Julianne en la sala de profesores cobraba ahora nuevo sentido. Obviamente, el asunto iba más allá de un simple caso de hostigamiento. Tres DVD como esos en menos de dieciocho horas constituían una amenaza. Lo cual me asustaba. Y me cabreaba. Daba la impresión, como Marcello había declamado en infinidad de tráileres, que aquello era solo el principio. Habría de contárselo a Ariana, desde luego. A pesar de todos sus defectos, nuestro matrimonio incluía una cláusula de transparencia total. Pero primero quería tachar de la lista a Don, la pista más obvia y, probablemente, falsa.

Salí de casa y torcí a la izquierda por la acera. Hacía una noche fresca. El aire nítido y mi estrafalaria misión me causaban un ligero mareo. No sería más que una pequeña visita entre vecinos.

Un autobús traqueteante —un coloso de engranajes chirriantes— pasó a una apabullante corta distancia. Exhibía impreso un anuncio de *Te vigilan*, próximamente en sus pantallas: una silueta con gabardina, borrosa bajo la lluvia de Manhattan, bajando la escalera del metro; llevaba un maletín, y su rostro en sombra echaba un vistazo atrás demostrando un pánico furtivo, que sugería un estado paranoico. Mientras pasaba el autobús, retrocedí de un salto para evitarme un obituario desternillante.

La campana del timbre sonó en el vestíbulo de los Miller con un volumen inusitado. Entre el temor, el aire nocturno y el sentirme tan cerca de los vecinos, no paraba de cambiar de posición desplazando mi peso de un pie a otro. Intenté serenarme. Se encendió una luz dentro. Percibí un trasiego de pasos, una voz que rezongaba, y poco después Martinique, la sufrida y bella esposa de Don, de ojos tristes y artificioso nombre tan típico de Los Ángeles, abrió la puerta. Tenía la piel de los brazos flácida a causa de los treinta kilos que había perdido, dando la impresión de que se le podría haber ceñido la cintura con el aro de una servilleta; alrededor del ombligo (la había visto más de una vez en bikini) se

le dibujaban estrías semicirculares, como la onda expansiva de
una explosión de tebeo, aunque casi había logrado borrárselas
con un tratamiento de microdermabrasión, y ahora ofrecían un
aspecto suave y femenino. A pesar de haber sido arrancada de la
cama, se la veía impecable: el cabello reluciente y cepillado, la ca-
misola sin mangas de color borgoña, el pantalón de satén con botones del mismo color… Era una mujer eficiente en extremo: fe-
licitaciones apropiadas desde el punto de vista étnico, puntuales
llamadas para dar las gracias tras nuestras cenas más bien infre-
cuentes, regalos de cumpleaños pulcramente envueltos con adornos de rafia…

—Patrick —dijo echando un vistazo cauteloso hacia atrás—,
espero que no vayas a hacer nada de lo que debas arrepentirte.
—Acortaba un poco algunas palabras, lo suficiente para procla-
mar que era centroamericana, en lugar de iraní.

—No, no. Perdona que te haya despertado. Solo venía a preguntarle una cosa a Don.

—No me parece muy buena idea, especialmente en este momento. Está derrengado: ha llegado en avión esta mañana.

—¿De dónde?

—Des Moines. Asuntos de trabajo. Eso creo, vamos.

—¿Cuánto tiempo ha estado fuera?

—Dos noches nada más —replicó frunciendo el entrecejo—.
¿Por qué? ¿También ella se ha ido de viaje?

—No, no —repetí procurando ocultar mi impaciencia.

—Solo se puede mentir una vez, ¿sabes? ¿Cómo voy a creerme que ha ido a Iowa? —La tenía muy cerca. Notaba su aliento
en la cara: olía levemente a dentífrico mentolado. Me resultaba
raro estar tan cerca de una mujer que me permitiera notar su
aliento, lo cual me hizo pensar en todo el tiempo que Ariana y yo
llevábamos manteniendo las distancias—. Es duro, ¿verdad?
—musitó—. Ellos nunca lo entenderán. Nosotros hemos sido las
víctimas.

La palabra «víctimas» me provocó un instintivo rechazo, pero
no dije nada. Estaba tratando de cambiar de tema de una forma
elegante y volver a preguntar por Don.

—Lo siento, Patrick. Me gustaría que no tuviéramos que
odiarnos todos. —Abrió los brazos, y sus perfectas uñas brillaron
en la penumbra. Nos abrazamos. Olía de un modo divino: un leve
rastro de perfume, jabón femenino y sudor mezclado con loción.

47

Abrazar a una mujer, abrazarla de verdad, me trajo de golpe una oleada de sensaciones: no me refiero a recuerdos propiamente, sino, a impresiones físicas: de mi esposa, de otra época. Martinique tenía los músculos más prietos que Ariana, más compactos. Le di unas palmaditas y la solté, pero ella todavía continuó aferrada a mí un poco más; intentaba ocultar la cara.

Me aparté. Martinique se sonó y, dando un vistazo, dijo cohibida:

—Cuando me casé con Don, yo era guapa.

—Martinique, eres guapa.

—No tienes por qué decirlo. —Sabía por experiencia que era imposible ganar esa batalla con ella, y casi sin darme cuenta, tamborileé con los dedos mi antebrazo—. Vosotros los hombres, como solo nos valoráis por nuestro aspecto, creéis que eso es también lo único que valoramos de nosotras mismas. Resulta patético comprobar con cuánta frecuencia tenéis razón. —Meneó la cabeza y se recogió un mechón detrás de la oreja—. Yo gané muchísimo peso después de casarnos. Es todo un problema para mí: mi madre es inmensa, y mi hermana… —Se pasó los dedos por los párpados para quitarse los últimos restos de lápiz de ojos—. Don perdió su interés por mí, su consideración por mí. Y ahora ya lo sé: una vez que se ha perdido, no hay nada que hacer.

—¿Es eso cierto?

—¿Tú no lo crees? —me preguntó mirándome ansiosa.

—Espero que no.

Y entonces, bruscamente, Don se plantó tras ella, ajustándose el albornoz con aire nervioso. Un vello entrecano le cubría el fornido torso. Tensé de modo instintivo los músculos lumbares, como adoptando una postura defensiva más sólida, y el ambiente se cargó de otra clase de tensión.

—Martinique —dijo con firmeza, y ella se retiró en el acto; cruzó el pasillo con pasos silenciosos, echándome un último vistazo mientras se alejaba. Él aguardó a que se cerrara la puerta del dormitorio; su grande y espléndida cabeza osciló entonces sobre aquel cuello de toro, sin dejar de espiar mis manos con la vista. Aparentaba tanto nerviosismo como yo, aunque no estaba dispuesto a reconocerlo—. ¿Qué quieres, Patrick?

—Perdona por haberte despertado. Sé que has venido cansado de tu viaje. —Lo escruté con atención, buscando algún indicio que me demostrara que en realidad no había salido de la ciudad, y que, por el contrario, había estado moviéndose de puntillas por los tejados con videocámaras, como un Papá Noel demente y pervertido—. Alguien ha estado vigilando nuestra casa. ¿No has visto nada?

—¿Vigilando? —Parecía desconcertado de verdad—. ¿Cómo lo sabes?

Le mostré el DVD y le expliqué:

—Me han enviado esto. Y por el enfoque de las imágenes, da la impresión de que han sido tomadas desde tu tejado. ¿Has tenido a algún operario en casa o algo así?

—Patrick, empiezas a preocuparme. —Puso una manaza en la puerta para cerrarla de golpe si yo embestía.

—Saltémonos esta parte, ¿no? —le dije—. Los dos nos sabemos el guion: tú pulsas los botones, y se supone que yo debo reaccionar.

—No he pulsado ningún botón, pero no hay duda de que tú estás reaccionando. —Cerró un poco la puerta.

Extendí la mano, pero me detuve. Con calma.

—Mira, no he venido furioso a lanzar amenazas, ni tengo la intención de llamar a la policía. Solo quiero pedirte con mucha tranquilidad…

—¿Ahora la policía? No sé qué pretendes con todo esto, Patrick, pero no pienso participar. Voy a cerrar la puerta.

Retiré la mano. Sin dejar de mirarme con fijeza, cerró lentamente. Oí el chasquido de la cerradura de seguridad y el tintineo de la cadena en el pestillo.

Regresé a casa y cerré con llave.

Ariana estaba en el diván, clavándome sus oscuros ojos. Levantó una mano, en la que sujetaba dos de los DVD, y exclamó:

—¿Qué demonios es esto? No me digas que estás pagando a alguien para que vigile la casa o para que me controle. ¿O es cosa de Martinique? ¿Ella me espía a mí y tú a Don? Sin entrar en lo asquerosamente invasivo que resulta algo así, yo creía que nosotros estábamos por encima de estas cosas.

—¡Eh! Un momento, un momento. Me han hecho esas grabaciones a mí…

—Es material de vigilancia. Vale, alguna vez te han pescado a ti. ¿Cuántas más hay? ¿Cómo me han pillado a mí?

—No tengo ni idea de quién está detrás de estos vídeos.

Di un paso y ella se encogió. Me quedé de piedra. Ariana nun-

49

ca se había asustado de mí. Nunca. Permanecimos inmóviles, en medio del silencio, horrorizados por su reacción.

Ella se apartó un mechón de la frente e hizo un gesto con la mano plana en el aire, como pidiendo calma.

—¿Me estás diciendo que no tienes nada que ver?

—No. ¡No! Por supuesto que no.

Desvió la mirada e, inspirando hondo, me soltó:

—Patrick, empiezas a darme miedo. Te has pasado días agazapado, como a punto de estallar, y de repente pareces enloquecido. Fisgoneas por encima de la cerca, subes al tejado para espiarlos, y ahora vas y te presentas allí hecho un basilisco. No sabía qué hacer. Creía que iba a acabar explotando todo en su porche. Don tiene varios rifles de caza, ¿sabes? Lograrás que te maten, y entonces sí que tendré que sentirme culpable.

—¿Que me maten?

—Me ha dado la sensación de que Don te dispararía. —Soltó un grito gutural, a medio camino entre el enfado y el alivio—. Y si alguien hubiera de dispararte ahora mismo, debería ser yo.

Le enseñé el tercer DVD y le dije:

—Tienes que ver este.

Usando un pañuelo de papel para no borrar las huellas, lo metí en la ranura, y la pantalla azul enseguida dio paso a la temblorosa toma de la parte trasera de nuestra casa. Mientras avanzaba la filmación, Ariana se sentó en cuclillas y abrazó angustiada un cojín, apretándolo contra sus muslos. Sofocó un grito cuando la mano con guante de látex surgió en el encuadre para girar el pomo de la puerta. Por primera vez, me fijé en la sudadera negra que se atisbaba apenas un instante al aparecer la muñeca del intruso.

Cuando la grabación concluyó, me dijo con voz ronca:

—¿Por qué no me habías contado nada? ¿Por qué no has llamado a la policía?

—No quería asustarte. —Alcé una mano—. Sí, ya sé. Pero este lo acabo de encontrar esta noche; estaba en el tejado. Iba a contártelo ahora. Pero antes quería descartar a Don, por motivos obvios.

—Es imposible que sea Don —aseguró con firmeza.

—Estoy de acuerdo. Aun así, la policía no va a servir de nada.

—¿Qué quieres decir? Alguien ha entrado en nuestra casa.

—Es escalofriante, sí, pero eso no demuestra que haya ningún delito. Dirán que no tienen modo de saber quién ha sido. Dirán que podrías haber sido tú.

—¿Yo? Patrick…

—Y no podrán hacer nada. «Vuelvan a contactar con nosotros si se producen más problemas. Bla, bla, bla.»

Entonces sonó el timbre. Ari se quedó petrificada.

—¡Ay, mierda, mierda! —exclamó—. Será mejor que no abras.

Capítulo 8

Abrí la puerta y me encontré ante una inmensa mujer de forma piramidal que usaba gafas ovales de pasta. Llevaba escalado el cabello —un poco ensortijado—, y se lo peinaba con raya en medio; la barriga que lucía bajo el cinturón decía que era madre, y su aire enérgico y tajante respaldaba esa impresión.

—Soy la detective Sally Richards, y este es el detective Valentine. Él mismo le dirá su nombre de pila si se siente sociable.

Detrás de ella se plantó un negro muy flaco, cuyo cabello venía a ser como un casco de cinco centímetros de grosor sin forma ni ninguna zona recortada, sino tan solo un uniforme amasijo de espesos rizos negros. Torció la boca, ondulando el bigote; igual que ella, vestía pantalones, camisa y bléiser.

Ariana dijo a mi espalda:

—¿Son ustedes detectives? Suponía que mandarían a un par de agentes.

—Ventajas de Bel Air. —Richards se subió el cinturón, sobrecargado con una linterna y una Glock enfundada junto a la cadera—. Lo de esa grabación de vigilancia sonaba raro, así que la Central nos ha mandado a nosotros. Además, estamos aburridos. Trabajamos en la comisaría oeste de Los Ángeles; ahí solo puedes beberte una cantidad limitada de Starbucks. Y los dónuts ni siquiera son dónuts; son pastelitos para *gourmets*.

Valentine parpadeó, incómodo.

Ariana los había llamado para protegerme de Don, pero ahora que estaban aquí, había que darles alguna explicación. Los invité a pasar. Nos sentamos a la mesa del comedor, como si se tratara de una visita de cortesía. La mirada de Richards se detuvo en mis nudillos magullados, y yo retiré rápidamente la mano.

—¿Les apetece beber algo? —preguntó Ariana.

Valentine negó con la cabeza, pero Richards sonrió y afirmó:

—Me encantaría. Un vaso de agua; con una cuchara.

Mi mujer se sorprendió, pero le trajo ambas cosas. Richards sacó del bolsillo interior tres sobres de color rosa de sacarina Sweet'N Low y los sacudió; los rasgó por un extremo, vertió su contenido en el vaso y removió con la cucharilla.

—No pregunten. Es una jodida dieta para que pueda embarcar en un bote cuando llegue la temporada de playa. Bueno, ¿qué es lo que pasa aquí?

Les conté toda la historia de principio a fin. Richards observó en silencio la sorpresa de Ariana ante algunos detalles. A medio relato, Valentine se levantó y miró por la ventana de la cocina pese a que las persianas estaban cerradas. Cuando concluí, Richards dio un par de golpes en la mesa con los nudillos, y pidió:

—Echemos un vistazo a esos DVD.

Metí el primer disco. Richards y Valentine intercambiaron una mirada al ver que lo sujetaba con un pañuelo de papel. Cruzados de brazos, los cuatro permanecimos de pie ante la pantalla plana, como un grupo de ojeadores deportivos observando una sesión de bateo.

—Bueno, bueno, bueno… —dijo Richards al terminar el último disco.

Regresamos a la mesa. Ella se sentó, y Ariana y yo la imitamos. Valentine se quedó en el salón, hurgando en los armarios de la tele. Ari se volvió varias veces con nerviosismo para mirarlo. Advertí que Richards había ocupado una silla en el extremo de la mesa, de manera que nosotros tuviéramos que darle la espalda a su compañero mientras él husmeaba.

—¿Este es uno de sus diseños? —inquirió la detective, pasando las manos por la superficie lacada.

—¿Cómo lo ha…? —exclamó Ariana.

—Hay montones de revistas en la mesita de la entrada; un cuaderno de dibujo en la escalera, allí; una mancha de carboncillo en su manga izquierda… Zurda: creativa. Y sus manos… —Richards se inclinó sobre la mesa y cogió a Ariana de las muñecas, como una adivina—. Son más ásperas de lo normal para una persona de clase media. Estas manos trabajan con abrasivos, diría yo. Así pues: diseñadora de muebles.

Ariana retiró las manos.

Valentine se hallaba a nuestra espalda, y preguntó:

—¿Tienen escondida fuera una llave de la casa?

—En efecto, debajo de una roca artificial, junto al sendero —respondí—. Pero como ya he dicho, probablemente yo mismo dejé abierta la puerta trasera.

—Pero no está seguro —observó.

—No.

—¿Y alarma? Hay dos letreros delante y adhesivos en los cristales.

—Solo los letreros. Son del dueño anterior; siguen ahí con fines disuasorios. Dimos de baja el servicio.

Valentine hizo un ruido gutural.

—¿Por qué? —preguntó Richards.

—Demasiado caro.

Valentine miró alrededor con los labios fruncidos, aparentemente admirando los muebles.

—Está bien —dije—, llamaremos a la compañía para que la vuelvan a conectar.

—¿Funciona con código o con llaves? —preguntó.

—Con ambas cosas.

—¿Cuántas llaves?

—Dos.

—¿Aún las tiene?

Crucé el salón y las saqué del fondo del cajón de la vajilla de plata.

—Sí.

—¿Sabe alguien más dónde están esas llaves?

—No.

Valentine me las quitó de las manos y las tiró a la papelera.

—Consiga otras nuevas —me aconsejó—. Cambie el código y no se lo diga a nadie. Ni a la mujer de la limpieza ni a su tía Hilda. A nadie. —Su expresión era indescifrable—. Solo ustedes dos han de saberlo.

Richards se puso de pie y me hizo un guiño.

—Vamos a echar una ojeada afuera, Patrick. —Ariana hizo ademán de levantarse, pero ella le dijo—: Hace frío. ¿Por qué no espera aquí con el detective Valentine?

Ari se la quedó mirando un segundo más de lo necesario.

—Muy bien. Yo iré a buscar las llaves a la roca artificial —determiné.

Richards me hizo un floreo, en plan «usted, primero», y salimos por la puerta de atrás. Una vez afuera, se agachó y examinó el pomo.

—Detective Richards…

—Sally, por favor.

—Está bien, Sally. ¿Por qué cree que usó guantes de látex?

—Los de cuero dejan marcas características, como las huellas dactilares.

—Entonces si el tipo hubiera usado dos veces unos de cuero, usted habría podido identificarlos.

—Guionista, ¿no? —concluyó observándome con la cabeza ladeada.

Sonreí. Su numerito, haciendo de Sherlock, acerca de la manga de Ariana manchada de carboncillo era probablemente la versión teatral de una simple búsqueda en Google.

—Profesor en realidad.

—«El tipo» —observó—. Ha dicho «el tipo».

—Lo más probable en el caso de un intruso. Además, la mano enguantada parecía masculina.

—Un poco grande, desde luego. Quizás es una mujer que retiene líquidos.

—Abrió con la mano derecha —objeté acuclillándome a su lado—. Así que deduzco que es zurdo.

Ella interrumpió su inspección del marco de la puerta una fracción de segundo, pero fue lo suficiente para darme cuenta de que la había sorprendido.

—¡Ah! Porque usted supone que él reservaría su mano dominante para sostener la cámara. —Me miró otra vez de soslayo—. Me alegra ver que no se está obsesionando con el asunto.

Una leve marca en la capa de tierra del escalón le llamó la atención de pronto: el borde de una huella. Me apartó con un gesto y se inclinó, apoyando los puños en las rodillas.

El corazón se me aceleró.

—¿Qué puede deducir?

—Es de un hombre mexicano, de un metro noventa más o menos, que llevaba una mochila en el hombro derecho.

—¿En serio?

—¡Qué va! Es una huella de mierda.

Me reí. A ella se le formaron unas arruguitas alrededor de los ojos. Por lo visto, me encontraba tan divertido como yo a ella.

Pero no había tiempo para recrearnos en nuestra mutua simpatía.

—Déjeme ver su calzado —pidió Richards—. No, quíteselo.

Me saqué la zapatilla deportiva. Ella la sostuvo sobre la huella: coincidían a la perfección.

—Nada; vuelta a empezar.

—¡Vaya, hombre!

Se puso de pie y se arqueó hacia atrás, para que le crujieran las vértebras. No le crujieron, pero soltó un buen gruñido de placer. Encendió la linterna y recorrió con ella la pared, rehaciendo a la inversa el trayecto de la cámara.

—¿Algún problema con su mujer zurda?

Había luz en la habitación de Don y Martinique.

—Todas las parejas tienen problemas —respondí.

—¿Alguna disputa importante con otra persona?

—Keith Conner y Summit Pictures. Tenemos un pleito… Salió en todos los diarios sensacionalistas.

—No leo mucho *The Enquirer*. Cuénteme.

—El juez ha decretado el secreto del sumario hasta que se resuelva el asunto. El estudio no quiere que haya mala prensa entretanto.

Me miró ligeramente decepcionada, como si yo fuese un perro que acabara de manchar la alfombra.

—Quizá eso no sea tan importante en estos momentos.

—Es una historia tan estúpida que no la creería.

—Apuesto a que sí. El mes pasado tuve que detener a un director por tirar un montón de basura en la piscina de su agente. No puedo citar los nombres, pero era Jamie Passal.

Me miró con aire inexpresivo, sin presionarme.

Aspiré una bocanada de aire fresco y le expliqué mi enfrentamiento con Keith, o sea, que él se había resbalado y golpeado la mandíbula con el canto de una mesa; que había mentido, diciendo que yo le había pegado, y que la productora se había sumado a la demanda para sacarme lo que pudiera.

Cuando terminé, no me pareció impresionada.

—Los litigios por dinero son nuestro pan de cada día —afirmó y, mirándome a los ojos, añadió—: Y las absurdas disputas domésticas, también. —Pasó los dedos por la pared, como comprobando si estaba recién pintada—. De modo que este asunto con Summit y Keith sigue en marcha.

—Exacto.

—Y es muy caro.

Exacto.

—Parece un método muy sofisticado y laborioso para un actor o una productora que quisieran hostigarlo —comentó.

Apreté los labios, asintiendo. Yo había pensado lo mismo.

—Además, ¿qué iban a sacar?

—Quizá pretenden desgastarme antes de presentar otro tipo de demanda.

No me sonaba muy convincente y, por la expresión de Sally, a ella tampoco.

—Volvamos a Ariana. —Sally se las había arreglado para que cambiáramos de posición, de tal manera que ahora estábamos mirando el salón por la ventana—. ¿Tiene enemigos?

Nos encontrábamos el uno junto al otro ante la panorámica de la manta y la almohada sobre el diván. Inspiré hondo.

—¿Aparte de la esposa del vecino?

—Vale. Ya veo. —Se calló un momento—. No averiguaré nada que valga la pena sobre esos nudillos magullados... ¿verdad?

—No, no. Doy algún puñetazo de vez en cuando en el salpicadero. Cuando estoy solo. No pregunte por qué.

—¿Le sirve de alivio?

—Hasta ahora, no. No me consta que Ariana tenga verdaderos enemigos. Su único pecado es ser más amable de la cuenta.

—¿A menudo? —aventuró.

—Una vez.

—La gente puede llegar a sorprenderte.

—Continuamente. —La seguí por el césped hasta los arbustos de zumaque, sin dejar de pensar en la cuestión subyacente—. Ariana no sabe mentir; sus ojos son demasiado expresivos.

—¿Cuánto tardó en contarle lo del vecino?

Sally y yo habíamos congeniado con mucha facilidad. Parecía de fiar, y realmente interesada en conocer mi opinión. ¿O no era más que una hábil detective en pleno trabajo, haciéndome sentir especial para que siguiera largando sobre asuntos personales? En cualquier caso, me oí responder:

—Unas seis horas.

—¿Por qué tanto?

57

—Yo viajaba en avión. Vino a buscarme al aeropuerto. Todo eso tuvo lugar después de que yo «no» le diese el puñetazo a Keith.

—Seis horas está bien. Me gustaría saber si no estará tardando más en contarle alguna otra cosa. —Apartó las ramas de zumaque: no se veía ninguna huella en la esponjosa tierra de debajo. Enfocó la linterna hacia la plancha de plástico del invernadero e iluminó el interior: una hilera tras otra de flores asomaba desde los estantes combados de madera.

—¿Lirios?

—Sí. Lirios mariposa, sobre todo.

—Son una pesadilla —afirmó soltando un silbido.

—Pasan entre tres y cinco años desde que plantas la semilla hasta que sale el bulbo. Cualquier cosa las daña.

—Plántalas bajo un palmo de tierra y ponte a rezar.

—Como si fueran los seres queridos difuntos.

—El tiempo necesario para interesarte en las actividades de tu mujer. —Izó su considerable físico sobre la cerca trasera y echó un vistazo a la silenciosa calle que quedaba al otro lado—. Podría haber saltado por aquí.

Señalé la otra cerca, medio vencida: la que separaba nuestro patio trasero del de los Miller.

—O por ahí.

—O por ahí —asintió. Se bajó soltando un resoplido, y caminamos siguiendo la línea de separación de las dos parcelas.

—¿Y ahora qué? —pregunté, algo nervioso.

—¿Nombre del vecino?

—Don Miller. —Decirlo me dejaba un sabor agrio.

—Filmaron el vídeo desde su tejado. Tendré que hablar con él.

Me detuve en seco, mirando la casa de los Miller.

—Nada más fácil.

—¿Por qué?

—Todavía está despierto. —Por encima de la cerca combada, le señalé la silueta de Don en la ventana del dormitorio.

Él se apartó enseguida, pero Sally mantuvo los ojos fijos en la casa.

—Volveremos en un santiamén, Patrick. Vaya con Ariana; está muy asustada. Tiene unos ojos tan expresivos…

Se dio media vuelta con gesto educado y se dirigió a nuestra casa para recoger a su compañero.

Y

Ariana y yo volvimos a mirar los tres DVD, uno tras otro. La mano con guante de látex parecía masculina. El puño de la sudadera negra estaba metido dentro del guante de tal manera que no se viera la piel, pero yo repasé esa parte congelando las imágenes para asegurarme.

—Siento haber llamado a la policía sin decírtelo. Aunque me mintieras. Pensaba que estabas fuera de ti, que ibas a hacer una idiotez y acabarías recibiendo un disparo. —Ariana caminaba alrededor del diván con las manos entrelazadas en la cabeza—. Es increíble lo poco que hace falta para que alguien resulte sospechoso: una interpretación errónea, un pañuelo blanco o unos cuantos codazos bien dados, ¿verdad?

Observé el cerco de piel bronceada de su escote, y le pregunté:

— ¿Se te ocurre alguien...?

—No. Por favor. No conozco a nadie tan interesante.

—Hablo en serio. ¿Hay algún otro hombre que...?

—¿Que qué? —Una sombra rosada le trepó por la garganta hasta el rostro. Cuando se ponía nerviosa, solía estar a un paso de montar en cólera.

—Que haya mostrado interés —dije con calma—. En la galería, en el supermercado, donde sea.

—Ni idea —repuso—. Él se ha pasado todo el rato curioseando en ese sentido. Me refiero al detective Valentine. ¿Quién demonios hace una cosa así? Ha de ser alguien de la productora, o el gilipollas de Conner. —Caminó de aquí para allá. Echó un vistazo al reloj: casi las dos de la madrugada—. Van a llevarse los DVD como prueba. Deberíamos hacer una copia. —Alzó una mano para detenerme—. Ya sé, los cogeré con una manopla de cocina.

Mientras ella sujetaba con cuidado el disco por los bordes, subí arriba y busqué fotografías de Keith Conner en Internet. No me costó mucho encontrar una de ellas donde se le vieran las manos. Llevaba un enorme reloj Baume & Mercier en la muñeca derecha, así que era probable que fuese zurdo. Abrí una imagen en Photoshop y amplié su mano derecha. ¿Sería así como pasaban sus solitarias veladas los acosadores de famosos? La mano de Keith era como la de la mayoría de los hombres, igual que la

59

mano que había abierto la puerta trasera. Pero aun suponiendo que él estuviera detrás de aquella historia, habría contratado a alguien para perpetrar el allanamiento.

La voz de Ariana me sobresaltó:

—No vas a creerlo. —Venía con su portátil plateado abierto—. Mira. —Pinchó el DVD que había en el lector. Estaba vacío—. He arrastrado los iconos al escritorio, pero cuando iba a grabarlos, la disquetera ha hecho este ruido. —Me hizo una demostración—. Y al hacer doble clic en los iconos, han desaparecido.

—Los DVD no se borran por sí mismos —objeté.

—Pues estos sí. —Su expresión se endureció.

Observé los otros dos DVD, metidos en una bolsa de plástico, e inquirí:

—Y los has arrastrado todos al escritorio antes de grabarlos. O sea, me estás diciendo... que ahora están todos vacíos.

Asintió.

—Supongo que fueron diseñados para borrarse en cuanto alguien intentase copiarlos.

Apreté los dientes y me froté los ojos con las manos.

Sonó el timbre.

Tragué saliva para humedecerme la garganta.

—Deja que me ocupe yo de los detectives, Ari. Fingiré que te has ido a la cama. —Intentó decir algo, pero la corté—. Por favor, confía en mí.

Sacó el último disco del portátil, lo metió con todo cuidado en la bolsa con los otros dos y me la dio sin decir palabra. Con todo el cuerpo en tensión, bajé deprisa la escalera y abrí.

—¿Puedo pasar? —dijo Sally.

—Claro. ¿Y Valentine?

Vi que estaba en el asiento del acompañante del Crown Vic, tomando notas.

—Él no es tan sociable; ya se lo he dicho —comentó la detective, encogiéndose de hombros.

Entramos los dos.

—¿Le preparo una taza de té o algo así?

—¿Tiene de ese tipo chai?

Me apresuré a meter dos tazas en el microondas y las llevé a la mesa. Ella vertió en el suyo un sobre de Sweet'N Low, y luego otro. Rodeó la taza con las manos.

—Está muy solo, Patrick.

—Sí. ¿Y usted?

Volvió a encogerse de hombros; debía ser una especie de tic.

—Por supuesto. Madre soltera. Mujer detective. Mucho tiempo con gente que no replica. O sí. ¿Entiende? —Se quitó las gafas de pasta y limpió una lente con la camisa—. Don no estaba en la ciudad anoche ni esta mañana, cuando, según dice usted, fueron grabados el segundo y el tercer DVD. Asistió a una reunión con el auditor financiero de un fondo de inversión en Des Moines. Suena demasiado aburrido para habérselo inventado.

—No tiene la suficiente imaginación para eso.

El mismo encogimiento de hombros.

—No soy psicóloga infantil. Por lo tanto, le pedí que me enseñara las tarjetas de embarque. Además, es diestro. —Dio un sorbo—. Quizá la mujer estaba en el ajo.

—No, ella es un encanto. Es… inofensiva.

—Sí, no la veo dando tumbos por el tejado en zapatillas.

—Acabo de intentar copiarlos. Se han borrado por sí mismos —expliqué poniendo la bolsa con los discos sobre la mesa.

—¿Ahora?

—Ya sé lo que parece. No empiece.

A través del vapor que despedía el té, sus ojos —de color castaño amarillento, apagados, no muy entusiastas— me estudiaban fijamente; unos ojos tan engañosos como el resto de su persona.

—Y adivine qué mas —añadí.

—¿Qué más?

—Creo que las únicas huellas en esos DVD serán las mías y las de mi mujer. ¿Y…? —la animé con un gesto.

—Y ahora, de repente, la grabación ya no existe. —Tamborileó con los dedos en los estuches de los discos—. Porque resulta que estos son DVD mágicos que se borran a sí mismos.

—Ya sé lo que parece, repito. Pero la verdad es que alguien irrumpió en mi casa, cogió mi videocámara y mis DVD, y me filmó mientras dormía en mi propio salón. Usted y su compañero han visto los vídeos.

—Sí, pero no hemos tenido la oportunidad de analizarlos, ¿no? —Me frunció el entrecejo afablemente, como si fuéramos dos científicos perplejos ante el mismo teorema—. He de añadir que no parece que el intruso irrumpiera forzando la entrada. Más bien giró el pomo de una puerta que no estaba cerrada, y entró en

61

su casa, es decir, suya y de su mujer… Pero, bueno, de acuerdo. Pasemos a la pregunta siguiente: ¿Por qué?

—¿Cómo voy a saberlo?

—¿No es guionista o algo parecido? ¿Por qué harían una cosa así en una película?

—Para demostrar que pueden hacerlo.

—O para demostrarles a ustedes que pueden. —Calcó mi expresión frustrada—. Yo no tengo la respuesta. Valentine y yo leemos signos, y en este caso todos los signos indican lo mismo: doméstico. No pretendo decir que eso lo convierta en un asunto sencillo, pero hemos aprendido a no malgastar mucho tiempo una vez que una pareja cierra filas.

—Ahora viene cuando dice que no es posible hacer gran cosa.

—No es posible hacer gran cosa.

—Que debería llamarlos si pasa algo fuera de lo normal.

—Debería llamarnos si pasa algo fuera de lo normal.

—Me cae bien, Sally.

—Y usted a mí, mira por dónde. —Se levantó, apuró la taza de chai y meneó la cabeza—. Le hace falta azúcar de verdad.

Dejó con cuidado la taza en la mesa. Salió y se detuvo en la acera. Valentine aguardaba en el coche.

—Mire lo que le digo, Patrick. Si quiere hurgar en este asunto, estamos dispuestos a venir con una excavadora, por gentileza del condado. Pero, en primer lugar, usted debe decidir si quiere conocer lo que acaso desenterremos.

Capítulo 9

$\mathcal{M}$ientras enchufaba la videocámara en el salón para recargar la batería, me sobresaltó un crujido en la escalera, pero era Ariana, que estaba bajando y apareció en el umbral.

—Bueno, ha ido tal como habías predicho —dijo—. ¿Así que no podemos hacer nada, salvo esperar el próximo capítulo?

—A mí no me apetece esperar, porque no sabemos lo que vendrá a continuación.

Ariana se tiró del pelo por la parte de atrás; enseguida se dio cuenta de lo que estaba haciendo y paró. Se puso en jarras, tamborileándose en las caderas con los dedos.

—Han interrogado a Don. O sea que ahora ya está implicado oficialmente. Si intenta hablar conmigo del asunto, ¿qué digo?

—No soy partidario de fijar reglas.

—En otras palabras: deberías ser capaz de confiar en mí.

—Ariana, nos están amenazando. ¿Crees que me importa una mierda si hablas o no con Don?

Soltó un gruñido exasperado y se fue a la cocina. Mientras llenaba con lentitud un vaso de agua del surtidor de la nevera, la observé de espaldas y le contemplé la suave piel de los hombros, enmarcada por la camiseta sin mangas con la que dormía.

Durante un instante fugaz, ella y yo habíamos vuelto a ser un equipo. El vínculo familiar se había adueñado del primer plano a causa de la crisis. Pero los detectives se habían marchado ya, y ahora solo quedábamos nosotros con todos nuestros viejos problemas y unos cuantos más nuevos.

Ariana se sentó a la mesa del comedor, con los dedos rodeando el vaso, mirando para otro lado. Sus hombros, ahora caídos, se veían frágiles y huesudos. Sin darse la vuelta, me dijo:

—En las películas, la infidelidad la comete siempre él. Por lo general en una despedida de soltero, o lo que sea. Luego se siente fatal, se duerme junto a la puerta de la chica, se humilla en plan romántico y acaba perdonado. Pero nunca es ella. Nunca es la mujer.

—*Ulises.*

—Ya, pero no tuvo éxito de taquilla. —Dio un sorbo de agua y dejó el vaso en la mesa. Me acerqué y me senté enfrente. Ella no levantó la vista; le temblaban los labios—. ¿Por qué no has gritado ni una sola vez?

—¿A quién?

—A quien sea. A mí, a él.

—Él no vale la pena.

—Creía que yo tal vez sí.

—¿Quieres que te grite?

—No, pero quizá podrías pensar algún otro modo de demostrar que te importa una mierda. —Se rio con un timbre amargo, y luego se secó la nariz con el dorso de la mano—. Escucha, me paso la vida diseñando muebles carísimos y vendiéndolos a gente que, en su mayoría, no sabe apreciarlos… ¿Es eso lo que van a poner en mi lápida? Tengo treinta y cinco años, y la mayor parte de mis amigas están ocupadas organizando la vida de sus hijos; y las que no, han desarrollado una adicción al ejercicio o están de vacaciones permanentes. Es una edad extraña, y no la llevo nada bien. El mundo se ha estrechado en torno a mí bruscamente, y mi vida no contiene casi nada de lo que había esperado. De todo lo que tengo, lo único que me parece especial eres tú. —La voz se le quebró. Se mordió el labio, tratando de volver a captar el hilo—. ¿Es el fin del mundo que tú no sientas lo mismo respecto a mí? No. Pero es una mierda. Por eso, cuando hablé con Keith y me dijo que estabas con Sasha… —Sacó del bolsillo un pañuelo de papel y se sonó ruidosamente—. Y entonces apareció Don, y yo quizá pensé que todavía podía sorprenderme a mí misma, sorprenderte a ti, o tal vez que era capaz de arrancarnos de una sacudida del pozo de mierda en el que nos habíamos metido. No sé. —Meneó la cabeza—. El sexo fue penoso, si te sirve de consuelo.

—Un poco.

Yo me había resistido con todas mis fuerzas a preguntar qué había pasado, para no torturarme repasando uno a uno los detalles: quién iba vestido de una u otra manera, quién puso la mano dónde… Tenía al menos la perspicacia suficiente para intuir que, cuanto más supiera, más querría saber y peor se pondrían las cosas.

—Te había descuidado; eso me queda claro —me disculpé alargando hacia ella una mano con torpeza a través de la mesa—. Keith te sorprendió en un momento vulnerable, en un momento en que estabas predispuesta a creerle. Lo que no consigo digerir es que no hablaras conmigo primero.

—Llevaba días tratando de hablar contigo, Patrick.

—Yo a duras penas aguantaba el tipo; no resistía la situación. Keith fue solo una excusa para saltar del barco. —Mantenía la cabeza gacha, sin atreverme a mirarla a los ojos—. Debía soportar todas esas estúpidas correcciones de la mañana a la noche… —Me interrumpí—. Lo sé, todo eso ya lo has oído. Pero me sentía…

Ella captó el cambio en mi tono.

—¿Cómo?

Me miré las manos y contesté:

—Había transigido en un montón de cosas y, aun así, había acabado convertido en un fracaso.

Me miró en silencio, reflejando aflicción en sus oscuros ojos.

—Eso no lo sabía —musitó—. No sabía que te sentías así.

—No te tuve en cuenta, de acuerdo. Pero un matrimonio debería garantizarte el derecho a pasar un tiempo estúpidamente ensimismado, digamos, nueve días, sin que tu esposa se meta en la cama con otro. No es que yo no tuviera oportunidades. Estaba en un plató de rodaje, por el amor de Dios.

—Sí, ya. Como guionista.

Tuve que reírme.

Ella se mordió el labio y ladeó la cabeza. Luego pasó la mano por el barniz de la mesa.

—Mira esta madera de nogal, Patrick: marrón chocolate, grano abierto, textura regular. La cortamos al cuarto para aprovechar el ángulo más bonito de los anillos del tronco. ¿Sabes lo difícil que es conseguir una madera tan fina? Te encuentras con toda clase de problemas: grietas, fisuras, putrefacción, bolsas de resina, cavidades alveolares, manchas azules de hongos… —La golpeó fuerte con los nudillos—. Pero en esta, no. Escogí la mejor.

—¿Y sin embargo?

65

—Dame la mano. —Me deslizó la palma lentamente por el tablero. Percibí un bultito casi imperceptible hacia el centro—. ¿Lo notas? Está combada. Mira arriba.

Así lo hice. La rejilla de la calefacción exhalaba aire caliente desde la cornisa sobre la mesa.

La mirada de Ari me estaba esperando cuando bajé la vista.

—Una veta que ha retenido humedad, quizá. No todo se puede evitar.

—Nunca lo había notado.

—Refleja la luz de otro modo, el brillo se curva… Lo veo cada vez que bajo la escalera. Y aquí —resiguió con mis dedos una leve abolladura circular—, barnizamos sobre un nudo. Estaba liso del todo hace tres meses. Un nudo en la madera siempre implica un riesgo, pero algún defecto la hace más bonita también. Si la quieres uniforme, vete a IKEA. —Me cogió también la otra mano—. No puedes ver todos los defectos. Pero es una buena mesa, maldita sea. Así que… ¿por qué tirarla?

—Todavía sigo aquí, ¿no?

—Técnicamente. —Me apretó las dos manos juntas, como si yo estuviese rezando, pero las suyas cubrían las mías con toda suavidad, sin lastimarme los nudillos magullados. Al echarse hacia delante, el oscuro cabello le rodeó la cara—. Esto no es bueno para ninguno de los dos. Sean cuales sean los pasos que hayamos de dar, estoy dispuesta a darlos contigo. Lo que no pienso hacer es seguir así. No sé lo que significará para ti, pero yo tengo que encontrar un modo de seguir adelante.

Se levantó de la silla, se inclinó sobre la superficie lacada y me besó en la frente. Oí sus pisadas en la escalera y luego la puerta del dormitorio, cerrándose con cuidado.

Capítulo 10

Tenía un exceso de energía, de esa que me asalta por la mañana después de una noche en vela: energía errática, vagamente frenética y ribeteada de desesperación. Me había pasado cuatro horas aturdido y agitado en el diván, bajo un revoltijo de mantas, pendiente de los crujidos de la escalera, del patio a oscuras tras las cortinas semitransparentes y de las sombras de las ramas que cabeceaban al viento. Las últimas palabras de Ariana, además, me habían dado mucho que pensar en los momentos lúcidos de mi duermevela. Me había planteado una disyuntiva inapelable: quédate o márchate, pero lo que sea, hazlo de verdad. Incluso durante las rachas en las que me había dormido, me había visto en sueños a mí mismo, tumbado incómodamente en el sofá, frustrado e incapaz de dormirme. Varias veces me había levantado para atisbar el patio por las ventanas, y justo después de las seis, cuando el *L.A. Times* aterrizó afuera, salí y lo examiné con ansiedad, pero no encontré ningún DVD escondido entre sus páginas.

Entonces coloqué mi videocámara junto a la ventana delantera de la diminuta sala de estar, y manipulé la lente de manera que abarcara el porche y la acera. Había puesto el trípode detrás de una maceta de palma bambú, y la cámara quedaba disimulada entre sus hojas de punta mellada. Las cortinas, estratégicamente corridas, dejaban la rendija imprescindible para observar por ella. Bebiendo a sorbos mi tercera taza de café, lo revisé todo una vez más y pulsé el botón verde del sistema de grabación, que, según proclamaban los anuncios, disponía de ciento veinte horas de memoria digital.

La voz de Ariana me sobresaltó:

—¿Es esto lo que estabas haciendo aquí abajo?

—¿Te he despertado?

—Ya estaba despierta, pero claro que te he oído trastear de un lado para otro. —Dio un bostezo y lo acabó con un rugido femenino; luego señaló la cámara oculta, diciendo:

—¿Piensas hacerles probar su propia medicina?

—Eso espero.

—Hoy llamaré a los técnicos de la alarma.

—No me suena como un voto de confianza.

Se encogió de hombros.

Subí a mi despacho y guardé los apuntes para la clase en un maletín de piel que me había comprado para parecer más profesional. Cuando volví a bajar, me encontré a Ariana apoyada en el fregadero, con un lirio mariposa, de un naranja vibrante, detrás de la oreja. Me la quedé mirando. El color del lirio que se ponía en el pelo revelaba su estado de ánimo: el rosa significaba juguetón; el rojo, irritado. El lavanda —el azul lavanda— lo reservaba para cuando se sentía especialmente enamorada; es decir, no lo llevaba desde hacía mucho tiempo. De hecho, durante meses no había lucido más que el blanco; con el blanco siempre quedaba a salvo. Se me había olvidado a qué humor correspondía el naranja, cosa que me dejaba en desventaja.

Ariana cambió de mano la taza de café, incómoda ante mi mirada. Yo seguía concentrado en la flor naranja.

—¿Qué? —dijo.

—Vete con cuidado hoy. Dejaré el móvil encendido incluso durante la clase. Vigila cualquier cosa rara; la gente, alguien que se acerque al coche… Y pon el seguro en las puertas.

—De acuerdo.

Asentí, y volví a asentir de nuevo cuando quedó claro que ninguno de los dos sabía qué más decir. Notando su mirada en mi espalda, salí al garaje y apreté el botón. La puerta empezó a alzarse temblorosamente. Deslicé el maletín por la ventanilla abierta de la derecha y apoyé las manos en el borde. Entonces me vinieron a la cabeza las palabras que me había dicho la noche anterior: «Lo que no pienso hacer es seguir así».

En uno de los abarrotados estantes, dentro de un recipiente de plástico de cierre hermético, distinguí el vestido de boda de Ariana a través del transparente envoltorio. Moderno con algunos toques tradicionales, como ella. Sentí otra vez un vaivén de emociones: traición y dolor, rabia y tristeza. El maldito vestido de en-lo-bueno-y-en-lo-malo preservado para un futuro que quizá ya no teníamos.

Salí a pie del garaje, pasé junto a los cubos de basura y me asomé a la ventana de la cocina. Ari estaba sentada como siempre en el brazo del diván, agarrándose el estómago como para sofocar un dolor. La taza reposaba sobre sus rodillas. No lloraba, sin embargo; hoy su rostro tan solo reflejaba desilusión. Se quitó la flor del pelo y la hizo girar entre los dedos, observando sus pétalos anaranjados como si tratara de leer en ellos el futuro. ¿Por qué me sentía defraudado y dejado de lado? ¿Acaso pretendía que llorase todas las mañanas? ¿Para demostrar, qué? ¿Que aún sufría tanto como yo? No habría sabido responder, al menos de forma consciente, y planteada así, la pregunta me parecía nimia y estúpida.

Después del asunto de los DVD, no quería darle un susto si levantaba la vista. Cuando ya estaba a punto de retroceder, ella se acercó a la puerta de la cocina, la contempló con detenimiento, abrió la cerradura de seguridad y volvió a cerrarla con firmeza.

Me quedé allí plantado unos momentos después de que ella desapareciese escaleras arriba.

69

Capítulo 11

*E*l café Formosa ya era un local famoso de Hollywood mucho antes de que Guy Pearce, en el papel de Ed Exley, tomara a Lana Turner por una puta en *L.A. Confidential*. En el bar, bajo las fotos en blanco y negro de Brando, Dean y Sinatra, me tomé un escocés para armarme de valor; esas compañías al menos me fortalecían. Frente a las ventanas que daban al oeste, se alzaba amenazador el complejo de edificios que constituía Summit Pictures, así como un anuncio gigante de *Te vigilan*: La pretenciosa cara de Keith Conner cubría todo el flanco del edificio de los directivos. Se abarcaba de Bogart a Conner con un simple giro de cabeza. Pero ocurría que Bogart ocupaba un espacio de veinte por veinticinco, y Conner, un edificio entero. Injusticia poética.

El anuncio de seis pisos lograba que pareciesen pequeños los coches que circulaban. Me di cuenta de que lo habían rehecho por el recuadro que faltaba en la base, donde se veía un fragmento de la versión anterior. En la actual, un infladísimo primer plano de Keith entornando los ojos, dispuesto a afrontar el peligro cara a cara, había reemplazado a la borrosa silueta que bajaba la escalera del metro. La fase de rodaje de la película acababa de concluir, y ni siquiera se había montado el tráiler, pero los primeros comentarios habían catapultado al actor a las alturas, por lo que valía la pena centrar toda la campaña publicitaria en torno a su imagen. Se había convertido en una figura en ciernes; cosa que, en parte, era culpa mía.

El camarero hizo una pausa en su trabajo para recoger mi vaso. Antes me había reconocido como un antiguo habitual y me había hecho una seña para que pasara, aunque ya estaban preparando las mesas para el almuerzo. Ahora, sin embargo, no me preguntó si quería otra copa.

Llamé con mi móvil a la centralita de Summit.

—Oiga, por favor, ¿podría hablar con Jerry, de Seguridad?

Jerry y yo nos habíamos hecho amigos durante la fase de pre-producción, cuando me pasaba el día en los estudios. Nos había-mos conocido en el comedor y enseguida fuimos a almorzar jun-tos varias veces a la semana. Como es natural, no habíamos hablado desde que se habían torcido las cosas.

Cada timbrazo del teléfono sonaba como una cuenta atrás. Al fin descolgó. Yo tenía la garganta seca.

—¡Eh, Jerry, soy Patrick!

—¡Vaya! Patrick, no puedo hablar contigo. Te habrás dado cuenta de que estás en medio de un pleito con mis jefes.

—Lo sé, lo sé. Oye, no quiero más que preguntarte una cosa. Estoy aquí enfrente, en el Formosa. ¿Puedes darme dos minutos?

Su voz se volvió más grave al contestar:

—El hecho de que me vieran contigo podría dejarme con el agua al cuello.

—No tiene nada que ver con el pleito.

No contestó de inmediato y yo no lo presioné. Por fin suspi-ró y dijo:

—Será mejor que no lo sea. Dos minutos.

Colgó. Aguardé con el corazón palpitante. Tras un buen rato, entró con precipitación y echó una ojeada al vacío restaurante. Se sentó en el taburete de al lado sin saludarme, evitando la tosca campechanía aprendida durante su período con los marines.

—Si he venido es porque los dos sabemos que en este asunto te ha tocado la peor parte —planteó Jerry—. Keith es un gilipo-llas y un mentiroso; nos ha enredado a todos. Para serte sincero, estoy deseando dejar todo este tinglado. —Señaló con un gesto irritado el complejo—. Volver a la seguridad de verdad, ganarme honradamente la vida con asuntos turbios…

—Tengo entendido que acabáis de firmar con Keith por dos películas más.

—Sí, pero ahora el muy idiota va a hacer un documental de mierda sobre ecología. Mickelson trató de convencerlo para que esperase a tener otro éxito en el bolsillo, pero no: tiene que ser ahora. —Sonrió, socarrón—. Me imagino que Mickelson le dijo que el medio ambiente también seguirá hecho una mierda dentro de dos años. Y eso no debió de ayudar para convencerlo. —Alzó los hombros y los bajó—. Pero, en fin, después seguirá con nosotros. —Alargó la mano hacia mi vaso de agua con hielo, aún intacto, dio un trago y consultó el reloj—. Bueno…

71

—Me han estado jodiendo últimamente, grabándome en vídeo; incluso entraron en mi casa de noche. He pensado que tal vez alguien del estudio se haya extralimitado, y como sé que tú supervisas los expedientes de investigación… ¿Se te ocurre alguien que pueda haberse tomado un interés extraoficial en el caso?

—¡No, hombre! —Su alivio era patente—. Mira, esa demanda es un jaleo, seguro, pero nada con lo que no estén acostumbrados a lidiar. Forma parte del negocio.

—De este negocio, al menos —comenté. Su expresión seguía siendo tranquila, indiferente—. Entonces, por lo que tú sabes, no hay nadie que esté tan desquiciado que quiera tomárselo en plan personal.

—Hasta donde yo sé. Y sé bastante, Patrick. Me encargo de supervisar los correos electrónicos, de comprobar que no hay micrófonos ocultos, de contactar con la policía, en fin, toda esa mierda. Ya sabes que a esta gente le encanta la seguridad. Yo soy el tipo duro de la empresa y el papá que lo soluciona todo. Si alguien se astilla una uña, me llaman dando alaridos, o si un conserje mira más de la cuenta las piernas que no debe, he de mantener una pequeña conversación. En fin, idioteces. El mundo se ha vuelto muy complicado. Pero hay una cosa que continúa igual que en los viejos tiempos: si quisieran darte un rapapolvo, me llamarían a mí.

No sabía bien qué andaba buscando. Era obvio que Jerry no iba a confesármelo todo si la productora se había propuesto hostigarme. Aun así, lo miré a los ojos y le creí. Cuanto me estaba cayendo encima, no tenía nada que ver con ellos.

—¿Algo más? —inquirió Jerry, echando un vistazo nervioso hacia la puerta.

—¿Puedes darme la nueva dirección de Keith Conner?

—¿A ti qué te parece?

Alcé las manos, como retirando la pregunta.

—¿De veras crees —añadió— que Keith Conner iba a colarse furtivamente en tu casa?

—En persona no, pero dispone de dinero en cantidad y subalternos más que suficientes. Y también algo así como una vena vengativa. He de hablar con él.

—Me parece que ese es el único punto en el que sus abogados, los tuyos y los nuestros estarían de acuerdo: ni se te ocurra hablar con él. Nunca. —Se apartó de la barra y se fue.

Capítulo 12

—¿**K**eith Conner es sexy en persona? —Primera fila, rubia, sudadera de la hermandad estudiantil. Shanna o Shawna.

—Es bastante atractivo —respondí mientras me paseaba frente a la clase mascando un chicle para disimular el escocés con el que me había serenado los nervios. Sonaron algunas risitas entre los asientos del aula, tipo anfiteatro. Presentación de la escritura de guiones. Imposible entrar en Los Ángeles sin matricularse.

—Bueno, ¿alguna pregunta sobre la asignatura?

Miré alrededor. Varios chavales tenían cámaras digitales en los pupitres o sobre las mochilas, y un número de ellos aún mayor tomaba apuntes en portátiles con cámara incorporada. Un tipo sentado hacia la mitad del aula le sacó una fotografía a su compañero con el móvil. Procuré desviar mi atención de esa miríada de cámaras y me fijé en un brazo alzado.

—Sí, Diondre.

Su pregunta estaba más o menos relacionada con el dilema entre talento y trabajo.

Me había pasado todo el día distraído y sorprendido una y otra vez buscando sentidos ocultos en los comentarios de los alumnos. Durante el descanso, había revisado los exámenes para comprobar cuántos suspensos había repartido: siete nada más. Ningún alumno se lo había tomado en apariencia de un modo personal. Además, cualquiera de los que iban mal tenía tiempo para dejar la asignatura sin consecuencias, lo cual reducía todavía más la probabilidad de que mi acosador fuera un estudiante agraviado

Advertí que no había prestado atención a lo que Diondre me estaba diciendo.

—Mira, como la hora y media ya ha terminado, ¿por qué no te quedas y lo discutimos? —Hice un gesto con la mano, dando por concluida la clase. Por la celeridad con la que se dispersaron, parecía que hubiera sonado una alarma de bombardeo.

Diondre aguardó, a todas luces disgustado. Era uno de mis alumnos preferidos, un chico locuaz del este de Los Ángeles, que solía lucir unos pantalones cortos holgados de los Clippers, un pañuelo pirata, que hasta yo sabía que estaba pasado de moda, y una sonrisita que inspiraba confianza de entrada.

—¿Estás bien?

Un leve gesto de asentimiento y prosiguió:

—Mi madre me ha dicho que nunca lo lograré, que no soy ningún cineasta, y que lo mismo podría convertirme en acróbata chino. ¿Usted cree que es cierto?

—No lo sé. No doy clases de acrobacia china.

—Hablo en serio. Oiga, usted sabe de dónde vengo. Soy el primero de mi familia que ha terminado la secundaria, no digamos ya, que entra en la universidad. Todos mis parientes me dan la brasa porque estudio cine. Si estoy perdiendo el tiempo, será mejor que lo deje.

¿Qué podía decirle? ¿Que pese a los mensajes de las galletas de la suerte y de los carteles de autoayuda, los sueños no bastan? ¿Que puedes invertir toda la pasta y esforzarte al máximo, pero que eso no siempre es suficiente en la vida real?

—Mira —expuse—, en gran parte todo se reduce a una combinación de trabajo y buena suerte. Te esfuerzas a tope con la esperanza de tener un golpe de fortuna.

—¿Así es como lo consiguió usted?

—Yo no lo conseguí. Por eso estoy aquí.

—¿Cómo? ¿Ya no va a escribir más películas? —Parecía consternado.

—Por ahora. Y no pasa nada. Si algún consejo puedo darte, y tampoco deberías hacer mucho caso, es que te asegures de que esto es realmente lo que quieres. Porque si te lo has propuesto por motivos equivocados, podrías conseguirlo y descubrir que no es lo que tú esperabas.

Adoptó una expresión pensativa, frunció los labios y asintió poco a poco; luego echó a andar hacia la puerta.

—Oye, Diondre… He recibido unas extrañas amenazas.

—¿Amenazas?

—O advertencias, no lo sé. ¿Conoces a algún alumno que tenga ganas de meterse conmigo?

Fingió que se indignaba y me soltó:

—¿Y me lo pregunta a mí porque soy negro y vivo en Lincoln Heights?

—Por supuesto. —Le sostuve la mirada hasta que ambos nos echamos a reír—. Te lo pregunto porque tú sabes calar a la gente.

—No sé. Usted cae bien a la mayoría, que yo sepa. No es demasiado duro con las notas. —Alzó ambas manos—. Sin ánimo de ofender.

—No me ofendo.

—¡Ah! —Chasqueó los dedos—. Yo me andaría con ojo con ese canijo filipino. ¿Cómo se llama? ¿Fumas-en-Bong?

—¿Quieres decir, Paeng Bugayong? —Se refería a un chico bajito y callado que se pasaba la clase en la última fila, dibujando con la cabeza gacha. Tomándolo por tímido, un día le hice una pregunta para ayudarlo a lanzarse y él, agresivamente, se pasó mucho rato pensando antes de responder con un monosílabo.

—Sí, ese. ¿Ha visto los dibujos del tío? Cabezas decapitadas, dragones, toda esa mierda. Nosotros decimos en broma que acabará en el UVE Tech, ¿me sigue?

—¿Dónde?

—En el Virginia Tech. —Diondre convirtió su mano en una pistola y disparó a los pupitres vacíos, como el coreano que perpetró la masacre del Politécnico de Virginia.

—En mis tiempos —dije haciendo una mueca—, a eso lo llamábamos «encargo».

—¡Maldita sea! —exclamó Julianne—. Alguien se ha cargado el cartucho del filtro del café.

—LA DESCONSIDERACIÓN ABUNDA, Y EL DESTINO DEL SEÑOR CAFÉ PENDE DE UN HILO.

—Corta el rollo, Marcello. Me está entrando dolor de cabeza por falta de cafeína.

Él me miró, buscando mi complicidad, y soltó:

—Un día no quieren que pares y al día siguiente ya eres historia.

—Ciudad despiadada —dije con voz cansina.

Teníamos la sala de profesores para nosotros solos, como de

costumbre. Marcello estaba tumbado en el lanoso sofá a cuadros, hojeando *The Hollywood Reporter*, y yo releía los escasos trabajos que Paeng Bugayong había entregado: miniguiones para cortos que podría filmar luego en la clase de producción. Hasta ahora me había tropezado con un brujo castrador que se cebaba en deportistas descerebrados; con un gamberro en serie que secuestraba al Niño Jesús de los belenes de Navidad, y con una chica que se dedicaba a hacerse cortes porque sus padres no la comprendían. En fin, el pan nuestro de cada día entre adolescentes con carencias afectivas, a medio camino entre el rollo gótico y la estética emo; todo ello bastante inofensivo en apariencia.

Cuando le había pedido a la secretaria del departamento que me sacara el expediente de Bugayong, farfullando como pretexto que quería comprobar si no estaba reciclando justificantes para saltarse clases, ella me había mirado a los ojos un segundo más de la cuenta, y a mí se me quedó fija la sonrisa provocada por los nervios incluso después de que me dijera que cursaría una solicitud al archivo central.

—¿Alguno de vosotros le da clases a un chico llamado Bugayong? —pregunté.

—Extraño nombre —contestó Marcello—. Aunque bien pensado, debe de ser como John Smith para los coreanos.

—Filipino —aclaré.

Julianne le dio un golpe a la máquina de café con el canto de la mano, aunque no pareció reaccionar. Después preguntó:

—¿Un chico rarito y menudo que siempre parece como si estuviera chupando limón?

—¿O sea que Pang Bujarrayong —intervino Marcello— es tu principal sospechoso? —Estaba empezando a interesarse en el caso, o simplemente no le gustaba quedarse al margen—. ¿Es inquietante lo que escribe?

Julianne me miró a mí y comentó:

—Si alguien leyera tus guiones, creería que eres paranoico.

—Suerte que nadie los lee. —Marcello, como siempre tan simpático.

Julianne se acercó removiendo café en agua caliente —no café liofilizado instantáneo, sino molido— y dijo:

—Ya. —Dio un sorbo, retrocedió y lo tiró en el fregadero.

—Un alumno mío —comenté— me ha dicho que tiene algún tornillo suelto.

—Y a esa edad —observó Marcello— poseen un criterio tan atinado para juzgar a los demás…

—Bugayong es un gallina —terció Julianne—. Te apuesto una cafetera nueva a que mea sentado.

—Sí. No puede ser él —contesté mirándome una de las costras de mis nudillos—. Tiene la imaginación para hacerlo, pero el valor… no creo.

—Y tu vecino tiene los cojones, pero no la imaginación —opinó Marcello—. ¿Quién tendrá ambas cosas?

Julianne y yo dijimos a la vez:

—Keith Conner.

El hecho de que se decantaran por el mismo nombre me asustó. No es que ninguna de las demás probabilidades fuera buena, pero dados los recursos de Keith, que él me tuviese entre ceja y ceja era un perspectiva para echarse a temblar.

Julianne se desplomó en un sillón y se dedicó a repasarse el esmalte negro de las uñas.

—Nunca te das cuenta realmente —dijo— de lo estrecha que es la línea que separa los rencores cotidianos de la obsesión.

—¿La obsesión del acosador o la mía? —Me dirigí hacia la puerta. No sabía muy bien qué esperaba conseguir, pero si algo me había enseñado mi malograda carrera, era que el protagonista no puede permanecer inactivo. No iba a quedarme de brazos cruzados esperando a que el intruso subiera otro peldaño y se presentara en mi casa con la videocámara y un martillo.

A mí espalda, escuché:

—EL NUEVE DE FEBRERO, PATRICK DAVIS YA NO-TIENE-DÓNDE-ESCONDERSE.

—Hoy es diez, Marcello —dije.

—¡Ah! —Frunció el entrecejo—. EL DIEZ DE FEBRERO…

Salí y cerré la puerta.

Capítulo 13

*E*ncontré a Punch Carlson en una tumbona, frente a su destartalada casa, perdida la mirada y los pies descalzos sobre una nevera portátil. Esparcidas alrededor, había unas cuantas latas aplastadas de Michelob al alcance de su mano. Punch era policía retirado y trabajaba como asesor en los rodajes, enseñando a los actores a llevar una pistola sin que parecieran demasiado idiotas. Nos habíamos conocido hacía bastantes años cuando yo me documentaba para un guion que nunca llegué a vender y, desde entonces, nos tomábamos una cerveza de vez en cuando.

Bajo el resplandor de la luz del porche, no me vio acercarme. Su inexpresiva mirada, fija por completo en la casa, tenía un aire de derrota. Se me ocurrió que tal vez le daba miedo estar dentro. O quizá yo estaba proyectando los sentimientos que me inspiraba últimamente mi propia casa.

—Patrick Davis —dijo, aunque no entendí cómo me había reconocido con tanta facilidad. Se le trababa un poco la lengua, pero ello no le impidió abrir otra lata—. ¿Quieres una?

Me fijé en el guion que tenía en el regazo: las páginas se doblaban hacia atrás.

—Gracias.

Atrapé la lata antes de que me diera en la cabeza. Me acercó la nevera portátil de un puntapié, me senté encima y di un sorbo: tan buena como solo puede serlo la mala cerveza. Como Punch vivía a cuatro travesías de un sórdido trecho de Playa del Rey, los ojos me escocían un poco por el salitre del aire. Un flamenco de plástico, descolorido por el sol y medio ebrio, se sostenía inclinado sobre una pata; varios gnomos de jardín lucían los bigotes de papá.

—¿Qué te trae por Camelot? —me preguntó.

Se lo expliqué todo, empezando por el primer DVD que había aparecido en el periódico del día anterior.

—Parece una chorrada —opinó—. No hagas caso.

—Yo creo que alguien está sentando las bases para algo más, Punch. El tipo entró en mi casa.

—Si pretendiera hacerte daño, ya lo habría hecho. A mí me suena a broma sofisticada. Alguien que quiere sacarte de quicio. —Y me miró fijamente.

—Vale. Y ha funcionado. Pero quiero saber qué hay detrás.

—Déjalo correr. Cuanta más atención prestes, más grande se volverá el asunto. —Hizo un gesto con la mano—. Si le quitas el pico a un pájaro carpintero, se da de porrazos hasta matarse. Él no lo sabe, ¿entiendes? Y sigue machacando el tronco con su cabecita. Así que…

—¿Eso es cierto?

Se interrumpió y luego dijo:

—¿A quién coño le importa? Es una metáfora… ¿Te suena? —Frunció el entrecejo y dio un sorbo—. En todo caso —añadió tratando de recobrar el impulso—, tú eres como ese pájaro.

—Una imagen impactante —asentí.

Dio un buen trago y se secó la barbilla, que no llevaba rasurada.

—Bueno, ¿y qué pinto yo en este pequeño embrollo?

—Quiero hablar con Keith Conner. Después de nuestro encontronazo, como comprenderás, es mi primer candidato. Pero no aparece en la guía. Es obvio.

—Prueba en Star Maps.

—Sigue figurando la dirección antigua —puntualicé—. Ahora está en las *bird streets*[1], por encima del Sunset Plaza.

Hojeó desganadamente las páginas del guion. Parecía haber desconectado.

—¿Qué me dices? —insistí—. ¿Crees que podrías averiguarme la dirección, y husmear un poco sobre él?

—¿Tareas de sabueso? —Alzó las hojas y las dejó caer sobre su regazo—. ¿Crees que haría estas mierdas si estuviera en forma?

1. Calles superexclusivas de Hollywood con nombres de pájaros. *(N. del T.)*

—¡Vamos, hombre! Tú sabes cómo moverte y con quién hablar para conseguir algo. La camaradería del cuerpo de policía y tal.

—Usar las vías oficiales no sirve de nada, amigo. Estas cosas se hacen extraoficialmente. Pides un favor por aquí, devuelves otro por allá. Sobre todo cuando estás en un rodaje. Que si te hace falta un permiso para trabajar en la calle, que si algún gilipollas necesita alquilar un helicóptero de las unidades de élite... Y siempre con el tiempo justo. —Sonrió, socarrón—. No es como, no sé, cuando andas detrás de un violador en serie.

Capté su tono y cuestioné:

—¿Y?

—Un perro viejo como yo no puede hacer todos los favores que quiera. Tengo que sacar algo a cambio.

Me levanté, apuré la lata y la tiré al césped con las demás.

—Está bien. Gracias de todos modos, Punch.

Volví al coche. Cuando ya había cerrado la puerta, se plantó ante la ventanilla.

—¿Desde cuándo te das por vencido tan deprisa? —Hizo una seña con la cabeza hacia la casa.

Me bajé otra vez y lo seguí por el patio hasta la cocina: platos sucios, un grifo que goteaba y un cubo de basura repleto hasta los topes de cajas de pizza dobladas. En la puerta de la nevera había un dibujo infantil sujeto con el imán de un club de estriptis, y un dibujo hecho con ceras, casi desesperado de tan alegre, de una familia de tres personas; todas ellas trazadas con palotes, grandes cabezas y sonrisas kilométricas. El sol consabido en una esquina del papel parecía la única mancha de color en aquella cocina tan lúgubre. No se le podía reprochar a Punch que se refugiase en el patio.

Busqué un sitio donde sentarme, pero la única silla estaba ocupada por una pila de periódicos viejos. Punch revolvió un rato hasta encontrar un bolígrafo. Al sacar el dibujo de la nevera, el imán cayó al suelo y rodó por debajo de la mesa.

—¿En las *bird streets*, has dicho?

—Sí. Blue Jay, o quizá Oriole.

—Un gilipollas como Conner seguramente ha puesto la casa a nombre de un fideicomiso o algo así para que no consigan rastrearlo. Pero alguien la acaba cagando siempre. La suscripción de DirectTV, el registro de vehículos o alguna otra cosa estará a su nombre. Espérame fuera.

Salí y me senté en la tumbona. Me pregunté en qué pensaría cuando se pasaba las horas contemplando la misma vista.

Al fin emergió de la casa. Me tendió ceremoniosamente el dibujo, con una dirección garabateada al dorso, y soltó una risita.

—Bonita parte de la ciudad ha elegido tu amiguito. —Me hizo un gesto para que le dejase libre la tumbona—. Preguntaré un poco por ahí, a ver si sale alguna cosa sobre él.

El hecho de tener su dirección me inquietó. Como estrella de cine, Keith Conner podía parecer un blanco legítimo de la curiosidad ajena, pero eso no eran más que chorradas. Hurgar en su vida equivalía a invadir su intimidad, y los dos últimos días me habían vuelto a recordar el sentido de esa expresión. Mis acciones —y mis motivos— me dieron que pensar de repente. Pese a ello, doblé la hoja y me la guardé en el bolsillo.

—Gracias, Punch.

Hizo un ademán de despedida.

Di unos pasos hacia el coche, pero volví atrás.

—¿Por qué me has ayudado? Quiero decir… después de lo que me has dicho sobre cobrarte los favores.

Se frotó a fondo los ojos con el pulgar y el índice. Cuando levantó la vista, los tenía todavía más enrojecidos.

—Cuando todavía tenía al chico, antes de joderla del todo y de que Judy me retirase la custodia… ¿recuerdas aquella ocasión en la que estaba atascado en la escuela? Tú lo ayudaste. Lo ayudaste con cierto informe de lectura, ¿te acuerdas?

—¡Bah! Eso fue una tontería.

—No. Para él, no. —Regresó renqueante a la tumbona.

Cuando arranqué, estaba otra vez allí sentado, contemplando la fachada de su casa.

Mi desasosiego se acrecentó de camino a casa, como si aumentase con la altitud mientras iba subiendo por Roscomare entre el denso tráfico de la tarde. En casa de los Miller, todas las luces estaban apagadas. Aparqué en el garaje, junto a la camioneta blanca de Ari y revisé el buzón: montones de facturas, pero ningún DVD.

Solté el aire que había retenido sin darme cuenta. Don y Martinique estaban ocupados en sus asuntos; no quedaba nada en nuestro buzón; de momento todo permanecía en calma.

81

Al abrir la puerta, se disparó una alarma por toda la casa. Me sobresalté, se me cayó el maletín y todos los papeles se desparramaron por el suelo. Arriba se abrió de golpe una puerta y un instante después Ariana bajó ruidosamente, blandiendo una raqueta de bádminton. Al verme, suspiró aliviada y, pulsando los botones del teclado junto a la barandilla, silenció la alarma.

—¿Qué, de fiesta campestre? —pregunté.

—Es lo primero que he encontrado en el armario.

—Hay un bate de béisbol en el rincón, y una raqueta de tenis. Pero… ¿ese trasto? ¿Qué pensabas hacer? ¿Acribillar al intruso con volantes de bádminton?

—Sí, y luego el tipo habría resbalado con tus papeles.

Nos sonreímos los dos de nuestra ingenua reacción.

—El código nuevo es 27093 —informó—. Las llaves están en el cajón.

Habría de acordarme de desconectar la alarma si quería salir por la noche a echar un vistazo. Nos quedamos allí mirándonos: yo con todos los papeles a mis pies, y ella con la raqueta de bádminton depuesta, repentinamente incómodos.

—De acuerdo —dije con cautela. El ultimátum implícito que me había dado anoche flotaba entre nosotros, adensando el ambiente. Sabía que debía decir algo, pero no encontraba las palabras—. En fin, buenas noches —murmuré sin convicción.

—Buenas noches.

Nos seguimos mirando un poco más, sin saber qué hacer. En cierto modo, aquella amabilidad artificial era incluso peor que la atmósfera estancada en la que nos habíamos movido los últimos meses.

Con aire derrotado, Ari esbozó una sonrisa forzada. Le temblaban las comisuras de los labios al preguntar:

—¿Quieres que te deje la raqueta?

—Con las manazas que tiene el tipo, me parece que solo serviría para cabrearlo más.

Se detuvo junto a la barandilla y volvió a introducir el código para activar el sistema. Unos instantes más tarde, mientras abría la puerta del dormitorio, me llegó la voz de Bob Newhart, en una reposición de su espectáculo.

Incluso cuando la hubo cerrado, permanecí un rato en la penumbra, al pie de la escalera, mirando hacia arriba.

Capítulo 14

Volví a dormitar muy agitado en el diván y decidí levantarme cuando la luz de la mañana me recordó una vez más lo inútiles que eran las cortinas semitransparentes. Me incorporé y me dirigí deprisa a la puerta, ansioso por ver si había otro DVD envuelto en el periódico. Abrí de golpe, sin pensar en absoluto en la alarma, pero su estrépito me atravesó los tímpanos. Retrocedí corriendo hasta el teclado, y la desconecté. Ariana ya estaba en lo alto de la escalera, jadeante, apoyándose una mano en el pecho.

—Perdona. Soy yo; iba a mirar afuera...

—¿Hay algo?

—No sé. Espera. —La puerta había quedado abierta. Salí a recoger el periódico y lo revisé, arrugando las secciones y tirándolas por el vestíbulo—. No.

—Bien —dijo—. A lo mejor toda esta historia se desinfla sin más. —Alargó la mano y golpeó supersticiosamente el yeso de la pared.

Yo tenía mis dudas, y ella también; no hacía falta decirlo.

Arrinconando el pánico y haciendo lo posible para no detenernos y admitir la amenaza que se cernía sobre nosotros, seguimos la rutina matinal en piloto automático: ducha, café, comentarios escuetos y educados, el lirio mariposa —otra vez naranja— del invernadero. Me preguntaba qué sentido tendría.

Revisé mi grabación de seguridad, por así llamarla, del porche y la acera, y una vez colocada de nuevo la cámara tras la palma bambú, me apresuré a salir, deseoso de mantenerme en movimiento. Un día más, me detuve un momento en el garaje: la luz sesgada se colaba por la puerta e iluminaba el maletero del coche, mientras el vestido de novia me espiaba a través del recipiente de plástico. Por primera vez en mucho tiempo, no quise acercarme a hurtadillas para observar a mi esposa. Me costó unos instantes comprender que tenía miedo, miedo de que estuviera llorando; y tal vez todavía más de que no fuera así.

Subí al Camry y salí por el sendero marcha atrás. Los coches zumbaban a mi espalda, pues ya se había puesto en marcha el tráfico matinal. En los días más complicados, podía pasarme esperando cinco minutos hasta que lograba salir a Roscomare. Empecé a dar golpecitos en el volante con impaciencia; me esperaba una jornada completa de clases. Y en el asiento del acompañante tenía la hoja con la dirección de Keith Conner, que me había anotado Punch de su puño y letra.

Me distrajo un movimiento en la puerta de al lado: Don caminaba hacia su Range Rover, aparcado en el sendero, mientras hablaba con un auricular Bluetooth. Estaba concentrado en la conversación y no paraba de gesticular, como si eso pudiera ayudarlo a hacerse entender. Al cabo de un momento, salió Martinique a toda prisa con la bolsa del portátil, que Don debía de haber olvidado. Ella llevaba ropa deportiva de fibra sintética para resaltar su nueva figura; era prácticamente su uniforme, porque hacía ejercicio cuatro horas al día. Don se detuvo a recoger el portátil, y Martinique se inclinó para darle un beso de despedida, pero él ya se había dado la vuelta para subir al coche. Arrancó y aprovechó un hueco en el tráfico que a mí se me había pasado por alto mientras los observaba. Martinique, cuyo rostro tenía una tersura quirúrgica e inexpresiva, se quedó inmóvil en el sendero, sin seguirlo con la mirada y sin regresar a su casa. Desviando ligeramente la mirada, fijó sus ojos en mí. Sabía que yo había visto lo que acababa de suceder. Bajó la cabeza y volvió adentro con paso vivo.

Estuve mucho rato sentado allí, con la vista perdida en el desvencijado salpicadero. Contemplé la hoja con la dirección que se hallaba en el asiento contiguo; le di la vuelta y examiné el dibujo del chico de Punch: un sol grande y ñoño, las tres figuras de palotes cogidas de las manos. Un cuadrito triste, primitivo y angustioso.

Paré el coche y me bajé. Cuando entré en casa, Ariana estaba sentada donde siempre, en el brazo del diván. Pareció sorprendida.

—Me he pasado seis semanas —le dije— tratando de encontrar alguna manera de no seguir enamorado de ti.

Entreabrió la boca. Alzó una mano temblorosa y dejó la taza en la mesita de café.

—¿Ha habido suerte?

—Ninguna. Estoy jodido.

Nos miramos, cada uno en un extremo del salón. Sentí que algo se removía en mi pecho, un conato de emoción, como si el atolladero en el que estábamos comenzara a resquebrajarse.

Ella tragó saliva con esfuerzo y desvió la mirada. Tenía los labios trémulos, como a punto de reír y llorar a la vez.

—¿Y eso dónde nos deja? —preguntó.

—Juntos.

Sonrió, luego se le contrajo la boca. Se secó las mejillas y desvió otra vez la vista. Nos hicimos una seña con la cabeza, casi con timidez, y yo volví a salir por el garaje.

Capítulo 15

*L*e llevé a Julianne un café del Starbucks de la esquina, sujetándolo ante mí como una ofrenda al entrar en la sala de profesores. Ella y Marcello estaban sentados frente a frente, aunque en mesas distintas para aparentar que trabajaban.

Julianne me miró con recelo, e inquirió:

—¿Qué es lo que quieres?

—Que me cubras en las clases de la tarde.

—No puedo. No sé cómo se escribe un guion.

—¡Vaya! Debes de ser la única persona en el Gran Los Ángeles consciente de que no sabe cómo se escribe un guion. Ya solo por eso estás más que capacitada.

—¿Por qué no puedes dar las clases?

—He de hacer unas averiguaciones.

—Habrás de esforzarte un poco más.

—Voy a hablar con Keith.

—¿Conner? ¿En su casa? ¿Tienes la dirección? —Entrelazó las manos con excitación, un gesto aniñado que le quedaba tan natural como una tirita a Clint Eastwood.

—Tú, no, por favor —dije.

—Es más bien guapito —comentó Marcello.

—Perfidia por todas partes.

—¿Por qué no vas a verlo después del trabajo? —preguntó Julianne.

—He de volver a casa enseguida.

—¿A casa? —se extrañó—. ¿¡A casa!? ¿Con tu bella esposa?

—Con mi bella esposa.

—Aleluya, joder —murmuró Marcello con tono monocorde.

—¿Solo eso?

—EL ONCE DE FEBRERO —proclamó él tras consultar su reloj—, PATRICK DAVIS DESCUBRIÓ QUE EL VIAJE MÁS IMPORTANTE... ES EL QUE TE LLEVA DE VUELTA A CASA.

—Así está mejor. —Blandí el vaso del Starbucks ante Julianne, para que su nariz de perro de presa captara el aroma.

Echó un vistazo.

—¿Con canela y jarabe de pan de jengibre?

—Menta (ella se derretía de placer) con moka...

La cabeza le cayó con lascivia. Me acerqué y le di el vaso.

La oí sorber con satisfacción mientras salía. Ya habían empezado las clases y los corredores estaban vacíos. Mis pisadas resonaban de un modo extraño sin ningún obstáculo que absorbiera el eco. Al pasar frente a cada aula, la voz del profesor aumentaba y descendía de volumen, como el zumbido de un coche que se desliza junto a ti para alejarse enseguida. A pesar de las clases abarrotadas a ambos lados, o quizá por eso mismo, aquel pasillo absurdamente largo tenía un aire desolado.

A todo esto, sonó un chasquido, seco como un disparo. Di un bote y se me fueron las carpetas al suelo. Me giré en redondo y vi que se trataba del portafolios de un chico: se le había escapado de las manos, estrellándose plano contra las baldosas. En plan burlón, me llevé la mano al pecho y le dije tal vez demasiado alto:

—Me has dado un susto.

Quería decirlo a la ligera, pero me salió con cierta irritación. El chico, agachado junto al portafolio, me miró soñoliento.

—Tranquilo, tío.

—Sujeta mejor tus cosas, *tío* —repliqué, porque su tono aún me irritó más.

Dos chicas se habían detenido a curiosear en la intersección con el otro pasillo, pero se escabulleron en cuanto las miré. Algunos alumnos se habían asomado por el fondo, y también junto a la escalera. Yo respiraba con agitación, primero por el susto y ahora por mi reacción. Sabía que estaba manejando fatal la situación, pero me hervía la sangre y no acertaba a recuperar la compostura.

—Y tú, igual. —El chico señaló mis carpetas desparramadas, y se alejó, tapándose la boca para mascullar la última palabra—: Gilipollas.

—¿Qué demonios me acabas de llamar?

Mi voz resonó por todo el pasillo. Una profesora a la que co-

87

nocía vagamente también asomó la cabeza desde el aula más cercana; me observó con desaprobación, frunciendo el entrecejo. Le sostuve la mirada hasta que volvió a meterse en la clase y, al girarme de nuevo, el estudiante se había esfumado por la escalera. Los demás ya se juntaban en corrillos, gesticulando.

Recogí las carpetas, avergonzado, y me fui.

Capítulo 16

*U*nas verjas enormes me dieron la bienvenida a solo dos pasos del bordillo. Había un muro de piedra de tres metros que rodeaba toda la parcela, cuya única vía de acceso era un contestador adosado al marco de la verja.

Aunque eran las tres de la tarde y estábamos en febrero, el frío había dado paso a una breve ola de calor y el sol destellaba potente en el asfalto. Se suponía que yo había de estar en clase hablando de la técnica del diálogo, en vez de dedicarme a perseguir a estrellas de cine litigantes.

Antes de que tuviera tiempo de pulsar el botón del contestador, un frenazo me obligó a girarme en redondo. En la acera de enfrente había una furgoneta blanca; la puerta se corrió hasta abrirse del todo, y desde el interior del vehículo, me llegó el chasquido repetido de una lente de alta velocidad. Me quedé paralizado en la acera. Precedido de una cámara gigantesca, un hombre salió de la furgoneta y se me acercó con resolución sin dejar de sacarme fotos. Llevaba una sudadera negra con la capucha puesta, y la cámara le tapaba la cara; lo único que le sobresalía de la capucha era aquella lente enorme —como el hocico de un lobo—, y en su superficie curvada veía reflejada mi figura, deforme y diminuta. Mi mente trabajaba a cien por hora mientras se aproximaba, pero me había pillado desprevenido, y no acababa de reaccionar.

Justo cuando apretaba el puño, el gigantesco zum descendió inesperadamente y descubrió un rostro amarillento.

—¡Ah! —exclamó el tipo, decepcionado—. No eres nadie.

Había tomado mi inmovilidad por indiferencia.

—¿Cómo lo sabes?

—Porque te importa un carajo que te fotografíe.

Observé su aire desastrado, los pantalones cortos multibolsillos de color caqui, cargados de accesorios, y comprendí por fin.

—¿Eres del *National Enquirer*? —pregunté.

—No, *freelance*. El mercado de los paparazi se ha vuelto muy duro. Has de vender donde puedas.

—Conner es una buena presa ahora mismo, ¿no?

—Su precio se ha disparado gracias a la publicidad previa de la película, ¿sabes?, y con el juicio de paternidad.

—No me había enterado.

—Una zorra de *night club*. Vomitó encima de Nicky Hilton, con lo cual subió su cotización.

—Ya. Se convirtió en una figura mediática.

—Se están pagando veinte de los grandes por una foto nítida de Conner en una situación embarazosa. Nada como un cóctel de éxito y sordidez para subir la guerra de precios.

—Cócteles que se suben a la cabeza. No me vendría mal uno.

Me miró con complicidad.

—¿Eres amigo suyo?

—No lo soporto, más bien.

—Sí, es un gilipollas. Me propinó un rodillazo en los cojones delante de la casa de Dan Tana. Hay una demanda pendiente.

—Que haya suerte.

—Has de conseguir que te peguen ellos, pero no al revés —dijo con una mirada intencionada—. Me ofrecerá un acuerdo.

Pulsé el botón del contestador. Campanas orientales. Un rumor de interferencias me indicó que habían abierto la línea, aunque nadie decía nada. Me incliné sobre el micrófono.

—Soy Patrick Davis. Dígale a Keith, por favor, que tengo que hablar con él.

—¿Esta es tu estrategia para entrar? —me dijo el tipo, mirándome incrédulo.

La puerta zumbó, y me colé dentro. Intentó seguirme, pero le cerré el paso.

—Lo siento. Te hace falta tu propia estrategia.

Se encogió de hombros. Sacó de la billetera una tarjeta de color marfil: Joe Vente; debajo, un número de teléfono. Nada más.

Hice el gesto de devolvérsela.

—Muy sobria.

—Llámame si quieres vender a Conner algún día.

—Vale. —Ajusté la verja, cerciorándome de que sonaba el clic de la cerradura.

La casa, de estilo colonial español, se extendía ostentosamente sin reparar en el precio del metro cuadrado en Los Ángeles. A mi izquierda, las diversas puertas del garaje estaban todas alzadas, en principio para que se ventilara. En su interior se veían dos cupés eléctricos, enchufados, tres híbridos y varios modelos más de combustible alternativo: una flota privada para preservar el medio ambiente; cuando más gastas, más ahorras. La puerta principal, con capacidad para un *Tiranosaurus rex*, se entreabrió bamboleante. Y en ella, sosteniendo una carpeta sujetapapeles, me aguardaba una modelo esquelética, tanto más menuda en aquel umbral gigantesco, de piel increíblemente pálida, luciendo un cuello que parecía haber sido estirado mediante anillos tribales y esa expresión de permanente aburrimiento de las modelos.

—El señor Conner está en la parte trasera. Sígame, por favor.

Me guió por un vestíbulo grande como una casa, cruzamos una sala de estar y salimos por las puertas acristaladas al inmenso patio de atrás. Deteniéndose en el umbral, la chica me hizo un gesto para que siguiera adelante. Tal vez el sol directo la habría incinerado.

Keith se mecía en un flotador amarillo en mitad de la piscina: una monstruosidad de fondo negro entorpecida por una confusa serie de cascadas, surtidores y palmeras brotando de macetas grandes como islas.

—¡Eh, capullo! —dijo, y se puso a remar con ambas manos. Mirando más allá de mí, gritó—: Bree, no quedan semillas de linaza en el bar de la piscina. ¿Podrías encargarte de que las repongan?

La modelo tomó nota en la carpeta sujetapapeles, y acto seguido desapareció.

Al fondo, dos rottweiler retozaban sobre el césped enseñando los colmillos y colgándoles las babas. Había un montón —cómo no— de cuerdas con nudos. A mi derecha, una mujer reclinada en una tumbona de teka y enfundada en un traje de baño amarillo de una pieza, leía una revista; el rubio cabello, casi blanco por efecto del sol, le caía alrededor de la cara en una sinuosa melenita estilo Veronica Lake. Parecía excesivamente sofisticada para aquel niñato; y demasiado mayor: tendría al menos treinta.

Keith se derrumbó en la tumbona contigua y encendió un cigarrillo de clavo, nada menos. No había visto uno de esos desde que los Kajagoogoo inundaban las ondas radiofónicas.

—Te presento a Trista Koan, mi asesora de estilo de vida —me dijo, poniendo la mano en el terso muslo de la rubia.

—Sí, ya sé —comentó ella, apartándosela sin contemplaciones—. Es un nombre de chiste. Mis padres eran hippies; no se les puede considerar responsables.

—¿Y qué hace exactamente una asesora de estilo de vida? —le pregunté.

—Estamos intentando reducir la huella de carbono que produce Keith.

—Voy a salvar a las ballenas, colega —dijo él. Su dentadura parecía toda de una pieza y relucía tanto que te obligaba a entornar los ojos.

Mi expresión debió de dejar claro que no entendía qué tenía que ver una cosa con otra.

—Todo en Los Ángeles gira en torno al ecologismo, ¿no? —dijo dando una calada.

—Y a los implantes de cabello.

—Pues hemos de conseguir que la gente piense así en todas partes. —Extendió el brazo para abarcar, se suponía, el ancho mundo más allá de su inmenso patio trasero. La grandeza del gesto quedó socavada por la estela de humo de clavo que iba dejando—. Se trata de concienciarse de modo permanente. Al principio, yo estaba en el rollo de los coches eléctricos, ¿vale?, e incluso encargué un Tesla Roadster. Clooney también reservó uno. Te graban tu nombre en el marco de la ventanilla…

—El problema es… —apuntó Trista, para que no se desviara.

—El problema es que los coches eléctricos también han de enchufarse y consumen energía. Así que entonces me compré varios híbridos. Pero también usan gasolina. Así que me pasé a… —Un vistazo a Trista—. ¿Cómo se llaman?

—Vehículos de combustión flexible.

—¿Y por qué no tomar el autobús? —A mí me pareció un comentario gracioso, pero ni Trista ni él se rieron—. Las ballenas, Keith. Estábamos en las ballenas.

—Vale, sí. El ejército utiliza ahora un tipo de sónar de alta frecuencia. Como de trescientos decibelios…

—Doscientos treinta —lo corrigió Trista.

—¿Sabes cuántas veces supera eso el nivel de volumen que resultaría dañino para los humanos? ¡Diez veces!

—Cuatro coma tres —sentenció Trista con una irritación apenas disimulada. Ya empezaba yo a entender su papel.

—Eso equivale al volumen de la explosión de un cohete. —Se calló y miró a Trista, pero obviamente esta vez había acertado—. Así que no es de extrañar que las ballenas acaben varando en las playas, sangrando por los oídos, por todo el cerebro. El sónar, además, genera aire en el flujo sanguíneo de esos animales…

—Embolias —dije, suponiendo que Trista necesitaba un descanso.

—… así que imagínate hasta qué punto se están destruyendo otras formas de vida que ni siquiera conocemos. —Se quedó esperando mi reacción con una ilusión casi enternecedora.

—Alucinante.

—Sí, bueno —asintió, como si eso fuera lo mínimo—. Mira, yo solo soy un estúpido actor de veintiséis años y gano más en una semana de lo que se sacó mi padre trabajando toda su miserable vida. Es prodigioso, y sé que no me lo merezco. Nadie se lo merece. ¿Entonces, qué? Todavía puedo concienciarme, hacer algo que valga la pena. Y esta película es muy importante para mí: un proyecto lleno de pasión.

Miró a su asesora, buscando su plácet, pero ella se lo negó.

Keith había olvidado de momento nuestra animosidad antes de soltarme aquel rollo bienintencionado. Me estaba utilizando para ensayar su nuevo producto: el envase verde y ecológico de Keith Conner, que habría de situarlo de una vez por todas en el candelero. Pero ahora la interpretación había concluido y era hora de ir al grano. Presintiéndolo, Keith abrió los brazos y preguntó:

—Bueno, ¿qué demonios haces aquí, Davis? ¿No nos hemos demandado mutuamente? —Me lanzó su sonrisa siempre a punto para la cámara—. ¿Y qué tal va eso, por cierto?

—He venido a tomar posesión de la casa.

Trista no levantó la vista, pero se llevó un dedo a los labios. Keith sonrió, socarrón, y me hizo una seña para que siguiera hablando.

—Tengo una cosa tuya. —Eso sí le llamó la atención. Saqué un DVD, uno del cartucho de mi despacho, idéntico a los otros, y se lo enseñé.

—¿Qué es esto?

93

—Más bien parece un disco, Keith —dijo Trista.

Me gustaba tanto su estilo como su aspecto.

—Ya, pero ¿de qué? —preguntó.

—No sé —repliqué—. ¿No procuraste tú que alguien me lo enviara?

—¿Yo enviarte un DVD? Davis, ni siquiera he pensado en ti desde que te echaron de mi película. —Hizo un amplio gesto, como buscando la confirmación de un público invisible—. ¿Qué hay ahí? ¿Alguna chorrada de ese paparazi de mierda que me está acosando? ¿Has venido a extorsionarme, joder?

Quizá era mejor actor de lo que yo suponía.

—No. —Le lancé el estuche—. Está vacío.

Trista se sentía al fin lo bastante interesada para dejar la revista sobre sus bronceadas rodillas.

—¿Y qué dijo el tipo que te lo entregó? —Keith se estaba exaltando.

Yo seguí el cuento:

—Que le habían dicho que me lo trajera, porque tú estabas en Nueva York rodando unos últimos planos.

—No, yo he estado aquí, joder, trabajando a tope en la preproducción de *Profundidades*. Es una carrera contra reloj, tío.

—¿*Profundidades*? —me extrañé.

—Sí, ya —metió baza Trista—. El título es cosa del agente de Keith. Tuvimos que aceptarlo para que Keith se sumara al proyecto y nos diera luz verde.

—¿O sea que productora y asesora de estilo de vida? —resumí—. Esa sí que es una combinación insólita, incluso en estos barrios.

—Ella está relacionada con el grupo medioambiental que hay detrás de la productora —explicó Conner—. Lo sabe todo sobre estos temas, así que la subieron a un avión y me la mandaron como… bueno, como asesora.

Ahora la imagen se ordenó, y su relación por fin me quedó clara: el trabajo de Trista era otra versión de mi antiguo trabajo; es decir, controlar al actor para que no lo pillaran en una actitud demasiado hipócrita o soltando alguna chorrada. Yo habría preferido empujar una roca cuesta arriba en el Hades, pero quizá por eso estaba en el Valle dando clases para enseñar a escribir guiones, mientras que Trista leía revistas satinadas junto a una piscina olímpica de estilo polinesio.

Keith me devolvió el estuche del DVD, no sin dejar una buena muestra de sus huellas. Quería tenerlas registradas por si se le ocurría atrincherarse en su mansión, o largarse a Ibiza en un jet libre de emisiones de carbono.

—Yo no te mandaría una mierda. —Se echó hacia delante—. Y mucho menos después de que me atacaras.

Por enésima vez, repasé lo que había logrado reconstruir de su conversación telefónica con Ariana: imaginé cómo le fluían las palabras y cómo se le clavaban a ella en las entrañas; todo lo que había venido después. Por fin bajé la guardia y di un paso atrás. Solo entonces comprendí lo mucho que había deseado que se echara sobre mí para poder darle un puñetazo en aquella reluciente dentadura. Deseaba que todo fuese culpa suya.

Me metí el DVD en el bolsillo de detrás, procurando no mancharlo demasiado con mis propias huellas.

—No te estreses, Keith. No quisiera ver cómo pierdes otra pelea con el canto de una mesa.

Me señaló con la cabeza las puertas acristaladas a mi espalda, donde otra vez se había materializado Bree, como una aparición provista de una carpeta sujetapapeles, y concluyó:

—Ella te mostrará el camino.

Capítulo 17

Un agente me acompañó a la segunda planta. Sally Richards estaba frente a su escritorio, concentrada en la pantalla del ordenador. Me acerqué y dejé una caja de sacarina Sweet'N Low junto a una fotografía suya con un crío en brazos.

Le dio un vistazo a mi obsequio y meneó la cabeza, divertida.

—¡Fantástico! Me servirá de almuerzo mañana.

—¿La pillo en mal momento?

—Más o menos. —Señaló el monitor con la barbilla—. Un japonés que se saca por la nariz una serpiente viva en YouTube. —Se echó atrás, cruzando los brazos—. ¿Han dejado otro disco en su puerta?

—No. ¿Han podido encontrar algo en los demás?

—Totalmente borrados. Aunque según nuestro jefe técnico, se veía que habían tenido algo grabado. Me dijo que los datos habían sido eliminados por completo con algún programa de autoborrado, y que nunca había visto nada igual.

Rumié unos instantes tan inquietante información, y pregunté:

—¿Alguna huella?

—Las suyas y las de su esposa. ¿Figuran en la base de datos por los servicios comunitarios que prestaron en la universidad? —Asentí—. Los discos tienen algunas marcas que podrían ser de guantes de látex. O lo que es lo mismo: unos borrones de mierda.

Me saqué del bolsillo el estuche del DVD y se lo enseñé:

—Este tiene las huellas de Keith Conner.

—Me gustaría saber lo que podría sacarse en eBay.

—Yo confiaba en que hubieran encontrado una huella parcial y pudieran usar estas para cotejarla.

—¿Una huella parcial? Poquito a poco, Kojak.

—Aunque Keith hubiese utilizado a alguien para la entrega o el allanamiento —insistí—, se me había ocurrido que podría haber tocado el disco en algún momento. No es que sea un tipo muy listo.

—No me diga. —Siguió mi mirada hasta la fotografía suya con el crío—. Inseminación artificial, ya que lo pregunta. El milagro de la vida, un cuerno. Solo náuseas. —Soltó un silbido—. Si tuviera que volver a hacerlo, adoptaría a un niño chino, como cualquier hija de Safo que se precie. —Levantó la voz—. Mi compañero Terence, mírelo, ahí viene, tiene cuatro chicos. Cuatro. ¡Imagínese! —Valentine se detuvo un momento en la escalera y nos miró con ojos tristes; luego se alejó cansinamente por el pasillo—. A él le encanta que sea su compañera; eso lo convierte en la envidia de la brigada.

—¡Ah, yo habría dicho que era por su sonrisa!

—Siéntese.

Me acomodé en una humilde silla de madera junto al escritorio. Vi una lista de quehaceres en su bloc de notas: Llamar experto informático, descuento secadora, canguro martes noche… Aquel pequeño atisbo de los engranajes de su vida cotidiana me sonó de algo. Quizá me recordaba las banales tareas que yo había tachado de mi propia lista mientras me desmoronaba por dentro.

Manteniendo la vista fija en el suelo, le pregunté:

—¿Nunca se ha sentido estancada?

—¿Como en esa canción de U2? Uno de los problemas de volverse adulto, supongo.

—Ya, pero siempre confías en que no te pasará a ti.

—Sí, esa época de la vida —dijo sonriendo, burlona—, cuando ya las únicas sorpresas consisten en que no puedes tomar comida india con el estómago vacío, y en que los muebles de jardín salen carísimos.

—Así son las cosas, supongo. Y está bien, siempre que te guste lo que haces. —Desvié la mirada; le estaba mostrando más de lo que deseaba—. ¿Ninguna huella, pues? Quizá debería usted haber examinado la cámara y el trípode.

Ella advirtió mi incomodidad, mi brusco cambio de tema.

—Claro. Y podríamos filmar un episodio de CSI en su casa, o quizá llamar a unos criminólogos del FBI.

—Vale, vale. Cuentan con recursos limitados. Por ahora, sigue siendo una travesura inocente con una videocámara.

97

—No es eso simplemente, Davis, pero el tipo llevaba guantes de látex. Los estuches, las fundas y los discos están del todo limpios. Si creemos su versión, los DVD se borraron por sí solos como en una película de James Bond. Quien esté detrás de este asunto se ha andado con mucho cuidado, y no iba a pulsar de repente el botón de grabación con un dedo desnudo. —Se sirvió agua y, abriendo la caja de edulcorante, sacó unos cuantos sobres rosados y los vació en la taza—. Bueno, no debería contárselo, pero ya que ha traído Sweet'N Low… —Usó un lápiz para remover—. ¿Ha habido otros polis en la casa?

—Eso es una pregunta, Sally. No me está contando nada.

—¡Vaya, hombre!

—¿Por qué me pregunta por otros polis?

Dio un sorbo y se echó atrás en su frágil sillita.

—El resultado de la huella de bota…

—¿Cómo? ¿Qué huella de bota?

—La del tramo embarrado del patio de delante, junto a ese aspersor que tiene una fuga. La vimos cuando íbamos a hablar con su vecino. —Abrió un cajón y lanzó un expediente sobre la mesa. Se desparramaron fuera numerosas fotografías: una impresión bastante decente de una gruesa suela de bota que apuntaba hacia la calle. Marcada, me figuré, cuando el intruso abandonaba el lugar. En algunas fotos la huella aparecía iluminada con una linterna Mag-Lite como la de Sally, apoyada sobre la hierba para poder enfocar a ras del suelo.

—¿Cuándo las tomó?

—No las tomé yo. Se encargó Valentine mientras yo volvía a entrar para hablar con usted.

Recordé al detective esperando afuera, en el Crown Vic, y a ella sentada ante su taza de té, distrayéndome con su charla y obligándome a dar la espalda a la ventana de delante.

—Es una bonita huella de tres dimensiones —observó—: marca de la suela muy desgastada en los bordes, a la altura del pulpejo del pie, y guijarro incrustado en las ranuras del talón, aquí. ¿Lo ve?

—¿Hicieron un molde?

—Como ya he dicho, Kojak, no podemos recurrir a los criminalistas porque alguien le enviara a casa un vídeo misterioso.

—Estupendo. Quiere decir que primero nos matarán brutalmente en la cama, y luego ustedes enviarán una furgoneta.

—Primero de todo lo matarán brutalmente a usted en su sofá. Y sí, luego enviaremos una furgoneta.

Ojeé las fotos: una estaba tomada directamente desde arriba; la radio de Valentine se hallaba junto a la huella.

—¿La radio es para dar la escala?

—No, para crear ambiente. Sí. La escala. La huella corresponde a unas botas estilo Danner del cuarenta y cinco; la marca es Acadia, un calzado militar muy común, de veinte centímetros de caña en el tobillo; son supercómodas y pueden renovarse las suelas. A los polis les encantan, pero valen el doble que unas Hi-Tec o unas Rocky, de modo que no se ven demasiadas. Son botas de campaña para agentes de patrulla o de las unidades de élite. Los detectives, en cambio, llevan zapatos de vestir baratos. —Con un gruñido, apoyó su sufrido mocasín en el borde del escritorio—. No te llega más que para unas Payless si tienes un presupuesto de madre soltera.

—Entonces, ¿es una bota de la policía?

—Pero cualquiera puede comprarlas, igual que las pistolas. Y todos sabemos de sobra que algunos perturbados se sienten inclinados al fetichismo por la ropa policial.

—En especial cuando ya trabajan en la policía.

—No me mire a mí. Yo quería ser astronauta.

Dejé vagar la mirada por la sala de la brigada, fijándome en las botas negras de diversas marcas que llevaban los agentes.

—¿Qué número tiene Valentine?

—No gasta un cuarenta y cinco —rezongó frunciendo los labios con irritación—. Y él estaba de turno conmigo cuando se filmaron esas imágenes. Seguro que es capaz de hacerlo mucho mejor, inspector Clouseau.

—Bueno, el caso es que no ha venido ningún policía a nuestra casa, que nosotros sepamos. Creo que nunca.

—Como he dicho, podría tratarse de un poli con botas de poli, o de un chiflado con unas botas de poli. —Se levantó y se puso la chaqueta, dando por concluida la conversación—. Si quiere hacer algo útil, debería esforzarse en averiguar a quién ha conseguido cabrear últimamente. Usted, o su encantadora esposa.

—Eso ya lo he hecho —afirmé—. ¿Dónde más se supone que debería buscar?

—Hay piedras por todas partes. Lo que pasa es que, por lo general, no andamos levantándolas.

Capítulo 18

Mientras volvía por Roscomare, llamé a Ariana a la galería:

—Voy a casa temprano.

—¿No te vas al cine? —preguntó.

—No, no voy al cine.

—De acuerdo. Ya termino aquí también.

Había cierta excitación de coqueteo en nuestra conversación, algo tácito pero palpable, como si fuéramos adolescentes locamente enamorados planeando una segunda cita. Caí en la cuenta de que rara vez había vuelto a casa en las últimas seis semanas antes de que ella estuviese acostada. Y ahora me sentía nervioso y exaltado a la vez, y no sabía qué podría reservarme una velada con ella.

Una vaga desazón, no obstante, socavaba mi optimismo. La cita de Ariana con su cliente (aquella para la cual necesitaba el traje que yo no había recogido) había de celebrarse por la tarde. ¿Por qué estaba, pues, en la galería cuando la había llamado? Mientras recorría media manzana, sopesé incluso la posibilidad de volver a llamar para confirmarlo con su secretaria. Como la propia Ariana me había indicado, no hace falta mucho más que un pañuelo blanco y unos cuantos codazos bien dados… Mi paranoia, advertí, estaba disparada y me inducía a cuestionarme —aunque fuera estúpidamente— todo lo que sucedía a mi alrededor.

Pasé por la zona comercial. La señal de cobertura de la pantalla del teléfono móvil parpadeó y desapareció a causa de la altitud. Mientras reducía la velocidad antes de entrar en el sendero de acceso, tuve un presentimiento y estiré el cuello sin poder contenerme para ver si me aguardaba alguna sorpresa. En el patio de delante todo parecía normal, y en el umbral tampoco se veía nada. Un leve movimiento de la cortina, sin embargo, captó mi atención. En un instante vislumbré una mano blanca justo antes de que se retirase. Demasiado blanca.

Un guante de látex.

Era algo tan inaudito, tan fuera de lugar, que al principio me dejó aturdido y sufrí una especie de vacío mental. Después, con creciente alarma, percibí la figura tras la cortina: una sombra borrosa, como un pez en aguas turbias.

Me había quedado rígido. Pero no reduje la marcha; pasé el sendero de largo, y también la casa siguiente, y me detuve en la cuneta. Pensé en volver atrás para usar la cabina del supermercado y llamar al 911, pero sabía que el intruso se habría largado mucho antes de que llegara la policía. Con la mano en la manija y la vista fija en el salpicadero abollado, me debatí largos segundos conmigo mismo, pero mi furia y una ardiente curiosidad acabaron imponiéndose.

Bajé y retrocedí al trote. Crucé el sendero, pasé junto a la cerca y llegué a la puerta del garaje. Hice un alto para serenarme, pasándome las manos por el pelo; luego, recuperando mal que bien la compostura, metí la llave en la cerradura y empujé la puerta con cautela. Las paredes y el techo del garaje parecían amplificar mi acelerada respiración. Miré frenéticamente alrededor y localicé la bolsa de golf, que languidecía bajo un velo de telarañas desde que me la había regalado mi antigua agente para celebrar la venta del guion. Revolví entre las cabezas polvorientas de los palos, pasando del *wedge* al hierro, y del hierro al *driver*.

La puerta que daba al rincón del comedor chirriaba, eso lo sabía. Hacía meses que tenía la intención de engrasar las bisagras. ¿Por qué no hacerlo ahora que estaba en el garaje? Encontré la lata azul y amarilla de WD-40 y rocié las bisagras hasta que gotearon. Sujeté entonces el pomo con una mano crispada, y la puerta giró, muy despacio, sin hacer ruido. Caí en la cuenta, demasiado tarde, de que podría haberse disparado la alarma, pero el intruso la había desconectado.

Una gota de sudor me cosquilleaba en el filo de la mandíbula. Entré en el comedor y cerré la puerta a mi espalda. Caminando con el máximo sigilo, avancé con el palo en ristre, como si fuera la espada samurái de un yuppie. Rodeé los armarios paso a paso, y la perspectiva de la cocina se fue abriendo ante mis ojos.

101

Al fondo, la puerta trasera terminó de entornarse lentamente.

Me lancé hacia ella. En el otro extremo del patio, un hombre fornido, ataviado con pasamontañas y chaqueta negra, permanecía totalmente inmóvil manteniendo los brazos bien pegados al cuerpo.

Me esperaba.

Me detuve en seco; notaba el corazón encogido y un nudo en la garganta.

Las enguantadas manos del individuo flotaban junto a sus caderas como las de un mimo. No parecía mirarme con los oscuros iris de los ojos, sino con los semicírculos blancos que los abarcaban.

Se dio la vuelta y corrió casi sin ruido entre los arbustos de zumaque. Rabioso y aterrorizado, lo seguí. La parte cuerda de mi cerebro había registrado su corpulencia y su eficiencia casi militar, así como las botas negras que calzaba, las cuales —habría apostado— debían de ser unas Acadia tipo Danner del cuarenta y cinco. El tipo saltó desde un tiesto volcado al tejado del invernadero, como impulsado por un trampolín, y pasó por encima de la cerca. Le arrojé el palo de golf, pero se estrelló en la traviesa de madera y rebotó hacia mí. Choqué con la cerca y traté de encaramarme, buscando asidero con los zapatos. Medio encaramado, clavándome el extremo de las tablillas en el estómago, escruté la calle, pero ya había desaparecido. ¿Dónde? En un patio, en una casa, doblando la esquina...

Me dejé caer soltando un gruñido y procuré recuperar el aliento. ¿Lo había sorprendido al cambiar mis horarios y saltarme el cine? De ser así, desde luego no parecía haberse inquietado en absoluto. A juzgar por su complexión y destreza, podría haberme machacado; su objetivo, pues, no era hacerme daño. Al menos por ahora.

Volví adentro con paso vacilante y me derrumbé en una silla, respirando con lentitud. Solo respirando.

Al cabo de un rato, me puse en pie y revisé el cajón de la cocina: las dos nuevas llaves tubulares de la alarma seguían allí. No parecía que hubieran tocado nada. Al pie de la escalera, me detuve frente al teclado de la alarma, como si fuese a decirme algo. Seguí hasta arriba; eché un vistazo al dormitorio y luego a mi despacho. Habían quitado la tapa del cartucho de los DVD y la habían dejado a un lado. Conté los discos y comprobé que faltaba otro. Bajé y entré en la sala de estar. El intruso había apartado el trípode de la planta y corrido la cortina; la memoria digital de la cámara estaba borrada. Aturdido, me dirigí al salón.

La bandeja del DVD estaba abierta, y un disco plateado reposaba dentro.

La empujé con un dedo y me hundí en el diván. El chasquido de la televisión al encenderse me pareció más ruidoso de lo normal. La pantalla seguía negra, así que manipulé los botones, pulsando «Input Select», «TV/vídeo» y todos los demás sospechosos habituales.

Por fin, apareció mi imagen. En el diván. Con la misma ropa que llevaba hoy.

Aguardé. Me mordí el labio. En la pantalla también me mordía el labio.

La sangre se me heló en las venas. Intenté tragar saliva; tenía la garganta agarrotada.

Alcé la mano. Mi doble alzó la mano. Exclamé: «¡Oh, Dios!», y oí mi voz a través del sistema de sonido. Tomé una trémula bocanada de aire. Mi doble tomó una trémula bocanada de aire. Se le veía blanco y mudo de asombro, totalmente demudado.

Me levanté y me acerqué al televisor, viendo crecer mi imagen como Alicia. Descolgué de la pared la pantalla plana y, tirando de los cables, la deposité en el suelo. La perspectiva idéntica de mí mismo me devolvió la mirada desde abajo. El hecho de cambiar de lugar la compacta pila de componentes del equipo multimedia, tampoco conseguiría modificar el ángulo de la imagen. Me incliné sobre los estantes superiores, arranqué varias clavijas y quité las tapas de los enchufes. Nada. Saqué de un tirón los discos y los libros; utilicé un pisapapeles para abrir un orificio junto a una muesca de la pared y luego el atizador de la chimenea para hurgar un poco más. Al fin, me puse en cuclillas y abrí la puerta de cristal del estante donde Ariana conservaba la colección de discos de su adolescencia. Entonces la imagen de la pantalla a mis pies giró vertiginosamente.

Me agazapé. Había un objetivo de ojo de pez sujeto con un clip en lo alto del cristal. Abrí la puerta del todo y la cerré, y la imagen en el televisor osciló siguiendo el movimiento. Saqué la diminuta lente. Un cable se extendía por detrás, sobre la tapa polvorienta de *Dancing on the Ceiling*. Tiré de él, y cedió con cierta resistencia. Al final del cable, enganchado pulcramente como una trucha, había un teléfono móvil. Uno de esos modelos cutres de prepago que puedes comprar en un 7-Eleven. Al sostenerlo con mano temblorosa, no obstante, comprobé que aquel móvil de mierda sí tenía cobertura, como es natural, a diferencia de mi Sanyo de trescientos dólares.

Di un paso atrás, luego otro. Aturdido, subí la escalera y me refugié en el cuarto de baño: el punto de la casa más alejado del objetivo de ojo de pez. Actuaba maquinalmente, como un animal o un zombi, y poco más o menos con la misma lógica. Abrí la ducha, giré el grifo hacia el punto rojo y dejé que el baño se llenara de vapor. No estaba muy seguro de si el ruido del agua me dejaba a salvo de cualquier otro micrófono que pudiera haber oculto por la casa, pero en las películas siempre funcionaba y ahora parecía una buena idea.

En un acceso de lucidez, fui a mi despacho y cogí una minigrabadora digital para registrar cualquier llamada que pudiera producirse. Volví al baño y me senté en el suelo, apoyando un brazo en el váter y manteniendo una rodilla alzada; arrugaba con los zapatos la alfombrilla oval. Había dejado el móvil en el suelo, justo en el centro de una baldosa, para no quitarle la vista de encima. Aunque no estaba encogido de miedo en un rincón, tal vez se lo habría parecido a un observador imparcial. El agua de la ducha ahogaba mis pensamientos y el vapor me limpiaba los pulmones.

No sé cuánto tiempo llevaría allí sentado cuando se abrió la puerta de golpe, y entró Ariana. Tenía la cara roja y el cabello enmarañado, y sujetaba un cuchillo de carnicero, como una soprano enloquecida. Al menos había mejorado desde que usó la raqueta de bádminton. El cuchillo se le cayó tintineado en la pila, y ella, apoyándose contra el borde, se llevó una mano al pecho, en lo que parecía una reacción condicionada por la genética.

Sentí un impulso más fuerte que nunca de protegerla.

Su mirada recorrió mi rostro, el móvil de usar y tirar, así como la minigrabadora que había dejado en la encimera.

—¿Qué…? La televisión… ¿Qué…?

Me salió una voz seca y rasposa:

—Al llegar, me he encontrado a un intruso con pasamontañas. Ha huido. Hay un micrófono en casa, una cámara oculta. Nos han estado grabando. Cada puta cosa que hemos…

Ella tragó saliva, todavía jadeando, y se agachó para coger el teléfono.

—Estaba escondido en el armario de debajo de la tele.

—¿Ha sonado?

—No.

Mordiéndose el labio inferior, pulsó varios botones.

—Ni llamadas recibidas ni enviadas, ni tampoco números guardados. —Lo sacudió, frustrada—. ¿Cómo…? ¿Cómo ha entrado?

—Por la puerta trasera, me parece. Debe de haberla forzado con una ganzúa. O tiene una llave.

—¿Y ha desconectado la alarma? —El aire estaba lleno de nubes de vapor que se desplazaban en jirones deshilachados. A Ari le brillaba la cara, como si sudara—. Los polis. Ellos sí vieron dónde guardamos las llaves de la alarma. Son los únicos que lo saben, aparte de nosotros.

—Eso he pensado yo también. Pero luego lo he entendido: la casa está pinchada. O sea que cuando me dijiste el nuevo código, alguien…

El móvil dio un timbrazo. Ariana retrocedió de un brinco, y el chisme se le escapó de las manos. Rebotó en el suelo, pero no se rompió. Volvió a sonar, ahora traqueteando sobre la baldosa. Alargué el brazo y cerré la ducha. El timbre del teléfono me pareció de pronto amplificado; igual que el silencio.

Señalé la grabadora. Ariana la cogió y me la lanzó. El teléfono sonó de nuevo.

—¡Por Dios, Patrick, contesta! ¡Contesta!

Preparando la grabadora, me llevé el móvil al oído.

—¿Diga?

Sonó una voz distorsionada electrónicamente, y se me erizó el vello de los brazos:

—*Bueno* —dijo—, *¿preparado para empezar?*

105

Capítulo 19

*L*a siguiente frase fue igual de escalofriante:

—*Apaga la grabadora.*

Obedecí y la dejé con cuidado sobre el asiento del váter, mirando con aprensión las paredes y el techo. Mi voz sonó ronca y temblorosa:

—Ya está.

—*Sabemos que te detuviste el martes por la mañana en Bel Air Foods para comprar una bolsa de frutos secos, un plátano y té helado. Sabemos que casi todas las mañanas miras cómo llora tu esposa a través de la ventana de la cocina. Sabemos que has ido hoy, a las cuatro treinta y siete, a la comisaría oeste de Los Ángeles; que has estado con la detective Richards en su escritorio de la segunda planta y que has pasado con ella trece minutos y medio.* —Frío. Uniforme. Carente de emoción—. *¿Alguna duda en cuanto a lo que podemos llegar a averiguar sobre ti o sobre cualquier otra persona?*

—No.

—*¿Alguna duda sobre nuestra capacidad para meternos en tu vida y localizarte donde queramos?*

La voz sonaba totalmente anodina debido al filtro electrónico, y esa falta de modulación la volvía todavía más turbadora. Me notaba la boca pastosa.

—No.

Ariana se inclinaba junto a mí, con las manos en las rodillas y los ojos desorbitados. Ladeé un poco el móvil para que pudiera escuchar mejor.

—*No vuelvas a ir a la policía. No vuelvas a hablar con la policía.* —Una pausa. Giré hacia arriba el micrófono para que el co-

municante no oyese con qué violencia jadeaba—. *Ponte de pie.*
Sal del baño.

Obedecí, precedido por Ariana, que abrió la marcha caminando hacia atrás y tropezando con libros y ropa esparcida por el suelo. El ambiente del dormitorio me pareció helado en comparación con el aire cargado de vapor del baño.

—*Sal al pasillo. No vayas a darte en la espinilla con la esquina de la cama. Tuerce a la derecha, pasa junto al despacho.*

Ariana se apresuraba ahora a mi lado mientras seguíamos avanzando. Me sudaba la mejilla contra el plástico.

—¿Qué puedo hacer para acabar con esto? —dije, pero la voz continuó como si nada.

—*Pasa junto al póster de la película M. Baja la escalera. Pasa junto al teclado de la alarma. Gira a la derecha. Cuidado con la mesa. Derecha. Izquierda. Gira. Otros cuarenta y cinco grados.*

Ahora le daba la espalda al televisor y miraba de frente el revoltijo de mantas.

—*Abre el sofá que te negabas a desplegar.*

Aparté los almohadones; sentía palpitaciones en los oídos. ¿Qué habría allí? ¿Encima de qué había estado durmiendo?

El asa de vinilo se me escurrió, y Ariana se acercó para ayudarme. Con la otra mano seguía pegándome el teléfono al oído: era una conexión impactante que no podía romper. Tiramos al mismo tiempo, y el armatoste se abrió como un insecto desplegando su caparazón. Ari agarró la abrazadera metálica, que chirrió y aterrizó en el suelo con un golpe seco; el tercio inferior del gastado colchón aún seguía doblado hacia atrás.

Ocultaba algo.

Alargué la mano torpemente y empujé el colchón, que acabó de darse la vuelta y, al extenderse por completo, los destartalados muelles vibraron y quedaron al descubierto una carpeta de papel manila y un bastón negro, de poco más de un metro de largo quizá, y de cabeza circular igual que la de un detector de metal.

—*Esa carpeta contiene un plano de tu casa. Los círculos rojos indican los puntos donde hemos colocado los dispositivos de vigilancia. El instrumento junto a la carpeta es un detector de uniones no-lineares; te servirá para localizar esos dispositivos y para buscar otros que tal vez creas que no hemos indicado en el plano.*

No me hacía falta examinar la carpeta para deducir que la habían sacado del cajón de mi despacho. Dentro, en efecto, había dos hojas impresas, una por cada planta de la casa: archivos JPG de nuestro contratista, que yo había guardado en mi ordenador unos años atrás, después de unir los baños originales, que eran de los años cincuenta. En la parte inferior de cada hoja había una raya desvaída, consecuencia de mi cartucho de tóner casi agotado; las habían impreso hacía poco en mi despacho. Pero no fue eso lo que me causó una oleada de náusea y pánico, no, sino la docena aproximada de círculos rojos que resaltaban en cada hoja como una erupción de viruela.

Colocándolas una junto a otra, intenté asimilar el enorme alcance de aquella intrusión. Hasta entonces había pensado que mi vida se había convertido en *Atracción fatal*. Pero en realidad estaba metido en *Enemigo público*.

Ariana se apartó el pelo húmedo de la frente y emitió un ruido que quedaba entre un suspiro y un gemido. Ladeé la cabeza poco a poco y localicé mi rotulador de corrección de pruebas metido en un número de fin de año de *Entertainment Weekly* que estaba sobre la mesita de café. Lo saqué con manos temblorosas y lo probé en el margen de la primera hoja, trazando con la deshilachada punta un círculo, idéntico a los demás.

Ariana dio un paso atrás, recorriendo con los ojos las paredes y los muebles. Echó un vistazo al plano, se acercó vacilante a la pared y señaló con el dedo una marca diminuta en el yeso, justo debajo del Ansel Adams enmarcado que había conservado desde la época de la universidad.

—No puede… No pueden…

La voz me sobresaltó y me sacó de mi embobamiento; ya había olvidado que la llamada no había concluido.

—*Tienes preparada una cuenta nueva de Gmail: patrickdavis081075* —Mi cumpleaños—. *La clave es el apellido de soltera de tu madre. El primer mensaje llegará el domingo a las cuatro para informarte de lo que vendrá a continuación.*

¿El «primer» mensaje? La frase transformó mi pánico todavía bajo control en auténtico terror. Acababan de pescarme, simplemente; el viaje no había hecho más que comenzar. Pero apenas había tenido tiempo de estremecerme cuando la voz añadió:

—*Ahora sal fuera. Solo.*

Me forcé a caminar hacia la puerta mientras le hacía a Ariana un gesto para que no se moviera. Ella negó con la cabeza y me siguió, mordiéndose un dedo. Salí; Ariana aguardó detrás, apoyada en la jamba y sujetando la puerta entreabierta, de modo que tan solo se la veía por la ranura.

—*Se acabó el paseo. ¿Ves la rejilla de la alcantarilla, justo después de los números de la casa pintados en el bordillo?*

—Espere. —Me detuve a tres metros de la rejilla—. Vale —mentí—. Estoy justo encima.

—*Agáchate y mira por el hueco.*

O sea que no observaban todo el rato. La cuestión era saber cuándo.

—¡Patrick, Patrick!

Asustado, me giré y vi que Don se acercaba desde su sendero acarreando una caja de documentos.

—Un segundo —musité al móvil entre dientes. Y de inmediato— : Me pillas en mal momento, Don.

—¡Ah! No había visto que estabas al teléfono.

—Sí, estoy hablando. —Con el rabillo del ojo detecté un movimiento en la puerta: era Ariana, que había retrocedido dejando apenas una rendija.

—*No nos entretengas.*

Don me habló entre tartamudeos:

—Oye, verás… he pensado que debía disculparme por mi papel… en todo esto, y

—No tienes por qué. No es un asunto entre tú y yo. —Me ardía la cara—. Mira, estoy en mitad de una llamada crucial. No puedo hablar ahora.

—*Líbrate de él. Ya.*

—Lo estoy intentando —murmuré al teléfono.

—¿Entonces cuándo, Patrick? —preguntó Don—. Quiero decir, ya han pasado seis semanas. Para bien o para mal somos vecinos, y yo he tratado varias veces…

—Don, no tengo por qué hablar contigo. No te debo nada. Y ahora sal de en medio y déjame terminar la llamada.

Me miró airado y retrocedió un par de pasos antes de darse media vuelta y regresar a su casa.

—Está bien —dije—, la alcantarilla…

—*Una vez que hayas retirado los dispositivos de la casa, mételos en la bolsa negra de lona que está en el cajón de arriba de tu armario y tírala ahí. Recoge todas las lentes, los cables e incluso el detector de uniones no lineares. Mañana a las doce de la*

109

noche. Ni un minuto antes, ni un minuto después. Repítemelo.

—Mañana, a las doce de la noche en punto. Todo por la reji-lla. El domingo a las cuatro recibiré un mensaje.

Y hasta entonces, vivir con el miedo en el cuerpo.

—*Esta es la última vez que oirás mi voz. Ahora pon el móvil en el suelo, aplástalo con el pie y empújalo por la rejilla de la alcantarilla. ¡Ah! Una cosa, Patrick…*

—¿Qué?

—*No es en absoluto lo que te imaginas.*

—¿Qué es lo que me imagino?

Pero la línea ya se había cortado.

Capítulo 20

Después de deshacerme del teléfono, volví adentro, y la puerta se abrió para recibirme. Cogí a Ariana de la muñeca y la atraje hacia mí. Nuestras mejillas se juntaron. Sudor. El aroma de su crema suavizante. Su pecho subía y bajaba agitadamente. Le puse una mano en el oído y susurré:

—Vamos al invernadero.

El único sitio de la casa con paredes transparentes.

Ella asintió y se separó de mí.

Estoy asustada, Patrick —dijo en voz alta.

—Tranquila. Ahora sé lo que quieren. Al menos, lo que quieren que haga a continuación. —Le resumí la conversación a grandes rasgos.

—¿Y después qué, Patrick? Esta gente nos está aterrorizando. Hemos de llamar a la policía.

—No podemos llamar a la policía. Se enterarán. Están enterados de todo.

Ariana se dirigió furiosa al salón; fui tras ella.

—¿Entonces, qué? ¿Seguir cediendo y cediendo?

—No nos queda otra alternativa.

—Siempre hay alternativas.

—Y tú eres una experta en decisiones atinadas, ¿no?

Ella se revolvió contra mí y me espetó:

—No soy yo la que se vendió para que la acabaran despidiendo de una película de mierda.

Parpadeé, atónito. Poniéndose una mano a la altura del estómago, me hizo un gesto con los dedos: «Vamos».

Contuve otra vez la respiración.

—Sí —repliqué—, tú eres mucho más sensata. ¿Qué hizo

falta? ¿Una llamada absurda para que te apearas de nuestro matrimonio?

—Hizo falta mucho más que eso.

—Ya, claro. Yo tenía que leerte el pensamiento y estar enterado de todo el rencor que habías acumulado en silencio.

—No. Tú tenías que estar presente en este matrimonio. Se necesitan dos personas para poder comunicarse.

—¡Nueve días! —grité. Un grito tan violento que nos pilló a ambos por sorpresa. Ariana dio un paso atrás, sobresaltada. La amargura se había apoderado de mí; no lograba detenerme—. Estuve fuera nueve días. Lo cual es menos de dos semanas. ¿No fuiste capaz de esperar nueve putos días para hablar conmigo?

—¿Nueve días, dices? —El color le volvió a la cara—. Llevabas un año fuera. Desapareciste en cuanto te devolvió la llamada un agente.

Se le humedecieron los ojos. Dio media vuelta y salió airada por la puerta trasera. Me pasé la mano por la mejilla; bajé la cabeza, suspiré y conté hasta diez en silencio.

De inmediato la seguí.

Entré por la chirriante puerta al caluroso invernadero, y nos arrojamos el uno en brazos del otro. Ariana me rodeaba el cuello con fuerza, apretando la frente contra mi mandíbula. Pegué mi cara a la suya, mientras el húmedo ambiente nos impregnaba los pulmones. Nos separamos con cierta torpeza, y entonces ella giró un dedo, abarcando el estrecho recinto. Nos pusimos a buscar, alzando macetas, agachándonos bajo los estantes, pasando las manos por los listones… Las paredes translúcidas facilitaban las cosas. Al concluir la búsqueda, nos situamos frente a frente, con la mesita auxiliar en medio, y nos miramos a los ojos.

En ese primer instante de relativa intimidad, explotó toda la presión acumulada por tantos motivos: la conversación de antes en la casa, en parte mantenida para las cámaras, pero también pese a ellas; nuestro torpe abrazo; la mirada desafiante del intruso; el horror que me había asaltado al descubrir el primer dispositivo oculto; el plano de la casa, mostrando con todo descaro dos docenas más de puntos de observación… Di un puñetazo brutal en la mesita, abollé el tablero de aluminio y me abrí las costras de los nudillos; dos macetas se volcaron y se hicieron añicos.

—Esos cabrones se han metido en nuestra casa, en nuestro dormitorio. He estado durmiendo encima de todas esas cosas que

112

habían dejado escondidas. ¿Qué coño pretenden de nosotros? —Miré los pedazos de las macetas mientras esperaba que se me pasara el ataque. Muy bien, Patrick. Magnífica estrategia: reaccionar con un berrinche ante un maestro consumado.

—Lo han oído todo —me estaba diciendo Ariana—: Han escuchado las discusiones; las cosas más nimias; lo que te dije el martes por la noche en la mesa del comedor… Todo. ¡Dios mío, Patrick! ¡Dios mío! Ni un detalle de nuestras vidas ha quedado a salvo.

—Hemos de encontrar la manera de salir de esto —dije inspirando hondo.

A Ariana le temblaban los labios.

—Pero ¿qué es «esto»?

—No tiene nada que ver con un *affaire*, ni con un alumno, ni con una estrella de cine cabreada. Estos tipos son expertos.

—¿En qué?

—En esta clase de cosas.

Se hizo un silencio. No se oía más que el leve zumbido del ventilador. Al secarme el dorso de la mano con la camisa, dejé un rastro rojo. Ariana observó las costras levantadas, y me dijo:

—¡Ah! Así es como… —Tomó aire, asintiendo—. ¿Qué otras cosas me convendría saber?

Se lo conté todo: Jerry, Keith, la detective Sally Richards, la huella de bota, así como la mentira que le había dicho a mi interlocutor, cuando le había asegurado que estaba encima de la rejilla de la alcantarilla, y él no había advertido que no era así.

—Así que no nos observan todo el tiempo —dijo.

—Exacto. Lo que no sabemos es dónde están los puntos ciegos. Pero ahora parece que están retirando la vigilancia. ¿Por qué nos habrían explicado, si no, la localización de los micrófonos?

—Para preparar algo distinto. —Respiró hondo de nuevo y sacudió las manos, como si se las estuviera secando—. ¿Qué demonios habrá en ese e-mail, Patrick?

—No tengo ni idea. —Y al decirlo, se me encogió el estómago; me notaba los labios resecos.

—¿Qué podemos hacer? Ha de haber alguna cosa… —Miró con impotencia la casa a través de la pared del invernadero. Allí estábamos, acurrucados, expulsados—. Si conocen los detalles de tu visita a la comisaría, es que tienen a alguien dentro. ¿Estará Richards involucrada? —Bajó instintivamente la voz.

113

—Ella no es —aseguré. Ariana me miró con escepticismo, así que añadí—: Lo sé, sencillamente. Además, ¿por qué iba a contarme lo de la huella, algo que implica a la policía?

—Está bien. Pero aun suponiendo que no sea ella, no podemos volver a llamarla porque ellos se enterarían.

—Dudo que pueda ayudarnos, de cualquier modo. Este asunto está muy por encima del salario de un simple detective.

—Vale. Apuntemos más alto, entonces. ¿Qué me dices de los cuerpos superiores de la policía de Los Ángeles?

—Lo mismo. La marca de la bota podría ser de las unidades de élite, así que tampoco podemos fiarnos de ellos.

—En ese caso, hemos de recurrir al FBI o algo así.

—Esos tipos se enterarán.

—¿Realmente importa que se enteren? Quiero decir, ¿con qué nos amenazan?

—Llegado el momento, eso será otra sorpresa, supongo.

—¿Deberíamos arriesgarnos y pedir ayuda, aun así? —preguntó Ariana, estremeciéndose.

—Primero hemos de saber qué quieren, creo yo. De lo contrario, no tendremos más que otra charla inútil con los polis o los agentes de turno. Ya hemos visto cómo funciona la cosa.

—¿No será que quieres seguir sus instrucciones simplemente porque temes sus represalias?

—Por supuesto que las temo. Me inclino a considerar a esos tipos capaces de cualquier cosa.

—¡Ahí está! —exclamó, irritada—. Eso es lo que han procurado inculcarnos: que no conocemos a gente lo bastante importante que pueda ayudarnos. ¿Qué hacemos, pues?

—En primer lugar saquemos los micrófonos de las paredes; al menos, los que ellos han reconocido. Y hagámoslo deprisa.

—¿Por qué deprisa?

—Porque mañana a medianoche todas las pruebas desaparecerán por la alcantarilla.

Me dolían los brazos de tanto sujetar el detector. Lenta y laboriosamente, deslicé la cabeza circular por la pared sur de la sala de estar. Aunque habíamos revisado todas las superficies centímetro a centímetro, y aunque abundaban los resultados negativos, no se había eludido la indicación de ningún micrófono en el plano. O, por lo menos, ninguno que fuera susceptible de detectarse con el artilugio que nos habían proporcionado. A pesar de que no parábamos de levantar nubes de polvo, habíamos corrido todas las cortinas y bajado las persianas, lo que provocaba que las habitaciones resultaran tan claustrofóbicas como el diminuto invernadero.

En el sillón del rincón reposaba la cesta de la ropa, repleta de un barullo de cables, minilentes, transmisores, placas de montaje, manguitos diversos y una caja colectora de fibra óptica que habíamos sacado de detrás del compresor del aire acondicionado. Arriba, la casa parecía la guarida de un traficante: muebles rajados y volcados, paredes reventadas, cuadros, espejos y libros tirados por todas partes. La cocina estaba sembrada de sartenes y cacerolas; en el salón, todos los armarios habían quedado abiertos; y en el cuarto de baño habíamos volcado el contenido de los cajones y del botiquín en la pila. Llevábamos cuatro horas trabajando en medio de un silencio preñado de terror.

Yo tenía los brazos llenos de polvo y trocitos de yeso. Cuando escaneé el marco interior del umbral, la luz verde se encendió en el acto. Sacando el plano del bolsillo, cotejé el punto indicado con el último círculo rojo; luego me bajé de la silla y di unos golpecitos en el sitio exacto. Ariana se adelantó con aire cansino y golpeó la tabla de yeso con el martillo.

Pasé por encima de un pedazo de moldura con tachuelas, dejé el detector sobre una punta levantada de la moqueta y estiré los doloridos brazos. Junto a la moqueta arrancada, había puesto las fotografías que había ido encontrando en los armarios y cajones: las últimas imágenes que Ariana había impreso y ocultado juguetonamente por la casa seis meses atrás. En conjunto, formaban un resumen gráfico de nuestra relación: fumando juntos en la calle tras un partido de baloncesto de los Bruins; nuestra primera comida en casa (un menú vietnamita a domicilio sobre una mesa improvisada con varias cajas de embalaje); yo solo, mostrando con una gran sonrisa el cheque de Summit Pictures (el primer dinero que ganaba como guionista), y detrás, el pastel medio torcido que Ariana había preparado al horno para celebrarlo. ¡La de cosas tiernas y sensibleras que hacíamos para agasajarnos antes de descubrir que podíamos sentirnos ridículos el uno frente al otro! Contemplé aquel pastel, sobre el cual las velas aún estaban encendidas. No recordaba qué deseo había formulado, pero no fue el acertado. Costaba creer, a la vista de las calamidades de los últimos días, que hubiéramos creído que lo nuestro era un problema.

Ariana retrocedió con un trozo de cable arrollado en el puño, y lo sacó del orificio como si fuese un sedal. El cable empotrado salió a sacudidas, abriendo a lo largo de la pared un surco que pasaba justo por detrás de nuestra foto de boda enmarcada. El retrato se soltó del clavo y cayó al suelo, y el vidrio se resquebrajó con una grieta bifurcada que atravesaba nuestros sonrientes rostros. El surco viró bruscamente, cruzando el techo, hasta que el cable se desprendió del ventilador con un último tirón. Ari dio un ligero traspié al ceder el cable y se quedó un momento ladeada, con la mano abierta. Luego bajó la cabeza, se tapó la cara y rompió el silencio con un sollozo.

Capítulo 21

—*N*adie que me caiga bien me llama a estas horas.

—Jerry, escucha, soy Patrick...

—Ya te he dicho...

Encorvado contra la cabina telefónica, justo delante de Bel Air Foods, giré la cabeza para echar un vistazo a la calle desierta. La claridad del alba diluía el resplandor de las farolas.

—Esto se ha complicado, Jerry. Teníamos la casa llena de micrófonos.

—¿No has pensado en ajustarte la medicación?

—Por favor, por favor, ¿no podrías aconsejarnos?

—¿Por qué cojones me llamas a mí? ¿Quieres ganarte una orden de alejamiento, Davis? Ya te dije que el estudio no tiene el menor interés...

—Esto no tiene nada que ver con el estudio.

Se quedó cortado.

—¿Cómo que no?

—Te lo estoy diciendo, tienes que ver este material. No vas a creer lo que hemos arrancado de las paredes: lentes y artilugios que ni siquiera sabía que existieran, colocados sin dejar rastro. Tienen que haber pasado los cables por el tablero de yeso con un sistema endoscópico o algo parecido. Además, ocultaron una cámara estenopeica en la rejilla del altavoz de mi despertador, y otra en el respiradero de un detector de humo.

—¿Cámaras estenopeicas? —resopló Jerry, y soltó un silbido.

—Y eso es lo de menos. Escucha, ahora se supone que la casa está limpia, pero no me fío. Quiero que la revise alguien. Me llamaron y me dijeron que no contactase con la policía.

—Has de estar metido en un buen lío para recurrir a mí.

—Así es, Jerry. —Casi percibía cómo reflexionaba. Lo pinché un poco—: Tú has hecho tareas de vigilancia, ¿no?

—Claro. ¿Crees que Summit me contrató por mi buen carácter? En el cuerpo de marines, era analista de comunicaciones interceptadas. Es a lo único a lo que se dedican ya en Hollywood: a las escuchas secretas. Apenas hacen películas.

—Escucha, deduzco que todo esto es material muy avanzado. ¿Tienes algún contacto que pueda encargarse? ¿Alguien que esté más al día?

—¡Qué coño «más al día», capullo manipulador! Vale, lo reconozco, me has picado la curiosidad. Vamos, que si el material es como dices, debería echarle un vistazo. Nunca viene mal saber qué nuevos chismes andan circulando.

—Entonces, ¿vendrás?

—Únicamente —una pausa— si prometes no volver a acercarte por los estudios.

—Prometido. —Suspiré de alivio, apoyando la cabeza en una de las paredes de la cabina—. Pero oye, podrían estar vigilando.

—Has destrozado la casa de arriba abajo, ¿no? ¿Qué te parece una visita temprana de tu contratista de obras?

Una hora más tarde sonó el timbre. Jerry, muy convincente enfundado en unos vaqueros y una camiseta desgarrada, tenía a su espalda una furgoneta aparcada en la cuneta. Unos rótulos magnéticos en la puerta y en el flanco indicaban: SENDLENSKI HNOS. CONTRATISTAS. Me mostró una de las dos gigantescas cajas de herramientas que traía, pasó junto a mí y se presentó a Ariana lacónicamente. Abrió los cierres de la caja, sacó un mando a distancia y, apuntando hacia la puerta, pulsó un botón.

—En la furgoneta tengo un inhibidor de frecuencias de banda ancha muy potente. Tus móviles, la señal inalámbrica de Internet y cualquier dispositivo de vigilancia… quedarán desactivados.

—¿Sendlenski Hermanos? —dije.

—¿Quién no iba a tragarse un nombre así?

Sacó una antena direccional y la adosó a una especie de portátil cuya base parecía una caja de zapatos. Una cascada de señales eléctricas, en cuyo centro había una raya roja, iba atravesando la pantalla.

—Antes de nada, vamos a ver si hay todavía otros dispositivos instalados. Tú ocúpate de tus asuntos y quítate de en medio. Oye, he de desconectar el inhibidor para captar cualquier señal. Tampoco vendrá mal, porque este aparato abarca un radio de cuatro manzanas, y tus vecinos ya deben de estar llamando a un técnico.

Rebuscó un iPod nano que, pendiendo de un cordoncillo, llevaba colgado del cuello; además, un pequeño artilugio (¿tal vez un minialtavoz?) iba enchufado al cable de los auriculares.

—La mayoría de los dispositivos de alta gama solo funcionan si hay ruido que grabar; así ahorran capacidad. Y la gente se dedicó a poner rock duro, tipo Van Halen, mientras revisaba una habitación. Entonces se mejoraron los dispositivos para que no se transmitieran más que los tonos hablados. Así que... —Se llevó un dedo a los labios, orientó el mando y, pulsando el botón, apagó el inhibidor; luego encendió el iPod. Sonó una voz, diciendo: «La filosofía en el tocador, del marqués de Sade».

Ariana me miró y me dijo con los labios: «¿El marqués de Sade? ¿En serio?»

Mientras Jerry trabajaba en el vestíbulo, me senté en el diván y me puse a hojear un número de *Entertainment Weekly*, pero enseguida me sorprendí releyendo el mismo párrafo. En la cocina, Ariana sacó las tazas del armario y volvió a colocarlas, aparentemente en el mismo orden; desgarró la tapa de una caja de macarrones con queso y volcó el contenido sobre la encimera. No había ningún dispositivo escondido dentro, como el regalito de una bolsa de patatas. A continuación alineó las rodajas de pan junto al fregadero; revisó la ropa de la tintorería, se quitó un pasador del pelo y lo estudió atentamente. Su ansiedad era contagiosa; yo mismo me puse a espiar los chismes domésticos más banales por encima de la revista, preguntándome sobre la capacidad potencial que tendría cada uno de ellos como troyano. ¿Una cerbatana ninja oculta en la maceta del filodendro?

Jerry fue con meticulosidad de una habitación a otra, oyéndose el murmullo de fondo del audio-libro que sonaba en su iPod. Cuando los personajes de Sade habían explorado ya una agotadora variedad de orificios, él nos llamó con un silbido para que nos acercáramos al armario ropero de la sala de estar, en cuyo interior se había sentado ante otro portátil distinto pero igualmente abultado. En el suelo, junto a la moqueta levantada, estaban mis zapatillas Nike y también la gabardina favorita de Ariana, desplegada al lado.

Jerry señaló ambas cosas, e indicó:

—He encontrado algo aquí, incrustado en el talón. ¿Ves esas finas incisiones? Y también en el forro de la gabardina. Aquí.

El iPod que llevaba al cuello proclamó alegremente:

—«Voy a disparar el licor ardiente hasta la punta de mis entrañas.»

—Entonces, ¿nos están escuchando en este mismo instante? —pregunté.

—No. —Echó un vistazo a la pantalla, donde había una confusa serie de gráficos de amplitud de onda—. Estos chismes envían mensajes brevísimos, una vez cada cinco minutos; una señal rápida de baja intensidad muy difícil de detectar. Y como es obvio, sin audio ni vídeo.

—«¡Sacúdelo violentamente! Es uno de los mayores placeres que puedas imaginar.»

—Dispositivos de rastreo —dije.

—Exacto. Envían informes de posición de tanto en tanto, igual que tu teléfono móvil. De hecho, según el analizador, transmite los datos a través de la red T-Mobile. Como un mensaje de texto.

—Esta es la gabardina que me pongo con mayor frecuencia —intervino Ariana—. Han cuidado todos los detalles. ¿Puedes sacar el rastreador?

—Yo no lo haría —dijo Jerry.

—¿Por qué?

—Porque —indiqué— esto es lo primero que sabemos que ellos no saben que sabemos.

Ari miró ceñuda la gabardina, como enfurecida por el hecho de que la hubiese traicionado.

—¿Puedes averiguar adónde envía la señal? —preguntó.

—No —contestó Jerry—. Puedo identificar el número de móvil que utiliza el dispositivo. Pero una vez que la señal llega a la puerta de enlace, ya no hay nada que hacer.

—«¡Levanta el culo un poquito más, amada mía!».

—¿Te importaría apagar eso? —le pedí.

—¿O subirlo? —dijo Ariana.

—Perdón, es la costumbre. —Jerry desconectó el iPod—. Sospechan menos si creen que están escuchando cosas embarazosas. Además, es un trabajo tedioso, te acabas aburriendo. Así que, bueno, no viene mal un poco de material estimulante.

—Desde luego —comenté— supera a Tolstoi. Oye, ¿a qué te refieres exactamente cuando dices que no puedes identificar la procedencia de la señal?

—La puerta de enlace está conectada a un *router* de Internet, y de ahí pasa a formato SOUP: sistemas de encaminamiento y compresión a través de un servidor Proxy anónimo en Azerbaiyán, o donde sea. Pero eso no es nada. —Acercó la cesta de la ropa, metió la mano en el barullo de cables y sacó un emisor de dos milímetros de grosor—. Este chisme utiliza las emisiones de los sensores de tu sistema de alarma, del *router* inalámbrico y demás, como fuente de alimentación, sin huellas de calor que puedan identificarse ni baterías que reemplazar.

—Vas a tener que bajar el nivel para que te siga.

—Esto no es la tecnología de mierda de Taiwán. Es el tipo de material de alta gama y sin número de serie que viene de Haifa. —Tiró otra vez el emisor a la cesta—. En su momento, cuando los rusos estaban especialmente atentos con nosotros, hice algunas prácticas de formación conjunta en Bucarest. Y en las paredes de la habitación del hotel encontramos chismes de estos. —Me hizo una mueca—. Has cabreado a la gente menos indicada, Patrick.

Apoyando la espalda contra la pared, Ariana se deslizó poco a poco hasta el suelo.

—¿Podría ser...? —dije, pero tenía la garganta demasiado seca. Tuve que tragar saliva y volver a empezar—. ¿Podría ser la poli?

—No, un material como este no ha salido del presupuesto municipal. Esta mierda es de otro nivel.

—Agencias de inteligencia.

Jerry se llevó un dedo a la punta de la nariz.

—Pero los detectives —objeté— encontraron una huella de bota en el patio de delante. Una marca que llevan los polis: Danner Acadia.

—Las Danner no son botas de policía. Quizá un detective pueda creerlo así, porque ha visto a unos cuantos aspirantes a las unidades de élite alardeando con ellas. Pero no; las usan sobre

121

todo los de operaciones especiales del Ejército, o los agentes de espionaje.

—¡Ah, fenomenal! —exclamé.

—¿Por qué demonios iba a querer meterse con nosotros una agencia o un espía? —cuestionó Ariana—. Nosotros no somos ricos, ni influyentes, ni tenemos nada que ver con la política.

Jerry empezó a recoger su equipo con todo cuidado, casi con cariño.

—Bueno, no olvides tu película.

—¿Qué quieres decir? —pregunté.

—Cabreó a mucha gente. Tuvimos alguna que otra conversación con Washington. Los agentes de la CIA no quedan precisamente como héroes norteamericanos.

—¿Cómo? ¿La CIA leyó el guion?

—Claro. Queríamos su colaboración oficial por muchos motivos: armamento, uso del sello, localizaciones y todo eso. Puedes ahorrarte millones. Pero es como tratar con el Pentágono: si el guion es favorable, te prestan un Black Hawk, te abren sus instalaciones… Pero si quieres rodar *La chaqueta metálica* no te dan una mierda. Y hay que reconocerlo: *Te vigilan* deja de puta pena a la Agencia. Consigue que parezca la KGB o algo así.

—¡Venga ya! —grité—. Solamente eran chorradas para darle emoción a la película; no significaban nada.

—Tal vez para ellos sí. Lo que para uno puede resultar divertido, para otro es la yihad.

—Es un *thriller* de entretenimiento, pero no se trata de un documental revolucionario. Y yo no soy un poderoso productor ni nada parecido, sino un simple guionista. —Hablaba atropelladamente—. Además, el gobierno siempre es corrupto en las películas.

—Tal vez ya estén hartos.

—¿De veras lo crees? ¿Están lo suficientemente hartos para provocar todo esto? —Le mostré las paredes reventadas y acabé señalando a Ariana, que seguía en el suelo con el rostro muy pálido.

—¿Se te ocurre una explicación mejor?

Ari rompió el silencio:

—Si se trata de alguna agencia de espionaje, hemos de pedir ayuda a la policía.

—Ya que ha mostrado tanta predisposición a creernos —dije.

—Mira —dijo Jerry—, esos tipos han dejado claro que son capaces de controlar lo que pasa dentro de una comisaría. Vamos, no solo sabían que habías ido a la comisaría oeste, sino también con quién estuviste hablando en la segunda planta.

—¿Y tú cómo lo sabes? —preguntó Ariana bruscamente.

—Se lo he contado yo cuando hemos hablado por teléfono —le expliqué.

Nos miramos los tres con recelo.

—Perdón —se excusó Ari.

Jerry mostraba una expresión tirante, pero continuó:

—Como iba diciendo, todavía no puedes descartar que tengan a alguien en el departamento de policía. Y aun suponiendo que no sea así, han pinchado las cámaras internas de vigilancia o algo parecido. Te están vigilando a ti y a la policía, y saben cómo hacerlo. ¿Quieres que se enteren de que has iniciado una contraofensiva? Correr otra vez a una comisaría sería revelar lo poco que sabes: tus planes, tu estrategia.

—¿Estrategia? —repitió Ari, soltando una risotada.

Recobrando su actitud profesional, Jerry consultó el reloj y siguió guardando sus cosas en los departamentos revestidos de espuma de las dos cajas de herramientas.

—El resto de la casa está limpio. Ninguno de tus ordenadores tiene programas espía ni nada similar, pero ojo con lo que imprimes. Impresoras, fotocopiadoras, máquinas de fax... todo tiene disco duro ahora, y es posible acceder a él y averiguar qué has estado haciendo. Los coches están bien, pero regístralos de vez en cuando por si hay algún rastreador adosado. Toma, esto es un mini inhibidor: anula cualquier dispositivo de grabación en un radio de seis metros. La propaganda dice que quince, pero yo no me arriesgaría. —Me entregó un paquete de Marlboro Light, y abrió la tapa para enseñarme el botón negro que sobresalía entre los falsos cigarrillos—. Utilízalo para hablar con seguridad en casa, por si volvieran e instalaran otro sistema en tu ausencia. Si ninguno de los dos fumáis, guárdatelo en una cartera o en el bolsillo. Pero no lo dejes por enmedio. ¡Ah! Tal vez os convenga deshaceros de los móviles. O, como mínimo, apagadlos cuando no queráis que os localicen. Los teléfonos móviles funcionan más o menos como los transmisores que tenéis ocultos en las zapatillas y en la gabardina. Si necesitas usarlo, enciéndelo, haz una llamada rápida y vuelve a apagarlo. Cuesta un rato identificar una posición, así que las llamadas de pocos minutos son más o menos seguras.

Ariana, que permanecía inmóvil, apoyando los codos sobre las rodillas, dijo:

—Doy por supuesto que no vale la pena cambiar la alarma ni las cerraduras.

Jerry sonrió con una expresión severa que parecía tener reservada para semejantes ocasiones.

—No hay ninguna tecnología a vuestro alcance capaz de mantener a raya a estos tipos —respondió.

—Entonces… ¿qué? ¿Nos mudamos?

—Depende. ¿Sois de los que rehúyen los problemas?

Ariana me miró un instante. Si Jerry no hubiera estado recogiendo sus cosas, habría advertido toda la carga que había en aquella mirada fugaz.

—No —dije dirigiéndome a ella—. No somos ese tipo de gente.

El teléfono sonó justo entonces.

Ariana se incorporó con dificultad.

—Nadie llama nunca tan temprano. ¿Y si es la policía?

Consulté el reloj, advirtiendo distraídamente que ya tenía que haber salido hacía media hora.

—¿Están intervenidos los teléfonos? —le pregunté a Jerry.

Otro timbrazo. El inalámbrico debía de estar debajo de los cuadros y almohadones que habíamos amontonado en el sofá.

Jerry ajustó los cierres de las cajas de herramientas y se puso de pie para marcharse.

—Únicamente unos aficionados te intervendrían el teléfono en la caja de empalmes. Hoy en día se usan sistemas de interceptación electrónicos. Imposibles de detectar.

Me puse a hurgar en el sofá, intentando averiguar de dónde procedía el sonido. Hundí la mano entre dos almohadones y saqué el teléfono. NÚMERO NO IDENTIFICADO. Me detuve con el pulgar sobre el botón de «llamada».

—Ariana tiene razón. Nadie llama nunca tan temprano. Podría ser importante.

—Yo no me arriesgaría —dijo Jerry, meneando la cabeza.

Otro timbrazo.

—Mierda —dije—. ¡Mierda! —Apreté el botón, oí unas interferencias en la línea—. ¿Diga?

Sonó la voz ronca de Punch:

—Patrick, muchacho…

—Ya sé, Chad. Pero me pillas en mal momento; estoy muy liado. Ya te dije que te llevaría los exámenes corregidos el viernes.

Más interferencias mientras Punch se preguntaba por qué lo estaba llamando «Chad». Al fin lo captó.

—De acuerdo. Aunque me facilitarías mucho las cosas si los tuvieras antes.

—Haré lo posible. —Colgué y suspiré. Jerry ya estaba en la puerta—. ¡Eh, espera! —le dije—. Gracias por todo. De veras que no sé qué habríamos hecho sin tu ayuda.

—No sabes cuánto… —murmuró Ariana.

Jerry me miró sin hacerle caso, y me recomendó:

—Será mejor que esto no se sepa en los estudios.

—Descuida.

—Por nosotros, seguro que no —añadió Ariana.

Él, cargado con las cajas de herramientas, desplazó el peso de su cuerpo, y concluyó:

—Yo ya he terminado. ¿Entendido?

Jerry era el primero en todo aquel asunto que había sido capaz de ofrecernos auténtica información; la única persona que yo conocía que tuviera conocimientos pertinentes. Me daban ganas de rogarle, de suplicarle, de cerrar la puerta y obligarle a prometer que seguiría al otro lado de la línea —de una línea no intervenida— cuando la cosa empeorase. Pero me limité a mirar la moqueta desgarrada.

—Sí —afirmé—. Entendido. —Me costó cierto esfuerzo, pero levanté la vista y lo miré a los ojos—. Gracias, Jerry.

Él asintió y salió de casa.

Capítulo 22

*E*l móvil de usar y tirar se parecía un montón al que había pisoteado y tirado por la alcantarilla: veinticinco dólares de prepago, AT&T, solo para llamadas domésticas. Lo cogí del estante y me fui rápidamente a la caja registradora.

—¿Qué tal está Ariana? —se interesó Bill, dedicándome una amplia sonrisa.

—Bien. —Eché un vistazo al anticuado reloj colgado un poco más arriba de las bolsas de carbón vegetal apiladas en la entrada. Había aparcado en doble fila frente a las puertas automáticas, y una rubia menuda estaba tocando la bocina—. Bien, gracias.

—¿Quieres una bolsa?

Me sorprendí fijándome en los demás clientes, en las precarias cámaras de seguridad que apuntaban a las cajas, en los coches estacionados afuera.

—¿Cómo? No, no, ya está bien.

Bill pasó el móvil por el lector del código de barras. Miré el número de identificación del producto que apareció en la pantallita de la caja; me giré y ojeé la calle a través de las puertas automáticas: las tejas grises de nuestro tejado asomaban por encima del ciprés de los Miller. Volví a observar el código del producto, iluminado con puntitos verdes: el teléfono desechable que podía adquirirse más cerca de casa. Así pues, ¿era el que yo más probablemente habría de comprar? ¿Y el que ellos más probablemente serían capaces de monitorizar?

Porque aquella gente pensaba en todo.

Bill había dicho algo.

—¿Perdón?

Su sonrisa perdió algo de brillo.

—Decía que debéis de estar muy excitados porque está a punto de estrenarse la película.

La rubia tocó una vez más la bocina, y yo corrí hacia la puerta, volviéndome hacia Bill con expresión de disculpa.

—Sí, sí. Oye, creo que no necesito ese móvil, a fin de cuentas.

Salí del atasco de la 101 dando un bandazo, sorteé varios coches en la bifurcación y tomé por Reseda en dirección norte hacia el campus. En la bolsa marrón, que iba de un lado para otro en el asiento contiguo, había cuatro móviles de prepago comprados en una gasolinera de Ventura. La voz de Punch —por una vez, sin su deje de arrastrar las palabras— me llegó a través del quinto.

—La próxima vez que me pongas un nombre falso, mejor que no sea Chad. O sea… ¿Chad?

—¿Cómo quieres que te llame?

—Dimitri.

—Naturalmente.

—¿A qué venía ese rollo tan elegante de espía? —preguntó.

—Estoy bajo una vigilancia brutal.

—¿Cómo de brutal?

—Como en la puta guerra fría.

Un silencio.

—Entonces deberíamos hablar cara a cara —opinó.

—Quizá sea peligroso para ti andar conmigo.

—Empiezo a suponerlo. Pero ya soy mayorcito. ¿Puedes venir ahora?

—Ya llego tarde a las clases matinales. —Esquivé a un chico con una BMW, que me enseñó el dedo de ambas manos (seguramente uno de mis alumnos)—. A ver si puedo escabullirme temprano para almorzar. ¿Hay alguna posibilidad de que vengas tú a este lado de la montaña?

—Sí, seguro. Voy a sacrificar las pocas fuerzas que me quedan para aguantar un tráfico espantoso y salvarte el culo, que por lo visto tienes bien hundido en la mierda.

—Está bien. ¿Dónde quedamos, entonces?

—¿Sabes qué?, iré hasta Santa Mónica en tu honor; será mi contribución anual al bien común. Veámonos en los aparcamientos que hay al fondo de Promenade; tercera planta. A las dos. Te

127

diría que vengas solo, pero eso supongo que ya lo sabes. Asegúrate de que no te siguen. Y no vuelvas a llamarme con el teléfono que estés usando ahora, sea cual sea.

—¿No eras tú quien me había dicho que no me preocupara? ¿Recuerdas aquello de los pájaros carpinteros sin pico?

—Eso era antes.

—Gracias por tranquilizarme.

Pero ya había colgado.

Los alumnos —los que me habían esperado— estaban inquietos, y con motivos sobrados. Entré a trompicones en el aula con media hora de retraso, sin haberme preparado la clase y demasiado cansado y distraído para improvisar. Paeng Bugayong estaba en la última fila, desplomado sobre el pupitre y con la cara enterrada entre los brazos cruzados; solo le veía media mejilla y el flequillo recto y negro que casi le llegaba a los ojos. Un chico tímido e indefenso. Me sentí idiota y culpable por haber sospechado de él. Cuando llegó la hora del almuerzo y dejé que salieran todos, parecían más que dispuestos a largarse.

128

En el abarrotado pasillo, Julianne se materializó junto a mí.

—¿No vienes a la sala? —me preguntó.

—No. He de marcharme corriendo.

—¿Te acompaño al coche? —Se abrió paso entre un corrillo de alumnos para no quedarse atrás—. Venga, me muero por escuchar el siguiente capítulo. Además, me debes una, y bien gorda, por cubrir tus clases ayer por la tarde.

—Ya sabía yo que me costaría algo más que un café de Starbucks. —Bajamos con celeridad la escalera. Necesité casi todo el trayecto hasta el coche para ponerla al día. Pero no mencioné el nombre de Jerry ni dónde trabajaba, pero sí le hice un resumen de todo lo demás—. Oye, tú que eres periodista —dije—, ¿por dónde demonios crees que empieza uno a investigar a la CIA?

—¿Para averiguar si se están vengando por *Te vigilan*, quieres decir? —Su cara mostraba bien a las claras lo que pensaba de tal posibilidad: en realidad parecía difícil de argumentar que un profesor adjunto de cine o que su vulgar guion comercial revistieran la importancia suficiente para llamar la atención de los servicios de inteligencia—. Puedo hacerte algunas pesquisas, averiguando quién es el contacto que se ocupa de los medios y que trata con Hollywood. Pero si la CIA pretendiera darte una lección, ¿por qué habría de dar marcha atrás ahora?

—¿Cómo marcha atrás?

—Te han mostrado dónde habían colocado los dispositivos de vigilancia en tu casa y te han dicho que los quitaras. Si eso no es perdonarte la vida, ya me dirás qué es. —Había adoptado una expresión impaciente ante mi estupidez.

Pensé en lo que Ariana me había dicho en el invernadero: que todo había sido hasta ahora un montaje preliminar.

—Se están preparando para la siguiente fase, simplemente —le expliqué—. Para lo que haya en ese e-mail.

—Pero ¿por qué habrían de renunciar a la posibilidad de tenerte controlado? —Alisó hacia atrás su rojiza melena, se sacó de la muñeca una goma elástica y se la ató bien pegada al cráneo. Con el pelo recogido, tenía un aire serio e imponente, como una heroína de cómic tratando de hacerse pasar por una simple mortal. Su holgada camiseta negra amortiguaba el efecto, aunque no lo suficiente: un estudiante redujo la velocidad de su desvencijada Hyundai para mirarla boquiabierto. Naturalmente, ella no se dio cuenta; estaba demasiado concentrada—. Yo creo que quieren indicarte algo más; establecer un clima de confianza incluso. Es como un diálogo.

Recordé cómo había huido de mí el intruso a pesar de que era lo bastante corpulento para partirme en dos con una rodilla. El enfrentamiento no había llegado a ser físico, al menos por ahora, pero ciertamente éramos adversarios, ¿no?

—Ellos no te han amenazado —insistió—, al menos de una forma explícita.

—Pero implícitamente, de unas seis maneras distintas. —Abrí el coche y tiré en el asiento del acompañante mi abultado maletín—. He de irme. No le hables de esto a nadie.

—Escucha —me sujetó del brazo—, te estoy diciendo que quizá hayas superado una prueba.

—¿Cómo? ¿Qué he hecho que pueda considerarse así?

—Supongamos que se trate de la CIA. Tal vez hayan visto algo en tu guion, o tal vez estén impresionados y esto sea, no sé… su manera de reclutarte.

A pesar del miedo, sentí una oleada de mi antiguo orgullo.

—¿Te parece que era tan bueno?

—Estamos hablando de los servicios de inteligencia de

129

EE.UU. —razonó—. No tienen un criterio muy riguroso que digamos.

La idea me sedujo un momento. ¿Quería creerla porque resultaba menos amenazadora o porque me halagaba? Enseguida la deseché.

—No hay nada en este asunto que parezca un juego. Han invadido nuestra vida privada. El experto en vigilancia que revisó la casa me ha dicho que esos chismes son de última…

—Naturalmente que tu señor Experto te lo pintó todo muy negro. Me has dicho que es un capullo del Gobierno, o un antiguo capullo del Gobierno. El trabajo de esa gente consiste en decirnos lo espeluznante que es el mundo. Lo llevan en el ADN.

—No necesito que nadie me explique que esto es espeluznante. —Subí al coche. El indicador de gasolina estaba roto a causa de uno de mis puñetazos, y la aguja marcaba lleno, pero un vistazo al cuentakilómetros me recordó que llevaba trescientos kilómetros sin repostar; me quedaba la gasolina justa para llegar a mi cita con Punch sin tener que parar por el camino.

Iba a arrancar ya, pero Julianne dio unos golpecitos en la ventanilla, y bajé el cristal. Se agachó (su piel blanca como la leche parecía casi translúcida bajo el sol cegador del Valle), e insistió:

—Lo dicho: quizá no andan buscando lo más previsible.

Toqué el pedal; el coche retrocedió apenas y los neumáticos crujieron sobre las hojas muertas.

—Eso justamente es lo que me preocupa.

Aunque llegaba con retraso, di otra vuelta entera al aparcamiento para asegurarme de que no me seguían. Llamé a Ariana al móvil; respondió al primer timbrazo.

—¿Estás bien?

—Sí. Me he quedado en casa; quería limpiar un poco. Tampoco habría sido capaz de concentrarme en el trabajo. ¿Tú, sí?

—¿En casa? Escucha…

—Ya. Que tenga cuidado. Bien, no es que estén planeando tirar la puerta abajo y pegarme un tiro, o ya lo habrían hecho. Toda esta historia no es el montaje más apropiado para eso.

Miré mi verdadero teléfono móvil, apagado en el asiento contiguo. Quería darle a Ariana el número del chisme de prepago que estaba usando, pero la línea del suyo no era segura y ahora yo ya estaba entrando por la boca del aparcamiento.

—Bueno —le dije—. Tú…

La comunicación se cortó. Renegando, subí a toda velocidad tres niveles y aparqué el Camry en un hueco encajonado. Vi de lejos a Punch, en un banco sin respaldo junto al ascensor, leyendo una revista. Me di prisa y eché otro vistazo a mis zapatos para cerciorarme de que mis Kenneth Cole no se habían transformado en los últimos treinta segundos en mis Nike GPS.

Llegué al banco y me senté junto al expolicía, aunque mirando en dirección contraria. Era un buen punto de encuentro: montones de coches y de peatones, mucho ruido en el ambiente y un techo que nos protegía de Google Earth y de otros elementos más ambiciosos de la cofradía. La pregunta que me había hecho la voz electrónica, no obstante, resonaba aún en mis oídos: *¿Alguna duda sobre nuestra capacidad para meternos en tu vida y localizarte donde queramos?* ¿Había cometido una estupidez viniendo aquí e intentando investigar? Pero tenía que hacerlo. La sumisión ciega era lo que ellos pretendían, pero difícilmente podría garantizar mi seguridad, o la de Ariana.

Punch siguió con la mirada fija en la revista.

—Te he llamado porque he sondeado un poco sobre Keith Conner, y he recibido algunas señales rarísimas.

—¿Como por ejemplo?

—Como por qué carajo ando haciendo preguntas sobre Keith Conner; como déjate ya de preguntar… Mira, este tipo de investigación es incorrecta e ilegal. Mis contactos en la policía no pueden andar avasallando a la gente, sobre todo si es para hacerme favores a mí. Pero la cuestión es que, normalmente, nadie controla este tipo de cosas ni llega a detectarlas. En cambio, estas averiguaciones han sido detectadas. Todas. Y de inmediato, joder. Como consecuencia, mis chicos se llevaron una bronca y yo he salido escaldado. Alguien está vigilando esta mierda, y ya te digo yo que no es un publicista finolis de la productora. No. Están controlando desde dentro del departamento, o desde arriba. Bueno, ¿quieres contarme en qué coño te has metido?

Le conté más o menos la misma versión que acababa de exponerle a Julianne. La cara rubicunda de Punch se puso todavía más roja, lo cual facilitaba que le resaltaran los capilares rotos de las mejillas y de la carnosa nariz.

131

—Joder. —Se secó las manos en la camisa; uno de los faldones
se le había salido del pantalón. Menos mal que él y Jerry no habían coincidido. Punch venía a ser el Walter Matthau de Jerry-
Jack Lemmon—. Veo que estás volcado en el tema. Investigando,
considerando posibilidades...

—Es como escribir, supongo.

—Sí, pero se te da bien.

Sonó una campanilla, y las puertas del ascensor se abrieron.
Sentí un espasmo de temor. Pero apareció una mujer tirando de
un crío que no paraba de berrear. Ella lo miraba muy ceñuda
mientras le hablaba:

—Ya te he dicho que lo dejaras en el coche...

Aguardé a que se alejaran, saqué la minigrabadora y se la
pasé. Punch la metió en la revista doblada y pulsó el botón. Aquella voz de nuevo: *Bueno... ¿preparado para empezar?*

—Un modulador de voz electrónico —especificó—. Ahora
usan siempre esta mierda en las llamadas chungas.

—¿Es posible decodificarlo, o bien analizar la voz, el tipo de
teléfono o cualquier otra cosa?

—No. Hay un criminalista de relumbrón que quiere participar en un espectáculo en el que intervengo como asesor. Para
que demostrara su valía, le dejé usar la voz codificada con la que
habían amenazado a un productor. Y no sacó una puta mierda.
—Ladeó la revista, y la grabadora cayó en mi regazo—. Todo esto
es demasiado para mí y para mi coeficiente intelectual. Teniendo
en cuenta que tu situación telefónica no es segura, será mejor que
no llames. —Alzó un dedo rechoncho, apuntándome—. Y tampoco me mandes e-mails. Una vez que abres esa mierda, incluso
aunque la borres, queda una huella en el disco duro. Solo me falta que tu Gran Hermano siga tu rastro hasta mi ordenador.

—¿Cómo me pongo en contacto contigo, entonces?

—De ninguna manera. Es demasiado arriesgado. —Se pasó
los dedos por los carrillos, observando mi reacción—. Si no te
gusta, consulta con tu terapeuta o tu grupo de rehabilitación.

—Yo no estoy en Alcohólicos Anónimos.

—¡Ah, ya! Ese se supone que soy yo. —Se levantó, retorciendo la revista con una mano maciza, y me dedicó un encogimiento de hombros antes de alejarse—. Buena suerte.

Me lo decía de verdad; pero también quería decir adiós muy
buenas.

Υ

El aula vacía resultaba tanto más impresionante dada su estructura de anfiteatro. Me detuve en el umbral y me asomé sin ninguna esperanza. El horario en el tablón de anuncios decía: 15.00 h: PROF. DAVIS, ELEMENTOS DE ESCRITURA CINEMATOGRÁFICA. Y el reloj decía: 15.47. Se me pegaban la camisa y los pantalones a causa del sudor, pues había hecho el trayecto desde el aparcamiento corriendo. Solté el maletín y me apoyé en la jamba para recobrar el aliento.

Mientras volvía atrás por el pasillo, habría jurado que algunos estudiantes me miraban de un modo raro. La secretaria del departamento me llamó cuando pasé frente a las oficinas.

—Profesor Davis, tengo ese expediente que me pidió.

A mí ya se me había olvidado la turbia solicitud que le había hecho para que me entregara el expediente de Bugayong. Entré en la oficina y reparé en la jefa del departamento, que estaba charlando con otros profesores junto a los casilleros de correo. La secretaria me tendió el expediente por encima de su escritorio con una sonrisa descarada. La doctora Peterson hizo un alto en su conversación para mirarme a mí y a la secretaria, con el expediente flotando aún entre ambos.

Bajé la voz sin darme cuenta al decirle:

—Gracias. Pero ya he resuelto el problema.

Le dediqué a la doctora Peterson un gesto tal vez más solícito de la cuenta y me retiré; el expediente quedó en las manos de la secretaria. Al cruzar otra vez el pasillo, no pude evitar mirar alrededor con nerviosismo. Un corrillo de estudiantes soltó risitas mientras yo pasaba.

Llamé a la puerta del diminuto despacho que compartía de modo rotatorio con otros tres auxiliares durante las horas no lectivas. No hubo respuesta. El último que había estado allí ya se había largado. Entré, cerré la puerta y, soltando el maletín, me senté ante el estrecho escritorio. Pocas cosas hay más deprimentes que un despacho compartido: una taza con manchas de pintalabios y lápices roídos dentro; algunos libros de texto pasados de moda; una talla barata de los tres monos sabios en las estanterías, por lo demás vacías, y un ordenador Dell del siglo pasado.

Accioné el cierre del maletín y lo abrí. El grueso fajo de guiones todavía por corregir me devolvió la mirada. Los saqué, me

133

palpé los bolsillos y también detrás de las orejas, buscando un bolígrafo rojo, y por fin encontré uno en el cajón de abajo, junto a una magdalena mordisqueada. Serviría. Conseguí leerme un guion y medio hasta que me sorprendí trazando círculos en los márgenes, como los que indicaban en el plano de casa los dispositivos de vigilancia.

El ordenador necesitó dos buenos minutos para arrancar. Conectar con Internet todavía costó más. Después de morderme un rato la mejilla de pura impaciencia, me encontré en la página de Gmail, tecleando *patrickdavis081075* y el apellido de soltera de mi madre como clave. Dejé el dedo sobre el ratón, todavía dudando si hacer clic. Ellos habían dicho que me llegaría un mensaje a las cuatro de la tarde del domingo, o sea, pasado mañana. ¿Por qué me sentía entonces tan asustado?

Inspiré hondo y pulsé el ratón. El relojito de arena giró y giró.

Allí estaba: una cuenta de correo. Mi cuenta de correo. Esperándome con el buzón vacío.

Sonó un golpecito en la puerta, di un brinco y casi tiré al suelo el teclado. Salí de la cuenta a toda prisa, mientras la doctora Peterson entraba en el despacho.

—Patrick, tengo entendido que has tenido en los últimos días una conducta algo irregular.

—¿Irregular? —Moví disimuladamente el ratón y borré con un clic el historial del navegador.

—Retraso en una clase; no te has presentado a otra y has mantenido un altercado con un alumno en el pasillo.

—¿Cómo?

—Una discusión a gritos. La profesora Shahnazari te oyó soltándole improperios a un alumno…

—¡Ah! Eso fue…

Ella habló más alto que yo:

—Luego me entero de que has pedido el expediente de un estudiante. ¿Tal vez alguien te ha dado a entender que un adjunto puede revisar los documentos confidenciales de los alumnos?

—No. Fue un error solicitarlo.

—En eso coincidimos. —Sus labios, rodeados de arruguitas verticales, se comprimieron—. Espero que puedas mejorar en breve. Y entretanto, harías bien en recordar que la invasión de la privacidad no es algo que nos tomemos aquí a la ligera.

—No —asentí—, yo tampoco.

Capítulo 23

Limpia, la casa casi tenía peor aspecto. Eché una ojeada a los orificios de las paredes, a los pedazos de moqueta desencajados y a las bolsas de basura. Había recobrado su antigua apariencia, pero en una versión deteriorada. Mis Nike estaban junto a la puerta del ropero; parecía que Ariana no quería perderlas de vista. Y ella misma se había sentado en el diván con la gabardina al lado, encima de los almohadones rajados, como si la prenda fuera un amigo invisible.

Se había recogido el pelo en una cola y llevaba mi camiseta de los Celtics, la de la temporada 2008. Sostenía una copa de vino de color borgoña; sin duda, un Chianti. A ella le encantaban los tintos baratos, pero la copa balón le procuraba la sensación de estar bebiendo algo mejor. Puso los ojos en blanco y, sujetando el teléfono entre el hombro y el mentón, me hizo un gesto de bla, bla, bla con la mano libre.

—Si no te ha devuelto la llamada, no le mandes un SMS. Parecerá que estás desesperada. —Una pausa—. Estoy segura de que ha escuchado el buzón de voz, Janice. Al fin y al cabo le dejaste ayer el mensaje. Concédele el fin de semana.

Me detuve para asimilar aquella escena surrealista. Considerando los destrozos de la casa, el dispositivo adosado a la gabardina y la cita que teníamos en unas pocas horas junto a la alcantarilla, todo parecía estrafalario y doméstico a la vez.

—Oye, he de dejarte. Patrick acaba de llegar… Lo sé, lo sé. Todo saldrá bien. —Colgó, tiró el teléfono sobre los almohadones y, levantando la voz, dijo—: Así aprenderéis a escuchar, fisgones. —Esbozó una sonrisa cansada—. Probablemente se han suicidado en su furgoneta esos tipos. Por cierto… —Buscó en el bolso, sacó la cajetilla-inhibidor y pulsó el botón negro para dejar fuera de combate cualquier otro dispositivo que pudiera haberse regenerado desde la visita de Jerry.

—¿No le habrás contado nada a Janice?

—Por favor. Nuestros problemas no son nada en comparación con los suyos. Además, no sé muy bien cómo incluir este tema en una conversación informal.

—Lo has hecho de maravilla —dije—. Me refiero a la casa.

—Todavía parece un accidente múltiple —afirmó apartándose un mechón de la frente con un bufido.

Le di uno de los móviles de usar y tirar.

—He grabado ahí el número del mío. Me disgusta no poder hablar contigo cuando no estamos juntos.

Su expresión se modificó. Mis palabras habían quedado flotando en el ambiente; rebobiné y me di cuenta de lo que significaban para ella, para ambos. Unos pocos días antes, apenas nos hablábamos.

Me senté a su lado. Me ofreció la copa y di un sorbo.

—Resulta agradable que nos tratemos con amabilidad para variar —comentó.

—Deberíamos habernos buscado hace meses unos acosadores profesionales.

—Estaba aquí sentada, mirando nuestra casa. Todas las chorradas que contiene: pintura Dunn-Edwards; molduras *cavetto*; esa absurda lámpara de araña que compré en Cambria… Y he pensado que hace una semana todo tenía un aspecto perfecto. Y que era una mierda vivir aquí. Al menos la cosa resulta más auténtica ahora. Todo este estropicio… Así es como estamos.

Manteniendo una recatada distancia entre ambos, contemplamos el amasijo de cables de la pared, donde antes estaba la pantalla de plasma, mientras compartíamos la copa de vino y esperábamos a que llegara la medianoche.

Llevaba colgada del hombro la bolsa negra de lona, que abultaba lo suyo con todo el material dentro. Mientras estuvimos los dos plantados junto al bordillo, Ariana se cerró la chaqueta, cruzando los brazos, para protegerse del viento helado. A juzgar por la cálida luz amarillenta que se filtraba por las ventanas y persianas de nuestra casa, resultaba fácil olvidar lo destrozada que estaba por dentro. En cuanto a las demás casas y los apartamentos más próximos, dejando aparte alguna que otra luz en los porches, se hallaban sumidos en la oscuridad. Esa circunstancia, unida a una extraña interrupción del tráfico, daba lugar a que todo el vecindario pareciera abandonado.

—Tres minutos. —Estremeciéndose, Ariana levantó la vista del reloj del móvil para echar un vistazo a la boca de la alcantarilla—. Espero que sea lo bastante ancha.

Me acerqué, pisando un amasijo de hojas secas, y algunos trozos desmenuzados cayeron por la rejilla hacia la oscuridad. Subía un olor rancio junto con el aire cálido. Metí el extremo de la bolsa en el hueco del bordillo. Entraba justo, pero entraba.

Ari comprobó otra vez la hora, y me indicó:

—Aún no. —Llorándole los ojos a causa del frío, miró los balcones de los apartamentos de enfrente y luego la pendiente de Roscomare Road—. Me gustaría saber desde dónde nos están espiando.

Destrozando la calma reinante con el rugido del motor, pasó a toda velocidad un Porsche plateado. Nos echamos los dos atrás: Ariana alzó los brazos como si quisiera protegerse de una ráfaga de balas disparadas desde la ventanilla; y yo retrocedí un paso y casi tropecé con el bordillo. El conductor, un tipo con gorra de béisbol, parecía haberse enojado ante nuestra reacción exagerada; tampoco iba tan rápido. A mí, entre la descarga de adrenalina y la combinación de cafeína y falta de sueño, me zumbaba la cabeza. Volvimos a tomar posiciones. Poniendo un pie en un extremo de la bolsa, aguardé la señal de Ari.

¡Cómo había cambiado nuestra vida en cuatro días!

Las mariposas nocturnas se estrellaban contra la parpadeante farola, y se oía el canto de los grillos.

—Vale —me avisó ella—. Ahora.

Empujé. La bolsa se atascó hacia la mitad; luego cedió y pasó entera. Aguardamos para oír el impacto, pero lo que nos llegó fue un golpe seco y amortiguado. Un suave aterrizaje. Miré entre mis zapatos, a través de la rejilla, aguzando la vista para atisbar el bulto en la oscuridad.

Lo que distinguí antes de nada fue el blanco de los ojos.

Sentí un hormigueo por todo el cuerpo: en la nuca, costillas arriba, en el paladar… Pestañeé un instante, y al volver a mirar, los ojos ya habían desaparecido, igual que la bolsa de lona. Solamente me llegó un sonido apagado sobre el húmedo cemento del fondo: el leve latido de unos pasos mullidos que se alejaban por debajo de la calle.

Salí del baño con pantalón de chándal y camiseta, secándome todavía el pelo. Al quitarme la toalla de la cabeza, vi a Ariana en el umbral de nuestro dormitorio, sosteniendo su taza de manzanilla de todas las noches y la cajetilla-inhibidor.

—Perdona —se disculpó—. Ya no me gusta quedarme sola abajo.

Entre nosotros se había desarrollado con asombrosa rapidez una serie de normas tácitas: habíamos dejado de cambiarnos el uno frente al otro; si Ariana estaba en alguna habitación con la puerta cerrada, yo llamaba primero; y ella, mientras yo me duchaba, se mantenía alejada del dormitorio.

—Entonces no deberías quedarte sola abajo.

Nos hicimos ambos a un lado, manteniendo las distancias, y cambiamos de posición. Yo no continué por el pasillo, y ella, en lugar de meterse en la cama, se apoyó en la cómoda, todavía cubierta de polvo de yeso. Nos estudiamos mutuamente. Yo doblaba y desdoblaba la toalla, y volvía a doblarla.

Carraspeé.

—¿Quieres que me quede arriba esta noche?

—Sí —contestó.

Dejé de juguetear con la toalla.

Me invitó a pasar con un gesto. Intentaba actuar con desenvoltura, pero sus ojos no se habían enterado.

—¿Tú quieres quedarte?

—Sí —afirmé.

Se acercó a la cama y abrió el edredón por mi lado. Me senté sobre el colchón. Ariana dio la vuelta y se deslizó bajo las sábanas; aún llevaba la ropa puesta. Me metí dentro, también vestido del todo. Ella alargó una mano y apagó la luz. Permanecimos los dos con la espalda apoyada en el curvo cabecero. No recordaba haber tocado nunca aquella cama nueva hasta ahora; era tan cómoda como lo parecía por su aspecto.

—¿De veras lo haces? —me preguntó—. ¿Me miras cómo lloro algunas mañanas por la ventana?

—Sí.

Incluso en la oscuridad, manteníamos la vista al frente sin mirarnos.

—Porque quieres saber... ¿qué? ¿Si todavía lo siento? —Su voz sonaba quebradiza, vulnerable—. ¿Si todavía me importa?

Nos quedamos un rato en silencio.

—Quisiera entrar y abrazarte —respondí—. Pero nunca reúno el valor necesario.

Noté que volvía lentamente la cara hacia mí.

—¿Qué tal ahora? —preguntó.

Levanté el brazo. Ella se me aproximó y apoyó la mejilla en mi pecho. Le acaricié el cabello. Notaba su piel cálida y suave. Pensé en las manos de Don; en su perilla, y sentí el impulso de apartarla, pero no lo hice. Reflexioné en la distancia que había entre lo que quería hacer y lo que creía que debía hacer: un choque entre dos posibilidades de mi yo, una intersección de dos futuros alternativos. Mi esposa me había engañado, pero ahora la estaba abrazando. Estábamos juntos. Me daba miedo lo que aquello podría parecer: no a los demás, sino a mí mismo en mis momentos de tranquilidad, al conducir hacia el trabajo, mientras sorbía un café entre las clases, o al mirar una escena inteligente de jodienda extramarital, sintiendo que Ari se ponía rígida a mi lado y que nuestra desazón se presentaba de golpe en la oscuridad del cine. Esa aguda punzada de los modelos deteriorados, de cómo deberían haber sido las cosas.

—Creo que quiero tener un hijo —dijo Ariana.

Mis labios se habían quedado secos de golpe.

—Tengo entendido que para eso hay que practicar el sexo.

—No ahora mismo.

—No pretendía insinuar...

—Quiero decir, no un niño ahora mismo. Ni siquiera muy pronto. Pero al sentirme amenazada de esta manera, he pensado mucho en nuestra vida. Estoy segura de que tú también. Hago cosas que me gustan: los muebles, mis plantas. Pero no voy a contentarme con ser una de esas mujeres que andan por ahí con su todoterreno, acudiendo a citas estúpidas o yendo a comprar comida orgánica a Whole Foods. Mira a Martinique, por ejemplo. Y yo voy en la misma dirección...

—Tú no eres...

—Lo sé, pero ya me entiendes. —Su mano se crispó, como buscando un asidero—. Quiero tener un hijo, pero al mismo

tiempo me aterroriza la idea de desear tenerlo por motivos equivocados. ¿Comprendes de qué hablo?

Solté un murmullo de asentimiento. Un destello de la tubería
de cobre brillaba junto al baño, allí donde habíamos horadado el
tablero de yeso. La cabeza de Ariana subía y bajaba con mi respiración. Seguimos así un rato, mientras yo buscaba el modo de
formular mis sentimientos con palabras.

—Yo ya no deseo hacer más lo que he estado haciendo hasta
ahora —confesé—. O al menos, no quiero sentirme de la misma
manera mientras lo hago.

—Sí, eso es. —Se incorporó, excitada—. Y fíjate, aquí estamos
ahora. Trastornados por toda esta mierda, pero al menos viendo
las cosas con claridad. No lo estropeemos.

—¿Qué quieres decir?

—¿Y si no abres esa cuenta de correo el domingo? ¿Y si enterramos la cabeza en la arena y fingimos que no pasa nada?

—¿Crees que así desaparecerá el problema?

—Finjamos que sí. Finjamos que todo está como solía estar
antes de las cámaras ocultas, de Don Miller y de la venta del
guion. Al menos esta noche.

Nos tendimos los dos en la cama, completamente vestidos. La
seguí abrazando hasta que su respiración se regularizó; luego me
quedé despierto junto a ella, velando su sueño.

Capítulo 24

*L*a página de inicio de Gmail me miraba destellante desde mi pantalla; los recuadros del usuario y la clave ya estaban completados. Ariana atisbaba ansiosa por encima de mi hombro; el aliento le olía a perfume por las fresas con leche y cereales que acababa de tomarse. El día, igual que ayer, había transcurrido con una espantosa lentitud. Nos habíamos pasado el tiempo pegados el uno al otro, aturdiéndonos con tareas y quehaceres domésticos, procurando no mirar el reloj. Ahora, según la barra del menú, eran las 16.01 de la tarde.

Ya bajaba el dedo cuando Ariana me dijo:

—Espera. —Se quitó el lirio mariposa de detrás de la oreja, otra vez de color naranja, y jugueteó con él—. Escucha, sé que desde hace algún tiempo nos han entrado sospechas… mutuas. Ahora que estamos aclarando las cosas, quería preguntarte…

—Di.

—¿Hay algo, cualquier cosa, que desees contarme?

—¿Como qué?

—No sé; lo que pueda haber en ese mensaje.

—¿Una foto mía esnifando coca en el muslo de una estríper? No, Ari: nada de nada. Me he devanado los sesos y no se me ocurre ninguna cosa. —Bruscamente, hice clic en «Iniciar sesión» en protesta por su pregunta. Entonces se me ocurrió preguntarle—: ¿Hay algo que quieras contarme tú?

—¿Y si se trata de mí y de Don? —aventuró ella, inclinándose sobre la pantalla.

Mientras la página se cargaba, barajé esa posibilidad, notando su peso en el fondo del estómago. Era lo que me faltaba: el lío de una noche de mi esposa, enviado directamente a mi escritorio.

Sería el punto culminante de aquella invasión de mi intimidad. Eso me recordó un fragmento de la conversación con Punch: que los correos electrónicos, incluso una vez borrados, dejan rastro en el disco duro.

Miré con aprensión la página que se estaba cargando. No se me había pasado por la cabeza que, en cuanto abriera el mensaje, no podría controlar lo que contuviera. Y eso ocurría en mi ordenador.

Antes de que consiguiese reaccionar, surgió ante nuestros ojos. Allí estaba: un único e-mail en mi buzón de entrada. La casilla del remitente, vacía; la del asunto también. Por ahora, el mensaje sin abrir seguía en el servidor. No había riesgo mientras no lo descargase. Desplacé el cursor hasta el borde de la pantalla, por si se le ocurría seleccionar el e-mail por su cuenta.

Ellos ya habían entrado en aquel ordenador para imprimir los JPG del plano de la casa. Revisé el historial del Explorer para ver que páginas web habían sido visitadas recientemente. No aparecía en la lista ninguna que no me sonase.

—Oye —preguntó Ariana—, ¿por qué no abres el mensaje?

Le indiqué con gestos que podían estar escuchando y le pregunté dónde tenía el inhibidor. Ella respondió sacándose el falso paquete de Marlboro del bolsillo; nunca lo perdía de vista.

—No quiero hacerlo aquí, desde mi ordenador —musité.

—Escucha —me interpeló, todavía pensando en el tema anterior—, si se trata de mí y de Don, será mejor que lo afrontemos juntos.

—No es eso; me refiero a que no debería bajarme aquí ningún archivo que provenga de ellos. Aunque después lo borre, el registro se mantiene en algún rincón del disco duro. Y tal vez podrían usar un e-mail para colarme un virus que les permita leer toda mi información a distancia.

—¿No crees que habrían aprovechado para instalarlo cuando estuvieron aquí?

Me había levantado y ya me dirigía a la escalera; Ariana bajó pisándome los talones.

—Jerry revisó nuestros ordenadores —le dije—, ¿recuerdas? Me calcé y abrí la puerta del garaje.

—Un momento —dijo Ariana, señalándome los pies.

Bajé la vista. Me había puesto las Nike pinchadas. Renegando, me las quité de un par de patadas y me puse los mocasines. No quedaban muy bien con los calcetines blancos, pero no estaba dispuesto a que mis acosadores supieran que me iba a Kinko's.

Patrick Davis.

Era lo único que decía el e-mail, aunque habían convertido el nombre en un hipervínculo. Encajonado en un cubículo alquilado, giré la cabeza para observar el local. El empleado de Kinko's parecía muy ocupado atendiendo a una mujer gritona de ropa estridente, y los demás clientes hacían fotocopias y grapaban folios junto a las máquinas alineadas en la entrada.

Me sequé el sudor de la frente con el faldón de la camisa, apreté los dientes e hice doble clic en mi nombre.

Se abrió una página web. Mientras leía la dirección de Internet (una serie de cifras demasiado extensa para memorizarla), apareció un rótulo destacado en negrita: ESTA PÁGINA WEB SE BORRARÁ AL CONCLUIR SU VISIONADO. Las letras se difuminaron en el fondo oscuro produciendo un efecto fantasmal.

Entonces desfilaron fotografías digitales, como en una presentación de PowerPoint:

El invernadero, de noche, entre los árboles del jardín.

Luego una toma de su interior, bañada en un resplandor verdoso y como de otro mundo.

La hilera de tiestos en el estante intermedio de la pared este: los lirios mariposa de color lavanda que Ariana no había recogido ni se había puesto en los últimos meses.

Una mano conocida con guante de látex levantaba el último tiesto y el platillo. Debajo, sobre la superficie de madera, había un estuche morado de plástico.

Ese disco no estaba ahí tres noches atrás cuando Ariana y yo habíamos registrado el invernadero.

Me había inclinado sobre el monitor con las manos crispadas. A pesar de los discos, los micrófonos y la llamada, aún no me había habituado a ver cómo alguien se movía y fisgoneaba por nuestra casa, por nuestras vidas. La impresión, en todo caso, era peor que antes: como un trauma agravado por otro trauma, como un papel de lija sobre la carne viva.

La foto desapareció y dio paso a una dirección: *2132 Aminta St., Van Nuys, CA 91406*. Busqué con desesperación un bolígrafo y un pedazo de papel: no había ninguno en el cubículo. Me metí en el contiguo a toda prisa, volcando el protector de plástico, y me hice con un lápiz y un *post-it*. Al volver frente a mi monitor, la dirección había sido reemplazada por una pantalla de Google Maps, con la ubicación marcada en la parte más cutre de Van Nuys. Logré anotar la dirección, tomándola del indicador de la localización, antes de que la imagen cambiase de nuevo.

La siguiente mostraba cuatro números separados con intervalos regulares: *4 7 8 3*.

Los anoté también un segundo antes de que dieran paso a la foto de una lóbrega puerta de apartamento: pintura desprendida, juntas agrietadas y dos números herrumbrosos en lugar de mirilla: *11*. Uno de los clavos estaba suelto, de manera que el segundo *1* quedaba inclinado.

Entonces, como una ráfaga helada bajándome por la columna, apareció un mensaje en negrita: VE SOLO.

La ventana se cerró por sí sola y, con ella, también el navegador. Cuando volví a abrirlo, no había nada registrado en el historial de páginas visitadas.

No existía ninguna prueba de que todo aquello fuera algo más que un mal sueño. Lo único que tenía era una dirección y cuatro números misteriosos escritos con mi propia letra.

Capítulo 25

—¿*N*ada más? —preguntó Ariana.

Sentada a mi lado en el diván, le dio la vuelta al estuche morado como si fuese a encontrar la etiqueta del vídeoclub. La superficie de plástico todavía mostraba la mancha de humedad del platillo de la maceta.

—Se nos debe de haber pasado algo —dije manipulando el mando. Volvimos a mirar la pantalla de plasma, montada de nuevo en la pared, aunque algo torcida.

La imagen reapareció parpadeando. Era una toma en blanco y negro muy granulada, probablemente de una cámara de seguridad: un sótano, demasiado amplio para pertenecer a una casa particular; una bombilla oscilante, que arrojaba un débil resplandor, y una escalera sumida en la oscuridad; un generador, un calentador de agua, varias cajas de cartón sin rótulo ni etiqueta y un extenso tramo de suelo de hormigón; en el segundo peldaño de la escalera, algo parecido a un montón de colillas, y en la pared del fondo, una caja de fusibles visible. Sobreimpresas en la pantalla, la fecha y las horas de grabación transcurridas: 03/11/05, 14.06.31 y siguiendo.

La secuencia concluyó.

—No lo entiendo —dijo Ariana—. ¿Habrá algún significado cifrado que se nos escapa?

Miramos el DVD otra vez. Y una vez más.

Ari se levantó del diván, exasperada.

—¿Cómo demonios vamos a deducir qué es?

Me miró con temor mientras yo despegaba el Post-it de la mesita de café, donde figuraba la dirección de Van Nuys.

Expulsé el disco, lo guardé en el estuche y me lo metí en el bolsillo. Sentado en el suelo del vestíbulo, me até las Nike. Tenía que usarlas de vez en cuando para no demostrar que había descubierto el dispositivo incrustado en el talón. Y no estaría de más hacerlo ahora, mientras seguía sus instrucciones.

Mi mujer me detuvo cuando ya entraba en el garaje.

—Tal vez no debieras ir. Tú no sabes lo que hay detrás de esa puerta, Patrick. —Le temblaba muchísimo la voz—. No sabes cómo manejar una cosa así. ¿Seguro que quieres seguir hurgando?

—Escucha, no soy Jason Bourne, pero algo sí sé.

—Ya conoces el dicho: saber solo un poco es lo más peligroso. —Tuvo la intención de cruzar los brazos, pero se detuvo—. Tal vez confían en que seas tan tonto, que te presentarás. ¿Qué pueden hacer si no vas?

—¿Quieres descubrirlo?

No respondió.

Entré en el garaje.

—Hemos de averiguar qué es todo esto. Y quién está detrás.

—Piénsalo bien, Patrick. Hoy por hoy, aún no nos ha pasado nada en realidad. En casa estás a salvo. Podrías volver adentro conmigo, simplemente.

Me detuve junto al coche y la miré. Por instantes consideré la posibilidad de entrar de nuevo, de prepararme una taza de té y ponerme a calificar los guiones de mis alumnos. Pero ¿qué iban a hacer si construían un laberinto y no se presentaba ninguna rata? ¿Qué implicaba más riesgo: corretear por los recodos y vericuetos de la trampa o quedarme quieto, esperando a que el cerco se estrechara?

Las llaves se me clavaban en el interior del puño.

—Lo siento. He de averiguarlo.

Me miró desde el umbral mientras salía marcha atrás. Y seguía allí plantada cuando la puerta del garaje, cerrándose con un temblor, la borró de mi vista.

En el fondo del Valle, el atardecer parecía aún más oscuro, más denso de neblina y contaminación. El humo de los coches y el olor repulsivamente dulzón de las barbacoas impregnaba el aire estancado. Las cunetas estaban sembradas de envoltorios de comida rápida y de latas aplastadas de creveza. El edificio era el tí-

Señaló el estuche morado, que se me había caído en el umbral y se había resquebrajado.

—¿Por qué me está dejando esos discos?

Me quedé boquiabierto.

—Yo… yo no… Es en mi casa donde han dejado varios, en los que me han grabado a mí. Este DVD venía con su dirección.

Sin quitarme los ojos de encima, recogió el estuche del suelo y lo abrió. Bajó la vista un instante para mirar el disco, y me preguntó:

—¿Usted también utiliza DVD de esta marca?

—No. Los míos son distintos… —Tardé unos momentos en registrar el «también» y, lentamente, dije—: ¿Le han enviado grabaciones en sus propios discos?

—Sí. Me los han metido en el buzón, bajo el limpiaparabrisas, en el microondas. —Se secó la boca con el dorso de la mano; luego se masajeó la muñeca con movimientos nerviosos—. Secuencias breves de mí mismo paseando por el parque, haciendo compras y otras estupideces por el estilo.

—¿Le han telefoneado? ¿Con un móvil, tal vez?

—No. No he hablado con nadie. La línea del móvil me la cortaron… Facturas pendientes. Y no tengo teléfono fijo.

—¿Conserva los DVD?

Volvió a pasarse el pulgar por la muñeca: un tic nervioso.

—No, los tiré. ¿Para qué iba a guardarlos?

—¿Cuánto tiempo llevan haciéndolo?

—Dos meses.

—¿Dos meses? ¡Joder! Lo mío empezó hace cinco días y ya estoy… —El miedo me atenazaba. Hice una pausa para respirar.

—¿Por qué a mí? —Se golpeó el pecho con el puño—. ¿Por qué filmarme a mí mientras lleno el depósito de mi puto camión?

—A mí me filmaron meando. ¿Ha hablado con la policía?

—No me gustan los polis. Además, ¿qué van a hacer?

—¿Cómo contactaron con usted? —pregunté.

—No lo han hecho. Solo he recibido los discos. No entiendo por qué…

—… por qué nos están haciendo esto.

Su expresión se modificó. De pronto éramos camaradas, pacientes de la misma dolencia.

—… por qué nos han escogido a nosotros —dijo.

Pensé en la orden con la que concluía el e-mail: VE SOLO, no

149

VEN SOLO. No se trataba de una convocatoria, sino de una misión. Nos habían puesto en contacto para que descifrásemos algo. Nuestras miradas se dirigieron simultáneamente hacia el DVD, que él tenía todavía en las manos.

Entró a toda prisa en el apartamento, y yo lo seguí. En cuanto di dos pasos, me abrumó un hedor a moho. Más que un olor, era una impresión en todos mis poros. Parpadeé mientras me habituaba a la penumbra, puesto que todas las cortinas estaban corridas. El tipo introdujo el disco en un reproductor, bajo un televisor enorme. Había ropa sucia y bolsas de la compra esparcidas sobre la gastada moqueta, así como varios discos de estuche morado con rótulos de programas de la tele. Ni sillas, ni sofás. Ni siquiera una mesa junto a la encimera de una cocinita empotrada. Los únicos muebles a la vista eran un colchón doble en un rincón, cubierto con un lío de sábanas, y un baúl metálico que se combaba bajo el peso del televisor.

El hombre se incorporó y dio unos pasos atrás, situándose a mi lado, sin quitar los ojos de la pantalla.

Apareció la imagen: el sótano, la escalera, el suelo de hormigón.

150

—No es nada —dije—. Solo…

Él soltó un grito ahogado y cayó de rodillas. Avanzó a gatas, paró la imagen y pegó la cara a la pantalla, mientras escrutaba la esquina inferior derecha. Luego se sentó en cuclillas y empezó a balancearse ligeramente. No me di cuenta de lo que sucedía hasta que un gemido desgarrador recorrió la habitación: aquel hombre estaba llorando. Inclinó la cara hacia la oscura moqueta y sollozó. Yo me quedé detrás de él, desconcertado totalmente.

Siguió llorando y balanceándose un buen rato.

—¿Se encuentra…? —dije—. ¿Puedo…?

Se puso de pie y se echó sobre mí, abrazándome con fuerza. Olía a sudor rancio.

—Gracias, gracias. ¡Que Dios lo bendiga!

Levanté un brazo con torpeza, para darle unas palmadas en la espalda, pero me quedé con la mano en el aire y musité:

—No sé por qué lo dice. Yo no sé qué son esas imágenes.

—Por favor —dijo dando un paso atrás. Miró alrededor, como si hasta ahora no se hubiera dado cuenta de que no podía ofrecerme asiento—. Perdone, ya ni recuerdo la última vez que vino alguien…

Parecía desorientado.

—No importa —dije sentándome en el suelo.

Él me imitó. Movía las manos una y otra vez, describiendo círculos, pero no conseguía hablar. Un recuadro de luz amarillenta, filtrándose por las cortinas saturadas de polvo, le iluminaba la silueta. En el rincón del fondo, había una mancha de humedad en la moqueta que se extendía también por la pared.

—Yo era conserje —logró decir al fin—. En una escuela de secundaria de las afueras de Pittsburg. La caldera del agua caliente se estropeó y estábamos mal de fondos, ¿entiende?, había recortes de presupuestos. —Volvió a pasarse el pulgar por la cara interna de su muñeca, como alisándose la piel—. Un tipo del consejo escolar estaba metido en un proyecto de viviendas sociales; iban a derribar todo un complejo, o algo así… La cuestión es que se trajo de allí un calentador. —Señaló el que se veía en la pantalla—. Me lo entregaron para que lo instalara. Un trasto más antiguo que el nuestro. Yo les dije que no me gustaba su aspecto, pero ellos me soltaron que aquello no era un concurso de belleza, que había pasado las pruebas y cumplía con no sé qué requisitos. Así que lo monté. El caso es… El caso es que lo habían preparado para el traslado. Es decir, lo habían vaciado y fijado la válvula de presión con un alambre para que el agua sobrante no goteara durante el transporte.

Volvió a quedarse callado.

—¿Qué ocurrió?

—Yo bebía en esa época. Ahora ya no. Pero quizá había echado unos tragos aquella mañana; la mañana en que instalé la válvula, quiero decir. Solamente para seguir en marcha. Era el tres de noviembre.

Miré la fecha sobreimpresa en la secuencia de la filmación: 03/11/05. Y sentí un hormigueo de expectación.

—Al otro lado de esa pared hay un aula del sótano, un taller de formación profesional. —Señaló la pantalla con mano temblorosa, y advertí que tenía en la cara interna de la muñeca una franja pálida de tejido cicatrizado. En la otra mano, que apoyaba en el regazo, observé una marca idéntica, sin duda el rastro de una navaja—. Al explotar y venirse abajo la pared, murió un chico. A otra alumna se le quemó casi toda la cara. Que ella sobreviviera… casi fue peor en cierto sentido. —Volvió a pasarse el pulgar por una de las cicatrices, sin dejar de balancearse—. Durante

151

la investigación, encontraron la petaca en mi casillero. Estaba toda la cuestión de las responsabilidades legales, ¿entiende? Ellos dijeron que se me había olvidado quitar el alambre, que la válvula de seguridad no había podido abrirse y que la presión fue subiendo… —Se le estranguló la voz—. Pero no encontraron ningún fragmento del alambre entre los… como se llamen.

—Escombros —acerté a decir.

—Exacto. Ningún fragmento lo bastante grande. —Se interrumpió unos instantes—. Yo estaba seguro de que no se me podía haber olvidado una cosa así. Pero a medida que avanzó la cosa y me fueron preguntando, empecé a dudar. Al fin ya no tenía nada claro. Unos meses antes, había instalado una cámara de seguridad allá abajo, y pedí que me dejasen ver la grabación para saber a qué atenerme. Necesitaba saberlo.

—¿Por qué instalar una cámara en el sótano?

—Los chicos se colaban allí para fumar y para practicar el sexo. Se encontraron algunos condones. Así que el director me cogió por banda a principios de año y me ordenó que instalara esa cámara de vigilancia. No sé quién revisaba las grabaciones ni nada, pero expulsaron de clase y abroncaron a algunos chicos y, desde entonces, no bajaron más al sótano. Cuando después de la explosión pedí que me dejasen ver la secuencia, ¿sabe qué me dijeron?: «A nosotros jamás se nos ocurriría espiar a los miembros del cuerpo estudiantil». Llegué a bajar incluso con los investigadores, pero la cámara había sido retirada. Así que esto que ve aquí, esta grabación —apuntó el televisor con el dedo— nunca había existido. —Se le descompuso la expresión y bajó la cabeza, aunque sin emitir ningún ruido—. Un poli amigo mío me contó más tarde que una monitorización ilegal como esa es algo muy grave. Si hubieran grabado a estudiantes practicando el sexo, podrían haberlos acusado incluso de pornografía infantil. Así que me dejaron colgado. Y lo que ellos no destruyeron de mi vida, me encargué de destruirlo yo.

Hice un esfuerzo para apartar los ojos de los cortes cicatrizados de sus muñecas, y miré mis propias manos, mis nudillos cubiertos de costras y cicatrices. Las penas… y las marcas que nos dejan. Yo me había dedicado a dar puñetazos en el salpicadero por una mala racha de mierda y por la transgresión que había cometido mi esposa. Ahora todo eso me parecía insignificante comparado con el chico muerto y la chica con la cara quemada que aquel hombre cargaba en su conciencia y que lo habían llevado al filo de la navaja.

—He estado muerto desde entonces. Dando tumbos de ciudad en ciudad. No me duran mucho los empleos, ni puedo mirar a nadie a los ojos. Pero mire ahí. ¡Mírelo! —La imagen detenida, la fecha sobreimpresa, el calentador… Le brillaban los ojos mientras lo repasaba todo—. No hay ningún alambre en ese aparato; ninguno en toda la imagen. Es la cosa más hermosa que he visto en mi vida. —Meneó la cabeza, inspiró tembloroso y se volvió hacia mí—. Oiga, quizá podamos encontrar alguna coincidencia entre nosotros que explique por qué nos han escogido.

—Algún modo de seguir los hilos de la marioneta para llegar a quien los está moviendo.

—Estoy un poco… No me encuentro muy bien. Demasiadas cosas que asimilar, ¿entiende? ¿Podría volver para que lo intentemos? ¿Dentro de un par de días, quizá?

—Sí. Claro.

—No lo olvide. Me gustaría averiguar quiénes son. Me gustaría darles las gracias.

Nos pusimos de pie y, aturdidos en la penumbra, nos encaminamos hacia la puerta del apartamento

—Ellos… —Humedecí mis labios—. No le han dado nada para mí. —No me atrevía a formular la frase como pregunta.

—No. Lo lamento. —Recorrió mi rostro con la mirada, como leyendo mi decepción. Me llegaba de él una corriente de simpatía. Era evidente que deseaba con toda su alma corresponderme, hacer por mí algo parecido a lo que yo había hecho por él. Me tendió la mano.

—No nos hemos… Me llamo Doug Beeman.

—Patrick Davis.

Nos dimos un apretón. Él me agarró del antebrazo y me dijo:

—Usted ha cambiado mi vida. Por primera vez, me entran ganas… —Movió la cabeza—. Ha cambiado mi vida. Le estoy inmensamente agradecido por lo que ha hecho.

Pensé en lo que me había dicho la voz: *No es en absoluto lo que te imaginas*. Equivocadamente, me lo había tomado como una amenaza.

—Yo no he hecho nada —repliqué en voz baja.

—Sí —respondió, retrocediendo, a punto de cerrar la puerta—. Usted ha sido el instrumento.

Capítulo 26

Zumbándome todavía la cabeza a causa de mi encuentro con Beeman, entré en casa por el garaje. En cuanto desconecté el alarido de la alarma, oí arriba el sonido de la ducha. El murmullo del agua circulando por las cañerías parecía la única señal de vida, porque abajo, con todas las luces apagadas, la casa tenía un aire desolado.

Encendí los fluorescentes de la cocina y vi en la pantalla del contestador que había un mensaje. Me puse rígido al escuchar la voz de mi abogado, pidiéndome que lo llamara. ¿En domingo?

Lo localicé en el número privado que me había dejado.

—Hola, Patrick. He recibido una llamada de la parte contraria. El estudio ha dado muestras de estar dispuesto a resolver el litigio con rapidez y discreción si tú aceptas una cláusula para que se haga todo de modo confidencial. Han insinuado que los términos del acuerdo serían favorables para nosotros, aunque se han negado a especificar aún los detalles. También me han comunicado que tendremos los documentos a principios de esta semana.

Moví los labios, pero al principio no me salió ningún sonido.

—¿Han dicho —pregunté al fin— por qué han cambiado tan repentinamente de criterio?

—No, no me lo han dicho. Y coincido contigo: parece extraño, en vista de los indicios que habían dado hasta ahora. Esperemos a ver cuáles son los detalles, pero a juzgar por el tono de la conversación, me siento moderadamente optimista.

Me sorprendí consultando el reloj, una costumbre que había adquirido últimamente, dado el coste que tenía incluso la fracción más ínfima de la hora de mi abogado.

Como si me leyese el pensamiento, añadió:

—Veo que has tenido dificultades para mantener al día la provisión de fondos. Bueno, al día… Después de las gestiones de la semana que viene para desatascar el asunto, ¿te parece que te llame alguien del departamento de contabilidad para instrumentar un plan de pagos?

Musité unas palabras disculpándome y asintiendo, y colgué. Pese a la vergüenza que sentía, aquella noticia, combinada con la excitación que todavía me dominaba, logró que la casa me resultara algo menos desolada.

Después de la experiencia con Beeman, parecía una coincidencia increíble volver y encontrarse con una noticia tan buena. ¿Sería posible que mis todopoderosos acosadores estuvieran moviendo también esos hilos de mi vida? Toda la intriga de los DVD parecía funcionar según un principio de compensación: si yo seguía sus instrucciones, los obstáculos desaparecían de mi vista. Solo de pensar que aquella demanda millonaria iba a disolverse, se me aflojaron las piernas de alivio. Si eran capaces de algo así, ¿qué más podrían hacer por mí?

La excitación, pensé, era la misma que experimentaría ante la expectativa de cerrar un acuerdo para una película. En Hollywood no hacía falta matarse a trabajar: para hacerse uno rico y llegar por la vía rápida a la primera plana de *Variety* y a una mansión en Bel Air, bastaba con que una productora chasqueases los dedos.

Mientras subía para contarle a Ariana las últimas noticias, no me quedó más remedio que preguntarme si mi vida, por fin, estaba enderezándose de nuevo.

—Ese tipo, Beeman, se había convertido en rehén de la historia. —Le puse a Ariana la mano en la espalda, mientras saltábamos por encima del reguero de lluvia que desaguaba en la alcantarilla. Pasamos frente a Bel Air Foods, caminando cuesta abajo. El aire estaba saturado de humedad, pero la llovizna era tan suave que únicamente se apreciaba en el resplandor de las farolas. Los coches se deslizaban a toda velocidad, relucientes de gotas de agua—. Y el simple hecho de entrar allí… ha sido como liberarlo.

Solté una bocanada de aire, que se condensó y se disipó enseguida. No recordaba la última vez en que me había sentido tan

155

vivo. Ahora parecía que no me encontraba metido en *The Game*, sino en *Cadena de favores*.

—Vamos, si esto es el primer mensaje —dije—, ¿qué diablos habrá en el próximo?

Ariana metió las manos en los bolsillos de la parka. Se negaba a ponerse la gabardina con el dispositivo cosido en el forro.

—¿No tienes frío? —me preguntó.

—¿Qué? No.

—¿Y por qué unos agentes de la CIA iban a preocuparse de ayudar a un tipo como Doug Beeman?

—No se me ocurre ningún motivo.

—Cosa que significa seguramente que no son ellos. Lo cual es bueno. —Frunció el entrecejo—. O malo. —Se mordió la uña ya roída del pulgar—. Claro que, teniendo en cuenta cómo te acosaron al principio… ¿a qué viene este nuevo giro benéfico?

—Tengo una teoría.

—Me lo temía.

Me arrastró por la cuneta y cruzamos un charco chapoteando. Ante nosotros, ocupando una parcela demasiado pequeña, se alzaba la horrible y pretenciosa mansión ante la que solíamos maravillarnos juntos debido a su solemne pórtico, sus aguilones y sus falsas almenas de falso estilo Tudor. Pero aparte de la fachada de estuco, las paredes que no miraban a la calle eran de planchas baratas de vinilo. Según se rumoreaba en el barrio, aquel engendro había sido construido por un distribuidor, y el diseño tenía en efecto toda la pinta de estar inspirado en las fantasías de Hollywood: un despliegue arquitectónico —en parte seductor, en parte agresivo—, que inducía a pensar en la cola de un pavo real. Tanto dinero invertido, e incluso así no bastaba. Todo resultaba tanto más barato cuanto más profundizabas. Recordé la primera vez que me había metido detrás de un plató en los estudios Summit: de golpe, aquellos grandes exteriores tan realistas como una ilustración de Norman Rockwell daban paso a una serie de andamios y tablones, y uno se sentía como si hubiera pillado a Papá Noel en camiseta y sin la barba en los vestuarios de unos grandes almacenes.

—Necesitan más columnas —dijo con rotundidad Ariana, y yo me eché a reír. Al otro lado de la calle, los Myers estaban sentados bajo el cálido resplandor de una araña anticuada, charlando y tomando una copa de vino. Bernie levantó una mano, y nosotros le devolvimos el saludo. Hacía meses que no salíamos a dar un paseo vespertino, y me di cuenta de lo mucho que lo había echado de menos; simplemente estar a la intemperie, respirando aire fresco, en vez de pegados el uno al otro, asfixiados por nuestras decepciones o sometidos al escrutinio de cámaras ocultas. Luego iríamos a recoger unas raciones de *pho* en nuestro vietnamita preferido, nos acomodaríamos en el diván y charlaríamos mientras comíamos: una velada tan familiar y hogareña como una vieja sudadera.

La cogí de la mano.

Parecía un gesto algo forzado, pero los dos lo mantuvimos.

—Y tu teoría… —me animó.

—Pienso que el asalto a nuestra casa fue un modo de demostrarme de qué son capaces. ¿Cómo iba a creer, si no, que podían saber cosas así? Quiero decir, la historia de ese calentador que estalló en Pittsburg y de la cámara de seguridad oculta.

—Y además les sirvió para asegurarse de que harías lo que querían.

—También. Era un montaje para convertirme en su chico de los recados. Bien, imagínate que alguien se hubiera puesto en contacto conmigo y me hubiera dicho: «Lleva este paquete a un apartamento de la parte más sórdida de la ciudad».

—Pero ¿para qué te necesitaban a ti? ¿Por qué no le mandaron el DVD de forma anónima, digamos, en un sobre de Netflix, como hicieron contigo?

—Era obvio que no me necesitaban.

—Entonces la cuestión es… —Agitó la mano en el aire.

—¿Por qué me escogieron a mí?

—Porque eres especial. —Lo dijo inexpresivamente, pero comprendí que era una pregunta, una especie de provocación.

—No, especial no. Pero quizá al final de todo esto… —Hice una pausa, no quería reconocerlo, pero ella me animó con un gesto a seguir—. Tal vez reciba un DVD que me absuelva a mí.

—¿De qué?

—No sé. Pero quizá encuentre algo que tenga para mí el efecto que ha tenido esa grabación para Doug Beeman. Algo que me arranque…

Me mordí la lengua.

—¿Como, por ejemplo, una filmación que demuestre que Keith Conner se golpeó la barbilla él solo? —insinuó—. ¿Quizá la han enviado a la productora, y por eso los de Summit están tan interesados, de repente, en llegar a un acuerdo confidencial?

—La idea se me ha pasado por la cabeza, desde luego. Y a lo mejor tienen algo más que pudiera sernos de ayuda.

—¿Como qué?

—No lo sé. —Me di cuenta de que se me notaba la excitación, e hice un esfuerzo para contenerme.

—Sea lo que sea esta historia, es evidente que alguien quiere utilizarte para sus propios planes.

—O tal vez para ayudar a otras personas.

Noté que su mano se tensaba. Dimos unos pasos más y se la solté.

—¿Qué pasa? —dije—. ¿Cómo sabes que no es así?

—Porque es lo que tú quieres creer.

Me salió una risa con un punto amargo.

—Lo que yo quiero es vengarme de los capullos que han invadido nuestra intimidad. Pero fingir que les sigo la corriente es la única manera de sacar información ahora. Y cuanto más sepamos, más cerca estaremos de descubrir qué demonios pasa aquí.

—¿No hablas en tus clases del orgullo desmedido?

—Yo enseño que el personaje debe impactar a lo largo del transcurso de la trama, que debe determinar su propio destino. No puede limitarse a reaccionar ante fuerzas exteriores.

—¿Se trataría sencillamente de embaucar a los embaucadores? —Me lanzó la misma mirada escéptica—. ¿Lo de esta noche no ha significado algo más para ti?

Me asaltó la vieja irritación de siempre. Pese a ello, contesté:

—Claro que sí. Es la primera cosa valiosa que he hecho en no sé cuánto tiempo.

—No es valiosa. Lo será para Doug Beeman, pero para ti, no. Tú no has hecho nada realmente, salvo añadir agua y remover.

—Estoy convencido de que ha sido crucial para él.

—Pero no es mérito tuyo.

—¿Y qué importa? Por mucho que me hayan manipulado y por espeluznante que haya sido presentarse allí y liberarlo de su culpa… Bueno, ¿cómo no va a ser algo positivo? Y si la productora ha recibido algún indicio que la ha empujado a dejarme en paz, eso también es positivo. ¿Por qué te pones tan cínica?

—Porque uno de los dos tiene que serlo, Patrick. Quiero decir, es increíble cómo te estás implicando en todo esto. Llevas bloqueado y sin escribir una línea… ¿cuánto tiempo?, ¿medio año? Más los meses anteriores en los que te habías ido desinflando. Y ahora, de pronto, es como si te tomaras esta… aventura como tu oportunidad para volver a escribir.

—No vas a comparar esto con escribir —repliqué, enfadado.

—¿Te parece que es mejor?

—No. Quería decir lo contrario.

—No te has visto la cara cuando lo decías.

Mantuve la boca cerrada. Pese a la horrible semana que habíamos pasado, ¿me sentía aliviado, aunque fuese un poco, por el hecho de que aquellos tipos me hubieran encargado algo que hacer? Beeman me había prestado una atención tan absoluta como la que parecían poner por su parte los tipos que estaban detrás de los DVD. ¿Cuándo había sido la última vez en que yo fui el centro de atención para alguien?

La maestra de primaria que vivía en el callejón pasó luciendo su chaleco acolchado y sus rottweiler gemelos, y tuvimos que detenernos para sonreír e intercambiar unas frases de cortesía. En la casa de la acera de enfrente, una pareja joven estaba en el salón colgando un cuadro muy pesado. El marido se encorvaba bajo el marco; su mujer, embarazada, apoyando una mano en la zona lumbar, le iba dando instrucciones con la otra: un poco más a la izquierda. Izquierda. Así.

Antes yo tenía una vida parecida. Y me bastaba… hasta que mi guion se vendió, hasta que Keith Conner y Don Miller entraron en escena y me dieron en mi punto débil. En cambio, ahora no lograba encontrar el camino de vuelta y, cada vez que creía atisbarlo, descarrilaba. Tenía mucho más de lo que podría desear cualquiera, pero no hallaba el modo de disfrutarlo de nuevo.

La euforia del encuentro con Beeman me había abandonado y dejado vacío. La redención presenciada con mis propios ojos había sido tan extraordinaria, que todo lo demás palidecía a su lado. Pensé en el cochambroso despacho compartido de Northridge, en las facturas pendientes del abogado, en Ari llorando en el brazo del diván, en el ruidoso vecindario, en mis guiones inacabados, en la sala de profesores con la cafetera estropeada, en la amigable charla de Bill, el cajero del supermercado. Todo parecía desvaído en comparación con los sueños que había acariciado mientras crecía, cuando me tumbaba en la hierba del campo de béisbol y sentía en las mejillas aquel aire gélido de Nueva Inglaterra, que me decía —minuto a minuto— que estaba vivo. Alienígenas y vaqueros. Astronautas y estrellas del béisbol. ¡Jo! A lo mejor me convertía en guionista algún día, y el cartel de mi película se exhibía en los autobuses.

Pensé en lo que Ari me había explicado, en aquella sensación de que el mundo se estrechaba a su alrededor, de que su vida no contenía gran cosa de todo lo que había esperado. Alguien nos había descrito como «almas gemelas» en la época de nuestra boda, y así era como nos encontrábamos ahora, para bien o para mal: los dos en idéntico estado aunque no en sintonía. Mi visita a Doug Beeman me había arrancado de mi anquilosamiento para conducirme al núcleo palpitante de lo que de verdad importaba. Pero no quería verme obligado a defender lo que me había hecho sentir esa experiencia.

Como los rottweiler tiraban de las correas, nos despedimos de nuestra vecina, que sonrió y nos guiñó un ojo.

—Feliz Día de San Valentín, parejita —nos deseó.

Se nos había olvidado a los dos. Mientras ella se alejaba con los perros, se desdibujaron nuestras sonrisas postizas y nos miramos el uno al otro con cautela, todavía bajo la tensión de la conversación interrumpida. Nuestro aliento se condensaba y se confundía en el gélido aire.

—Lo que pasa… —Iba a resultar duro decirlo—. Lo que pasa es que ya no recuerdo la última vez en que me sentí significativo.

—Si es eso lo que buscas, ¿no crees que sería mejor encontrarlo en tu propia vida? —Su tono no era crítico ni áspero. Fue más bien el dolor que traslucía lo que me hizo bajar la mirada.

—Yo no he escogido esta situación —me defendí.

—Ninguno de los dos la ha escogido. Y no vamos a salir de ella si no mantenemos la mente clara y los ojos bien abiertos.

En la húmeda acera se veían lombrices, fláccidas e impotentes, retorciéndose como pálidos garabatos. Dimos media vuelta y subimos cabizbajos la cuesta. Cuando pasamos junto a la casa de Don y Martinique, nos separaban ya un par de pasos.

Las bolsas, rotuladas en vietnamita, dejaban escapar un intenso aroma a jengibre y cardamomo desde el asiento del acompañante. El calor que desprendían empañaba el parabrisas, así que tuve que abrir una rendija para que entrara el aire nocturno.

Aunque Ariana y yo nos habíamos comportado educadamente al volver a casa, la discusión había deslucido nuestro entendimiento recién recobrado, y yo había hecho el gesto conciliador de ofrecerme para ir a buscar la comida.

Detenido ante el semáforo, el repetido tic-tic de mi intermitente parecía un eco de mi creciente desasosiego. Eché un vistazo hacia el otro lado, a la calle que subía en dirección opuesta a la mía. Reluciente bajo la lluvia, el rótulo de Kinko's asomaba por detrás de una valla publicitaria de la iglesia. Estaba a media manzana. En realidad quedaba en la otra ruta que a veces tomaba para volver a casa; ni siquiera podía considerarse un rodeo. Calzaba botas, en lugar de las Nike; por lo tanto, mis acosadores no tenían por qué saber dónde me encontraba ahora mismo. Eché un vistazo al retrovisor y volví a mirar la calle. La valla de la iglesia proclamaba: LA OBRA DE CADA UNO SE HARÁ MANIFIESTA, un pasaje de la primera carta a los Corintios que me tomé como una señal.

El tiempo había ahuyentado de las calles a muchos angelinos, por lo general frioleros; por ello, retrocedí diez metros marcha atrás, crucé los carriles vacíos y giré a la derecha. Me pregunté si había sido ese mi verdadero motivo para ofrecerme a bajar solo al vietnamita, y tamborileé con los dedos en el volante para calmar mi creciente agitación. Reduciendo la marcha al llegar a la zona comercial, atisbé el oscuro interior del local con una mezcla de decepción y alivio. Cerrado. Asunto concluido.

Los limpiaparabrisas trabajaban a máxima velocidad, tratando de mantenerme despejada la vista. Estaba a unas travesías de casa cuando, siguiendo un impulso, hice un cambio de sentido, descendí por la ladera y di vueltas por las calles de Ventura, presa de una inquietud incontrolable. Finalmente, encontré un café nocturno con Internet.

Unos minutos más tarde, encajonado otra vez ante un ordenador de alquiler, envolviéndome un intenso aroma a café y el runrún de fondo de dos adictos a MySpace comparando sus *piercings*, inicié la sesión de mi cuenta de Gmail. Mientras se cargaba la página, tuve que concentrarme para regular mi respiración.

Nada, ningún mensaje de ellos. Solamente un anuncio de pastillas de Viagra con descuento y un mensaje spam de Barrister Felix Mgbada, solicitando con urgencia mi ayuda para enderezar los asuntos de su familia en Nigeria. Solté un resoplido y me eché atrás en la silla medio desvencijada. Cuando ya iba a cerrar el ordenador, entró con un pitido otro mensaje en el buzón. Sin asunto. Sabían que había abierto el correo.

Noté que se me humedecían las manos. Hice doble clic en el e-mail. Una única palabra:

Mañana.

Capítulo 27

*M*e despertó el murmullo de la ducha, pero necesité unos instantes para orientarme. Arriba. En nuestra cama. Ariana se estaba arreglando.

Otro e-mail. Hoy.

No había lavado la ropa en toda la semana, así que la única prenda apropiada colgada en una percha era una camisa muy moderna de color salmón desteñido; la había comprado por un dineral en una *boutique* de Melrose para asistir a un estreno al que mi agente me había invitado una semana después de vender el guion. En aquel momento yo no era tan guay ni tenía dinero suficiente para permitírmelo.

Y ahora era menos guay aún y estaba más pelado que entonces; por eso, me habría dado vergüenza ponérmela si la inquietud ante el inminente mensaje no hubiese borrado cualquier otra emoción.

Ya en mi despacho, sintiendo náuseas de pura tensión, encendí el ordenador y abrí la cuenta de correo. Aunque no estuviera dispuesto a abrir un e-mail desde mi ordenador, al menos podía ver si había alguno esperándome en el buzón. Pero no, nada. Pulsé «Actualizar» por si había correo nuevo. Y luego una vez más. Escribí unas frases para la clase de esa mañana y enseguida volví a mirar la pantalla. Nada.

El ruido de la ducha cesó. Sentí un acceso de incomodidad. Con la esperanza de que los guiones de los alumnos resultaran más distraídos, saqué uno del montón cada vez más abultado. Lo leí, aunque sin retener prácticamente nada. Lo intenté con el siguiente, pero no conseguí encontrarle ningún interés. Peor: ya no captaba el sentido. Palabras en una página. ¿Cómo iba a considerar interesante una trama inventada si tenía una real a mi alcance: a solo un e-mail de distancia?

Manipulé el ratón y volví a mi bloc de notas. Fui al ratón de
nuevo. «Actualizar.» Ninguna novedad. Dando golpecitos con el
bolígrafo en el bloc, me concentré una vez más en la preparación
de la clase e intenté interesarme en el tema: el desarrollo de los
personajes.

Ariana asomó la cabeza en el despacho.

—Ya estoy del baño. Todo tuyo.

Me apresuré a cerrar la página del correo.

—Estupendo. Gracias.

—¿Te apetece desayunar conmigo? Como estamos durmiendo en la misma habitación, me parece que somos lo bastante íntimos para compartir una magdalena.

—De acuerdo. Bajo enseguida —acepté sonriendo.

—¿Qué estás haciendo?

Eché un vistazo al bloc, casi totalmente en blanco, y respondí:

—Terminando un trabajo.

164

—¿Es que tienes una aventura? —Mientras caminábamos
por el pasillo, Julianne le puso la mano en la nuca a un alumno
para apartarlo de nuestro camino.

Yo estaba casi sin resuello, porque acababa de subir corriendo
del laboratorio de informática, donde había entrado en mi cuenta de Gmail y me había pasado los quince minutos anteriores a la
clase mirando el buzón vacío. Aún notaba las mejillas encendidas.

—No. ¿Por qué?

Ladeó la cabeza, estudiándome.

—Estás radiante.

—Mucha excitación últimamente.

Hice mención de alejarme, pero Julianne me llevó aparte, lejos del tumulto típico de los lunes, y bajó la voz:

—He hecho averiguaciones sobre ese contacto con los medios. Es una mujer. Incluso he localizado a varios productores que
han pasado todo el proceso con ella.

Me costó un momento comprender de quién hablaba: de la
persona de la CIA que leía los guiones de cine para ver cuáles merecían la ayuda de la agencia.

—Vale. Gracias, pero…

—Aunque no todos los productores consiguieron que apro-base sus guiones, ninguno discute su integridad. La localicé por teléfono. Le dije que estaba escribiendo un artículo sobre el proceso de aprobación, bla, bla, bla. Mencioné tu guion, y ella no se abstuvo de responder. Me dijo que no había pasado el filtro de sus subordinados. Me dijo también que, como la mayor parte de los guiones que evalúa, el tuyo no ofrecía una imagen de la agencia que los impulsara a colaborar en la película. Pero no había ninguna pasión en sus palabras. ¿Cuál es mi conclusión? A menos que se merezca un Oscar de interpretación femenina, a nadie de la CIA le interesa una mierda Te vigilan, o no más de lo que podría esperarse. Dudo mucho que ellos estén detrás del asunto que tienes entre manos.

—Ya. —Recordé a Doug Beeman sobre la moqueta desastrada, mirando la pantalla y sollozando de alivio—. Creo que ya había llegado a la misma conclusión.

Julianne consultó la hora, masculló una maldición y echó a andar hacia atrás por el pasillo.

—Así pues, te quedan todas las demás posibilidades abiertas.

165

ELLA NECESITA TU AYUDA.

El mensaje, destacando sobre el fondo oscuro de la pantalla, consiguió que se me encogieran las entrañas. El diminuto despacho del departamento parecía incluso más angosto de lo normal; el aire de la rejilla de ventilación olía como los cubitos de hielo de una nevera averiada, y la persona que había pasado allí las últimas horas había dejado un hedor a café revenido.

Mientras las letras en negrita se desvanecían, comprobé mi videocámara Canon, que había enfocado hacia el monitor Dell. No se veía la luz verde. El maldito trasto no estaba grabando.

Le di un golpe con la mano, pero ya había surgido una nueva imagen: una fotografía tomada de noche de una casa prefabricada, en la que se percibía el destello del *flash* de la cámara en las ventanas. En el interior, se veía la silueta de una mujer —de pelo rizado, recogido en un moño—, sentada en un sofá mirando la tele. Afuera, en la parte delantera, dos sillas ocupaban la estrecha franja de césped del patio, y un gnomo de adorno vigilaba con aire travieso.

Mis ojos iban frenéticamente de la videocámara al monitor.

Después de probarla esa misma mañana, la había perdido de vista solo en un par de momentos: en el coche, cuando me había detenido para ir a buscar un café, y en la sala de profesores, al bajar al laboratorio de informática. Debían de haber inutilizado el programa de grabación para impedirme que filmase el mensaje.

Dejé la cámara en el escritorio y busqué un lápiz. Había uno roto en la taza de café. Al hurgar con la otra mano en el maletín y sacar mi bloc de un tirón, esparcí varios guiones por el suelo. Todo ello sin quitar los ojos del monitor, no fuera a ser que me perdiera algo. Apoyé el lápiz partido sobre el bloc, dispuesto a escribir. Aquella silueta borrosa de la mujer en el sofá... *Ella necesita... ¿Quién* demonios era ella?

Una nueva toma mostraba la fachada de nuestra casa. Una foto estándar, como de agencia inmobiliaria.

Entonces llamaron con los nudillos a la puerta del despacho.

—¡Un segundo! —grité, quizá demasiado alto.

—¿Eres tú, Patrick? —respondió una voz femenina—. Este no es tu turno. Mis horas de oficina han empezado hace cinco minutos.

La siguiente fotografía, también una escena nocturna iluminada con *flash*, mostraba la roca artificial junto al sendero de acceso, donde solíamos esconder la copia de la llave de casa.

El corazón me palpitaba.

—Está bien, perdona. Salgo en un minuto.

Y ahora se veía una llave de coche en el césped, justo al lado de la roca artificial. Habían desencajado un poco la roca, dejando la llave ladeada en el agujero. Entorné los ojos para examinar la cabeza plástica e identifiqué la insignia de Honda.

Volvió a sonar la voz detrás de la puerta, ahora con más educación, tratando de disimular una irritación creciente.

—Te lo agradecería. Ya sabes que disponemos de un tiempo limitado para usar el despacho.

Claro que lo sabía. Pero no tenía más que diez minutos entre las clases de la tarde; por consiguiente, no me daba tiempo de bajar al laboratorio y había creído que mi colega no se presentaría.

En la siguiente imagen se veía mi gorra de los Red Sox tirada sobre nuestra cama: una foto tan cruda como las que se toman como prueba en el escenario de un crimen. Noté el frío del aire acondicionado en la sudada nuca. En la fotografía, las paredes de nuestra habitación no estaban reventadas, así que había sido to-

166

mada antes de la noche del jueves. Me saqué del bolsillo el móvil y lo encendí; el logo de Sanyo tardaba en cargarse.

—Estoy recogiendo. Dame un segundo. —Sujeté en alto el móvil mientras iba recorriendo el menú, para abarcar de un vistazo el monitor y la pantalla del teléfono. Apretando botones como un loco, logré llegar al modo cámara y pulsé «Grabar».

En el ordenador, cobró vida un vídeo QuickTime: la perspectiva de un conductor a través del parabrisas, habiendo situado cuidadosamente la lente para que no apareciera en el encuadre ni un centímetro del salpicadero o del capó, y el runrún de un motor. La imagen estaba tomada a poca altura: un coche —ni un camión ni un todoterreno—, saliendo de un aparcamiento conocido (Facultad de Northridge, plaza B2). La grabación progresó en avance rápido: el coche pasaba rápidamente semáforos y doblaba esquinas, junto a otros coches también lanzados.

Mis ojos iban y venían de la pantalla real a la imagen de esta en la cámara del móvil. Quería asegurarme de que el Sanyo estaba grabando la secuencia.

Un golpe irritado en la puerta: un golpe seco, en lugar de una simple llamada. Oí el tintineo de las llaves que debía de tener en la mano.

—Patrick, esto ya pasa un poquito de la raya. ¿No tienes una clase ahora, de cualquier modo?

—Sí. Perdona. Dame dos minutos. Dos.

El móvil soltó un pitido y la cámara se apagó: tenía una memoria limitada y solo grababa fragmentos de diez segundos.

A un par de travesías del campus, el conductor se detuvo en un callejón sin salida, situado entre el restaurante chino y una tienda de vídeo. Junto a un contenedor de basura, se veía por detrás un viejo Honda Civic aparcado. La pantalla se quedó en negro. Al cobrar vida de nuevo, el conductor ya no estaba en el coche; había suprimido el momento en que se bajaba para que yo no pudiera atisbar siquiera la puerta del vehículo.

Una aproximación al Honda cámara en mano: la imagen oscilaba adelante y atrás. Sin quitar los ojos del monitor, forcejeé con el móvil, pulsando botones a tientas, de memoria, para activar otra grabación de diez segundos. Un vistazo rápido me reveló que había conseguido empezar una partida de Tetris.

Dejé caer el móvil en mi regazo con irritación, mientras se redoblaban los golpes en la puerta.

167

El encuadre se centró en el Honda. Más cerca. Cuando comprendí qué estaba enfocando con el zum, sentí un escalofrío: la cerradura del maletero.

Sentí una oleada de mareo y se me nubló la visión.

En la pantalla apareció otra serie de mensajes, que surgían y se desvanecían enseguida. Los leí aturdido, casi sin respirar.

18.00 h. Ni antes. Ni después.

Ve solo.

No se lo digas a nadie.

Sigue todas las instrucciones.

O ella morirá.

Fundido en negro. La ventana de la cuenta de correo se cerró por sí sola. Me eché atrás en la silla, recorriendo con mirada ausente el deprimente despachito. En el pasillo, oí un taconeo que se alejaba con paso airado. Luego quedó el silencio y mi respiración entrecortada.

Capítulo 28

—Ya sé que algunos de vosotros estáis empezando a impacientaros. Me encargaré de vuestros guiones esta semana.

—Eso mismo dijo la semana pasada —gritó alguien desde el fondo del aula.

Eché una ojeada al bloc, repasando mis notas. Aparte de las tres frases que había garabateado esa mañana, la página estaba vacía. Por el contrario, yo seguía viendo aquellas letras fantasmales, surgiendo y desvaneciéndose sobre el fondo negro: SIGUE TODAS LAS INSTRUCCIONES. O ELLA MORIRÁ.

¿Conocía a la mujer del sofá? ¿O era una desconocida a la que se suponía que iba a ayudar, como a Doug Beeman? ¿Estaba encerrada en el maletero del Honda? ¿Viva? Y en ese caso, si querían que la ayudase, ¿por qué tenía que esperar hasta las seis de la tarde? El miedo había regresado, más negro y definido que antes, borrando de un plumazo la estúpida excitación que había teñido mi encuentro con Beeman. La trama de huida y expiación que me habían presentado había virado con brusquedad para entrar en un terreno de vida o muerte.

El reloj del fondo del aula marcaba las 16.17 horas, y la clase concluía en treinta minutos. Tendría el tiempo justo para ir corriendo a casa, coger la llave y la gorra de los Red Sox y llegar al callejón. Aunque se me pasaban por la cabeza docenas de alternativas, no podía considerarlas seriamente. Mis actos determinarían si aquella mujer sobrevivía o no.

Uno de los alumnos carraspeó bien alto.

—Muy bien —dije recapitulando—. El diálogo… El diálogo debe ser sucinto y… mmm, apasionante.

Mientras pensaba que yo mismo estaba ejemplificando ese principio de una manera muy pobre, abarqué de una ojeada la clase y vi a Diondre en la última fila. Creí detectarle un atisbo de decepción en el rostro. Me esforcé para concentrarme otra vez en mi disertación, tratando de mantener el tipo. Ya empezaba a recuperar el hilo cuando oí que se abría y se cerraba la puerta.

Sally había entrado en la clase y se había quedado en un lado, apoyando la espalda en la pared; la funda de la pistola le asomaba llamativamente por debajo del desastrado abrigo. Le eché un par de miradas, que ella me correspondió con una sonrisa amigable. Había vuelto a perder el hilo con la interrupción, y la página casi en blanco no me ofrecía ninguna ayuda. Miré el reloj. Faltaba una hora y treinta y cinco minutos para que empezase el espectáculo.

—¿Sabéis qué? —planteé—. ¿Por qué no terminamos hoy más pronto?

Recogí mis notas y me dirigí a la puerta. Al acercarme, Sally se fijó en mi camisa de color salmón desteñido.

—Bonita camisa —comentó—. ¿Las hacen para hombre?

Valentine esperaba detrás de la puerta. La impaciencia me impidió aguardar a que acabaran de salir cansinamente todos los alumnos, así que arrastré a los dos detectives al pasillo y me los llevé aparte.

—¿Qué sucede? —inquirí.

—¿Hay algún sitio donde podamos hablar? —preguntó Sally.

—Mi oficina no está disponible a esta hora. Quizá en la sala de la facultad…

—Hay dos profesores —dijo Valentine. Sonó un zumbido en el bolsillo de su camisa; sacó una Palm Treo y la silenció.

—¿Han ido allí? —Nervioso, eché un vistazo alrededor. La doctora Peterson pasaba en ese momento por la intersección con el otro pasillo, hablando con un alumno—. Solo me falta que me vean mientras me interroga la policía en horas de trabajo…

—No lo estamos interrogando —se defendió Sally—. Pero queríamos ver cómo iba todo. Y hemos creído que aquí más bien le halagaría llamar la atención.

Peterson no se detuvo ni dejó de hablar con el alumno, pero nos siguió con la mirada hasta que se perdió de vista. Según mi reloj eran las 16.28. Necesitaba recoger la llave antes de localizar el Honda y ver qué —o quién— había en el maletero. Si no me ponía pronto en marcha, no llegaría a las seis de la tarde.

Notaba la camisa sudada. Resistí el impulso de secarme la frente con la manga.

—Está bien —murmuré—. Gracias. Gracias por interesarse.

—No hemos montado ningún número en la sala de profesores —aseguró Sally—. Aunque una de sus colegas, debo decirlo, se ha mostrado muy solícita.

—Julianne.

—Sí. Una mujer muy atractiva.

Valentine chasqueó la lengua y afirmó:

—Es hetero, Richards.

—Gracias por recordármelo. Así ya no me fugaré con ella a Vermont. —Se ajustó el cinturón, sacudiendo sus arreos—. Ahora bien, cuando tú dices que Jessica Biel está buena, ¿acaso te recuerdo que a ella no le gustan los negros avejentados y de panza blandengue?

—¿Yo tengo panza blandengue? —Valentine frunció el entrecejo.

—Espera cinco años y verás. —Observó la tensa sonrisita de su compañero—. Sí, eso es. Cuidado con mi lengua afilada.

Eché otra mirada furtiva al reloj. Al levantar la vista, vi que Sally me estudiaba con sus inexpresivos ojos.

—¿Llega tarde a alguna parte?

—No. —Tenía ganas de vomitar—. No, no.

—Vale, lo hemos entendido a la primera —murmuró Valentine.

—Esta mañana nos hemos pasado por su casa —dijo Sally—. Todas las cortinas estaban corridas, y su esposa apenas ha entreabierto la puerta. Como si hubiese algo dentro que no quisiera que viéramos. ¿Es así?

Claro: las paredes destrozadas, la moqueta arrancada, los enchufes desmontados, en fin, el tipo de estropicio que un esquizofrénico paranoide podría hacer con una caja de herramientas si se le dejara a su aire.

—No —repliqué—. Estamos un poquito susceptibles con la idea de que puedan vigilarnos. No la culpe. ¿Por qué han ido a casa?

—Nos llamó su vecino.

—¿Don Miller?

—El mismo. Dijo que ustedes estaban actuando de un modo extraño.

—Primera noticia.

—Se oían golpes procedentes de su casa, las persianas cerradas... Y le pareció también que tiraron algo por la alcantarilla hace un par de noches.

171

—¿Un cadáver tal vez? —insinué.

Esperó con paciencia, mientras yo me esforzaba en fingir una expresión divertida, y por fin expuso:

—He venido para asegurarme de que no me entendió mal en nuestra última conversación. «Manténgase alerta» quiere decir manténgase alerta y no se ponga a hacer de espía, como en el *Juego del halcón*, hasta que acaben pegándole un tiro.

La sonrisa se me quedó estática. NO SE LO DIGAS A NADIE, me habían advertido, O ELLA MORIRÁ. Pero de momento estuve a punto de ceder, de vomitarlo todo: el e-mail, la llave, el maletero del Honda... ¿No tendría la policía más probabilidades que yo de salvar a aquella mujer? Lo único que debía hacer era abrir la boca y pronunciar las palabras justas. Antes de que me decidiera a hacerlo, un móvil soltó la musiquilla de Barney.

Sally suspiró, reacomodando su considerable volumen.

—Al niño le gusta, qué le vamos a hacer. Una humillante concesión de madre entre otras muchas. —Se apartó para atender la llamada.

Valentine frunció los labios, volvió la cabeza para echar un vistazo y se me acercó un poco más, como si quisiera decirme algo a pesar de que no debía.

—Escuche, amigo. Una cosa que aprendí en el Ejército es que la mierda solo trae más mierda. No podría ni decirle la cantidad de tipos que hemos encerrado por dar un paso equivocado, y luego otro, y otro más. —Se alisó el bigote. En sus ojos —castaños— vislumbré el cansancio de la experiencia, una sabiduría que sin duda preferiría haberse ahorrado.

Sally regresó apresuradamente y le dijo:

—Tenemos un 211 en Westwood. Hay que largarse. —Se volvió hacia mí—. Si está metido en un lío, podemos echarle una mano. Ahora. Pero si nos mantiene al margen, cuando las cosas se pongan feas, ya no podremos. Porque para entonces usted será parte del problema. Diga: ¿hay algo que quiera contarnos?

Tenía la boca seca. Tomé aliento.

—No —respondí.

—¡Vamos! —Le hizo un gesto a Valentine con la cabeza y salieron al trote por el pasillo. Todavía se volvió una vez.

—Tenga cuidado —me advirtió—, donde sea que vaya con tanta prisa.

Capítulo 29

*E*ntre la masa borrosa de vehículos que pasaban zumbando, distinguí el Honda aparcado en el callejón del otro lado. Corrí a casa a buscar la llave y la gorra de los Red Sox, y regresé con dos minutos de antelación. En el trayecto me había convencido varias veces de que debía desviarme y acudir a una comisaría, pero la imagen de la mujer sentada en el sofá me espoleaba a mantener las manos en el volante y el pie en el acelerador. No era más que una vaga silueta en una fotografía que apenas había entrevisto, pero la mera idea de que ella desapareciera, o sufriese, o sintiera terror simplemente porque yo no me había arriesgado, me resultaba insoportable.

Ahora que estaba allí, no obstante, mirando desde mi coche el maletero del Honda, no tenía las cosas tan claras. Saqué del bolsillo la hoja que había escrito, la desdoblé y la releí: «Recibí un e-mail anónimo en el que se me indicaba que viniera a buscar este coche y que, si no, moriría una mujer. La llave estaba escondida junto a la roca artificial del jardín de mi casa. No sé lo que hay en el maletero, ni sé adónde me llevará todo esto. Si pasara algo malo, póngase por favor en contacto con la detective Sally Richards de la comisaría oeste de Los Ángeles».

Naturalmente, si me pescaban cometiendo alguna infracción, pensarían que era culpable y que había escrito la nota para cubrirme las espaldas. Pero pese a ello, más valía eso que nada.

Quedaban dos minutos. Sentía la columna clavada al asiento. El reloj digital —uno de los pocos accesorios del salpicadero que no había machacado— me devolvía la mirada impertérrito. El último minuto pareció durar una eternidad, y sin embargo, yo tenía la sensación de que se me agotaba el tiempo. Me habían hecho responsable a mí. Si ella moría, sería como si la hubiera matado yo. Pero ¿valía la pena arriesgar mi vida por una mujer a la que ni siquiera conocía?

SIGUE TODAS LAS INSTRUCCIONES. O ELLA MORIRÁ.

El reloj marcó la hora.

Bajé del coche. Sentía un hueco en el pecho. Crucé corriendo y me detuve un instante en la boca del callejón para serenarme. Pero no había tiempo.

Llegué junto al Honda Civic —relativamente limpio, algunas manchas de barro, neumáticos no muy gastados—, un coche corriente en todos los sentidos. Excepto en uno: no tenía matrícula. Pegué el oído al maletero, pero no percibí nada.

No había nadie al fondo del callejón, ni tampoco a mi espalda, acercándoseme. Solo oía el runrún del tráfico y de la gente que pasaba abstraída en sus propias cosas. Metí la llave en la cerradura. La tapa del maletero se liberó con una sacudida. Inspiré hondo, la solté y me eché hacia atrás mientras se abría.

Una bolsa de lona. Mi bolsa de lona: la misma que había tirado por la alcantarilla. Estaba hasta los topes y en los lados se marcaban bloques rectangulares.

Me agaché, poniéndome las manos en las rodillas, y solté todo el aire. La cremallera cedía con dificultad y, tras una pausa desquiciante, la abrí del todo.

Me quedé patidifuso aspirando el penetrante olor del dinero. Fajos y fajos apilados de billetes de diez dólares. Y encima, un mapa y una ruta trazada con un rotulador rojo conocido.

En metálico, 27.242 dólares parecen muchísimo más. Cuando los ves en billetes de diez atados en fajos de cincuenta, parecen medio millón. Estacionado al fondo del aparcamiento de un súper cercano, conté el dinero. Los fajos no se acababan nunca; todos iguales, salvo alguno de ellos compuesto con billetes de distinto valor. Si las películas no mentían, los billetes de diez no podían rastrearse, o al menos eran mucho más difíciles de rastrear que los de cien o los de veinte. Lo que podía deducirse de ello era tan inquietante como todo lo demás.

El Honda había resultado ser tan inescrutable como la voz distorsionada del teléfono, pues no había documentos en la guantera ni ninguna otra cosa, ni tampoco nada escondido bajo las alfombrillas. Hasta la plaquita del número de identificación del vehículo había sido destornillada del salpicadero.

No cesaba de examinar el mapa. La línea roja partía de la entrada de la autopista más cercana, serpenteaba hacia el este por la 10 a lo largo de unos doscientos cincuenta kilómetros, y acababa en Indio, un pueblo cochambroso del desierto, al este de Palm Springs. Pegado junto al final del recorrido, había un recuadro de papel (sin duda, salido de mi impresora) con una dirección. Debajo, habían escrito a máquina: *21.30 h*. Si no encontraba tráfico, llegaría más o menos a esa hora. Por supuesto era la intención: el tiempo justo para reaccionar.

Un camión pasó por mi lado, reduciendo la marcha, y yo me apresuré a cerrar la cremallera. Permanecí unos instantes con las manos en el volante. Luego llamé a Ariana con aquel móvil chungo de prepago. Como de inmediato saltó el buzón de voz en el modelo idéntico que le había entregado, marqué el número del trabajo. Probablemente estaba pinchado, pero no tenía otro modo de localizarla.

—No volveré a casa —dije con cautela— hasta muy tarde.

—¿Cómo? —Al fondo se oía el gemido del torno. Alguien le gritó algo, y ella respondió secamente—: Dame un segundo. —Luego continuó—: ¿A qué viene esto?

¿Habría olvidado que solo podíamos hablar abiertamente por los móviles?

—Es que… he de ocuparme de un asunto.

—¿Ahora que estábamos volviendo a encarrilar las cosas me vuelves a salir con estas? ¿Otra sesión doble después del trabajo, o cualquier cosa con tal de no volver a casa?

¿Estaba haciendo comedia porque no hablábamos por una línea segura? Y en ese caso, ¿cómo podía indicarle que en realidad había un problema?

—No es así —dije débilmente.

—Que pases una buena noche, Patrick. —Colgó con ímpetu.

Me quedé mirando el teléfono sin saber qué hacer.

Unos segundos más tarde, volvió a vibrar en mi mano y respondí. Me bastó con escuchar los chirridos de la línea para deducir que Ariana estaba volviendo a llamar con el móvil.

—Hola, cariño —dijo, y yo suspiré aliviado, mientras me recordaba a mí mismo que no debía subestimar nunca la perspicacia de mi esposa—. ¿Qué pasa?

Se lo conté.

—¡Joder! —exclamó—. Podría tratarse de cualquier cosa: un rescate, una operación de blanqueo, una venta de droga… O, quién sabe, que le lleves su tarifa a un asesino a sueldo para tu propio asesinato.

—Tendría que haberme puesto en camino —indiqué mirando la hora— hace cinco minutos. No me queda tiempo.

Se oyó un grito de fondo y luego los pasos de Ariana, y otra vez su voz, ahora más baja.

—¿Qué piensas hacer?

Bajé la visera y contemplé aquella foto nuestra tomada en un baile de gala de la universidad: el brillo juvenil de nuestras mejillas; todo el tiempo del mundo por delante; ningún motivo de preocupación, salvo las clases matinales, y la cuestión siempre candente de si tendríamos suficiente dinero para comprar cerveza de importación.

—Si yo no me presentara y le pasara algo a esa mujer, no creo que pudiera soportarlo.

—Lo sé —susurró, y le falló la voz; duró un instante, pero no se me pasó por alto. Lo único que se oía era el chirrido de fondo de la maquinaria—. Escucha, yo…

Levanté la mano hacia la fotografía, toqué su cara sonriente.

—Lo sé —dije—. Yo también.

A medio camino, en plena autopista, a punto estuve de quedarme sin gasolina. Todavía se me olvidaba a veces que el maldito indicador estaba estropeado y marcaba siempre el máximo. Por suerte, me fijé en el cuentakilómetros. Advertí que el depósito debía de estar casi vacío, y conseguí llegar hasta la siguiente salida. Como notaba la boca pastosa, entré un momento en la tienda a comprarme un paquete de chicle. Luego, mientras llenaba el depósito, me miré en el retrovisor. Mi reflejo me devolvió la mirada escépticamente, tomándome por idiota.

Las casas adosadas en Indio parecían construidas con Lego: las mismas piezas con distintas configuraciones. Eran cinco o seis modelos en total, alternando colores y tamaños; todas las avenidas y callejas cortadas por el mismo patrón. Me perdí y volví a perderme donde me había perdido, mientras conducía a través de aquella repetición opresiva. Mi inquietud se convirtió en verdadero pánico cuando el reloj pasó de las 21.15. Recé para que mis Nike con dispositivo de rastreo estuvieran avisándolos de que casi había llegado.

Por fin, de puro milagro, encontré la zona correcta: una serie de casas prefabricadas esparcidas en torno a un tramo circular de calle polvorienta. Al fondo, apartada de las otras con un aire de privacidad, o de soledad, estaba la casa de la fotografía.

Aparqué un buen trecho más arriba y me bajé del coche; llevaba la pesada bolsa de lona al hombro y la gorra de los Red Sox calada casi hasta las cejas. Eran las 21.28, y me costaba respirar. Había olvidado el frío que llegaba a hacer en el desierto en invierno. Un frío suficiente para helarte el sudor en la espalda.

Me acerqué entre el crujido de las hojas secas. No se veía el interior de la vivienda, porque las persianas estaban cerradas, pero entre las junturas se colaba el parpadeo azulado de un televisor. A pesar de la hora, las demás casas —todas las ventanas estaban a oscuras— parecían tan muertas como si fuera medianoche. Una comunidad obrera que se acostaba pronto para aprovechar las horas antes del temprano amanecer del desierto.

No me quedaba tiempo para atisbar por la ventana o inspeccionar la zona. Me esperara lo que me esperase allí —una mujer maniatada, un grupo de secuestradores de cerveza a morro y puro en la boca, o un DVD con otra secuencia desconcertante del rompecabezas—, estaba decidido a afrontarlo. Antes de que tuviera ocasión de amilanarme, subí los dos peldaños de madera, aparté la puerta mosquitera y llamé suavemente con los nudillos.

Un murmullo dentro, alguien arrastrando los pies… La puerta rechinó y se abrió.

La mujer. La reconocí por el pelo rizado y oscuro, salpicado de hebras grises y recogido en lo alto de la cabeza. Era extranjera. No sabía bien en qué me basaba, pero había algo en sus rasgos y su actitud que hablaba del este de Europa. Tenía los párpados hinchados, salpicados de verruguillas y enrojecidos de extenuación o de llanto. Parecía personificar un arquetipo: la expresión doliente, la fisonomía poco agraciada, la nariz ligeramente torcida… Mediría un metro cincuenta y tantos; sus ojos eran llamativos, de un azul cristalino y casi translúcido. Aparentaba tener unos sesenta, pero supuse que era más joven y que, simplemente, estaba envejecida.

—Ha venido —dijo con un fuerte acento que no supe identificar.

—Está usted bien —tartamudeé.

Nos miramos. Me descolgué la bolsa del hombro y la sostuve a un lado. La reducida sala de estar que había a su espalda parecía vacía.

—Pase —invitó.

Entré en la casa.

—Por favor —añadió—. Sin zapatos. —Ella pronunció «tsa-patos».

Obedecí y dejé mis Nike sobre la esterilla que había junto a la puerta. Aunque humilde, la casita estaba conservada con mucho orgullo. En un estante de mimbre había una serie de gatos de porcelana y de globos de nieve de distintas ciudades americanas. Todo sin una mota de polvo. Las encimeras, en el reducido rincón que hacía las veces de cocina, relucían de limpias. Por la puerta entreabierta del diminuto lavabo, se veía parpadear una vela en un candelabro. Incluso el sofá parecía nuevo. Lo único chocante era el plato que había en una mesita auxiliar conteniendo tres o cuatro pieles de plátano; algunas del todo marrones.

La mujer me indicó el sofá con un gesto y yo me senté. Tras ponerme un cuenco de anacardos y un plato de mandarinas en la mesa de café, se instaló en un sillón, quitando primero sus labores de punto. Nos miramos con incomodidad.

—Recibí e-mail —dijo—. Me dijeron un hombre vendría con sombrero Red Sock. Que yo debía verlo. —Por algún motivo hablaba en voz muy baja, y yo la imité sin darme cuenta.

—¿Le enviaron algún DVD?

—¿Un DVD? —Frunció el entrecejo—. ¿Como película? Yo no entiendo. ¿Por qué usted viene?

Eché un vistazo alrededor, preparándome para cualquier cosa: una bomba, un hijo violento, una unidad de élite irrumpiendo bruscamente. Sobre el microondas vi otros tres racimos de plátanos. A la derecha de los anacardos había una foto escolar de una niña, tal vez de seis años, que miraba a la cámara con sonrisa forzada; de cabello castaño y ensortijado, le faltaban los dos incisivos y llevaba una bata a cuadros que parecía un mantel italiano. Le había quedado una coleta más larga que la otra, y se le veía una mancha morada en la pechera de la bata; quien la hubiera vestido con tanto esmero para el día de la fotografía no se habría quedado muy satisfecho. Había algo en su sonrisa —el entusiasmo por participar, por complacer— que le daba un aire tremendamente vulnerable. En el marco había una pegatina de Chiquita… ¿tendría algo que ver con los plátanos? Volví la mirada hacia la mujer. Llevaba una sencilla alianza de oro, pero deduje que su marido había muerto. Su tristeza era palpable; también su amabilidad, reflejada claramente en la discreta sonrisa con la que me había puesto delante el cuenco de frutos secos. Habría hecho cualquier cosa para no disgustarla.

—Me dijeron que podría estar usted en peligro —dije.

Ella sofocó un grito, llevándose la mano al grueso collar.

—¿Peligro? ¿Alguien me amenaza, quiere decir?

—Eso… creo. Dijeron que viniera a verla, porque si no, usted moriría.

—Pero ¿quién querría a mí matarme? ¿Viene a hacerme daño?

—No. Yo, no. Yo no le haría ningún daño.

Aunque estaba angustiada, seguía hablando en voz baja.

—Soy abuela húngara. Soy camarera en cafetería infecta. ¿A alguien amenazo yo? ¿Qué hago para herir a nadie?

Me incliné hacia delante, casi a punto de incorporarme. ¿Qué iba a hacer? ¿Darle un abrazo de consuelo?

—Lamento preocuparla. Yo… mire, aclararemos todo esto juntos y lo resolveremos, sea lo que sea. He venido a ayudar.

Ella estrujó un Kleenex y se lo puso en los trémulos labios.

—¿Ayudar, cómo?

—No lo sé. Me dijeron… —Me devané los sesos, tratando de encontrar una relación, el ángulo correcto, el giro exacto del objetivo que ofrecería una imagen nítida de la situación—. Me llamo Patrick Davis y soy profesor. ¿Cómo se llama usted, señora?

—Elisabeta.

—Usted… —Agarrándome a un clavo ardiendo, señalé la fotografía—. ¿Es su hija?

—Nieta. —No consiguió decirlo sin que una ligera sonrisa le iluminase el rostro. Pero enseguida reapareció su aire demacrado—. Mi hijo está en cárcel diez años porque vende… —Hizo el gesto de pincharse un brazo, acompañándolo de un ruido —*pssst, pssst*— como si ahuyentase a un gato. Sus uñas, recién pintadas, eran sorprendentemente bellas; revelaban otra vez aquella callada dignidad, aquel orgullo teñido de humildad que la rodeaba—. Su esposa volvió a Debrecen. —Señaló la foto—. Así que me la quedé yo. Mi pequeño tesoro.

179

Al fin capté. Por eso bajaba tanto la voz.

—La niña está durmiendo.

—Sí.

—¿Por qué…? —le pregunté, mirando alrededor—, ¿por qué hay tantos plátanos?

—La niña no está bien. Toma muchas pastillas; unas especiales para que así orina más líquido. Potasio bajo, dicen. Por eso el plátano. Es un juego nuestro. Si toma potasio del plátano, una pastilla menos ha de tomar. —Sacudió un puño frágil—. Hoy solo ha tenido que tomar una.

Se me aceleró el pulso. ELLA NECESITA TU AYUDA. Pero ¿cómo?

—¿Qué le pasó? —pregunté.

—Tuvo operación a los tres años. El mes pasado noté que zapatos no le cabían otra vez. Inflamación… —Hizo un gesto circular con la mano—. Yo no me quiero creer. Y después le entra respiración así —simuló que le faltaba aliento— en parque infantil. Y sí, otra vez es válvula del corazón; necesita una nueva. Pero vale cien mil dólares. No puedo pagar. Soy camarera. Yo ya he gastado segunda hipoteca de esta casa en la primera operación. Terminará fallando. Esa válvula… —escupió la palabra—. Mañana, semana que viene, mes que viene, terminará fallando.

La bolsa de lona yacía a mi lado, apoyada contra mi pie. Pero ¿de qué servían veintisiete mil dólares ante tal cantidad?

El viaje acelerado hasta allí me había dejado más sensible de lo normal; oscilando entre el miedo y el alivio, entre el temor y la angustia, apenas era capaz de conservar la serenidad. La niña me miraba desde la foto y ahora advertí que tenía el mismo pelo rizado que su abuela. ¡Qué conversaciones desesperadas debían de haber mantenido en aquella sala! ¿Cómo le explicas a una niña de seis años que su corazón podría fallar? Tragué saliva, tenía un nudo en la garganta.

—No me lo puedo ni imaginar.

—Pero yo veo en su cara —respondió— que sí puede. —Se tiró de la piel fofa del cuello—. Un amigo mío, de mi país —un gesto para cruzar el Atlántico—, perdió esposa por esclerosis de Lou Gehrig. Una prima de mi primo perdió hija y dos nietos hace cinco años en accidente de avión. En fiesta de cumpleaños, mi primo pregunta a ella este año: «¿Cómo tú aguantas esto?». Y ella dice: «Todo el mundo tiene su historia». Y es cierto. Antes de irnos, todos tenemos historia triste que contar. Pero esta criatura, esta criatura… —Se levantó de súbito, se acercó a una de las puertas del fondo y puso la mano en el pomo—. Venga a ver a esta niña preciosa. La despertaré. Venga a verla y diga cómo yo explico a ella que esta es su historia.

—No, por favor. No la moleste. Déjela dormir.

Elisabeta volvió y se desplomó en el sillón.

—Y ahora alguien quiere matarme. ¿Y por qué? ¿Quién cuidará de ella? Habrá de morir ella sola.

—¿No tiene usted… seguro médico?

—Nos estamos acercando a beneficio máximo de por vida, así lo llaman. Tuve reunión con el…, ¿cómo se dice?, comité de finanzas del hospital. Ellos ofrecen hacer donación caritativa de quirófano para operar. Pero aun contando con su generosidad y lo que queda de seguro, falta más dinero del que yo… —Meneó la cabeza—. ¿Qué puedo hacer?

Me tembló la voz de la excitación.

—¿Cuánto le falta?

—Más de lo que imagina.

Me incliné de nuevo, y al poner la mano en la mesita, volqué el cuenco de anacardos.

—¿Cuánto exactamente?

Se levantó y fue al rincón de la cocina. Abrió un cajón tintineante de cubiertos. Luego otro. Revolvió entre un montón de menús y de folletos, y regresó al fin con el papel. Lo alisó bien, como si fuese un real decreto.

—Veintisiete mil doscientos cuarenta y dos dólares.

Se le contrajo la boca en un conato de sollozo, pero se contuvo y adoptó una expresión de desprecio.

—Nadie la está amenazando. Lo interpreté mal.

Se me hizo un nudo en la garganta y tuve que dejar de hablar; me picaban los ojos. Bajé la cabeza y formulé en silencio una oración de gratitud. Acto seguido, me acerqué a la mujer y coloqué la bolsa de lona a sus pies.

Ella me miró, estupefacta.

—Esto es para usted —dije.

Me puse las Nike y salí, cerrando la puerta mosquitera con cuidado para no despertar a la niña.

181

Capítulo 30

*M*e había puesto a deambular alrededor de Ariana, que me escuchaba perpleja, sentada en una silla del jardín, con las rodillas pegadas al pecho —bajo la sudadera— y la parka echada sobre los hombros. No llovía, pero el aire estaba impregnado de humedad. Las dos y pico de la madrugada, y mi corazón no mostraba indicios de serenarse.

—El miedo, luego el alivio… Incluso la jodida gratitud. Y vuelta a empezar. Es como una droga. No puedo más. No me importa que haya salido bien esta vez…

—Ni siquiera eso lo sabemos seguro —dijo Ari.

—¿Qué quieres decir?

—¿Entregarle dinero a una mujer en Indio? ¿Y si era un timo?

—¿Cómo iba a serlo? El dinero no era nuestro. Yo actuaba de Papá Noel.

—No digo que el objetivo fueras tú. —Detectó cómo calaban en mí sus palabras—. ¿Y si alguien se presenta en la puerta de esa mujer y le pide un favor? ¿Un favor como compensación?

—Soy yo quien le ha dado el dinero.

—Pero no era tuyo. Así que no está en deuda contigo.

Noté una sensación de náusea, un chorro helado en las entrañas. Me senté poco a poco en la silla que tenía Ari delante. Se le veía en la cara que se sentía fatal. Hurgó en el bolso y sacó un paquete de pastillas de bicarbonato. Aquel bolso era como el estómago de Tiburón; siempre salía algo distinto: unas gafas de sol, un nuevo lápiz de labios, un destornillador…

Mientras masticaba la tableta, comprobó que había apretado el botón de la cajetilla-inhibidor y prosiguió.

—Si el dinero se lo ofrecen sin condiciones, ¿por qué no se lo entregaron ellos mismos? Quizá el hecho de aceptarlo la ponga en peligro; no puedes saberlo.

—Ella estaría dispuesta a correr el riesgo para que no muera su nieta —murmuré.

—Pero no ha llegado a tomar esa decisión.

—Porque la he tomado yo por ella. —Me froté los ojos, y solté una especie de gruñido—. Pero ¿qué demonios se suponía que iba a hacer? ¿Llamar a la policía porque pensaba que la mujer podía morir?

—Entonces, no. Pero ahora… ¿por qué no?

—Porque lo averiguarán. Después de lo que nos han mostrado hasta ahora, ¿nos apetece en realidad descubrir qué represalias toman cuando están cabreados? Además, ¿olvidas que podría estar en juego una demanda millonaria dependiendo de mi actitud?

—Entonces, ¿piensas seguir así? —me preguntó—. ¿Cumpliendo a ciegas las órdenes de un jefe todopoderoso al que ni siquiera conoces, y quedarte esperando como un payaso en una obra de Beckett? ¿Cuánto tiempo durará?

—Hasta que cerremos el acuerdo con el estudio. Hasta que se me ocurra cómo llegar al fondo del asunto, cómo llegar a ellos.

—¿Y mientras? No es tu propia vida, sino las vidas de otros lo que estás manipulando.

—No es tan sencillo, Ari.

—Probablemente hay miles de críos en este país con la misma dolencia que esa niña. Millones de personas con millones de problemas. ¿Qué es lo que distingue su vida de la de otro?

—Que yo puedo salvar la suya. —Ari alzó las cejas, y yo levanté las manos, en parte para disculparme, en parte para serenarme. Notaba la nuca agarrotada—. Sé que suena como una especie de complejo de dios…

—Ni siquiera eso, Patrick. Es un complejo de dios por persona interpuesta.

—Pero esas personas vienen a ser como rehenes, aunque no lo sepan. Esa niña me ha sido confiada, igual que Beeman. Ha sido convertida en mi problema, en mi responsabilidad. Si me han dado una bolsa llena de dinero para salvar su vida… ¿cómo no voy a entregársela?

—Bastaría con no prestarse a su juego, sencillamente. ¿Cómo era esa frase de *Juegos de guerra*?

—«La única jugada ganadora es no jugar.» —recité soltando un hosco bufido.

Asintió con solemnidad.

—Mira, los dos estamos de acuerdo en que hemos de salir de este lío. Y para ello, tú puedes seguir tu juego tanto como quieras. Pero no juegues el suyo.

Miré por encima de la cerca vencida. La ventana del dormitorio de Don y Martinique estaba oscura y la cortina, inmóvil. Un dormitorio como el nuestro, una casa como la nuestra. Nuestro pequeño y tranquilo barrio; cada cual con su propia historia. Y sin embargo, las dimensiones y el peligro de lo que yo afrontaba se habían disparado repentinamente. ¿Cómo me las había arreglado para salir del marco de aquella vida ordinaria?

—Tienes razón. —Me golpeé los muslos con ambos manos—. Mientras siga mordiendo el anzuelo, me tienen atrapado. Voy a parar. Basta de mirar el e-mail. Basta de seguir sus instrucciones. Y que pase lo que tenga que pasar.

—Yo estaré a tu lado. —Se inclinó y me besó en la mejilla—. Es la única opción acertada. Has de desafiarlos y conseguir que descubran su juego.

Se levantó y entró en casa, cabizbaja.

Me quedé un rato en compañía de los grillos, mirando hacia la parte del jardín que se perdía en las sombras.

—¿Y si no es un farol? —murmuré.

Permanecí despierto junto a Ariana en la tranquila oscuridad del dormitorio. Ella se había dormido hacía una hora, y yo me había pasado el rato desde entonces mirando el techo. Al fin me levanté. Fui a mi despacho, desenchufé el móvil del cargador y miré la secuencia de diez segundos que había conseguido grabar con él del último vídeo.

La perspectiva a través del parabrisas mientras el coche circulaba. La grabación se interrumpía mucho antes de llegar al callejón y al Honda Civic.

Descargué el clip en el ordenador y lo amplié para que llenara por completo la pantalla: un camión que pasaba con las luces de posición encendidas ocupaba unos segundos todo el campo de visión y provocaba una serie de reflejos en el parabrisas. Al llamarme la atención un punto plateado en la parte inferior, retrocedí y paralicé la imagen. No pasaba de ser una mancha alargada en la base del cristal. Me acerqué a la pantalla, guiñando los ojos: era un reflejo de la parte superior del salpicadero...

La placa. La placa metálica donde iba grabado el número de identificación del vehículo.

Estaba muy borrosa, pero tal vez con las herramientas adecuadas pudiera verse con claridad. Constituía mi primera pista concreta. Pasé el dedo por la imagen como saboreándola.

Las campanillas orientales de mi móvil sonaron de improviso. Bajé la vista con lentitud y lo miré, ahí junto al teclado. Lo cogí. Una notificación de mensaje. Sin asunto.

Me entró un sudor frío, y mi pulgar se movió casi por sí solo.

E-MAIL MAÑANA, 19.00 H.

ASUNTO DE VIDA O MUERTE.

ESTA VEZ ES ALGUIEN QUE CONOCES.

Capítulo 31

Sentado en el coche, en el aparcamiento, miré cómo desfilaban los alumnos hacia las clases. El teléfono sonaba y sonaba. Por fin me respondió.

—Diga.

—¿Papá?

—Detén las rotativas. —Y luego, apartando el teléfono y gritándole a mi madre—: ¡Es Patrick! ¡Patrick! —Otra vez a mí—: Tu madre está en el coche. —Mi padre, de Lynn, Massachussets, tiene el áspero acento de Boston; yo no lo había adquirido porque me había criado en Newton—. ¿Todavía hay problemas con Ari?

—Sí, pero lo estamos arreglando. —Escuchar su voz me hizo pensar en lo mucho que los echaba de menos, y en lo triste que era que hubiera de producirse una situación semejante para que yo descolgara el teléfono—. Lamento haber estado un poco desaparecido estos dos últimos meses.

—No importa, Paddy. Has tenido una mala racha. ¿Ya has encontrado un trabajo?

—Sí. Otra vez en la enseñanza. Se acabó lo de escribir.

—Escucha, tu madre y yo estábamos a punto de ir a la ciudad. ¿Va todo bien?

—Solo quería saber cómo estáis. De salud y demás. Si necesitáis algo, puedo subirme a un avión en cualquier momento, sin importar lo que esté haciendo.

—¿Es que te has unido allí a una de esas sectas?

—Era un decir. Es para que lo sepas.

—Todo va bien por aquí. Aún nos queda mucha cuerda.

—Lo sé, papá.

—Todavía no estamos en la tumba.

—No pretendía…

Unos bocinazos de fondo.

—Escucha, tu madre acaba de descubrir la bocina. Hazme un favor, Patrick: llámala esta semana. No tienes que telefonear solo cuando estás bien. Somos tus padres.

Se despidió, y yo me quedé un momento sentado, sintiendo otra vez el escalofrío que me había recorrido la noche anterior cuando el mensaje amenazador había aparecido en mi móvil. Como era de prever, se había desvanecido segundos después de que lo leyera. El hecho de que los mensajes se autodestruyeran sistemáticamente me obligaba a preguntarme si toda aquella intriga no sería una invención mía. Pero no: el nudo que tenía en la garganta me decía que era demasiado real.

Me saludó un alumno que pasaba por delante, y a mí me costó un esfuerzo levantar la mano y devolverle el saludo. A juzgar por lo aislado que me sentía allí del mundo exterior, cualquiera habría dicho que no estaba en un coche, sino en un submarino.

Esta vez es alguien que conoces.

Repasé los números guardados en mi móvil. Todos los nombres… Abarcaban mucho más de lo que yo podría cubrir, aun suponiendo que supiera qué buscar; para no hablar de los nombres que no figuraban en el aparato. Podía ser cualquiera: desde Julianne hasta Punch; incluso Bill, el cajero de Bel Air Foods; un alumno mío; un compañero de habitación de la universidad; un vecino al que alguna vez le había pedido un poco de azúcar, o una persona a la que había amado.

Cerré el móvil y lo puse otra vez en el salpicadero.

—La única manera de vencerlos —dije en alto— es no jugar.

Encontré a Marcello solo en la cabina de edición, manejando la consola de sonido digital. En el monitor adosado, se veía a un tipo en traje de baño detenido a medio salto al borde de un trampolín. Cuando Marcello liberó al saltador con un clic del ratón, el *bang* de la plancha de madera sonó desincronizado.

—¿Quieres echarle a esto un vistazo? —le pregunté.

Paralizó al saltador mientras impactaba contra el agua, y se inclinó sobre mi móvil. Accioné el clip de diez segundos.

—*Cinema verité* —dijo él al final—. Yo diría que el coche es una metáfora del camino de la vida.

—No puedo pausarlo en el móvil, pero fíjate bien. —Volví a pasar la secuencia—. Hay un pequeño reflejo en el parabrisas, justo cuando pasa el camión. ¿Lo ves? Me parece que es el número de identificación del vehículo. ¿Habría algún modo de descargarlo en Final Cut Pro y aumentar la resolución?

—Costaría bastante. Enfocar la imagen, quiero decir. —Un matiz de irritación en la voz—. Patrick, ¿qué es todo esto?

Cruzó los brazos con impaciencia mientras yo pensaba cómo formular lo que quería decirle.

—Me están enviando atisbos de la vida de otras personas; de sus problemas.

—¿Como los que te enviaban a ti?

—Sí, más o menos. Es un poco complicado. —Me miró, ceñudo—. ¿Qué? —dije.

—Ya no existe ni una pizca de maldita privacidad. Es como si nos hubiéramos acostumbrado, o como si hubiéramos ido cediendo poco a poco: leyes de escuchas, ciudadanos considerados «combatientes enemigos», Seguridad Nacional registrándote de arriba abajo... Por no hacer referencia a todos esos *reality* de mierda: *Girls Gone Wild,* [2] políticos llorando en YouTube, esposas sacando los trapos sucios en *Dr. Phil...* Ni siquiera puedes morirte ya en la guerra sin que cualquier imbécil con pantalla plana consiga ver la secuencia tomada con infrarrojos. No hay... —movió la mandíbula e hizo una mueca, buscando el término adecuado— ... decoro. —Suspiró agitado—. Antes tenías que ser famoso para ser famoso. Pero ¿ahora? Todo es real; todo es falsificación. ¿De dónde sale esa maldita fascinación por monitorizarlo todo, por pegar el ojo a cada cerradura?

—Supongo... —Me callé y me miré los mocasines.

—¿Sí?

—Supongo que a la gente le consuela comprobar que las cosas pueden irle mal a cualquiera, que no le ocurre solamente a uno y que nadie tiene la respuesta mágica.

Me sentí desnudo ante su comprensiva mirada.

—Cuando era un crío, creía que las películas eran mágicas. Y luego me metí por dentro. —Soltó una risa melancólica, pasán-

2. Vídeos de aficionados sobre chicas jóvenes desmadrándose. *(N. del T.)*

dose la mano por la barba—: tipos trabajando en despachos, en platós, o ante monitores de ordenador. Y ya está. Hay una pérdida evidente ahí. Supongo que todo el mundo la siente. Como cuando alcanzas algo que andabas buscando y lo ves en primer plano, con verrugas y todo. ¿Qué haces entonces?

Chasqueó los labios, se giró con brusquedad hacia la consola y se aplicó otra vez a ajustar la mezcla del clip de su alumno. La secuencia retrocedió a toda velocidad: el saltador emergía y se elevaba por los aires; las salpicaduras se reabsorbían y dibujaban otra vez una superficie plana. ¡Con qué facilidad se disolvía el desorden!

—Marcello. —Me salió una voz algo ronca—. Esto se ha convertido en algo mucho más serio que un juego de voyerismo.

—Lo sé —dijo sin volverse—. Dame el móvil. Ya he terminado de despotricar.

—¿Estás seguro? —pregunté dejando el teléfono encima del escritorio.

—Creo que sí. Iba a decir algo sobre Britney Spears y su tendencia a andar sin bragas, pero… no sé, he perdido el hilo.

Empezaron a entrar alumnos. Bajé la voz:

—Nadie ha de saber que lo estás haciendo. Podría ponerte en peligro. ¿Eres consciente?

Me ahuyentó con un gesto.

—¿No llegas tarde a ninguna clase?

Aunque no se veía luz en el apartamento de Doug Beeman, volví a llamar a la puerta de pintura desconchada. Tampoco hubo respuesta. Ningún ojo atisbaba por la cerradura esta vez; solo había oscuridad. Apoyé la frente en la jamba y permanecí allí impotente, dejándome invadir por los sonidos y los olores del vecindario: el estruendo del equipo de sonido de un coche tuneado, un aroma de comida especiada, quizá india, el alboroto amortiguado de un partido de Los Lakers que se colaba a través de los muros…

Me moría de impaciencia por hallar respuestas. O a falta de respuestas, por un poco de comunicación, por una oportunidad para detenerme sobre las piezas del rompecabezas y poder pulirlas a fondo. De camino a casa de Doug Beeman, pasé por el callejón, junto al campus, y no me sorprendió observar que el Honda

189

ya no estaba. En cuanto hube sacado del maletero la bolsa del dinero, ellos debieron de haber retirado el coche. Y ahora, ese silencio en la puerta de Beeman y la oscuridad tras las cortinas. Mientras me daba media vuelta, comprendí hasta qué punto me afectaba aquel asunto.

Las palabras de Ariana, advirtiéndome sobre todas las consecuencias que yo no había considerado siquiera, continuaban resonando en mi mente. Me habría gustado encontrar allí algo que aplacase su inquietud. Volvería al día siguiente a primera hora para asegurarme de que Beeman seguía bien. Y ya tenía decidido ir a Indio después de las clases de la mañana para comprobar cómo estaba Elisabeta.

El edificio entero y las calles colindantes rebosaban de vida y movimiento, de música y rumor de motores. Se oían risas infantiles, chasquidos de latas de cerveza, los gritos de alguna mujer hablando por teléfono. Montones de personas. ¿Cuántas se encontrarían al borde de la catástrofe? Un aneurisma, un coágulo acechando, una válvula cardiaca a punto de fallar... ¿En cuántos de aquellos apartamentos habría una fuga de gas, un tejado en peligro, o una capa de moho letal creciendo bajo la tabla de yeso?

¿Cuál de los nombres de mi agenda se enfrentaba a un plazo fatídico parecido?

Frente al semáforo, mi desazón se disparó a cien: me brincaban las rodillas, tamborileaba con las uñas y me agitaba en el asiento como un crío antes del recreo. El reloj del salpicadero marcaba las 18.53. Faltaban, pues, siete minutos para que el siguiente e-mail entrara en mi buzón. Me vino de nuevo a la memoria que, aunque era martes y la jornada había terminado, todavía no había tenido noticias de mi abogado sobre las condiciones de la productora para llegar a un acuerdo. ¿Sería cosa de ellos? ¿Estarían esperando a ver si me portaba como un buen chico? Yo seguía siendo, a fin de cuentas, una rata en su laberinto: aprieta la palanca, toma una pildorita.

El semáforo rojo parecía eterno. Bajé el cristal de la ventanilla, tarareé la canción de moda que simulaba escuchar y seguí el ritmo con el pie. Pese a que intentaba no prestarle atención, sabía que estaba allí (lo veía desde el límite del rabillo del ojo), asomado tras la valla publicitaria de la iglesia... Al fin miré el rótulo de

Kinko's, que parecía hacerme señas como el neón de un bar a un borracho. En primer plano se alzaba un mensaje imponente: SIN LEÑA SE APAGA EL FUEGO; y por primera vez en mucho tiempo sentí que el universo me hablaba, aunque me estuviera diciendo algo que no quería escuchar. Resultaba muy fácil seguir el MENSAJE; yo estaba en el carril de giro a la izquierda; Kinko's quedaba en la dirección opuesta, cruzando tres carriles llenos de tráfico. No era en absoluto una tentación.

La única manera de vencerlos es no jugar.

Forzando la vista hacia el frente, esperando que se pusiera el semáforo verde, me concentré en el tic-tic de mi intermitente.

El hotel Angeleno era un gran cilindro blanco de piedra junto a la 405, en el límite entre Brentwood y Bel Air. La nítida fotografía, que abarcaba las diecisiete plantas, tenía todo el aire de una imagen publicitaria. El hotel pertenecía a la cadena Holiday Inn y había sido remozado hacía poco. A decir verdad, tampoco costaba demasiado convertirse en un punto de referencia en Los Ángeles.

Encorvado ante la pantalla, en el cubículo del rincón de Kinko's, contemple la imagen mientras preparaba el móvil y lo sujetaba en alto. Pulsé «Rec», y la cámara se puso en marcha. Me había adiestrado para manejar los botones con el pulgar, y ahora era capaz de grabar todo el rato que quisiera en fragmentos seguidos de diez segundos, sin apartar los ojos del monitor.

La imagen se desvaneció para dar paso al número en primer plano de una habitación del hotel: *1407*.

Luego se veía una puerta de servicio metálica de aspecto macizo, asomando un contenedor por un lado del encuadre. Las líneas que delimitaban las plazas de aparcamiento y el suelo de hormigón indicaban que se trataba todavía del hotel.

Sentí una opresión en el pecho al ver la siguiente imagen: mi llavero de plata sobre la encimera de la cocina de casa. Una foto diurna, aunque no era posible saber cuándo la habían tomado.

A continuación, también en primer plano, una de las llaves aislada y separada del resto; gruesa, de latón. No era de las mías.

Desconcertado, me llevé la mano al bolsillo. Saqué el llavero, me lo puse en la palma de la mano y lo sostuve ante mis ojos. Ahí estaba, oculta entre el revoltijo como un regalo de Navidad. Una llave nueva; la había llevado encima todo el tiempo.

191

La presentación en PowerPoint había seguido adelante. Ahora, el interior de mi Camry visto desde el asiento del acompañante (el fotógrafo debía de haberse sentado en él); la guantera estaba abierta, y se veía una tarjeta de acceso de hotel sobre mi cajita de pastillas de menta Altoids.

Apareció brevemente un mensaje: **2.00 h. Esta noche. Ven solo sin ser visto.**

Seguido de otro: **Tienes que verlo.**

A él. ¿Él?

Mi móvil dejó de grabar un momento antes de que la ventana se cerrase y quedara únicamente en la pantalla el mensaje con un hipervínculo que me habían enviado a mi cuenta de Gmail. Me dolían los dedos de tanto crisparlos sobre el teléfono; los aflojé y observé cómo volvían a recuperar el color.

Pulsé «Responder» en el e-mail, y vi sorprendido cómo aparecía una dirección: una larga serie de números de aspecto aleatorio, terminados en Gmail.com.

El reloj digital del escritorio indicaba que llegaba tarde para cenar y dar un paseo con Ariana, para continuar con mi vida. Pensé en mi maletín, rebosante de guiones todavía pendientes de leer; en las paredes de casa, desgarradas a trechos y con los cables y tuberías al aire: la casa que tenía que poner en orden, con todo lo que ello implicaba. Se lo debía —eso y mucho más— a los que formaban parte de mi vida. A todos salvo a aquel cuya suerte estaba ahora en juego.

Tecleé: *No pienso seguir adelante. Al menos sin saber quiénes son ustedes y por qué me están haciendo esto*, y lo envié antes de que las dudas me dominaran.

Me quedé mirando la pantalla, preguntándome qué demonios acababa de hacer.

Interrumpiendo mis sombríos pensamientos, sonó un *plop* por los altavoces del ordenador. Había surgido de golpe en la pantalla una burbuja de tira cómica:

Esta noche lo entenderás todo.

Yo ni siquiera había entrado en un programa de mensajes instantáneos, pero ahí estaba.

Apretando los dientes, estudié aquella frasecita engreída. Estaba harto de que me manipulasen, de que jugaran conmigo, de tener que recorrer el camino del patíbulo a ciegas. Algo había cambiado en mí, no sabía bien si por los persistentes razonamientos de Ari o por el ominoso silencio con el que acababa de tropezarme en casa de Beeman. Mi determinación, en todo caso, se había ido debilitando poco a poco, y ya no estaba nada seguro de que el camino que había venido siguiendo fuese el acertado.

Respirando con agitación, me armé de valor.

Pulsando violentamente las teclas, formulé la pregunta cuya respuesta temía conocer: *¿Y si me niego?*

Me balanceé hacia atrás en la silla. En el interior del local, la caja registradora tintineaba y las fotocopiadoras zumbaban y soltaban chasquidos como seres futuristas; el aire acondicionado me deslizaba ráfagas de aire helado por el cuello.

Otro *plop*, otro mensaje. Bien podría haberse tratado esta vez de la burbuja de mis propios pensamientos; las palabras parecían atravesar mis ojos y leer mi pensamiento.

ENTONCES NUNCA LO SABRÁS.

Capítulo 32

*M*edianoche.

No pensaba ir a esa habitación de hotel.

Mientras Ariana dormía a mi lado, yo permanecía tendido y controlaba el reloj. Ella se había tomado un Zolpidem para dormirse, pero yo estaba seguro de que ninguna pastilla podría tumbarme esa noche. Aquel asunto, fuera el que fuese, me tenía agarrado por el cuello, o yo lo tenía por la cola; más o menos venía a ser lo mismo. Cuando vieran que no me presentaba, ¿vendrían otra vez a por mí con bríos renovados? Y si no lo hacían, ¿soportaría el no saber nunca la respuesta? ¿Sería capaz de volver a corregir exámenes, de bromear en la sala de profesores y de salir a pasear por el barrio? Tendría que hacerlo. Como Ari había dicho, estaba manipulando las vidas de otras personas. Y si seguía cumpliendo órdenes, ¿cuándo se terminaría todo esto? No presentándome, en cambio, tomaba mi destino en mis propias manos. Y si reaccionaban con furia, estaba preparado para hacerles frente. Si la demanda se reactivaba, tampoco estaría peor de lo que estaba hacía un par de días. En la callada oscuridad, fui haciendo la lista de las precauciones que empezaría a tomar en cuanto amaneciera.

24.27; 24.28.

No pensaba ir a esa habitación de hotel.

Esta noche lo entenderás todo. ¿Quién me estaba esperando en la habitación 1407? ¿Un rostro del pasado, un amigo agraviado, o un hombre de traje oscuro, piernas cruzadas y la pistola con silenciador en el regazo? ¿O un completo desconocido portando un regalo, alguien tan ajeno como yo lo era para Doug Beeman? ¿Cuánto tiempo esperaría esa persona antes de deducir que yo no iba a cruzar aquella puerta?

24.48; 24.49.

No pensaba ir a esa habitación de hotel.

Rememoré a Doug Beeman arrodillado, con la cara pegada al televisor, y luego en cuclillas, balanceándose, y recordé que yo no me había dado cuenta de que estaba llorando hasta oír sus sollozos entrecortados. Evoqué también la foto escolar en la mesita de Elisabeta, la sonrisa sin incisivos de la niña, los montones de pieles de plátano; la desesperación, densa como un perfume recargado, en la angosta sala de estar. Y, por último, pensé en la bolsa de lona que, rogaba al cielo, disiparía esa desesperación, tal como el DVD había disipado la de Beeman; que serviría acaso para poner un poco de luz al final del túnel.

1.06; 1.07.

No pensaba ir a esa habitación de hotel.

En medio de la oscuridad, flotaban fragmentos de texto: **AL-GUIEN QUE CONOCES. UN ASUNTO DE VIDA O MUERTE.** ¿Qué iba hacer? ¿Yacer insomne y angustiado hasta que me sobresaltara el timbre del teléfono? ¿O la noticia de la muerte me llegaría más tarde? Un día, una semana, tres meses. ¿Sería capaz de soportar la espera, sabiendo que yo podría haber evitado lo que ahora se avecinaba?

1.17; 1.18.

La única manera de vencerlos es no jugar.

No pensaba ir a esa habitación de hotel.

1.23.

Besé el cálido cuello de Ari y contemplé su rostro dormido. Sus labios, gruesos y suculentos, se entreabrieron emitiendo un leve silbido.

—Lo siento —susurré.

Culpable, abatido, estremecido de temor, me escabullí de la cama. No era tanto que tuviera que ir; era que no podía dejar de hacerlo.

Aparqué un poco más arriba, en Sepúlveda, para que no me viesen los conserjes. Saqué de la guantera la tarjeta-llave y me la metí en el bolsillo; también me guardé mi teléfono Sanyo y el móvil de prepago para cubrir cualquier contingencia, por si tenía que grabar o hacer una llamada. Esperé a que se abriera un hueco en el tráfico y me colé por el aparcamiento del hotel Angeleno.

Vestía vaqueros y camiseta negra. Llegué a la parte trasera y, con la llave en la mano, examiné la puerta de servicio que había visto en la fotografía.

Estrujada en el bolsillo, llevaba la nota que había garabateado bajo la lamparilla del coche: «He recibido un mensaje anónimo diciéndome que fuera a la habitación 1407, porque era un asunto de vida o muerte. No sé quién habrá en la habitación. Tampoco sé cómo acabará esto. Si me pasase algo malo, póngase por favor en contacto con la detective Sally Richards, de la comisaría oeste de Los Ángeles».

Aunque no los veía, oía los coches de la autopista, que pasaban disparados por detrás del muro de mi izquierda produciendo un suave y monótono zumbido, como una ola interminable. El cilíndrico edificio se alzaba ante mí, iluminado por un frío resplandor verde que se derramaba desde la cornisa del ático.

Se aproximaba un vehículo por la vía de acceso, conducido sin duda por algún botones, lo cual acortaba el tiempo que tenía para actuar. Antes de que surgieran los faros por la curva, pasé la tarjeta por la ranura y giré el picaporte: un chasquido satisfactorio. Me colé dentro, inspiré el cálido aire del hotel y traté de sacudirme el hormigueo de los dedos.

Casi en el acto, oí el chirrido de unas ruedas y vi que un empleado doblaba la esquina con un carrito del servicio de habitaciones. Un segundo antes de que se cruzaran nuestras miradas, puse la mano en la puerta más cercana y descubrí con inmenso alivio que daba a una escalera. Confiando en que no me hubiera visto la cara, giré en redondo y crucé el umbral.

—Disculpe, caballero… —La puerta ahogó su voz cuando se cerró.

Subí resoplando. Las recias paredes me devolvían el eco de mis Nike. Por fortuna la planta catorce estaba en calma. A Ari le habría gustado aquella decoración a la última moda de Los Ángeles: pizarra y piedra lustrosa, acabados de madera oscura, candelabros de resplandor ambarino en las paredes y moqueta silenciosa en los suelos. Un reloj marcaba la 1:58. Pasados los ascensores, sentí un acceso de pánico al ver que salía de una habitación una mujer con ropa deportiva. Por fortuna, estaba ocupada con el móvil y ni se molestó en mirarme.

Con la tarjeta-llave en ristre como si fuera un cuchillo, seguí la cuenta atrás de los números de las habitaciones. Al llegar a la

1407, la introduje en la ranura. El sensor se puso verde. Giré la pesada manija y empujé la puerta unos centímetros.

Oscuridad.

Unos centímetros más. Desde el umbral, atisbé un pasillo estrecho junto al baño y un resquicio del dormitorio. Habían descorrido las cortinas, y se veían unas puertas de cristal desde el techo hasta el suelo que daban a un angosto balcón.

—¿Hola? —Me salió una voz grave y tensa que no reconocía.

El resplandor lejano de la ciudad rasgaba apenas la negrura, trazando pálidas manchas en el suelo, y el zumbido del tráfico de la autopista se mezclaba con el palpitar de la sangre en mis oídos, mientras avanzaba muy despacio. La puerta se cerró a mis espaldas y clausuró la débil claridad del pasillo.

Percibí de algún modo que la habitación estaba vacía. ¿Tendría que esperar a alguien? ¿Se trataría de otra llamada telefónica que me conduciría, a su vez, a una nueva búsqueda inútil?

Un leve aroma: dulce, picante, con un toque de ceniza. Manteniendo el cuerpo en tensión, llegué al umbral del dormitorio. El edredón estaba un poco hundido, como si alguien se hubiera sentado, y al lado había un objeto largo, de algo más de un metro.

Escrutando la habitación, di un paso corto y cogí el objeto por la empuñadura de goma; la cabeza metálica osciló al final del mango de grafito, y destelló pese a las escasas luces de la ciudad que se colaban en la estancia: un *driver* de golf. ¡Mi *driver* de golf! El mismo que le había arrojado al intruso cuando saltaba por la cerca trasera. La muesca de la cabeza estaba manchada, probablemente de tierra. Yo había dejado el palo tirado entre la vegetación, al fin y al cabo. Pero aquello no se comportaba como si fuese tierra.

Resbalaba con lentitud por la cara de titanio.

Arrojé el palo sobre la cama. Había descifrado el olor que había en el ambiente, aquel resto casi imperceptible de humo: cigarrillos de clavo.

TIENES QUE VERLO.

Jadeando, di otro pequeño paso de lado para conservar el equilibrio, y mi pie chocó con algo blando.

Algo que formaba parte de una masa oscura despatarrada a mi izquierda, junto a la cama. Inspiré resollando, que a mí me sonó como un chillido, y parpadeé en la oscuridad, escrutando el cuerpo grotescamente tendido boca arriba: manos crispadas,

197

frente abollada, y unos hilillos negros de sangre reptando hacia el cuero cabelludo y la oreja, encharcándose en la cuenca de un ojo; las famosas cejas, los dientes inmaculados… Y mi perdición: aquella mandíbula perfectamente dibujada.

ESTA NOCHE LO ENTENDERÁS TODO.

El horror me atenazó la garganta, me ahogó y me provocó una arcada. Lo supe incluso antes de oír los pasos apresurados en el pasillo. Apartándome de la cama, me detuve en mitad de la habitación frente al magnífico paisaje urbano enturbiado por la neblina; me saqué del bolsillo la nota —un seguro lamentablemente inútil— y levanté las manos por encima de la cabeza una fracción de segundo antes de que se viniera abajo la puerta y me enfocaran las potentes linternas de la policía.

Capítulo 33

«Yo no lo he matado. Yo no lo he matado.» Parecía mi voz, repitiendo lo mismo una y otra vez, pero no estaba seguro de si sonaba solo en mi cabeza o si salía de mis labios, hasta que uno de los polis dijo:

—Sí, vale, ya lo hemos entendido.

Agrupados en corrillos de dos o tres, los agentes recibían llamadas y hablaban en voz baja por radio. No me miraban con animosidad, sino con una especie de divertido asombro, maravillados ante las dimensiones de lo que acababan de encontrarse. Los oía hablar como desde el fondo de un túnel, y sus palabras me llegaban con dificultad inmersas en un fuerte zumbido de oídos. Estaba conmocionado, pero yo creía que, en ese estado, uno no se sentía tan espantosamente aterrorizado.

Me habían cacheado con rudeza y trasladado a otra habitación del pasillo, idéntica a la 1407. Habían cogido la nota donde pedía que contactaran con Sally Richards, pero no sabía si la habían llamado. Como el hotel Angeleno quedaba dentro de su jurisdicción, venía a ser mi único rayo de esperanza.

Me senté en el borde de la cama. Al bajar la vista, vi que no llevaba esposas, aunque tenía el vago recuerdo de haber sido esposado en algún momento, mientras me pasaban unos bastoncillos de algodón por las manos. Daba la impresión de que aún no sabían qué hacer conmigo.

—¿Quiere que telefoneemos a su esposa? —me preguntó una de las agentes.

—No. Sí. No. —Me imaginé a Ari despertándose, descubriendo que no estaba a su lado. Le bastarían dos segundos para deducir que me había ido al hotel pese a que le había prometido que no lo haría—. Sí. Dígale que estoy bien, que no estoy herido ni muerto, quiero decir. —Ese comentario provocó miradas de extrañeza—. Ellos me guiaron hasta aquí; me pusieron un dispositivo de rastreo. Déme un bolígrafo. Aquí, ya verá. Se lo voy a enseñar.

Uno de los polis se sacó un bolígrafo del bolsillo de la pechera, presionó el botón y me lo tendió.

—Vigílalo —recomendó otro.

Metí la punta en el talón de mi Nike, justo donde se veían las incisiones. El bolígrafo se arqueó y estuvo a punto de partirse, pero conseguí separar un pedazo de goma.

—Me pusieron un dispositivo. Justo aquí. Me seguían la pista… —Doblé la suela hacia atrás y metí los dedos en la hendidura.

No había nada.

Me quedé sin aliento y me sentí desfallecer.

Un poli soltó una risita disimulada. Parecía que los demás me compadecían. Se me escapó la zapatilla deportiva y cayó al suelo; tenía un agujero en el calcetín, en el dedo gordo.

—Da igual —murmuré.

Extendí una mano temblorosa para devolver el bolígrafo. No podía levantar la vista siquiera, pero noté que el agente lo recogía.

Entonces sonó un golpe enérgico en la puerta, y apareció Sally, seguida de Valentine. Me miró y frunció el entrecejo.

—Está palidísimo —le dijo al poli más cercano—. ¿No irá a desmayarse? ¿Seguro? Bueno. Déjennos solos. —El otro mascu-lló algo, y Sally soltó un bufido—. Sí, creo que podremos con él.

El tono irónico de la detective —un rasgo familiar por fin— me apartó un paso del abismo. Los restantes policías salieron de mala gana; Valentine se apostó junto a las puertas correderas por si se me ocurría lanzarme hacia el balcón. Sally arrastró una silla del recio escritorio de la habitación, le dio la vuelta con un giro de muñeca y se sentó frente a mí.

—Lo han encontrado con una llave de seguridad falsificada en una habitación que no es suya, junto al cadáver de su enemigo declarado y querellante en un litigio legal; y el arma homicida contiene sus huellas dactilares. ¿Qué tiene que alegar?

La habitación olía a polvo y a limpiacristales. Al lado de mi pie derecho estaba el espacio donde —cuatro o cinco habitaciones más allá— yacía el cuerpo de Keith Conner. Ya debía de haber empezado a ponerse rígido. Me notaba la garganta tan seca que no sabía si sería capaz de hablar.

—¿Soy un idiota?

Sally asintió secamente, diciendo:

—Ya es algo para empezar. —Comprobó la hora—. Disponemos de unos veinte minutos antes de que lleguen los de Robos y Homicidios, y tomen el mando…

—¿Qué? ¿Cómo demonios voy a fiarme de la División de Robos y Homicidios?

—Eso no es precisamente su…

—Si se hacen cargo ellos, estoy perdido. Me tienen atrapado desde todos los puntos de vista. Nadie más creerá lo que yo diga. —Me había puesto de pie; ella me indicó con energía que volviera a sentarme—. ¿Por qué no puede quedarse usted el caso?

Alzó las cejas casi imperceptiblemente, y razonó:

—¿Se hace una vaga idea del aspecto que ha adquirido este asunto? A estas horas la desaparición de Keith Conner se ha filtrado a la prensa, y ya han circulado comparaciones con River Phoenix y, ¡agárrese!, con James Dean. La fiscal del distrito me ha llamado dos veces mientras venía hacia aquí. La fiscal en persona. Estamos hablando de la muerte de una estrella de cine. Valentine y yo no hemos trabajado en el asesinato de una estrella desde… bueno, mmm…, nunca. Tenga por seguro que este caso será para los de arriba, para los de muy arriba. O sea, que si tiene algo que contarnos, mejor que hable deprisa.

Eso hice. A pesar de mi confusión, y aunque me fallaba la voz, me esforcé por calmarme y les expliqué todo lo ocurrido. Valentine permaneció impasible con los brazos cruzados; se le oía chasquear de vez en cuando la lengua, mientras el bolígrafo de Sally arañaba aceleradamente el papel del bloc. Como sonido de fondo, nos llegaba un tableteo de helicópteros que volaban en círculo sobre nosotros, coloreando de vez en cuando las cortinas con sus focos.

Sally me miró inexpresiva cuando hube terminado, y comentó:

—Habla en serio.

No parecía una pregunta, pero yo respondí:

—Si pudiera inventarme algo así, seguiría siendo guionista.

—Los agentes —explicó ella— recibieron el soplo gracias a

una llamada anónima realizada desde un teléfono público del hotel. Un hombre dijo que había visto a alguien, que se ajustaba a su descripción, metiendo a la fuerza a Keith Conner en la habitación 1407.

—Ese es el asesino. Para que la trampa funcionara, tenía que programar la hora de la muerte justo antes de que yo llegase. Keith acababa de ser asesinado cuando...

Sally levantó la mano. Me callé y aguardé, desesperado y expectante, tratando de descifrar su rostro. Ella me devolvió la mirada. Parecía irritada consigo misma, o quizá conmigo.

—Tiene que creerme —rogué—. Nadie más me creerá.

Se mordió el carrillo un rato, que pareció muy largo.

—Con los sospechosos inocentes —dijo—, cuanto más presionas, más se enfurecen. Es una gran regla. Bueno, la mitad de las veces.

Me recorrió un escalofrío. ¿Yo me había enfurecido? ¿Con la furia suficiente?

—¿Y la otra mitad? —pregunté.

—La otra mitad no se enfurece.

—Lo cual es un problema —intervino Valentine

—¿Verdad? —Sally se apretó un puño hasta que le crujieron los nudillos: lo más parecido a un signo de nerviosismo que yo le había visto—. A mí no me gustan las generalizaciones. Doy crédito al calentamiento global y a la Segunda Enmienda, y pienso que a veces la guerra es la respuesta; creo en Yoda, en Gandalf y en Jesús; me gustan la ternera y el porno, aunque no en este orden ni tampoco mezclados. El mundo es endiabladamente complicado, y creo que esta historia apesta de aquí a China. Así que haré algo alarmante: voy a tomarle en serio.

Solté un trémulo suspiro.

Ella me apuntó al pecho con un dedo, y sentenció:

—Pero para que tengamos alguna posibilidad de ayudarlo, esto es lo que debe decir...

La puerta se abrió con brusquedad y entró sin prisas un tipo alto y flaco, trajeado.

Sally mantuvo los ojos fijos en mí mientras decía:

—Llega con cinco minutos de antelación.

—Kent Gable, división de Robos y Homicidios.

—Yo soy Sally Richards. Y este es el detective Valentine. Él mismo le dirá su nombre si se siente sociable.

202

—Mi compañero ya está en la 1407 —dijo Gable—. Gracias por mantenerlo todo en orden. Nosotros seguimos a partir de ahora.

Sally continuó mirándome con fijeza. Una mirada preñada de significado, como si, mediante ella, pudiera transmitirme todo lo que había estado a punto de decirme. Valentine también tenía la vista fija en mí. Me devané los sesos buscando una salida.

—Hemos acordonado la zona, pero ya está abarrotada de periodistas. —Gable se pasó una mano por la mandíbula pulcramente rasurada, y me miró al fin cara a cara—. ¿Cómo es que no está esposado?

—Pienso cooperar plenamente con la detective Richards y el detective Valentine —afirmé poniéndome las manos en las rodillas—. Pero solo con ellos. Si es otra persona, me negaré a responder y exigiré la presencia de mi abogado.

No sonaba convincente, en absoluto, pero era lo más plausible que se me ocurría para cumplir con lo que Sally esperaba de mí.

A Valentine le temblaron levemente los orificios nasales. Aliviada, Sally suspiró en silencio (se le abultaba una vena en la frente), y parpadeó muy despacio una vez; luego se volvió hacia Gable, que me miraba boquiabierto.

—Tuvimos cierta interacción con el sospechoso la semana pasada —expuso ella—. Llevaba encima una nota requiriendo nuestra presencia si se metía en…

—Sé lo de la nota, encanto… —dijo Gable, seco. Valentine hizo una mueca dolorida—. Pero pese a eso, no creo que el sospechoso esté en condiciones de decidir el curso de la investigación.

Un punto muerto. Nos miramos unos a otros: ellos tres, de pie; yo sentado en la cama, igual que un crío que contempla cómo discuten los adultos. Totalmente a su merced.

Valentine carraspeó y se retorció el bigote antes de decir:

—¿Sabe quién se juega el tipo en este asunto, incluso más que nosotros? Pues, la fiscal del distrito. Quizá sepa por los periódicos, que su historial en los juicios con celebridades no ha sido precisamente estelar, ni siquiera cuando ustedes se encargaban de la investigación. Ahora bien, si resulta que tenemos al principal sospechoso del asesinato de Keith Conner dispuesto a hablar, yo diría que la fiscal preferirá que siga hablando, en vez de que se ponga a montar un equipo legal de primera.

En ese momento sonó una musiquilla, y Sally señaló su teléfono móvil.

—Hablando del rey de Roma... —Le dedicó a Gable una almibarada sonrisa—. Disculpe un momento, cariño. —Pasó por su lado y salió de la habitación; él la siguió con una prisa repentina.

Valentine se acercó y se acuclilló delante de mí, curvando los labios en un gesto de acritud. A su espalda, la luz del amanecer se colaba entre las cortinas, y le circundaba con un nimbo de cobre la ensortijada masa de cabello.

—He trabajado un montón de años con un montón de polis —afirmó—. Y déjeme que se lo diga: esa mujer tiene el mejor instinto de todo el cuerpo. No la subestime. Ella y yo usamos todo ese rollo como fachada: que si a mí no me cae bien, que si yo soy un intolerante... Nos funciona y nos permite observar desde distintos ángulos. Pero ese juego, permítame también que se lo diga, ya se ha acabado. Sé cómo se siente en estos momentos. El miedo. Se lo veo en los ojos, se lo huelo en los poros. Y eso que no se hace una idea, todavía no, de lo mal que lo tiene. Sally y yo no hemos de jugar al poli bueno, poli malo. Si llegamos a tener la ocasión, usted nos cuenta todo lo que sepa, y nosotros haremos lo posible para salvarlo. Ese es el plan. El único plan. ¿Lo capta?

—Lo capto —afirmé.

Se abrió la puerta, y ambos aguardamos en tensión para ver cuál de los dos detectives volvía a entrar.

Sally se asomó, con la mano apoyada en el pomo.

—Mejor ponle esposas. Para las cámaras.

Me levanté, mareado. La vista se me enturbió, pero enseguida me recobré. Valentine me ajustó las esposas en las muñecas y me guio hacia fuera. Me notaba los pies dormidos, como si fuesen de madera.

Sally inspiró hondo. Bajo su fachada imperturbable, noté que estaba alterada. Al acercarme, me examinó con aquellos ojos inexpresivos.

—¿Listo para un primer plano, señor DeMille?

Capítulo 34

—Comencemos a aclarar todo esto —dijo Sally.

Después de verme asaltado por los equipos de los noticieros y los flashes de las cámaras, tuve un rato de relativa calma durante el trayecto en coche para ordenar mis pensamientos. Los helicópteros nos seguían de cerca, no obstante, agravando mi dolor de cabeza, y no me libré de su estruendo hasta que las puertas a prueba de bala de la comisaría se cerraron a nuestra espalda. Nunca se me había pasado por la imaginación que llegara a sentir alivio por el hecho de ser detenido. Ahora me encontraba entre bastidores, por así decirlo, en un despacho diminuto desde donde se veía la sala de interrogatorios, en el lado de la policía del espejo polarizado; un sitio aislado, vacío y, dejando aparte las mesas de grabación y los monitores de circuito cerrado, tan espartano como el despacho compartido de Northridge: una silla giratoria, una taza de café, un televisor montado en un soporte... En fin, un ambiente informal y amigable para que la información siguiera fluyendo. La visión de la sala de interrogatorios, incluida la ominosa silla de madera provista de anillas para las esposas, servía para recordarme dónde acabaría en cuanto dejase de colaborar.

Cadena de favores ya no era más que un recuerdo lejano; y lo más probable es que representara el peor papel de *Fuego en el cuerpo*.

Sally puso en marcha una cámara digital y la desplazó de su posición habitual a través del espejo para que nos enfocara a los tres, sentados como colegas analizando un caso.

Yo todavía estaba sin aliento, después de subir a toda prisa hasta allí entre las miradas curiosas de los demás agentes.

—¿Alguien ha hablado con Ari?

—Creo que sí —dijo Valentine.

—¿Dónde está? ¿Qué le han dicho? ¿Se encuentra bien?

—No lo sé —contestó Sally—, y usted tiene otros problemas ahora.

—Quiero estar seguro de que mi esposa...

—No puede permitirse ese lujo —determinó, cortante—. El comisario de Robos y Homicidios está dándole la vara al jefe mientras nosotros hablamos. A menos que encontremos una grieta en este caso y la convirtamos en una buena fisura, el Detective Encanto volverá para llevarse su escuálido culo y encerrarlo en la cárcel. De modo que concéntrese, joder.

Valentine me sorprendió mirando embobado la cinta continua de noticias bajo una vista aérea del hotel Angeleno. Se levantó, dio una palmada al televisor, ya enmudecido, y pasó a un canal de telenovela.

—¿Dónde estaba usted el quince de febrero a las nueve de la noche? —me preguntó.

Cerré los ojos, intentando aclararme. El lunes, es decir, hacía dos días...

—En la autopista, de camino a Indio para encontrarme con Elisabeta. ¿Por qué?

—¿Hay alguien que pueda corroborarlo?

—Desde luego que no. Ellos me dijeron... —Se me hizo un nudo en la garganta, idéntico al que tenía ya en el estómago—. ¿Por qué? ¿Qué ocurrió?

—Ese día acudimos a una llamada por un acto de vandalismo en casa de Keith Conner. Alguien había escrito con aerosol «MENTIROSO» en el muro exterior, y después había trepado por la reja y dejado una rata muerta en el parabrisas de uno de los coches. Una cámara de seguridad captó imágenes del intruso en el jardín, oculto entre las sombras. Un tipo de complexión parecida a la suya, aunque no se le veía la cara porque llevaba...

—Una gorra de los Red Sox —murmuré.

—Exacto. Esa zona no está bajo nuestra jurisdicción, pero nos vimos implicados porque...

—Porque Conner dio por descontado que era yo, naturalmente. Había ido a verlo unos días antes.

—No se trató de una visita amigable, según nos dijeron. —Valentine pasó varias páginas de su bloc—. A Conner le dejó mal sabor de boca, y presentó una denuncia la mañana antes de que se produjera el allanamiento en su casa.

—¡Vaya! Los dos actuamos justamente como ellos esperaban: yo, presentándome allí, y él, denunciando mi conducta agresiva y errática.

—Sí; y el abogado le aconsejó que reuniera pruebas documentales.

—Ahora lo entiendo. Por eso vinieron a verme al trabajo. Para investigar sobre la denuncia.

—En vista del resentimiento que se tenían —intervino Sally—, nos vimos obligados a fisgonear para ver si estaba usted en sus cabales. Al principio creímos que Conner se había inventado su visita para calumniarlo, pero luego encontramos a un paparazi que confirmó que usted había estado allí. Incluso había tomado fotografías.

Joe Vente.

—Y después hablamos con el jefe de seguridad de Summit, su amigo Jerry Donovan, quien nos contó que usted andaba buscando la dirección de Keith Conner. Por su parte, el camarero del Formosa recuerda que bebió *whisky* a la hora del almuerzo.

—Fantástico —dije—. Inestable, borracho y obsesivo. —Tomé aliento—. Y miren lo que va a salir a la luz a continuación: el arma homicida. Es mía. El mismo palo de golf que le arrojé al intruso en el patio de mi vivienda. También he tenido problemas en el trabajo últimamente: faltas de asistencia, conflictos con alumnos…, mi visión de los agentes del Gobierno es paranoica, como muestra el guion de la película, y en un acceso delirante, hasta llegué a destrozar las paredes de mi casa para buscar micrófonos ocultos.

—Su esposa puede confirmar que sí existían —brindó Sally—. Los micrófonos, claro.

—Sí, ya —objeté—; un testigo imparcial.

—Después de que le contáramos a Jerry Donovan lo del allanamiento que había sufrido Conner, él nos habló del material de vigilancia que descubrió al registrar la casa de ustedes y de los transmisores que encontró entre sus ropas. Por consiguiente, existe una fuente de confirmación neutral.

Jerry debía de haber pensado que yo constituía de verdad una amenaza para Conner si había decidido confesar su visita secreta a nuestra casa.

207

—Pero él no sabe si yo mismo podría haber colocado todo ese material para procurarme una sofisticada coartada.

—De acuerdo. —Sally tenía las mejillas encendidas—. Ahora bien, si usted mató a golpes a Keith Conner, ¿por qué no tenía salpicaduras en la ropa y en las manos?

—Eso depende de la posición en que se coloque el asesino, y dos de cada cuatro peritos probarían sin margen de error que es posible. O con todo el error que usted quiera. Además, ¿los analistas de la escena del crimen han revisado el sifón de la pila del lavabo?

Sally y Valentine se miraron.

—Sí —dijo ella lentamente—. Había restos de sangre.

—Que los análisis confirmarán que es de Keith. Lo cual prueba que me lavé después de matarlo para quitarme las salpicaduras.

—¿De qué lado está usted? —preguntó Valentine.

—Me limito a enumerar los hechos. No tengo copias ni de los discos ni de los mensajes, y las páginas web se han desvanecido. Solo me quedan las secuencias de diez segundos grabadas con el móvil que yo mismo podría haber generado. Así pues, después de mentirle a mi mujer, me levanto a hurtadillas de la cama y me cuelo en el hotel Angeleno. Incluso le doy el esquinazo a un empleado, no sin arreglármelas para ofrecer un aspecto claramente furtivo.

—Ha construido una sólida acusación —afirmó Valentine.

—Soy el cabeza de turco ideal: amargado, resentido... Lo único que tuvieron que hacer fue pulsar los botones adecuados, y yo me lancé a la carga.

Un nuevo boletín de noticias interrumpió la telenovela: una foto de Keith Conner, enmarcada con las fechas de su vida, y después unas imágenes mías mientras me sacaban del hotel, con la angustia pintada en la cara y la boca entreabierta forzando una mueca extraña, algo así como un chimpancé imitando una sonrisa humana. No recordaba nada de ese breve trayecto a excepción de los flashes y los gritos de los fotógrafos, pronunciando mi nombre, para que me girara hacia ellos. Mi nombre y mi rostro salían en todos los programas matinales. En la costa este ya estarían leyendo los detalles de la sórdida historia. Mis padres, mientras tomaban café. Ahora yo era uno de esos horripilantes asesinos trastornados: tipos de mirada vacía, de extravagantes

208

obsesiones, de rencores largamente alimentados y plasmados, al fin, de modo sanguinario. Como si me hubieran propinado un mazazo demoledor, comprendí de pronto que nada volvería a la normalidad en mi vida.

Pero Valentine no me dio tiempo para compadecerme.

—Ya que tiene todas las respuestas, ¿explíquenos por qué iba a molestarse alguien en cargarle un asesinato?

—Es que la cosa no iba conmigo. El objetivo era matar a Keith.

—O hundirle a usted —aventuró Valentine.

—Hay maneras mucho más fáciles de hundir a un tipo como yo sin necesidad de matar a una estrella de cine.

—Sí —asintió Sally—, pero quizá ninguna tan repugnante.

—Explíquese —me dijo Valentine.

Estaba cabizbajo, pero notaba cómo me clavaban la vista. Pese a la confusión y el terror que me dominaban, hice un esfuerzo para formular al menos mi razonamiento:

—Querían ver muerto a Conner y necesitaban a alguien que alimentara un buen motivo de controversia. No les hizo falta buscar mucho. La disputa entre él y yo había aparecido en todos los medios. Por no mencionar la demanda todavía pendiente y todas las acusaciones.

Me figuré, en efecto, que la demanda todavía seguía pendiente; que yo supiera, mi abogado no había llegado a recibir la propuesta de acuerdo de la productora. ¿Era cierto que el asunto había estado a punto de resolverse, o eso no había sido más que otra manera de embaucarme? ¿Tendrían siquiera algo que ver las negociaciones legales con todo aquello? Dado el embrollo en el que ya estaba metido, no quería distraer a Sally ni a Valentine con algo tan vago, a menos que mi abogado lograra arrancarle a la productora alguna información más concreta.

Valentine interrumpió mis pensamientos, planteándome lo siguiente:

—Si esta historia no iba con usted, ¿por qué tomarse tantas molestias? ¿Por qué hacerle pasar por tantos vericuetos?

—Piénselo —repliqué—. ¿Hay algún caso en el resto del mundo que llame tanto la atención como un juicio por asesinato en Hollywood? Cada huella, cada secuencia, cada detalle del dictamen pericial sale a la luz pública. No digamos si la víctima es una estrella. Este va a ser el caso más estrechamente analizado

209

desde que se inventó el género. Hay que tenerlo todo previsto. E incluso así, a menudo no consiguen ustedes una condena.

—¿Quiere decir que ellos necesitaban algo más que un cabeza de turco? —cuestionó Sally—. ¿Un pringado al que manipular y conducir a una trampa perfecta? —Mordisqueó la tapa del bolígrafo—. Robos y Homicidios tiene fama de ver solo lo que le interesa cuando se centra en un sospechoso. Los tipos que querían inculparlo sabían que si hacían que el crimen pareciera un caso claro, no habría una investigación exhaustiva.

—Entonces —expuse— la pregunta es: ¿adónde conduciría una investigación exhaustiva?

—A otra persona con un buen móvil. ¿Quién más tenía motivos para matar a Keith Conner?

—¿Los críticos? —sugirió Valentine, aguantando la mirada de su colega—. ¿A qué se reduce todo siempre? Dinero. Sexo. Venganza. —Me señaló—. Su disputa con él reunía las tres cosas.

Eso me trajo un recuerdo. Chasqueé los dedos, excitado, y les espeté:

—Ese paparazi, Vente, me dijo que Keith había dejado embarazada a una chica de un club nocturno, y que había una demanda de paternidad en marcha. Si Keith moría, quizá su dinero iría a parar a esa chica y al niño.

Sally pasó la página de su bloc y siguió escribiendo.

—Un tipo como Keith —opinó Valentine— debe de tener más historias de ese tipo.

—Sí —dije—. Montones. Alguien debería investigar sus negocios: si debía dinero a gente poco recomendable, si se follaba a la esposa equivocada, o algo así. Quien lo haya averiguado continúa suelto. Han de hacer todo lo posible para que la fiscal no trate el asunto como un caso cerrado. Tienen que ayudarme.

Sally y Valentine se limitaron a mirarme con una expresión tensa y, mucho me temía, impotente.

A todo esto, sonó un portazo en el pasillo. Después un grito amortiguado que fue aumentando de volumen: «Sé que está aquí»; y, de repente, vi a través del espejo que Ariana irrumpía en la sala de interrogatorios dando un traspié, como si acabara de zafarse de alguien: «¿Dónde está? ¿Dónde?».

Dos agentes entraron tras ella. La escena se desarrollaba dando la impresión de que el espejo polarizado era una pantalla de televisión gigante. La repentina aparición de Ari en aquel contexto me resultó desconcertante, como algo fuera de lugar y de época.

Estaba muy ruborizada y crispaba los puños. Se parapetó detrás de la mesa; los agentes se aprestaron a acorralarla.

—Quiero verlo. Quiero comprobar que está bien.

La realidad me sacudió. Me oí gritar:

—¡Ari! ¡Ari! ¡Estoy aquí!

Insonorizado.

Me incorporé, pero Sally me puso en el hombro una mano de sorprendente vigor.

—No —dijo—. Ningún contacto hasta que tengamos declaraciones separadas.

Nos quedamos ahí de pie, contemplando la desesperación de mi esposa. Agarré el interfono.

—No voy a permitir…

Valentine ya me había sujetado del brazo y me lo retorció con tanta fuerza que solté un gemido.

—Aún no lo hemos empapelado, pero si complica las cosas, lo haremos. ¿Quiere seguir hablando o prefiere pedir directamente otra hipoteca para cubrir la fianza? —Me obligó con firmeza a sentarme otra vez—. Haga lo que le decimos.

En la sala de interrogatorios, Ariana encorvó los hombros y se estremeció. Me di cuenta de que estaba al borde del llanto. Toda su determinación la había abandonado. Uno de los agentes rodeó la mesa y la cogió del brazo.

—Señora, venga conmigo.

El otro agente echaba miradas nerviosas al espejo, hacia nosotros. Ari, cómo no, se apercibió en el acto.

—¡Patrick! ¿Está ahí? ¿Está ahí detrás?

Soltándose del brazo del agente, se acercó al espejo y me interpeló:

—Patrick, ¿por qué estás ahí detrás? ¿Te encuentras bien?

Se inclinó, pegando la cara al espejo y tratando de ver a través de él. Miraba directamente hacia nosotros.

Sally soltó un ruido gutural, y Valentine exclamó:

—¡Joder!

Puse la mano en el cristal, tocando la silueta de la mano de Ariana. No podía hacer nada más.

El agente la cogió otra vez del brazo, y ella dejó que la arrastrase afuera.

Me ardía la cara. Me mordí el labio, deseando que el aire se

211

helase en mi pecho. Con el tiempo que habíamos perdido en nuestros nimios problemas... Y allí estaba ahora, condenado a mirar a mi mujer a través del espejo de una sala de interrogatorios: ella incapaz de verme, y yo, de hablarle. Un simbolismo lo bastante opresivo para alimentar el guion de un estudiante. Me salió una voz ronca y desigual:

—Tienen que mantenerme fuera de la cárcel.

—Entonces será mejor que nos dé algo —sugirió Sally.

—¿Qué voy a darles? Ellos me han dejado en cueros.

—No tenemos tiempo para que se compadezca de sí mismo. Los hombres que había detrás de esas botas Danner del cuarenta y cinco apostaron por usted por no ser más que un guionista de segunda fila, y usted se tragó todo lo que le pusieron en bandeja. Si quiere salvarse a sí mismo, deberá empezar a producir sus propias ideas.

—Aparte de su esposa —inquirió Valentine—, ¿hay alguien que pueda corroborar que ellos existen?

Me di unos golpecitos en la cabeza con la palma de la mano, azuzándome.

—Elisabeta recibió un e-mail que decía que alguien con una gorra de los Red Sox le haría una visita. Pero un e-mail es poca cosa. Un momento... Doug Beeman. A él también lo grabaron, y asimismo recibió varios DVD.

—Se podría argumentar que los filmó usted.

—Los había ido recibiendo durante meses. Podríamos comparar nuestros movimientos para demostrar que no fui yo. Además, él todavía tiene la grabación del sótano de ese colegio de secundaria.

—Dénos la dirección.

Se la anoté.

—Ahora su misión es aclararse, repasar milímetro a milímetro los últimos diez días y buscar algo, cualquier cosa que pueda servirnos. Y mejor que se dé prisa. —Sally arrancó la hoja con la dirección—. Nosotros, entretanto, iremos a ver a Beeman.

—Él confirmará mi versión.

—Confíe en que sea así —dijo Valentine, y ambos salieron.

Permanecí un rato sentado. Tenía escalofríos y miraba embobado el rectángulo del televisor enmudecido, montado en lo alto. Color y movimiento. Siluetas. La telenovela dio paso al anuncio de una nueva maquinilla de afeitar de cinco hojas, lo cual, para mi embotado cerebro, suponía cuatro de más. Cerrando los párpados con energía, intenté revivir todo lo sucedido desde el principio, desde que había salido en calzoncillos al porche aquel gélido martes por la mañana. Pero mis pensamientos se desviaban una y otra vez: la cárcel, mi matrimonio, los restos de mi reputación…

Me puse de pie y abrí la puerta. Había un policía de uniforme apoyado en la pared, hojeando una revista. Nada sorprendente. Levantó la vista y me sostuvo la mirada. Di un paso hacia el pasillo, y él se despegó de la pared. Retrocedí. Él volvió a apoyarse como si nada.

—Vale —dije cerrando la puerta, y regresé dócilmente a la silla.

Elisabeta salía en la televisión.

Sí, era ella, sentada en un sofá blanco, con las piernas cruzadas; unas cortinas se agitaban a su espalda.

Durante unos instantes mi cerebro no consiguió computar lo que estaba viendo. ¿Los periodistas habían descubierto mi conexión con ella? ¿Tan deprisa?

Pero no. Había un rótulo publicitario en la base de la pantalla. Me levanté, di unos pasos vacilantes y, poniéndome de puntillas, subí el volumen.

Elisabeta decía:

—. una bebida combinada rica en fibras que mantiene mi regularidad y disminuye el riesgo de dolencias cardíacas.

Sin acento. Era asombroso, desconcertante, como si hubiese sintonizado una entrevista con Antonio Banderas hablando en *patois* jamaicano.

Ahora se la veía caminar por un repecho cubierto de hierba, con un suéter sobre los hombros y una sonrisa en los labios. Una ronroneante voz en off decía: «Fiberestore. Para mantener un sistema digestivo sano. Una vida sana». Una sonrisa en primer plano. Aquella cara de rasgos totalmente vulgares y nariz un poquitín torcida… Si ella era capaz de mejorar consumiendo más fibra, cualquiera lo lograría.

Me ardían los pulmones; se me había olvidado respirar.

Elisabeta. En un anuncio de la tele. Hablando como si hubiera nacido en Columbus, Ohio.

Una actriz. Contratada para interpretar un papel.

Lo cual significaba que Doug Beeman, mi última esperanza, probablemente ya no era mi última esperanza. Me imaginé a

213

Sally y a Valentine apresurándose hacia el apartamento en ese mismo instante. Un viaje inútil.

Retrocedí aturdido, me senté en el borde del asiento y acabé cayendo al suelo, mientras la silla se volcaba hacia atrás. Me era imposible despegar los ojos de la tele, aunque ya había reaparecido la telenovela hacía rato.

Se abrió la puerta enérgicamente, y entró Kent Gable escoltado por un grupito de tipos trajeados: pantalones oscuros, pistoleras abultando bajo la chaqueta, insignias relucientes en los cinturones… División de Robos y Homicidios de pies a cabeza, incluidos los mocasines de pisada firme. Gable ladeó la cabeza y me miró desde lo alto. Bajo mis manos, sentía las baldosas del suelo tan heladas como la muerte, como el frío que me había penetrado hasta los huesos.

—Lo siento, Davis —dijo—. Se acabó el recreo.

Capítulo 35

—¿*P*or qué…? —Me aclaré la garganta y volví a intentarlo—. ¿Por qué ha cambiado la fiscal de opinión?

Mientras entrábamos a toda velocidad en la autopista, Gable respondió lanzándome una carpeta al asiento trasero.

Me dio en pleno pecho. Como me habían esposado, tuve que mover las manos juntas para pasar las páginas. Tenían el aspecto de correos electrónicos impresos.

Su compañero, un hispano corpulento que no se había identificado, se encargó de aclararme la cosa:

—Hemos registrado su casa. Parece como si se nos hubiera adelantado. —No se molestó en girarse, y no le veía más que el rasurado cogote—. Y después nos hemos pasado por su trabajo; esa oficina compartida que cuenta con un ordenador Dell. ¿Qué se creía? ¿Que no íbamos a revisar todos sus ordenadores?

El primer e-mail, enviado desde peepstracker8@hotmail.com a mi cuenta de correo, decía: «Recibida su petición. ¿Es esto lo que buscaba? Avísenos si necesita alguna otra información». El documento adjunto era un plano impreso de algo parecido a una mansión. Me fijé en la fecha: seis meses atrás.

El miedo me enronquecía la voz.

—¿Qué es esto?

—Siga leyendo —indicó Gable—. Luego es más interesante.

Un mensaje de respuesta, en apariencia mío: «¿Pueden seguir a alguien y conseguir información de sus horarios?».

Miré de nuevo el plano. La mansión resultaba conocida, cómo no, incluidos la piscina olímpica y el garaje para ocho coches.

Pasé a la otra página: «Eso no lo hacemos. Solo documentos. Lo siento, amigo. Deje el dinero en el lugar indicado».

Los siguientes mensajes, que también parecían míos, eran intentos frustrados para obtener una pistola no registrada de varios proveedores que no fueran demasiado indeseables, por lo visto. La última página era una reserva *on-line* en el hotel Angeleno que, claro está, había hecho bajo un nombre supuesto.

Gable me observaba con fijeza por el retrovisor. Yo estaba paralizado de incredulidad, boquiabierto y tembloroso, incapaz de pronunciar palabra. Sally y Valentine, los únicos que me creían, estaban siguiendo una pista falsa. Y ahora incluso había más cosas que negar. Las pruebas eran abrumadoras. La primera idea que me asaltó en medio del pánico fue que tal vez había perdido el juicio. ¿No sería una crisis psicótica lo que experimentaba en mi interior?

Los coches pasaban zumbando a ambos lados, gente que regresaba del almuerzo; una morenita menuda fumaba y hablaba por el móvil, apoyando un pie en el salpicadero; unos mexicanos vendían flores en la rampa de salida, las chicas de color de Lou Reed decían dú du-dú du-dú-dú dú desde una radio…

—¿De veras cree que borrando un archivo del ordenador se libra de él para siempre? —me dijo el compañero de Gable—. Esa mierda nunca desaparece. Nuestro técnico ha sacado toda la información en diez minutos.

—Pero ¿el ordenador de casa estaba limpio? —pregunté muy despacio.

—Por ahora. —Gable me miró ceñudo—. ¿Qué más da? Con el material de ese Dell ya lo tenemos frito.

Meneé la cabeza y volví a mirar por la ventanilla. El sol me calentaba la cara. Tenía frío y hambre, y mucho más miedo del que creía posible sentir. Pero acababan de mostrarme un primer resquicio en la armadura y ello me procuraba una nueva determinación. Si quería tener la menor posibilidad de seguir fuera de la cárcel, debía repasar cada minuto de los últimos nueve días y encontrar otros resquicios parecidos. A la misma velocidad con la que ellos armaban la acusación contra mí, yo debía desmantelarla.

Y tenía que hacerlo en los próximos veinte minutos, antes de que llegáramos al centro de la ciudad y de que yo desapareciera en la Central de Hombres.

Y

Un gigante tatuado, vistiendo un mono de color naranja y con las esposas atadas a una cadena en torno a la cintura, tapaba por completo el fondo del pasillo. Caminaba con un guardia a cada lado, y me pregunté si habría espacio para que pasáramos nosotros. Gable me sujetó con más fuerza del antebrazo y siguió guiándome hacia delante. Al acercarnos, el preso hizo amago de darme un cabezazo, y yo retrocedí dando un traspié. Continué oyendo el eco de sus carcajadas incluso después de doblar la esquina.

Entramos en la zona de admisión: varias mesas, la cámara de fotos con la mampara de fondo y unos bancos atornillados en el suelo de hormigón. Algunos funcionarios aburridos comían platos tex-mex mientras tramitaban papeleo. En un diminuto televisor se mostraba aquella foto mía, luciendo el bléiser, que mi agente me había obligado a ponerme después de vender el guion, para el anuncio oficial de la productora. Tenía la misma pinta que cualquier otro gilipollas que estuviera dispuesto a escalar la cima.

Un funcionario de mofletes caídos levantó la vista, y masculló:

—El chico de Keith Conner. ¿Podemos tomarle las huellas?

—Ya están en el sistema —dije.

—Estupendo. Entonces coincidirán a la perfección. En el procedimiento de rutina.

Aún tenía el corazón acelerado por el susto del pasillo. Asentí, pues, y el tipo me tomó las huellas con destreza, mientras Gable y su compañero alardeaban ante los demás, diciendo chorradas sobre las películas de polis de Keith y las pifias que cometían. Las manazas del funcionario manipulaban mis dedos de un lado para otro. No me decía nada; no me miraba a los ojos, como si yo fuese un muñeco inanimado. Mis escasas pertenencias habían ido a parar a un cubo de plástico, pero al menos seguía con mi propia ropa. El hecho de conservarla todavía me parecía una ventaja extraordinaria.

—Me gustaría hacer una llamada —manifesté cuando terminó. Miradas inexpresivas—. Tengo derecho a una llamada, ¿no?

El funcionario me señaló un teléfono adosado a la pared.

—Voy a llamar a mi abogado —dije—. ¿Puedo usar una línea privada, por favor?

El compañero de Gable me soltó:

217

—¿Quiere que vayamos a buscar a una vidente también, para que pueda comunicarse con Johnnie Cochran? [3]

Entre las múltiples risas, Gable me guio, doblando una esquina, hasta una sala de visitas partida por un panel de plexiglás, provisto de una ranura para pasar documentos. No había ningún abogado detrás de la ventanilla, claro; simplemente, un anticuado teléfono negro en el lado que me correspondía de la repisa de madera carcomida.

—¿Ya tiene escogido un criminalista? —inquirió Gable—. ¡Vaya, vaya! Veo que había hecho planes con antelación.

—No. Voy a llamar a un abogado de derecho civil para que me recomiende uno. Pero nuestra conversación sigue siendo confidencial.

—Tiene cinco minutos.

Me dejó solo. Oí cómo se alejaban sus pasos y cómo se reanudaba la conversación al fondo del pasillo.

Descolgué el teléfono y pulsé el cero. Cuando respondió la operadora, le pedí que me pusiera con la comisaría oeste. Tras unos segundos, me atendió la agente de recepción.

—Hola, soy Patrick Davis. Tengo que hablar de inmediato con la detective Sally Richards. ¿Podría pasar la llamada directamente a su teléfono móvil?

—Humm, un segundito… Patrick Davis… ¿Patrick Davis? ¿No acabamos de detenerlo?

—Sí, señora.

—¿Desde dónde llama, hijo?

—Cárcel Central de Hombres.

—Ya entiendo. Espere, a ver qué puedo hacer.

Se hizo un silencio salpicado de interferencias. No me había limpiado la tinta del todo; me quedaban restos de color azul marino en las puntas de los dedos. Las deslicé por la superficie de plexiglás, dejando unas rayas casi imperceptibles.

—¿Patrick? —Era Sally.

—Sí, yo…

—Nos han apartado del caso. No puedo hablar con usted, así no. Ya sabe que ahí los teléfonos públicos están intervenidos.

3. El abogado que logró la absolución de O.J. Simpson por el asesinato de su mujer. *(N. del T.)*

—Les he dicho que iba a llamar a mi abogado y me han proporcionado una línea de la sala de visitas. De modo que estamos a salvo.

—¡Ah! —Una nota de sorpresa.

—¿Está en casa de Beeman?

—No. Nos hemos marchado; no había nadie. Volveremos en unos…

—Olvídelo. Escuche. ¿Se acuerda de Elisabeta? Es una actriz. Sale en un anuncio de Fiberestore: la mujer mayor sentada en un sofá blanco. Encuéntrela. La habían contratado; seguro que a Beeman también…

—A ver, un momento. Contrataron actores…

—Para manipularme, sí. Como no tengo mucho tiempo, voy a hablar deprisa: Gable ha sacado unos documentos comprometedores del ordenador de mi trabajo.

—Ya me lo han contado.

—Creo que fueron instalados como un virus al abrir los mensajes.

—¿Por qué lo cree?

—Porque me cuidé de no abrir ninguno en casa y, según Gable, los forenses no sacaron nada de mi propio ordenador. Que es donde los tipos que quieren incriminarlo habrían preferido, como es lógico, que se encontrara ese material.

—Exacto. Ellos sabían cuándo entraba en la cuenta para leer los mensajes, pero creo que no sabían desde dónde entraba.

—Vale… ¿y?

—También abrí mensajes en Kinko's y en un café de Internet. —Le di las señas—. ¿Se encargará de mirar si quedó instalado algún documento sobre Conner en los ordenadores que usé ahí?

—¿De qué nos serviría?

—Varios de esos documentos falsificados tienen una fecha anterior. Si quedó alguno instalado en los ordenadores que le menciono, mostrará una hora y una fecha en la que yo no estaba en ninguno de esos sitios pagando la tarifa para usarlos.

Me dio la impresión de que Sally se excitaba, al menos a su manera, al decir:

—Kinko's y todos los cafés de Internet conservan registros del uso de sus equipos. Incluso utilizan códigos de acceso para rastrear a los usuarios. ¿Pagó con tarjeta de crédito?

—Sí.

—Todavía mejor. —Oía su bolígrafo garabateando a toda prisa—. Incluso si esto resulta, necesitaré algo más, cualquier cosa que se le ocurra para volver a abordar a la fiscal.

—Lo he repasado todo, milímetro a milímetro, como usted me recomendó, y he descubierto otro detalle que podría utilizar: la noche del quince de febrero, a las nueve…

—Cuando la casa de Keith sufrió el ataque vandálico. Sí.

—Yo me dirigía a casa de Elisabeta, en Indio. Me enviaron tan lejos para quitarme de enmedio, para que nadie me viera en otra parte. Pero mi indicador de gasolina está estropeado.

—¿Y qué?

—Parece que tenga el depósito lleno, aunque no sea así. Debieron revisarlo para asegurarse de que no habría de parar a repostar. Así nadie podría proporcionarme una coartada.

—Pero usted sí se detuvo a repostar.

—Sí. Revise el registro de mis tarjetas de crédito y verá en qué estación de servicio lo hice.

—Pero usted podría haber enviado a otro a llenar el depósito con su tarjeta. No todas las gasolineras tienen cámaras de seguridad instaladas junto a los surtidores.

—Entré en la tienda a comprar un paquete de chicle. Siempre hay cámaras dentro. Apuesto a que encuentra una grabación donde aparezco más o menos a la misma hora en la que alguien con una gorra de los Red Sox dejaba una rata muerta en el parabrisas de Keith. Eso le proporciona un segundo sospechoso y apoya mi tesis de una conspiración para inculparme. Quizá baste para mantenerme fuera de la cárcel mientras Robos y Homicidios elabora una acusación de causa probable.

—A lo mejor no es usted un guionista de segunda…

—Claro, pero soy un sospechoso de segunda también. —Un golpe en la puerta metálica. Bajé la voz—. Ya vuelve. Otra cosa: no me han anotado en el registro. No creo que en realidad esté arrestado.

Gable abrió la puerta de golpe.

—Se acabó la charla, Davis —me espetó—. Ya es hora de salir.

—¿Qué quiere decir? —inquirió Sally—. ¿Le han tomado las huellas y leído sus derechos?

—Lo primero, nada más —contesté mirando a Gable.

Un breve silencio.

—O sea que le han preguntado si podían tomarle las huellas,

y eso lo ha convertido en un acto consentido, aunque usted haya pensado que no tenía otro remedio.

—Exacto.

—Pueden retenerlo para interrogarlo durante un tiempo razonable sin que esté arrestado.

—¿No me ha oído? —insistió Gable.

—Sí —dije—. Estoy terminando.

—Si no lo han anotado aún —dijo Sally—, es que la fiscal del distrito no se decide a presentar una acusación.

—¿Por qué? —pregunté.

—Es un caso raro de cojones, y me quedo corta, y la fiscal me tiene —o me tenía— a mí y a Valentine investigando una hipótesis alternativa. Su oficina no puede permitirse otro fiasco, lo cual significa que ha de moverse despacio y con tino. A usted pueden acusarlo cuando ella quiera. Pero no le interesa lanzarse el primer día, a menos que esté segura de que todo encaja y de que tiene el caso bien armado. Esperaron un año para presentar la acusación contra Robert Blake, y mire cómo acabó la cosa.

—Suelte el teléfono —ladró Gable.

Agarré con fuerza el auricular.

—Pero este último material…

—Lo sé —contestó Sally—. No voy a mentirle. Esos e-mails, falsificados o no, son incriminatorios. La fiscal está sopesando si acusarlo ahora o no; el hecho de que haya pasado el caso a Robos y Homicidios indica de qué lado se decanta.

Gable soltó un bufido y arrancó hacia mí.

—Escucha, Frank —musité—, tengo que dejarte. ¿Podrías…?

—¿Contarle a la fiscal las nuevas pistas que me ha dado? Si dan fruto, sí. Una prueba de este tipo podría ser crucial… La induciría a actuar de modo conservador y a postergar el arresto.

Pensé en el gigantón del pasillo y en el amago que había hecho de lanzarse sobre mí. Si la cosa salía mal, esta misma noche compartiría una jaula con tipos como él.

—¿Cuánto tiempo necesitarás?

—Dénos un par de horas y luego póngalos entre la espada y la pared.

Hice lo posible para borrar cualquier matiz de desesperación en mi voz.

—¿Y cómo se supone que voy…?

—Ellos han de acusarlo formalmente o soltarlo —informó Sally.

221

—Pero no me interesa forzar la cosa si… —Gable me miraba fijamente, así que me interrumpí.

—Es la única jugada que le queda —dijo ella—. Dos horas. Para entonces, o le hemos proporcionado algo a la fiscal o es que las pistas son un fiasco.

Gable extendió con impaciencia la mano para quitarme el teléfono, pero yo me di la vuelta. Sujetaba el auricular con tanta fuerza que me dolían los dedos.

—¿Y cómo voy a saber cuál de las dos…?

—No lo sabrá.

Gable puso el pulgar en la base de la horquilla y cortó la comunicación.

Una hora y cincuenta y siete minutos en la dura silla de madera de la sala de interrogatorios me dejó dolorido y con las lumbares agarrotadas. Actuando por turnos, Gable y su compañero me habían machacado con montones de preguntas sobre todos los aspectos de mi vida. Yo había respondido con sinceridad y coherencia, tratando siempre de dominar mi pánico y devanándome los sesos para decidir cómo iba a jugar mis cartas cuando llegase la hora. Hasta el momento, Gable se había cuidado de plantearlo todo como una pregunta: «¿Quiere pasar a esta habitación?». Mientras obedeciera, no había necesidad de arrestarme, y yo no había demostrado que conociera cuáles eran mis opciones. Hasta ahora.

Nervioso, el policía se paseaba ante mí; el reloj le relucía una y otra vez en la muñeca. Ya les había conseguido a Sally y a Valentine sus dos horas para buscar pruebas discordantes y hablar con la fiscal. Había llegado el momento de forzar la mano y ver si acababa libre o metido en una celda.

—¿Estoy bajo arresto?

Gable se detuvo. Hizo una mueca. Luego afirmó con cautela:

—Yo no he dicho eso.

—Lo ha dado a entender con bastante claridad.

—Usted ha dicho en el escenario del crimen que estaba dispuesto a colaborar con los detectives Richards y Valentine, y ha dado su consentimiento para acompañarlos a comisaría. Lo único que hemos hecho ha sido transferirlo. Le hemos pedido que viniera con nosotros, le hemos preguntado si podíamos tomarle las huellas y si no le importaría responder a unas preguntas.

—Entonces —dije— ¿puedo irme con toda libertad?

—No exactamente. Estamos autorizados a retenerlo aquí durante...

—Un tiempo razonable para interrogarme. Muy bien. Llevo ya bajo su custodia unas dieciséis horas. Si me mantiene mucho más tiempo detenido, el jurado podría mosquearse. Suponiendo que lleguemos a ese punto.

—Cuando lleguemos a ese punto.

—No tiene motivos para prolongar mi detención porque he respondido a todas sus preguntas, y ha tenido tiempo para registrar mi casa y mi despacho; por lo tanto no es que necesite retenerme para impedir que destruya pruebas. Y sabe dónde encontrarme si decide volver a detenerme. Tampoco hay riesgo de huida en mi caso: mi cara está en los noticiarios de todos los canales; por consiguiente, aunque no estuviera en serios aprietos financieros, no me sería muy fácil precisamente ponerme unas gafas Groucho y tomar un vuelo a Río.

Había dejado de pasearse, y la sorpresa empezaba a dar paso a la irritación. Proseguí:

—Así que dígale por favor a la fiscal del distrito que ya he terminado de cooperar. Ahora ha de apretar el gatillo y arrestarme... o dejar que intente volver a mi vida.

Se acuclilló ante mí, de manera que su cabeza quedaba por debajo de la mía. Se mordió el labio.

—Usted lo sabía —musitó—. Lo tenía planeado. Todo el tiempo. —Me observó con una mezcla de odio y diversión a partes iguales—. Era su abogado quien estaba al teléfono, ¿no?

Permanecí en silencio.

—Buen abogado —murmuró.

—El mejor.

—Ahora he de hacer yo una llamada. Volveré enseguida con una respuesta. Sea la que sea.

La puerta se cerró, y me quedé solo con mi dolor de espalda y mi triste reflejo en el espejo polarizado. Decir que mi aspecto era desastroso sería quedarse corto: la cara pálida e hinchada, con cercos oscuros bajo los ojos, y el pelo totalmente desgreñado, porque no había cesado de mesármelo con ansiedad. Además, me dolían las articulaciones. Echándome hacia delante, me froté los ojos con las manos.

Tal vez no volviera nunca a casa.

¿En California había inyección letal o silla eléctrica?

223

¿Cómo demonios había ido a parar allí?

La puerta se entreabrió con un chirrido, y Gable apareció en el umbral. Traté con desesperación de descifrar su rostro: una expresión tensa y llena de desdén.

Le dio a la puerta un empujón en un estallido de ira, y se alejó por el pasillo. La plancha de metal chocó contra la pared y rebotó temblorosamente, vibrando como un diapasón.

Me quedé sentado, mirando cómo temblaba la puerta. Me levanté. Salí al pasillo. Ni rastro de Gable. En el suelo, junto a la jamba, estaba el cubo de plástico con mis pertenencias; el móvil desechable encima de todo, a la vista de cualquiera. Busqué mi Sanyo, pero enseguida recordé que Sally se lo había llevado para examinar los fragmentos que había grabado. Me crujieron las rodillas al agacharme para recoger el cubo. Los ascensores estaban al fondo del pasillo. Con un jadeo que reverberaba en mis oídos, caminé hacia allí pensando que en el último momento surgiría alguien para detenerme y condenarme: lo contrario de un indulto en el último minuto.

Pero no, nadie me detuvo. Una vez que se cerraron las puertas a mi espalda, me apoyé débilmente en la pared con el cubo en la mano. El descenso a la planta baja me pareció eterno. En el vestíbulo no había nadie esperando para apresarme. Lo recorrí con paso vacilante, crucé las sólidas puertas de entrada y salí a la oscuridad. Fuera soplaba un viento cargado de contaminación, pero a mí me pareció tan fresco como una brisa primaveral. Tiré a la basura el móvil de prepago.

Me costaba mantener el equilibrio mientras bajaba la escalinata. Llegué a la acera y me desplomé en el bordillo, con los pies junto a la alcantarilla. Los coches y autobuses pasaban lanzándome una ráfaga de aire. Una hoja revoloteó sobre el asfalto como un pájaro moribundo. La miré; la seguí mirando un rato más.

—Levántese. —Allí estaba; su sombra se alzaba junto a mí. Me sorprendió, aunque un poco nada más—. Tenemos mucho trabajo.

Sally me tendió la mano y yo la acepté tras un instante. Cuando ya me había incorporado a medias, me fallaron las piernas. Volví a sentarme en el bordillo.

—Me parece que necesito un minuto.

Capítulo 36

—*H*an influido dos cosas —me contó Sally mientras circulábamos a toda velocidad por la 101—. En la cámara de seguridad de la gasolinera había imágenes suyas frente al mostrador; el empleado nos las ha mandado por e-mail. Eso le proporciona una coartada para el allanamiento en casa de Connor, e implica a un segundo sospechoso en el asunto. Es suficiente para que la fiscal haya decidido tomarse su tiempo.

Dado que Valentine aún seguía por ahí, tratando de localizar a Elisabeta, yo ocupaba el asiento delantero, cosa que me hacía sentir otra vez vagamente humano. Telefoneé a Ariana por quinta vez, pero todos sus números comunicaban. Sally me había devuelto mi Sanyo, diciéndome que los clips grabados no servían de nada. Al encenderlo, el aparato casi se había colapsado debido a la cantidad de mensajes de apoyo que me habían mandado todos los que tenían mi número: demasiados para escucharlos ahora, teniendo en cuenta mi estado.

—Y además —continuó Sally—, el ordenador que usó en Kinko's —un Compaq— tenía un montón de documentos implantados en el disco duro, que muestran sus planes para cometer el crimen, su obsesión enfermiza por Conner, en fin, toda una serie de archivos que se remontan incluso a un año atrás. Habría que explicar por qué iba a dejar esos documentos en un ordenador alquilado. Pero, por otra parte, es imposible que fuera usted quien los creara.

—Porque las fechas de los documentos no coinciden con los días en que alquilé el ordenador, ¿cierto?

—No. Algo todavía mejor. —Dejó escapar una sonrisa complacida—. El número de serie del Compaq demuestra que formaba parte de una remesa de ordenadores expedida el quince de diciembre pasado. Lo cual quiere decir que el ordenador todavía no existía cuando usted, presuntamente, estaba generando en él documentos comprometedores. Parece que fue más listo que ellos en este punto. Esos tipos dieron por supuesto que usted abriría la cuenta de correo en casa o en su despacho.

—Vale. Patrick, uno; chicos malos, noventa y siete.

—Bueno, ya es algo para empezar.

Volví a llamar a casa, al móvil de Ariana, a su trabajo: comunicaba o estaba descolgado; buzón lleno; no respondía.

Me llamó la atención un icono parpadeante en mi móvil. Un mensaje de texto. ¿Una nueva amenaza? Pulsé nerviosamente los botones para abrirlo y comprobé con alivio que era de Marcello: ME FIGURO QUE QUIZÁ NECESITES ESTO AHORA. La foto adjunta era una imagen estática de la secuencia que había grabado en mi teléfono: el reflejo en el parabrisas del número de identificación del vehículo, ampliado y aclarado. Cerré los ojos y di gracias al cielo por el talento de Marcello para los trucos de posproducción.

—¿Qué pasa? —quiso saber Sally.

Sostuve el teléfono para que viera la imagen.

—Es el NIV del coche del segundo e-mail. Cuando el tipo fue filmando a través del parabrisas para indicarme el camino hasta el Honda del callejón.

Cogió la radio del salpicadero y, transmitiendo el número a comisaría, le pidió a la agente de recepción que lo investigara. Soltó unos cuantos «Ajá» y luego un «¿En serio?». Cuando cortó la comunicación, me informó:

—Esa chica del *night club*, ¿se acuerda? Ha tenido un aborto. Por ello, la demanda de paternidad no nos lleva a ninguna parte. Al menos esa demanda de paternidad en concreto. En cuanto al NIV, no debería resultar difícil localizarlo. Nos responderán enseguida.

—Gracias —le dije—. Por tomarme en serio. Por creerlo todo. Sé que está corriendo un riesgo.

Los neumáticos chirriaron mientras tomábamos la salida.

—Aclaremos una cosa, Patrick. Usted me cae bien, pero no somos amigos. Un hombre ha sido asesinado. Tal vez era un gilipollas, pero lo han matado en mi jurisdicción, y eso me jode. Profundamente. Quiero averiguar quién lo mató y por qué, aunque haya sido usted; y para mí no hay nada tan estimulante como la curiosidad. Además, considéreme anticuada si quiere, pero la mera idea de que una persona inocente permanezca entre rejas me irrita sobremanera. Ya sabe, la justicia, la verdad y todas esas chorradas. Así pues, muchas gracias por darme las gracias, pero conviene que sepa que nada de todo esto lo hago por usted.

Seguimos adelante en silencio. Miré un rato por la ventanilla antes de intentar hablar con Ariana otra vez. Y otra. El teléfono de casa seguía comunicando. ¿Lo habría dejado descolgado? Entre dos intentos sonó mi propio móvil. Miré el identificador de llamada con ansiedad, pero correspondía al departamento de cine de Northridge. Seguramente no llamaban para ofrecerme un aumento de sueldo. Tiré el teléfono con irritación sobre el salpicadero; mientras traqueteaba contra el parabrisas, bajé la cabeza y respiré hondo varias veces. Tardé un rato en darme cuenta de que habíamos dejado de circular.

Estábamos frente a un deteriorado bloque de apartamentos de Van Nuys que me era bien conocido. Sally se apeó, pero yo me quedé allí sentado, contemplando la torcida verja de la entrada y el patio que quedaba detrás. La placa oxidada de «APARTAMENTO LIBRE», oscilaba colgada del canalón. «SE ALQUILA.»

Esos carteles ya estaban allí la otra vez, pero yo no les había prestado atención.

Sally golpeó con impaciencia el capó. Me bajé, observando el edificio con aprensión. Lo reconocía y, al mismo tiempo, conservaba de él una imagen deformada, probablemente por todo lo que había sucedido. Ahí estaba la lista de inquilinos, con un espacio en blanco en el apartamento número 11. Recordé que había intentado llamar de cualquier modo, pero que la línea no funcionaba; y también, lo satisfecho que me había sentido conmigo mismo cuando se me ocurrió introducir el código de entrada, tan satisfecho que no me había parado a pensar que me dirigía a un apartamento sin inquilino y con la línea del interfono cortada.

Nos detuvimos ante la verja. Sally me miró expectante hasta que comprendí por qué. Alzando un dedo tembloroso, introduje los cuatro números. La verja emitió un zumbido, y ella la abrió de un empujón, haciéndome un gesto de «usted primero».

Subimos y cruzamos la galería trasera hasta el apartamento de Beeman. Ahí estaba la cerradura antigua por donde había visto un ojo —el ojo de Beeman— espiándome desde dentro.

—He hablado por teléfono con el encargado —explicó

Sally—. Dice que este apartamento ha estado meses sin alquilar. Daños por humedad. Supongo que el propietario está postergando el pago de un tratamiento de eliminación del moho. El encargado no vive aquí, o sea que no puede abrirnos. Y a mí me es imposible obtener una orden de registro. El caso no es mío, ya lo sabe. Lástima.

Apoyó las manos en la barandilla y contempló el patio, tarareando por lo bajini. Una melodía clásica. La observé de espaldas un momento.

Me volví hacia la puerta y le di una patada.

La quebradiza plancha cedió con facilidad. Permanecí encorvado en el umbral. Vacío. Ni colchón, ni ropa sucia ni pantalla de televisión gigante con su correspondiente reproductor de DVD. Lo único que había era el hedor a moho, las motas de polvo bailando en un rayo de luz y la mancha de humedad en la pared.

Era como entrar en un sueño. Di unos pasos y me detuve.

Lo había visto allí, acuclillado ante el televisor, meciéndose, abrazándose a sí mismo.

Un actor.

228 Aquella derrotada humildad con la que tanto me había identificado… Un hombre que yo había creído vulnerable, frustrado, herido.

Pagado para jugar conmigo y dejarme como un idiota.

Él había encarnado mis temores y esperanzas. Sabía lo desesperado que estaba por redimirlo, por redimirme a mí mismo. Incluso a la luz de todo lo demás, el engaño resultaba espectacular y particularmente humillante.

Sally me estaba diciendo algo. Parpadeé. Me zumbaban los oídos con los ecos de mis pensamientos.

—¿Qué?

—Digo que si localizamos a Doug Beeman, demostraremos su inocencia.

Entonces sonó un pitido electrónico en algún rincón, y Sally se puso en jarras. Al mirarnos, ladeó la cabeza indicando el baño. Nos acercamos muy despacio; la raída moqueta amortiguaba nuestros pasos. La puerta cedió sin ruido a la presión de los nudillos de la detective Richards.

El baño estaba vacío, pero detrás de la taza del inodoro, a un lado, y únicamente visible una vez que sobrepasamos la encimera de mármol desportillado, había un teléfono móvil. Se le habría caído a alguien del bolsillo a la gruesa alfombrilla mientras estaba sentado ahí.

Otro pitido.

Mientras Sally soltaba un bufido, me agaché y abrí el móvil. El salvapantallas mostraba una foto de Jessica Alba en *La ciudad del pecado*, y el nombre del propietario con letras moradas: MIKEY PERALTA. ¿El nombre auténtico de Doug Beeman en el móvil que había asegurado que no tenía?

Encendí el altavoz y pulsé «Play»:

«Mensaje de...», y luego una voz sibilante pregrabada con un marcado acento de Nueva York: «Roman LaRusso». Y acto seguido: «Mikey, soy Roman. La gente del desodorante me ha llamado desesperada porque no te habías presentado al rodaje. Me he figurado que tenías resaca, pero después me han dicho que podrías haber sufrido un accidente. ¿Estás bien? ¿Podrás ir mañana al plató? Llámame. Venga, hombre, me tienes preocupado».

Veinte minutos más tarde estábamos en el hospital Valley Presbiterian, junto a la cama de Mikey Peralta. A su lado, un monitor cardíaco trazaba unos altibajos rítmicos más bruscos que una acción tecnológica en Wall Street. Tenía un párpado cerrado; el otro, a media asta, dejaba ver la esclerótica teñida de rojo. En la frente, a la derecha, se le veía el hueso hundido, una hendidura del tamaño de un puño. La bata verde del hospital le cubría el fornido torso; los brazos le caían inertes, con las manos vueltas hacia dentro de un modo antinatural, y el oscuro y ahuecado cabello, de pronunciadas entradas, le enmarcaba la blancuzca cara sobre la almohada.

Muerte cerebral.

La enfermera de la UCI hablaba con Sally a mi espalda.

—... levantaron acta del accidente. El conductor se dio a la fuga, sí. Supongo que nadie vio nada, y cuando llegó aquí, ya estaba inconsciente.

Hice un esfuerzo para tratar de superar la conmoción. Sally había entrado y salido varias veces para hacer llamadas y reunir datos. Yo me había quedado mirando el cuerpo tendido sin pronunciar palabra. Me resultaba imposible imaginármelo como alguien distinto de Doug Beeman.

Me aproximé y le alcé un brazo. Estaba como muerto. Le di la vuelta: la cara interna de la muñeca se veía completamente tersa. Las cicatrices de cortes de navaja no habían sido más que un truco de maquillaje y efectos especiales.

Volví a colocarle el brazo en su sitio con cuidado. Un hedor a *whisky* impregnaba el ambiente.

Valentine había aparecido y se había puesto a hablar en voz baja con Sally.

—A Robos y Homicidios no le va a gustar verlo aquí.

—Mira, tenemos problemas más graves —respondió ella—. Es evidente que estos tipos están atando los cabos sueltos y borrando sus huellas. En cuanto sepan que Patrick ha quedado libre...

—No les interesa cargárselo. Eso serviría para dejar claro que era todo un montaje y para que se ampliara la...

Me di la vuelta. Los dos se callaron.

—Elisabeta es la próxima —dije—. ¿La ha encontrado?

—No he logrado localizarla —informó Valentine—. Los anuncios de Fiberestore son de hace dos años. El nombre que figura en el contrato es Deborah B. Vance, pero el número de la Seguridad Social no concuerda, y no consta la última dirección conocida. Las actrices son un coñazo. Se reinventan cada cinco minutos. Trabajan con nombres diferentes, se mudan una y otra vez para ahorrarse impuestos; su historial con tarjetas de crédito suele ser un lío y sus finanzas, no digamos. He llamado al Sindicato de Actores y a la Federación de Artistas, pero no hay nadie con ese nombre que pague sus cuotas. Podría seguir hurgando, pero... —Una mirada intencionada a Sally—. Este caso no es nuestro, y seguro que Robos y Homicidios está siguiendo cada uno de nuestros pasos...

Entonces oímos que alguien decía en el pasillo: «Agente, no pueden seguir amontonándose en la habitación...», y enseguida una voz resonante: «No es "agente", sino "comisario"».

Valentine miró a Sally y dijo «Joder» solo con los labios.

Se abrió la puerta y entró el comisario con un ayudante. Los ojos de color café del comisario, igual que el de su piel, barrieron la habitación de una ojeada. Era de estatura media y complexión recia, aunque suavizada por la madurez, y no habría resultado imponente de no ser por la sensación de autoridad que emanaba de él como un halo radioactivo. Se le apreciaba en el cuello una vena hinchada, pero su furia parecía por lo demás contenida.

—¿Han venido aquí con el principal sospechoso a investigar la muerte de una persona relevante en su propio caso? —Me señaló sin mirarme—. Él podría ser el conductor que lo atropelló.

—No es posible, señor.

—¿Ah, no? ¿Y por qué, detective Richards?

—Porque he estado con él desde que lo soltaron.

—¿Lo ha ido a recoger a la prisión? —Cada sílaba subrayada. El monitor seguía emitiendo pitidos tranquilizadores.

—Así es, comisario.

Él respiró hondo, dilatando los orificios de la nariz, y urgió:

—Vengan un segundo conmigo, detectives. —Me dirigió una mirada de soslayo, como reparando por primera vez en mí—. Usted espere en el pasillo.

Salimos todos. Mientras me acomodaba en una silla de la entrada, Sally y Valentine siguieron al comisario a una sala de espera vacía. El ayudante se quedó apostado fuera, impasible. La puerta se cerró con un clic y ya no se oyó nada más. Ninguna explosión de barítono, ningún vozarrón airado; solamente un silencio gélido y mortuorio.

231

Mi teléfono zumbó. Rezando para que fuese Ari, me lo saqué del bolsillo, pero el número que aparecía en pantalla era el de mis padres. Yo también inspiré hondo y volví a guardarme el móvil. No era momento para explicaciones.

Por fin el comisario salió y su ayudante se apresuró a seguirlo. Pasaron como una exhalación, casi pisándome los pies. Valentine apareció al cabo de un momento, con la frente perlada de sudor. Se detuvo junto a mí, pero miraba hacia otro lado.

—Cuatro hijos, Davis, y un montón de facturas. Este caso es de Robos y Homicidios y solo de ellos. Lo siento, amigo, pero no pienso hacerme el harakiri por usted.

—Ellos lo han matado —exclamé señalando la habitación de Mikey Peralta.

—Ese tipo tenía dos expedientes por conducir bajo los efectos del alcohol. En su caso, un accidente... no es exactamente una sorpresa.

—Ellos lo sabían. Por eso lo eligieron.

—También habían previsto ese detalle, ¿no? —Se alisó el bigote con el índice y el pulgar—. Este asunto le viene muy grande. La policía, los conspiradores, la prensa... Todos lo están observando. Como se meta en otro lío, por insignificante que sea, está jodido. Y nosotros no podremos ayudarlo. Mi consejo es que se vaya a casa y esté calladito hasta que todo haya pasado.

Se alejó hacia los ascensores. Me miré la punta de los zapatos, consciente de que Sally seguía en la sala de espera. ¿La única aliada que me quedaba? No me animaba a entrar para averiguarlo.

Pero lo hice. Nadie se había molestado en encender los fluorescentes, aunque había una pantalla para mirar radiografías que arrojaba un pálido resplandor. Sally estaba sentada en una camilla, con los hombros caídos. La camisa se le hundía a la altura del estómago en profundos pliegues.

—Estoy acabada —dijo.

Me entró pánico.

—¿Quiere decir, despedida?

Ella desechó la idea con un ademán.

—Por favor. Soy una detective mujer; y bollera. No me pueden despedir. Madre soltera, además. Joder, para que hablen de la seguridad en el trabajo. —No había ni rastro de ligereza en su voz—. Pero estoy fuera del caso. Es decir, tengo que mantener informado al comisario de todos mis movimientos. —Se pasó la mano por la boca—. El NIV que me dio corresponde a un vehículo Hertz de alquiler, y el número de tarjeta de crédito que dejaron para cubrir desperfectos es de una sociedad limitada: Ridgeline, Inc. La agente de recepción se ha ocupado de investigarla. Dice que viene a ser como un sistema de muñecas rusas. Es decir, una empresa fantasma dentro de otra, y esta dentro de otra. Y quizá dentro de otra más, no lo sé. He perdido el hilo cuando se ha cortado la comunicación.

—¿Por qué me lo cuenta a mí? ¿Qué se supone que voy…?

Pero ella prosiguió como si nada.

—A menos que ese cuerpo de ahí al lado sea la mayor coincidencia de la historia, esos tipos están borrando su rastro. Probablemente quieren que usted siga vivo, porque un cabeza de turco muerto haría que todo el mundo pensara en una conspiración, lo cual… —Abrió las manos—. Pero es obvio que lo tienen en su punto de mira, y que están esperando y observando.

—¿Puedo conseguir protección?

—¿Protección? Patrick, es usted el principal sospechoso.

—Usted y Valentine son los únicos policías que me creen. Y él se retira. Podría haber un infiltrado en el departamento, incluso en Robos y Homicidios. Y yo no tengo a nadie más que pueda ayudarme. Nadie en quien confiar. No me deje colgado.

—No me queda alternativa. —Ladeaba la cabeza y se había ruborizado. Apretó el puño para subrayar la idea. Nos llegaba un pitido regular desde la habitación contigua. Recordé con un escalofrío que era el monitor cardíaco conectado a Mikey Peralta.

—¿Piensa…? —Hice una pausa para recuperar la compostura. Después de mi explosión, me salía una voz frágil—. ¿Piensa pasarles a los de Robos y Homicidios las pruebas discordantes?

—Claro que sí. Pero, Patrick, todos los casos tienen aspectos que no cuadran, y dado que la mayor parte de las pruebas apuntan en una dirección, ellos están decididos a seguir ese camino y a consolidarlo. Aunque quizá le sorprenda, con usted lo tienen mucho mejor que la mayoría de las veces.

—Pero hay sólidas pruebas…

—Las pruebas no significan siempre lo mismo. —Se estaba irritando de nuevo—. Debe entenderlo: cada una es un ladrillo, nada más. Y con las mismas pruebas pueden construirse distintos argumentos, así como también contraargumentos. La grabación de la gasolinera lo libera de responsabilidad en el allanamiento de la casa de Conner, pero pese a ello, usted podría haber pagado a alguien para hacerlo y contar con una coartada. ¿Lo ve? Hay modos de considerarlo. Las líneas esenciales ya están marcadas. Y no es corrupción, ni una decisión política, ni una consigna. Es así como funciona el sistema. Por eso es un sistema.

Levanté la voz, como ella.

—¿Es decir, que lo único que va a hacer Robos y Homicidios es sentarse tranquilamente y unir las piezas que ya tienen?

Me miró como si yo fuese idiota.

—Claro que no. Van a trabajar día y noche para apuntalar la acusación y poder arrestarlo. Definitivamente, esta vez.

—¿Qué… qué hago entonces? ¿Volver a casa y esperar hasta que vengan a buscarme?

Alzó las manos de las rodillas y volvió a dejarlas caer.

—Yo no lo haría.

El aire del hospital tenía un gusto amargo, medicinal, o quizás eran imaginaciones mías. Sally se bajó de la camilla y pasó por mi lado.

233

—He de localizar a mi esposa —dije—. ¿No podría acompañarme alguien hasta mi coche?

Se detuvo sin volverse y se encogió de hombros.

—Yo, no.

La puerta se cerró. El pitido perpetuo del monitor me llegaba a través de la pared. Permanecí en la penumbra, escuchando los latidos del corazón de un muerto.

Capítulo 37

Al ver desde el taxi mi desvencijado Camry, di un suspiro de alivio. Como no había sido detenido formalmente, no me lo habían confiscado. Aún quedaban algunos periodistas frente al hotel Angeleno, pero por suerte yo había aparcado más arriba la noche anterior, y en aquel lugar no había movimiento.

Mientras sacaba los últimos billetes de mi cartera recién recuperada, el educado taxista punyabí señaló el hotel y me preguntó con un inglés impecable:

—¿Ya se ha enterado de lo que pasó aquí anoche?

Asentí y me bajé sin más. Me metí deprisa en mi coche para hundirme en el anonimato del anochecer. No encendí la radio. Mis manos, exangües sobre el volante, tenían un aire cadavérico. Las calles estaban oscuras y húmedas, y las mariposas nocturnas revoloteaban en torno a los globos de las farolas. Al subir por la ladera de la colina, oí un tableteo de helicópteros, la banda sonora de Los Ángeles. Tenía el Sanyo pegado a la oreja; mi padre me estaba diciendo:

—No tienes más que decirlo, y tomamos un avión.

—Yo no lo he hecho, papá. —Notaba la boca seca—. Quiero que lo sepas.

—Claro que lo sabemos.

—Le aconsejé que no fuera a esa ciudad.

—Ahora no, mamá —murmuré, aunque su voz sonaba de fondo, sollozando, y ella no podía oírme.

—¿A que se lo dije?

—Ya —replicó mi padre—, ¡como que habías previsto algo así!

Doblé la curva y vi los helicópteros de la tele volando en círculo y barriendo nuestro jardín con los focos. Me quedé anonadado. Aunque había oído el ruido de hélices, no se me había ocurrido pensar que nuestra casa pudiera ser el motivo. Ahora era yo el sórdido reclamo de las noticias, la rana clavada con alfileres bajo las luces del laboratorio. Los coches y las furgonetas estacionados ocupaban ambos lados de la calle, y las aceras hervían de técnicos y reporteros. Un tipo con gorra de béisbol echaba una ojeada a nuestro buzón. La camioneta blanca de Ari estaba en medio de la pendiente, a metro y medio del bordillo, como si hubiera sido abandonada durante una inundación o una invasión alienígena.

Dejé caer el teléfono, aunque todavía le oí decir a mi madre con voz trémula:

—Cualquier cosa, Patrick. Cualquier cosa que necesites.

Pisé el freno para salir de allí marcha atrás, pero ya era tarde. Se lanzaron sobre mí, obsequiándome con una panorámica frontal de la inundación que había obligado a Ari a dejar tirada su camioneta. Los flashes destellaban, los nudillos aporreaban los cristales, gritos… Maniobré con cuidado hacia el sendero de acceso, entre piernas y caderas apretujadas, hasta que me dominó el impulso de huir y me di por vencido.

Cogiendo el móvil, abrí de un empellón la puerta entre una maraña de brazos y codos. Una lente se resquebrajó contra la ventanilla. Logré ponerme de pie, pero la masa me empujó de nuevo al coche. «¡Dejadle espacio, dejadle espacio!». Volví a levantarme y me abrí paso. Las cámaras, las caras bronceadas y una selva de micrófonos se volcaron sobre mí. «Cómo se siente ahora Sabe su esposa Es verdad que Keith Díganos con sus propias palabras Está usted…»

Me seguían como una masa flotante, tropezando con el bordillo, chocando entre sí. Llegar a nuestra parcela fue como cruzar una línea mágica. La mayoría de reporteros se quedaron atrás, empujando una cerca invisible, pero algunos de ellos me siguieron. Yo estaba demasiado aturdido para protestar. El foco del helicóptero resplandecía sobre mí con una luz blanca y abrasadora, aunque el calor sin duda me lo imaginaba yo; y el aire que levantaban las aspas me arrojaba motas de polvo a los ojos. El porche estaba sembrado de cajas de DHL, con el rótulo ENTREGA EN EL MISMO DÍA impreso en rojo chillón a los lados. Mientras buscaba las llaves, me saltaron a la vista varios de los nombres de los albaranes: *Larry King Live, 20/20, Barbara Walters.*

Metí la llave en la cerradura, pero la puerta cedió por sí sola y apareció Ariana gritando:

—Fuera del porche, ya se lo he dicho, o llamo a la policía otra…

Se quedó paralizada. Nos miramos, pasmados, sin movernos del umbral, mientras una cascada de flashes le iluminaba el rostro en un *crescendo* que iba a la par con mi corazón desbocado. «Qué tal un abrazo de bienvenida Está furiosa con su Puede concedernos un momento entre Cómo debe sentirse… »

Ari me cogió de la mano y me arrastró dentro, mientras la puerta se cerraba de golpe. Ya estaba en casa.

«Cierra con llave», me dijo, y obedecí. No me soltaba la mano. Caminamos hasta el diván y nos sentamos el uno junto al otro casi con calma. En la pantalla enmudecida, Fox News mostraba una vista aérea de la secuencia que yo acababa de protagonizar. Me contemplé a mí mismo: un punto vacilante emergiendo de la masa y avanzando a duras penas por la acera.

Llamaron al timbre. La sudada mano de Ariana se tensó alrededor de la mía. Sonó el teléfono fijo. Luego su móvil. Luego el mío. El fijo de nuevo. Una vez más. Alguien llamó a la puerta con los nudillos educadamente. El móvil de Ari. El mío.

Algunos almohadones del diván estaban tirados por el suelo y otros, colocados de cualquier manera. Sin duda había sido la policía al registrar la casa. Había papeles y facturas esparcidos por la moqueta; los armarios de la cocina permanecían abiertos, y los cajones fuera de su sitio, puestos de pie. Ariana había pasado un infierno, y la culpa era mía.

Junto a un pie vi una de las muchas facturas de mi abogado, que la policía habría revisado y dejado tirada en el suelo. Ahora necesitaría además un criminalista, lo cual significaba, si no se producía un milagro, que habríamos de vender la casa.

¿Qué había hecho? ¿Qué «nos» había hecho?

—Me desperté. Y te habías marchado —dijo Ari.

—No quería asustarte.

—¿Te imaginas lo que ha sido?

—Horrible.

Se disponía a decir algo más, pero bruscamente soltó una maldición. Hurgó en el bolso, encendió el inhibidor y lo tiró sobre el almohadón que había entre ambos. El artilugio se quedó

237

allí, con su aire inocuo, bajo la mirada feroz de Ari, que trató de serenarse antes de proseguir:

—La cama aún estaba caliente. Y tuve que aguantar ahí, sabiendo que te habías ido al hotel.

—No pude resistirme —dije—. Debía ir.

—Yo presentía que era algo malo. Creía que te iban a matar, y estuve a punto de avisar a la policía. Entonces me llamaron. Pensé... —Se tapó la boca hasta que se regularizó su respiración—. Bueno, digamos que nunca me habría imaginado que la noticia de que estabas detenido fuera un alivio.

Los teléfonos comenzaron su serenata de nuevo. Cuando el fijo enmudeció un momento, como si quisiera tomar aliento, Ari se levantó y descolgó el auricular de un manotazo. Volvió al diván, me cogió otra vez la mano y permanecimos el uno junto al otro, mirando al frente, embobados.

—Lo han registrado todo, hasta la puta caja de Tampax. Han vaciado la basura. He entrado un momento en el dormitorio, y un poli estaba leyendo mi diario. Ni siquiera se ha disculpado; se ha limitado a pasar la página.

Sentía la boca seca, pastosa.

—Tú lo sabías. Y no te hice caso.

—Yo tampoco he sabido escuchar muchas veces.

Bajé la vista hacia la factura que tenía al lado de la zapatilla deportiva. Me ardía la cara.

—¿Qué nos he hecho? Si pudiese volver atrás...

—Te perdono.

—No deberías.

—Aun así.

Parpadeé; noté que se me humedecían las mejillas.

—¿Así de fácil?

Me agarraba la mano con tanta fuerza que casi me dolían los dedos. El tableteo de los helicópteros seguía inundando el ambiente nocturno.

—De alguna manera hay que empezar.

Cada acto parecía exigir una reflexión previa: cambiar de canal en la televisión, pasar junto a la rendija de las cortinas, borrar los mensajes del móvil... En mi Sanyo, que no paraba de funcionar, había veintisiete mensajes: Julianne me apoyaba; un vecino lloraba; un amigo de secundaria disimulaba su excitación bajo un barniz preocupado; mi abogado civil me confirmaba que no había llegado a recibir la propuesta de acuerdo de los estudios y que ahora, cosa comprensible, no conseguía que le dieran ni la hora (quedaba pendiente, no obstante, la cuestión de su provisión de fondos agotada). Y la directora de mi departamento, la doctora Peterson, lamentaba «una jornada entera de clases perdidas. Entiendo que hay circunstancias atenuantes, pero por desgracia seguimos teniendo alumnos bajo nuestra tutela. Hemos de hablar. Te espero mañana a las diez.»

Su brusca manera de colgar me llenó de consternación. Acudiría a la cita, aunque me costara la vida. En medio de todo lo que estaba pasando, necesitaba desesperadamente aferrarme a algo normal. Yo era un simple profesor adjunto, pero ahora me daba cuenta del valor que tenía ese puesto para mí. Era lo que me había obligado a levantarme todas las mañanas, cuando lo que deseaba era rendirme y quedarme acurrucado, y le debía a ese empleo mucho más de lo que yo le había dado a cambio hasta ahora. Me proporcionaba estabilidad. Un lugar de trabajo, una función concreta. El último fragmento de mi antigua identidad. Si llegaba a perderlo, ¿en qué me convertiría?

239

Apagué mi móvil y lo dejé en el escritorio, en el sitio que ocupaba mi ordenador antes de que se lo llevase la policía. Afuera, la masa de periodistas se había reducido, una vez que los fotógrafos hubieron obtenido las imágenes de mi llegada y que los reporteros hubieron grabado sus reportajes, pero todavía quedaban unas cuantas furgonetas aguardando junto a las aceras, y los helicópteros de la tele continuaban su ronda, incansables. El reloj marcaba las 3.11 de la madrugada. Sentía una extenuación como jamás habría imaginado que fuera posible.

Había utilizado el portátil de Ariana hacía un rato para buscar datos de Ridgeline, Inc., y no había encontrado nada que valiera la pena. Una empresa dentro de otra empresa. Subí la persiana y contemplé los tejados, preguntándome quién me estaría observando. ¿Quién demonios me había hecho aquello? ¿Estaban ahí fuera, regodeándose? ¿Planeaban ya su siguiente paso, o esperaban a que la policía volviera a buscarme?

Crucé el pasillo. Ariana yacía bajo la colcha en posición fetal, manteniendo la falsa cajetilla de Marlboro en la mesilla. Se oyeron un grito afuera y el ladrido de un perro, pero luego regresó el silencio, punteado únicamente por el rumor uniforme de los helicópteros.

—Cuando escribía —le dije—, mis personajes siempre actuaban con calma y sensatez; pensaban deprisa, incluso con elegancia en situaciones extremas. Menuda chorrada. No es así de ningún modo. Yo estaba cagado de miedo.

—Te has portado muy bien. Te las has arreglado para salir.

—Por ahora. —Me metí en la cama, nuestra cama nueva, y le acaricié el cabello—. Quiero decir… ¿asesinato?, ¿cárcel? Vivimos en un estado con pena de muerte. Joder, solo de pensarlo…

—Si nos quedamos así, estamos perdidos. Es demasiado deprimente. Vamos a prometernos una cosa. La última vez que estuvimos en un aprieto, con lo de Don y la película, nos vinimos abajo. Quedamos a la deriva. —Le relucían los oscuros ojos—. Ahora, pase lo que pase, nos mantendremos juntos y lucharemos a muerte. Si nos hundimos, que sea peleando.

Sentí una oleada de gratitud en mi pecho. Mi esposa estaba renovando los votos que nos habíamos hecho mutuamente ante un altar, cuando todo era sencillo y el camino parecía despejado. Aquel día, mientras escuchaba con las piernas flojas el murmullo del cura, no sabía lo que significaban esos votos; ignoraba que eran más importantes que nunca cuando más difícil resultaba mantenerlos.

—Pase lo que pase —dije con la voz ronca de la emoción—, nos mantendremos juntos.

Me abrazó con más fuerza, y el instinto protector se despertó en mí de nuevo, incluso más decidido y vigoroso.

—Ellos no esperaban que saliera de la cárcel —le dije—. Tendría que conseguir una pistola para ti y otra para mí.

—¿Tú sabes disparar? —Me rozó el pecho con el pelo mientras se incorporaba—. Yo no. Y dudo mucho que a la familia Davis se le conceda una licencia de armas próximamente. Además, no creo que nos interese que haya un arma no registrada dando vueltas por aquí. Al menos esta semana.

—Ellos siguen sueltos. Y nadie los busca. Ten por seguro que nos vigilan.

—Sí, pero también todos los demás. —En ese preciso momento oímos cómo un helicóptero sobrevolaba la casa con un zumbido ensordecedor, aunque se alejó enseguida—. Lo cual nos deja a salvo, al menos por esta noche. Con todos esos focos, nadie se va a colar aquí dentro para amenazarnos. Tiene sus ventajas ser el centro de atención. Hemos de ingeniárnoslas para usar a nuestro favor todo lo que nos caiga encima. Es la única manera de salir de esta situación.

—Jugar con las cartas que nos toquen.

—Es lo mismo que te ha dicho la detective Richards —añadió—. Hay muchos interrogantes que despejar antes de que un jurado escriba tu nombre con tinta indeleble.

—¿Quién quería ver muerto a Keith Connor? ¿Quién se beneficia de su muerte? ¿Quién se oculta tras el pasamontañas de ese tipo con botas Danner del cuarenta cinco y con un guijarro incrustado en el tacón?

—Mañana haré averiguaciones sobre abogados criminalistas.

—Y yo seguiré buscando —afirmé—. Si encuentro algo sólido, Sally y Valentine tendrán que escucharme.

Me deslicé junto a ella. La claridad de la luna se colaba por las rendijas de las persianas y bañaba las sábanas con un pálido resplandor. Ariana yacía bocabajo, vuelta hacia mí. La línea donde su piel se posaba sobre la almohada partía su rostro en dos mitades perfectas. Yo tenía la palma de la mano extendida junto a la cara. Y la suya al lado. Nos miramos, dos partes de un todo. Sentía su aliento. La contemplé. Ahí mismo, delante de mí. El corazón palpitante que me había acompañado no solo esa noche, sino casi todas las demás desde hacía once años. Sus oscuros rizos trepaban por la almohada. Un atisbo, una premonición apenas de patas de gallo en el rabillo del ojo. Yo las había visto asomar y cobrar existencia en los últimos años. Eran tan mías como suyas: míos el dolor, la risa, la vida que se había depositado allí. Deseaba quedarme a su lado, y observar cómo se iban ahondando, pero ahora no tenía ninguna garantía de que pudiera hacerlo. Parpadeó lentamente, luego otra vez, y se le cerraron los ojos.

Carraspeé antes de decir:

—En la prosperidad y en la adversidad.

Ella puso su mano sobre la mía y musitó:

—En lo bueno y en lo malo.

Pensé: «Hasta que la muerte nos separe».

Los helicópteros se retiraron hacia el amanecer.

241

Capítulo 38

*T*ras unas horas durmiendo profundamente, me desperté sobresaltado, con la cara abotargada. Los recuerdos del día anterior se agitaban en mi cerebro junto con un dolor de cabeza atroz. Mis sueños habían estado poblados de transmisores y cámaras ocultas, y la primera idea que se me abrió paso entre el pánico creciente fue la de revisar la gabardina de Ariana.

Bajé dando tumbos. Eran las siete. Entre las cortinas de la sala de estar se filtraba una luz dorada; aunque tenue, me obligó a guiñar los ojos. Un mundo muy duro aguardaba ahí fuera.

La gabardina estaba en el ropero de la entrada. Me senté en el suelo del vestíbulo y la extendí sobre mi regazo. Inspiré hondo. Palpé la costura con los dedos: un metal debajo. El dispositivo de rastreo seguía allí, embutido en la tela. No sé cuánto tiempo permanecí sentado, haciendo rodar el bultito entre el índice y el pulgar, recreándome en su simple existencia, pero me asusté al oír a Ariana a mi espalda.

—Ya comprobé si estaba ahí cuando se fue la policía —dijo.

—Sacaron el que estaba metido en mis Nike, pero dejaron el tuyo —respondí—. Lo cual significa que no saben que estábamos enterados de que habían pinchado nuestra ropa.

Sujetando el inhibidor con una mano, ella me preguntó:

—Pero ¿por qué quitar el de tu zapato y dejar el mío dentro?

—Se suponía que iban a detenerme, en cuyo caso la policía pasaría toda mi ropa y mis cosas por un escáner de seguridad. Y difícilmente se habrían explicado por qué me había colocado a mí mismo un dispositivo de rastreo.

—¿Qué hacemos con esto? —Señaló la gabardina.

—No te la pongas. Como no llueve, aunque nos estén vigilando, no parecerá sospechoso que te la dejes en casa. Si sales o vas al trabajo, mantén apagado el móvil. Recuerda que también pueden rastrearlo. Que Martin, o uno de los carpinteros, te espere en el aparcamiento y te acompañe arriba.

—No pienso ir hoy. Allí también hay un jaleo tremendo. Y además, tengo que empezar a buscar un abogado.

—Siempre que estés en casa, deja encendida la alarma.

—Patrick, ya sé qué precauciones tomar.

Entró en la cocina, echó un vistazo al desbarajuste que había dejado la policía al volcar los cajones y el cubo de la basura y, encogiéndose de hombros, tomó una sartén del suelo y la puso en un fogón. Yo recogí el inhibidor, subí a mi despacho y miré el escritorio vacío. No tenía las ideas muy claras, pero pensé que debía empezar por Keith. Sacar información sobre la vida privada de una estrella ya era bastante difícil, incluso sin un asesinato complicándolo todo. Necesitaba encontrar gente que supiera qué vida hacía y con quién se trataba: gente a la que no le importase hablar con el principal sospechoso de su asesinato. La lista era breve. Se reducía a dos nombres.

Intenté telefonear con el móvil desechable que le había dado a Ariana, pero no funcionaba. Después de varios intentos, caí en la cuenta de que el inhibidor bloqueaba la señal. Así que le devolví el inhibidor a Ari y salí al patio trasero, donde era más probable —supuse— que no hubiera micrófonos. Sin dar mi nombre, llamé a mi antigua agencia y le saqué a la telefonista el número de la productora de *Profundidades*. Intenté comunicar con ellos, ahora bajo un nombre falso, pero la secretaria, cansada de recibir llamadas sobre el asesinato de Keith, estuvo muy seca y se negó a facilitarme ningún medio de contacto con Trista Koan. Keith había dicho que se la habían «mandado en avión» para la fase de producción, lo cual significaba alojamiento corporativo, hoteles o un apartamento subarrendado, o sea, nada fácil de rastrear. Previsiblemente, en información me dijeron que no figuraba en la guía. Y yo no sabía de dónde era.

Volví al despacho, rebusqué en los cajones y, al fin, di con una tarjeta de color marfil que llevaba el nombre de la segunda persona de mi lista. Fui a buscar al dormitorio el portátil de Ariana e introduje el nombre en Google: un listado interminable de fotos con sus créditos respectivos. Se trataba de una persona real, en lugar de una invención como Doug Beeman y Elisabeta.

243

Salí afuera de nuevo y llamé. El teléfono sonó un buen rato hasta que respondió.

—Joe Vente.

—Patrick Davis.

—Patrick. ¿No te parece que es un poco tarde para vender a Keith Conner?

—Necesito verte.

—Nada más fácil.

—¿Por qué?

—Porque estoy acampado frente a tu casa.

Colgué, volví adentro y atisbé por la ventana de la sala de estar. Se veían sombras en los coches, pero era imposible distinguir ninguna cara. Mi propio coche y la camioneta de Ari seguían cruzados junto al bordillo; tendría que meter el suyo en el garaje antes de salir para mi cita en la facultad. Ariana me preguntó desde la cocina.

—¿Huevos hervidos?

—No creo que pueda comer.

—Ni yo. Pero seguir la rutina me parece una buena táctica.

244

No dije nada a propósito y, al cabo de un momento, oí un clic: Ariana había encendido el inhibidor. Después de once años, su habilidad para leerme el pensamiento resultaba asombrosa.

—Enseguida vuelvo —le dije—. Voy a ver al paparazi que acosaba a Keith. Esta ahí fuera.

—Juega con las cartas que te han tocado —recomendó.

Cuando salí al porche, se abrieron las puertas de varios coches, y un par de tipos corrieron hacia mí cargados con cámaras y cables. Una reportera se arrancó del cuello el protector de papel para el maquillaje, y se lanzó a la carga, bamboleándose sobre los tacones. Me sentía acobardado y desprotegido bajo la luz del sol, pero tenía que enfrentarme al mundo y demostrar mi inocencia, y no iba a conseguirlo escondido en mi casa, tras las cortinas. Guiándome por la intuición, recorrí la acera hasta el final. Y en efecto, apareció una furgoneta en el acto y la puerta corredera se abrió ante mí. Subí de un salto, arrancó y nos alejamos de allí. Fumando y tarareando un tema de Led Zeppelin que sonaba en un estéreo chirriante, Joe se encorvaba sobre el volante y seguía el ritmo con los dedos. Se le veía un reluciente cuero cabelludo a través del escaso pelo rubio que le quedaba, y por detrás se lo había dejado crecer en una coleta que no acababa de prosperar. La furgoneta estaba equipada para una operación de vigilancia: nevera portátil, saco de dormir, parrilla para cocinar, una cámara con objetivos gigantescos, sillas giratorias y montones de revistas y periódicos y porno, todo mezclado.

Joe dio la vuelta a la manzana, paró y se sentó frente a mí. El interior enmoquetado desprendía una fragancia a incienso.

—Eres la sensación del momento.

—Quiero hablar contigo de Keith.

—Déjame que lo adivine: no fuiste tú.

—No, no fui yo.

—¿Por qué pierdes el tiempo con un cabronazo como yo?

—He de averiguar en qué estaba metido antes de que lo matasen. Me imagino que nadie lo seguía tan de cerca como tú.

—En eso aciertas. Me conozco cada puto café, cada oficina de producción y cada ligue de medianoche. Joder, si hasta me sé todas las tintorerías por donde pasó su ropa. —Sonó su móvil con un timbre anticuado y lo abrió con gesto veloz—. Joe Vente. —Se mordió un labio cuarteado—. ¿Britney o Jamie Lynn? ¿Qué lleva puesto? ¿Cuántos bolos les quedan para acabar la partida? —Echó un vistazo al reloj y me miró poniendo los ojos en blanco—. No vale la pena. La próxima vez llámame en cuanto lleguen. —El móvil volvió a desaparecerle en el bolsillo. Me sonrió mostrando toda la dentadura—. Otro día en el paraíso.

—¿Keith tuvo alguna vez relación con una empresa llamada Ridgeline, Inc.? —pregunté.

—No me suena de nada.

—¿Conoces a su asesora de estilo?

—¿Asesora de estilo? —Soltó un bufido—. ¿Hablas de esa despampanante zorra rubia? Claro que sí.

—¿Podrías conseguirme su dirección?

—Puedo conseguirte lo que quieras.

Esperé. Esperé un poco más.

—¿A cambio de qué? —dije al fin.

—Fotos tuyas y un resumen de lo que pasó exactamente en esa habitación de hotel. Y lo quiero en los titulares de mañana.

—Ni hablar. Para mañana, no. Pero puedo prometerte una exclusiva a medida que se aclare la cosa.

—¿A medida que se aclare la cosa? En mi negocio todo es para mañana. Nadie me pagará mi tarifa cuando todo se aclare.

245

Porque cuando la cosa se aclara, ya la tienen todos. Entonces se convierte en una simple movida de juzgados y comunicados de prensa, en vez de fotos tomadas furtivamente. Cuanto más se alarga el caso, mejor para el Gran Periodismo.

—¿El Gran Periodismo?

—Ya me entiendes, las empresas legítimas (conste que lo digo con todo respeto) de comunicación, y no los jodidos mercenarios de la cámara como yo. Tienes que comprender que tú eres un bien perecedero. Hay un período limitado para Patrick Davis según Sus Propias Palabras. Mira el jardín de tu casa. ¿Cuántos éramos anoche? ¿Cincuenta? Esta mañana no pasábamos de ocho. El mes próximo solo quedará algún tiburón solitario, echando tragos de una bolsa de papel marrón y esperando sorprenderte mientras tomas el sol desnudo para publicar la fotografía en la página cuatro del *Enquirer*. Porque las páginas uno, dos y tres estarán llenas de filtraciones falsas de Robos y Homicidios y de detalles asquerosos de la investigación.

—Ni siquiera tengo abogado aún. No puedo hacer declaraciones, ni hablar de nada relacionado con el caso.

—¿Entonces por qué recurres a mí para sacar datos de la vida de Conner?

—Puedo ofrecerte un acuerdo a largo plazo. Y te aseguro que vale la pena.

—Yo no sé pensar a largo plazo.

Me incorporé y abrí la puerta corredera. Cuando me volví, el objetivo gigante le tapaba la cara y sonaba una ráfaga continua de disparos. Le mostré el rollo que había sacado de la cámara y lo lancé entre el revoltijo del interior.

—Si cambias de personalidad, llámame.

Capítulo 39

*E*ntré en el aparcamiento de la facultad con gran sensación de alivio. Por fin algo reconocible; una parte de la vida cotidiana que se había conservado intacta desde que había entrado en la habitación 1407. Allí era otra vez un ser humano.

Volví a mirar por el retrovisor para asegurarme de que no me seguía ninguna furgoneta de los medios, aparqué y me dirigí al Manzanita Hall. En un lado del patio había varios tipos sentados en un banco. Hasta que hube pasado sin que me vieran por detrás de ellos, no reparé en las correas de las cámaras que llevaban al cuello. Como la mayor parte de los paparazi que había visto, no eran los gordos sudorosos que salen en las películas, sino jóvenes atractivos que lucían camisas de última moda, impecables chaquetas North Face y guantes de diseño. Tenían pinta de gente normal y corriente. Advertí con desazón que había unos cuantos muchachos más sentados en la escalinata de la facultad, junto a un equipo de la tele. Mi maletín de cuero, lleno a rebosar de trabajos de los alumnos, parecía de golpe el accesorio de atrezo de un impostor. Varios de ellos giraron la cabeza para mirarme.

Al apresurarme a meterme por la parte de atrás del edificio, sobresalté a un estudiante asiático, que me reconoció y se apartó instintivamente. La puerta trasera estaba cerrada. Oí pasos precipitados que se acercaban y empecé a dar golpes en el cristal. Al otro lado apareció una cara.

Diondre.

Nos miramos el uno al otro un instante. No llevaba su característico pañuelo pirata, sino que se había hecho trenzas afro en todo el cabello. Al fondo, un grupo de fotógrafos surgió por la esquina y avanzó corriendo. Hice gestos de impotencia, señalando a mi espalda y luego la puerta.

Diondre captó al fin, alargó la mano y giró el pomo.

Entré y cerré de golpe. La puerta encajó con un chasquido en el preciso momento en que los paparazi llegaban en tropel. Diondre bajó la persiana.

Aunque yo temblaba, él me sonrió con despreocupación y comentó:

—Supongo que me equivoqué sobre Paeng fuma-en-Bong. No podía tratarse de un alumno. No: usted se merecía algo mejor.

Sonreí débilmente y señalé la puerta.

—Acabas de salvarme el pellejo.

—¿Lo hizo usted? ¿Lo de Keith Conner?

Después de todo, casi resultaba refrescante una conversación tan directa.

—No.

—Entendido. —Me estrechó la mano, agarrándola por el pulgar, y nos separamos. Con eso le bastaba. Aquella actitud era lo que más me gustaba de los estudiantes: que eran capaces de reducir las cosas más complejas a simples preguntas. Y respuestas.

Cuando ya se había alejado unos pasos, se detuvo.

—Sé que dar clases —reflexionó— no es el trabajo más glamuroso del mundo. Pero me alegro de que usted lo haga.

Bajé la vista, ruborizado. No era capaz de juntar las palabras adecuadas, así que dije:

—Gracias, Diondre. Yo también me alegro.

Asintió y siguió caminando.

Subí la escalera y me escabullí por los pasillos, oyendo pronunciar mi nombre en los murmullos que dejaba atrás.

La secretaria del departamento tenía las manos entrelazadas sobre su impoluto escritorio.

—Está esperándole —me indicó.

Cuando entré en el despacho, la doctora Peterson levantó la vista de unos papeles.

—¡Ah, Patrick! Siéntate, por favor.

Obedecí, esbozando una sonrisa postiza.

—El departamento ha sido acribillado a preguntas por la prensa —me espetó—. Todo un espectáculo.

Aguardé, cada vez más asustado.

248

—Ya habíamos recibido numerosas quejas incluso antes del hecho infortunado de… de…

—Del asesinato de Keith Conner.

Ella se sonrojó.

—Pero no solo sobre las clases a las que no has asistido. Tengo entendido también que llevas muy retrasada la calificación de los guiones de tus alumnos. —Señaló con la barbilla el maletín que yo tenía sobre las rodillas, un signo inequívoco de mi incompetencia—. ¿Los has corregido ya?

—No. Me… me gustaría tener la oportunidad de compensar a mis alumnos. —Ella iba a decir algo, pero yo alcé la mano—. Por favor —rogué—. Lamento el impacto que este asunto ha causado en el departamento, pero el hecho de que sea sospechoso no quiere decir… No sé cuánto durará la investigación. Meses, quizá. Pero la vida ha de continuar, aunque… —Me estaba desmoronando y me horrorizaba comprobar cómo sonaba mi voz, pero no podía parar—. Nuestra situación financiera… La verdad es que necesito un sueldo. Sé que habré de esforzarme para limitar los daños…

Piadosamente, interrumpió mis desvaríos.

—¿Limitar los daños? No creo que te hagas una idea del trastorno que todo cuanto ha sucedido representa para esta universidad.

—Haré el doble de horas. No me saltaré ninguna clase más.

—¿De veras? ¿Supones que puedes defenderte de una hipotética acusación de asesinato y, aun así, cumplir tus obligaciones con más regularidad?

Ni yo entendía qué me había creído. En vista de lo que me esperaba, mis palabras equivalían sin duda a una estupidez.

—Quizá podría tomarme una excedencia —insinué sin convicción.

—¡Qué gracioso! Se diría que es eso lo que has estado haciendo. —Volvió a ordenar los papeles de su escritorio, e hizo una anotación—. Nuestra sensación es que esta situación es insostenible.

Me dio la impresión de que los trabajos de los alumnos me miraban fijamente por la rendija del maletín. Llevaba dos semanas dándoles largas a aquellos chicos. Algunos, como Diondre, apenas podían costearse los estudios, y sin embargo, yo me había pasado ese tiempo tratando de defenderme de una amenaza tras otra. Inspiré hondo y traté de recuperar la compostura.

—Hemos reunido toda la documentación —continuó diciendo la doctora Peterson—. La cosa está bastante clara. Espero que no consideres la posibilidad de tomar…

Apenas logré reunir energías para alzar la cabeza.

—¿Qué?

—Acciones legales…

—¡Oh, no! Claro que no. Vosotros apostasteis por mí y yo la he pifiado. —Poniéndome de pie, le tendí la mano por encima del escritorio. Ella se incorporó a medias y me la estrechó con frialdad—. Gracias por la oportunidad.

—Lamento todos tus problemas, Patrick —añadió disimulando lo mejor que pudo su alivio—. De veras. Y siento presentarme como una directora inflexible cuando tú estás lidiando con…

Dejé los guiones en el borde de su escritorio y les di un golpe con los nudillos.

—Encuéntrales a alguien competente a mis alumnos.

Al salir, me asaltó una profunda tristeza. Me di cuenta de lo mucho que me gustaba mi trabajo, pero no era eso lo que más me dolía. Sobre todo, me apenaba advertir con qué poca frecuencia me había detenido a valorar el hecho mismo de estar allí, igual que me había sucedido en tantos otros aspectos de mi vida que no había sabido apreciar ni disfrutar.

Al salir de la oficina, me asomé al vestíbulo y comprobé que estaba vacío. Sintiéndome como un fugitivo, me apresuré por los pasillos. En la sala de profesores, Marcello fingía corregir exámenes, reclinado en el sofá a cuadros, y Julianne se peleaba con la cafetera. Como en los viejos tiempos.

—¡Os echaré de menos, chicos! —exclamé desde el umbral.

Levantaron la vista y cambiaron en el acto de expresión.

—¿De veras? —Julianne vino corriendo y me abrazó.

—Sí. Acabo de entregar todos los trabajos de mis alumnos.

—Maldita sea, Patrick. Vaya mierda. —Le olía el aliento a chicle de canela.

Marcello me tendió la mano. Yo dije «¡Venga ya!», y lo abracé.

Julianne rondaba, inquieta, de un lado para otro.

—¿Cómo está Ariana? ¿Qué puedo hacer por ti? Tiene que haber algo que pueda hacer.

—¿En serio?

—No, solo pretendía ser educada.

—Mira, necesito la dirección de un par de personas: una actriz de anuncios y una de las productoras del documental que iba a rodar Keith.

—¿Gente de la industria? —inquirió—. No creo que sea muy difícil.

—La policía no tuvo suerte con la primera; y a mí me está costando mucho dar con la segunda.

—Ni los polis ni tú tenéis un título de periodismo de investigación de Columbia.

—Ni tú tampoco —observó Marcello.

—Qué más da Columbia o la universidad estatal de California —replicó Julianne, encogiéndose de hombros.

Me senté y escribí: «Elisabeta, también conocida como Deborah B. Vance» y «Trista Koan, *Profundidades*».

Julianne cogió el trozo de papel, y me aseguró:

—Si no puedo localizarlas por mí misma, todavía me quedan buenos contactos en los periódicos.

—He de marcharme —anuncié—. Tengo… bueno, muchas cosas que aclarar. Gracias por todo. Por el puesto. Por ayudarme a ponerme otra vez en marcha. Ha sido una temporada estupenda.

Afuera, se oía ruido de puertas y un alboroto de alumnos que iba en aumento.

—He de irme —volví a decir. Pero seguí allí sentado.

—¿Qué pasa? —preguntó Marcello.

Inspiré hondo. Él siguió mi mirada hacia la salida.

—¿Asustado?

—Un poco.

—¿Quieres salir con la cabeza bien alta?

—Sí —afirmé.

Marcello se aclaró la garganta:

—UN NUEVO COMIENZO…

Me puse de pie.

—UN HOMBRE SOLO…

Me dirigí hacia la puerta.

—AHORA DEBE DESCUBRIR QUE NADA VOLVERÁ A SER IGUAL.

El pasillo estaba lleno de ruido y movimiento. Cuando salí, los estudiantes de alrededor se quedaron de piedra. Su reacción se propagó a toda velocidad: caras que se volvían en oleadas, manos y bocas que se detenían a medias, hasta que todo el pasillo quedó

251

en completo silencio. No se oía nada más que el chirrido de una zapatilla deportiva sobre las baldosas, el timbre de una Black-Berry sonando en algún bolsillo, una tos aislada… En cuanto di un paso, el corrillo más cercano se abrió en dos y los alumnos retrocedieron como autómatas con la boca abierta.

Me salió una voz ronca y grave:

—Disculpa… disculpa…

Los chicos del fondo se habían puesto de puntillas, una profesora se asomó a la puerta de su aula, varias estudiantes me sacaron fotos con sus teléfonos móviles…

Avancé entre la multitud. Una estrepitosa conversación resonó de pronto en el tenso silencio, mientras se abrían las puertas del ascensor y salían dos chicas. Enseguida captaron la situación y disimularon la risa tapándose la boca. Pasé junto a ellas con estoicismo, como dirigiéndome al patíbulo.

El ascensor ya se había ido, de modo que me quedé frente a las relucientes puertas metálicas. Pulsé el botón, volví a pulsarlo. Eché un vistazo nervioso entre aquel mar de rostros. Al fondo, Diondre se había subido a una silla que había sacado de la clase. Alcé una mano a modo de silenciosa despedida, y él sonrió con tristeza y se golpeó el pecho con un puño.

Por suerte, el ascensor llegó y desaparecí en su interior.

252

Capítulo 40

Deslucida bajo una capa de polvo, la cinta amarilla de la policía aleteaba sobre la puerta. La manija colgaba un poco torcida —la habían roto al forzar la cerradura—, y se me quedó en la mano nada más tocarla. Abrí de un empujón, me agaché y, pasando por debajo de la cinta, entré en la solitaria casita prefabricada que yo todavía veía como el hogar de Elisabeta.

Me asombró lo vacía que estaba. Se habían llevado la mayor parte del mobiliario: ni cuenco de anacardos, ni pieles de plátano, ni gatos de porcelana ni estante de mimbre. La mesita de café había quedado vertical. Recordé lo limpio que estaba todo la otra vez. Yo lo había entendido como un reflejo de la callada dignidad de la mujer; no se me ocurrió que si no había polvo en los muebles era porque, seguramente, los habían alquilado. Otra falsa interpretación que me habían inducido a adoptar.

Me habían embaucado como a un palurdo en un garito de billar de Chicago.

Me puse en cuclillas, abochornado, apoyando las puntas de los dedos en la raída moqueta para mantener el equilibrio. No era rabia lo que sentía, sino vergüenza. Vergüenza por lo transparente que me había mostrado, por lo rematadamente vulgares que debían de haberles parecido mis esperanzas y necesidades a aquella pandilla de jugadores. Por lo ordinario que habían demostrado que era.

Con noble indignación, Elisabeta había cruzado aquel mismo espacio para dirigirse a la habitación de su nieta. La volví a ver ante mí: la cara tensa de dolor, la mano en el pomo de la puerta: «Venga a ver a esta niña preciosa. La despertaré. Venga a verla y diga cómo yo explico a ella que esta es su historia».

Y yo, el angustiado gilipollas: «No, por favor. No la moleste. Déjela dormir».

Ahora hice el mismo trayecto que ella y abrí la puerta.

Era un armario empotrado.

Dos perchas de alambre y un cubo de basura donde habían tirado los globos de nieve de Elisabeta. Resquebrajados y goteantes, todavía tenían pegadas en la base las etiquetas del precio. Accesorios de atrezo. Debajo de los globos, la foto de la niñita de pelo rizado y castaño. El marco tenía el cristal rajado. Lo recogí, sacudiendo las esquirlas. La foto salió con facilidad; no era papel fotográfico, sino una fotocopia en color.

Venía con el marco.

Sentí un escalofrío en el cuero cabelludo y luego en la nuca. Tiré otra vez el marco a la basura.

Cuando salí, el viento levantaba nubes de polvo y me agitó violentamente los pantalones. Recorrí la parte de delante de la casa y encontré por fin lo que andaba buscando: un hoyo en la tierra apelmazada de un macizo de flores donde debía de haber estado clavado el cartel indicador de que la vivienda estaba en alquiler. Conduciendo lentamente por la zona, fui telefoneando a los números que aparecían en los carteles plantados frente a algunas de las construcciones prefabricadas, hasta que di con la agente inmobiliaria que administraba también la de Elisabeta. Cuando le dije que estaba interesado en la casa, pero que me había llamado la atención la cinta amarilla, ella se apresuró a repetir lo que ya le había contado a la policía y probablemente a todo el mundo: se la habían alquilado un mes, pagando mediante giro postal y haciendo toda la transacción por e-mail. Ella nunca había visto a nadie: ni siquiera se habían molestado en pasar a recoger el depósito. Naturalmente, nunca se habría imaginado…

No había nada que vinculase aquella casa conmigo, excepto mi palabra y mi memoria, y ambas gozaban de poco crédito.

Elisabeta era mi única conexión viva con los que habían matado a Keith y me habían inculpado. Solamente ella podía corroborar mi versión, o al menos una parte clave de esta, que contribuiría a limpiar mi nombre en buena medida. Pero además, se encontraba en grave peligro. Valentine no había podido localizarla, y dudaba mucho que en Robos y Homicidios se estuvieran matando para conseguir mejores resultados.

Pensé en las cárceles, en las películas que había visto y las his-

254

torias horribles que se explicaban. Pensé en el preso tatuado con el que me había cruzado, cuyos músculos apenas parecían contener las cadenas, y recordé cómo me había estremecido en ese momento: una hormiga ante una ola gigante. ¿Qué podría hacerle un hombre como aquel, con las manos libres, a un tipo como yo?

Si no conseguía encontrarla por mí mismo, Elisabeta acabaría igual que Doug Beeman.

Y lo más probable era que yo también.

Salté la cerca trasera, puse un pie en el techo del invernadero, me dejé caer sobre el tiesto de barro volcado, y de ahí al blando mantillo del suelo. El trayecto inverso del salto que había dado el intruso aquel día, cuando lo descubrí en el jardín. Había dejado el coche en la calle de atrás para ir y venir sin verme hostigado por los últimos reporteros apostados frente a nuestra casa. Como nunca llevaba la llave de la puerta trasera, di la vuelta hacia el garaje. Al abrir de golpe la verja lateral, a punto estuve de chocar con un tipo agazapado junto a los cubos de basura. Los dos gritamos sobresaltados. Él tropezó mientras huía, y entonces vi la cámara que oscilaba a su lado.

Apoyado en la pared, tomé aliento en la oscuridad.

Ariana estaba sentada en cuclillas en un hueco despejado del suelo de la cocina, con un abanico de notas delante. Nos abrazamos mucho rato: mi rostro se inclinaba sobre su cabeza, y sus manos me aferraban una y otra vez la espalda, como si estuviera reconociéndola. Aspiré su fragancia, pensando que durante seis semanas podría haberlo hecho cuando hubiese querido y que no lo había hecho ni una vez.

La seguí a su improvisado rincón de trabajo (nunca era tan productiva como cuando se acomodaba en el suelo), y nos sentamos los dos. La falsa y ubicua cajetilla de tabaco reposaba junto al portátil; un grueso cable de Ethernet serpenteaba hasta el módem, que se había traído a la cocina porque la conexión inalámbrica no funcionaba con el inhibidor encendido.

—Me he pasado todo el día al teléfono hablando con abogados —dijo repasando unos mensajes de su correo electrónico—. Y cada uno te remite a otro, y a otro, y a otro.

—¿Y?

—Y luego a otro, y a otro... Vale, ya paro. La conclusión es

255

que para conseguir a alguien que valga la pena vamos a necesitar al menos cien mil dólares como provisión de fondos si llega a producirse el arresto. Y en este punto, según los chismes judiciales que la mayoría de ellos me han transmitido con gran entusiasmo, la cuestión no es «si», sino más bien «cuándo». —Me observó mientras asimilaba la noticia, con una expresión muy parecida a lo que yo sentía—. También he hablado con el banco —prosiguió—, y al parecer podríamos estirar al máximo el valor de nuestras propiedades, lo cual, teniendo en cuenta nuestros ingresos…

—Me han despedido —dije en voz baja.

Ariana parpadeó. Y volvió a parpadear.

—No sé qué decir, salvo seguir disculpándome —musité.

Me preparé para un estallido de cólera o de resentimiento, pero ella se limitó a decir:

—Tal vez podría vender mi parte de la empresa. Había varios candidatos husmeando el terreno hace algún tiempo.

Me quedé sin habla, totalmente humillado.

—No quiero que hagas eso.

—Entonces tendremos que vender la casa.

En su día, cuando ya habíamos depositado la entrada para comprarla, subíamos en coche hasta allí y aparcábamos en la acera de enfrente para contemplarla. Esas excursiones tenían un sabor vagamente ilícito, como salir de noche a hurtadillas para merodear bajo la ventana de tu novia de secundaria. Luego, cuando nos mudamos, gracias al buen ojo de Ari, gracias a mis músculos y gracias al sudor de ambos, la redecoramos de arriba abajo. Pintamos los techos con pintura granulada, cambiamos las bisagras de latón por otras de níquel cepillado y reemplazamos la moqueta rojiza con baldosas de pizarra. Observé cómo recorría con la vista las paredes, los cuadros, las encimeras y armarios, y deduje que experimentaba los mismos sentimientos que yo.

—No —dijo—. No voy a vender esta casa. Mañana iré al trabajo y veré qué se me ocurre. Quizá un crédito avalado con mi parte. No sé… no sé.

Durante unos instantes me sentí demasiado conmovido para reaccionar.

—No quiero que… —Me interrumpí y lo formulé de otra manera—. ¿Te parece seguro volver al trabajo?

—¿Quién sabe a estas alturas lo que es seguro? Desde luego

no lo es que tú vayas por ahí fisgoneando. Pero ya no nos quedan alternativas.

—A ti, sí. —Entreabrió la boca—. Esto es un infierno —añadí—. Y todavía empeorará. Me pone enfermo pensar que tú vas a tener… Tal vez deberíamos considerar la posibilidad de meterte en un avión…

—Eres mi marido.

—No he estado muy lucido en ese aspecto últimamente.

Ella se indignó.

—Por si quieres llevar la cuenta, yo he sido una esposa de mierda en algunos aspectos evidentes. Pero una de dos: o los votos significan algo o no significan nada. Esto es una señal de alarma, Patrick. Para los dos. Una ocasión para reaccionar.

La cogí de la mano. Ella me la apretó una vez, con impaciencia, y se soltó.

—No importa cuántos años me cueste —afirmé—. Encontraré el modo de compensarte.

Esbozó una frágil sonrisa antes de contestar:

—De momento procuremos asegurarnos de que tendremos esos años. —Se apartó un mechón de los ojos y miró las notas que había esparcido alrededor, como si tuviera necesidad de refugiarse en los detalles—. Ha llamado Julianne. Dice que ha investigado sobre los nombres que le diste sin ningún resultado. Supongo que entre la policía, los agentes y la prensa, toda la información relativa a *Profundidades* ha quedado embargada, así que no hay nada sobre Trista Koan. Y tampoco ha tenido más suerte que el detective Valentine para encontrar algo sobre Elisabeta, o Deborah Vance, o como se llame. No ha parado de disculparse, la pobre Julianne. Se muere por echar una mano. ¿Has ido a esa casa prefabricada de Indio?

Le conté lo que había descubierto —o no había descubierto— en mi viaje.

—Lo asombroso es la cantidad de detalles que esa mujer introdujo en su personaje. El acento, las pieles de plátano. Fue una interpretación increíble.

—¿Dónde encontrarías gente capaz de interpretar esos papeles? Quiero decir, ¿cómo localizarías a semejantes talentos? Dejando aparte que estuvieran dispuestos a participar en una estafa.

Como siempre, se había adelantado a mis pensamientos.

257

—Exacto. ¡Exacto! Necesitarías un agente. Un agente corrupto, capaz de meter a sus clientes en un montaje tan turbio.

—¿Un agente haría algo así?

—Los que yo conozco, no. Pero supongo que si encontrases a uno dispuesto a entrar en el juego, cargarías con él.

Ella lo captó en el acto.

—¡El agente de Doug Beeman! —exclamó—. Ese mensaje. En el móvil de Beeman. Preguntándole por qué no se había presentado en el rodaje del anuncio de espuma de afeitar.

—De desodorante —puntualicé—. Pero sí. Roman LaRusso.

Ella ya estaba tecleando en el portátil.

—¿Y cuál era el nombre real de Doug Beeman?

—Mikey Peralta.

Los emparejó, y la búsqueda arrojó sus resultados. En efecto: una página web. Correspondía a la agencia LaRusso, en un barrio corriente, aunque la página decía «junto a Beverly Hills». Las fotos de tipo carné de los clientes, alineadas en hilera, giraban como los símbolos de una máquina tragaperras, reemplazándose unas por otras automáticamente. Daba toda la impresión de que LaRusso representaba a actores de carácter: el italiano fornido, sosteniendo un puro entre los rechonchos dedos; la negra ceñuda de uñas curvas pintadas de rojo, resaltando sobre un vestido amarillo; Mikey Peralta, luciendo una sonrisa profesional… Contuvimos el aliento mientras observábamos cómo giraban e iban sustituyéndose las pequeñas fotografías, un cúmulo de pómulos, hoyuelos y promesas. Un desfile de imágenes que parecía una caricatura involuntaria del propio Hollywood: aspirantes llenos de sueños metidos en una máquina tragaperras, convertidos en rostros intercambiables. Y como había descubierto Mikey Peralta, prescindibles.

Con repentina excitación, señalé la pantalla. Ahí estaba la mujer. Su foto apareció unos segundos, pero aquellos ojos dolientes y aquella pronunciada nariz eran inconfundibles.

—Es exactamente como me la había imaginado —afirmó Ariana.

Las fotos volvieron a girar, y Elisabeta regresó a la oscuridad.

Sentado a oscuras en la sala de estar, atisbé la calle. El césped de delante relucía al caerle el agua del aspersor. No se veían furgonetas, ni fotógrafos, ni tampoco telescopios en las ventanas de los apartamentos de enfrente. Seguían allí, disimulados en la oscuridad, pero aunque fuera momentáneamente, podía hacerme la ilusión de que todo era como siempre había sido: yo habría bajado a sentarme en el sillón con una taza de té, para pensar en la próxima clase o planear lo que iba a escribir en adelante, y mi esposa estaría arriba, dándose un baño de espuma perfumada, hablando por teléfono con su madre o revisando unos diseños; yo subiría enseguida y haría el amor con ella, y luego nos quedaríamos dormidos; ella cruzaría un brazo sobre mi pecho, bajo el frescor del aire acondicionado, y después me despertaría y la encontraría en la cocina, asando unas lonchas de beicon en la plancha y luciendo un lirio mariposa de color lavanda en el pelo.

Pero entonces Gable y sus secuaces irrumpieron en mi fantasía para destrozarlo todo. Me los imaginé trabajando incluso a aquellas horas en la sala de reuniones, con gráficos, fotografías y horarios esparcidos por las mesas y clavados en las paredes, con el fin de acabar de armar un relato de los hechos que en gran parte ya había sido escrito. O tal vez ya subían a toda velocidad por Roscomare con renovada convicción y una orden judicial en las manos. Esos faros que iluminaban ahora el sencillo seto de boj del apartamento de enfrente... No; no se trataba más que de un todoterreno vulgar. Eso sí: redujo la velocidad al pasar y, por las ventanillas, asomaron varias caras juveniles con ganas de curiosear y de ver «La Casa».

Se me había enfriado el té. Lo tiré en el fregadero de la cocina, pasé junto a la basura volcada y subí la escalera cansinamente. Sonó el petardeo de un coche, y di un bote del susto. Durante una fracción de segundo, creí que los de Robos y Homicidios tiraban la puerta abajo. ¿Cómo íbamos a vivir, esperando y sabiendo que ese momento podía llegar a cualquier hora del día o de la noche, y más probablemente en cuanto bajásemos la guardia y nos descuidáramos?

Acurrucada en la cama, Ariana miraba en la tele un velatorio a la luz de las velas celebrado en Hollywood. Ositos de peluche y montajes fotográficos. Un adolescente lloroso sostenía una foto de cuando Keith era niño; incluso ya tan pequeño, resultaba impresionante: los rasgos perfectos, la nariz respingona, la mandíbula tan bien proporcionada, el pelo rubio, más claro aún que posteriormente. En la foto iba en traje de baño; de la cintura le colgaban unas pistolas de *cowboy* enfundadas en sus cartucheras, y sujetaba el extremo de una manguera. Su sonrisa era una delicia.

El reportaje pasó a continuación a la casa de los Conner en Kansas. El padre de Keith era un hombre achaparrado, de rostro tosco y casi feo. Recordé que era chapista. Su esposa, una mujer baja y fornida, tenía los pómulos bonitos y la boca de cantante que Keith había heredado. Las hermanas también habían salido a la madre: chicas monas y acicaladas de pueblo, enriquecidas de golpe. La mamá lloraba en silencio y las hijas la consolaban.

El señor Conner decía: «... y nos compró esta casa en cuanto firmó el primer contrato. Metió a las dos chicas en la universidad. El espíritu más generoso que he conocido. Le importaba el mundo en el que vivía, y sabía lo que se hacía en todo ese tinglado del cine. Tenía los rasgos de su madre, por suerte». La esposa sonrió llorosa; él la miró a los ojos y desvió rápidamente la vista, y entonces se le ahondaron las arrugas del curtido rostro y apretó los labios, tratando de aguantar el tipo. «Era un buen chico».

Ariana apagó la televisión. Me miró muy seria.

—¿Qué? —dije.

—Era una persona real.

Capítulo 41

*E*n lugar de recepcionista, había una campanilla sobre el mostrador. Cuando llamé, una reconocible voz sibilante dijo: «Un minuto» a través de la puerta entornada del despacho. Me senté en un sofá cojo. Las revistas del sector que había sobre la mesita de cristal eran del mes de noviembre, y el único ejemplar de *US Weekly* había sido utilizado para limpiar una mancha de café. Una vieja ventana de guillotina, de marco alabeado, daba a una pared de ladrillo situada apenas a metro y medio, aunque por arriba se veía una rendija de cielo y de valla publicitaria. Ya sabía de cuál se trataba: la había visto pasar de Johnny Depp a Jude Law, de este a Heath Ledger y ahora a Keith Conner. Estaba harto de esta ciudad. Mi vida aquí había descrito un breve arco: de prematuramente obsoleto a definitivamente acabado, y desde mi actual punto de vista las grandes estrellas ya no lo eran tanto.

Por fin volvió a resonar la voz, invitándome a que pasara. El despacho parecía un decorado de los años cincuenta: persianas de lamas torcidas, carpetas apiladas alzándose como rascacielos por todas partes, un cenicero de porcelana erizado de colillas, y todo ello teñido de una luz amarillenta que evocaba por sí misma otra época.

Encajonado tras un desvencijado escritorio, solamente visible por un desfiladero entre montañas de documentos, Roman LaRusso era bastante gordo, aunque su cara era más gruesa que él: una cara inflada como la de Ted Kennedy, ensanchada de tal modo a la altura de las mejillas que los michelines empujaban los lóbulos de las orejas hacia delante. Estaba, por lo visto, inmerso en su trabajo y no me dedicó siquiera una somera ojeada a través de las gafas rectangulares que parecían atornillarse a ambos lados de una espesa melena leonada. En conjunto, no era un rostro desagradable, en absoluto. Resultaba más bien improbable y mágico, algo digno de contemplar.

—Estoy interesado en Deborah B. Vance —dije.

—Ya no la represento.

—Yo creo que sí. Tengo entendido que le consiguió un contrato para un trabajo sucio.

Fingió teatralmente que acababa de leer un documento, frunciendo mucho el entrecejo y respirando ruidosamente por la nariz, que soltaba cada vez un ligero silbido. Se quitó las gafas, las metió en un estuche diminuto y levantó al fin la vista.

—Directísimo. ¿Quién es usted?

—El principal sospechoso del asesinato de Keith Conner.

—Humm… —No logró decir más que eso.

—¿Está especializado en anuncios?

—Y en fenómenos especiales —dijo sin pensárselo dos veces—. ¿Ha visto *El último hombre de Uptar*?

—No.

—Bueno, un cliente mío era uno de los extraterrestres.

262 Las paredes estaban cubiertas de retratos. Además de las caras que reconocí por la página web consultada, había enanos, un albino y una mujer sin brazos.

Siguió mi mirada y aclaró:

—No me gustan las caras bonitas. Yo represento talentos peculiares y también actores con discapacidades. No deja de ser un nicho del mercado. Pero para mí significa mucho más. No vaya a creer que no sé lo que es ser observado. —Apoyó los nudillos en el escritorio para acercar la silla, pero no consiguió moverla—. Yo les proporciono a mis clientes un lugar bajo el sol. Todo el mundo quiere encajar; tener una porción del pastel.

—¿Eso fue lo que hizo por Deborah Vance?

—Deborah Vance, si es que quiere llamarla así, no necesitaba que cuidasen de ella.

—¿Qué quiere decir?

—Ella misma es una estafadora: timos a través de páginas de contactos, chats de Internet y demás. Enviaba fotos a los tipos, y ellos mandaban dinero para alquilar el apartamento de Hawai donde habían de citarse. Esa clase de cosas.

—¿Ella? ¿En serio?

—No mandaba fotos suyas. De ahí las amenazas de muerte.

—¿Amenazas de muerte? —Empezaba a quedar claro no solo por qué habían elegido a Deborah Vance, sino cómo habían planeado borrar sus huellas cuando la quitasen de enmedio.

—Nada que hubiera que tomarse muy en serio —prosiguió—. Pero a los hombres no les gusta que los humillen, simplemente. Sobre todo cuando alguien se aprovecha de sus buenas intenciones.

—Dígamelo a mí.

—Así que decidió esconderse, cambiar de nombre y tal. Perdimos el contacto. Hace unos años tuvimos los dos una buena racha de anuncios. Entonces contrataban a muchos extranjeros. Le conseguí un Fiberestore y dos Imodium, esas tabletas contra la diarrea. —Sonrió, socarrón—. Nada como el mundo del espectáculo, ¿eh? Pero nunca me metí en sus timos.

—¿Cómo es que los conoce, entonces?

Titubeó demasiado tiempo y vio que me daba cuenta.

—Solíamos charlar.

—¿Por qué figura todavía en su página web?

—No la he actualizado desde hace siglos.

—Ya. He visto la foto de un cliente fallecido.

Bajó la cabeza, bamboleándosele como gelatina los carnosos rasgos. Abrió un cajón y se secó el cuello con un pañuelo.

La policía dijo que Mikey sufrió un accidente —masculló.

—¿Han venido a verlo?

—No. He leído…

—Ellos saben de Peralta y Deborah Vance, pero no han deducido que usted era la conexión. Debería contarles usted mismo que la envió a los tipos que primero le contrataron a Peralta.

Reacomodó su considerable volumen y se pasó las manos por la cara, como lamentándose.

—A veces me salen ese tipo de encargos, que no deja de ser trabajo legítimo: inauguraciones de galerías, cenas con espectáculo, fiestas infantiles, lo que sea. De vez en cuando a la gente le gusta contratar a tipos peculiares. —Un matiz apenado se le había colado en la voz—. Yo no me habría imaginado… Fue un atropello. Mikey bebía bastante. Los periódicos dijeron que lo atropellaron y se dieron a la fuga.

—No —repliqué—. A Mikey Peralta lo mataron a causa de ese trabajo.

El rostro de LaRusso se transformó. Lo había sabido desde el

263

principio, pero se las había arreglado para no darse por enterado.

—Eso usted no lo sabe.

—Yo estoy metido en esto, y lo sé.

—¿Es verdad que ha matado a Keith Conner? —me preguntó estrujando el pañuelo.

—¿Cree que estaría aquí tratando de salvar a su clienta si lo hubiese hecho? —objeté—. No le quepa duda: ahora matarán a Deborah Vance. Y luego es probable que vengan a por usted.

—Yo… yo no sé nada de ese tipo. Todo fue por teléfono. Giros postales. No he visto a nadie. Joder, ¿de veras cree…? —Le lloraban los ojos, y las lágrimas no sabían por dónde tirar.

—Hay que avisarla.

—Como le dije al tipo, ella ya solo se comunica por e-mail. Ni siquiera yo tengo otro modo de localizarla. —No se atrevía a mirarme a los ojos, pero al fin levantó la vista. Hurgó entre sus papeles, tirando al suelo un montón de carpetas, y sacó una agenda de cuero. Le temblaban las manos.

—No responde al teléfono.

—Entonces déme una dirección —le pedí—. Y salga de la ciudad.

Me abrió la puerta y se echó a reír. No lo hizo para burlarse de mí, al menos no me lo pareció, sino para subrayar lo absurdo que era que volviéramos a vernos allí, en un apartamento de planta baja de Culver City. Su expresión y su actitud —incluso su postura— eran completamente distintos de los de Elisabeta. Hasta su socarrona risa sonaba con un timbre distinto, desprovisto de cualquier tipo de acento. Tenía buen aspecto, igual que en el anuncio de Fiberestore: menos hinchada y extenuada. Me hubiera gustado saber cuánto maquillaje habría sido necesario para convertirse en una húngara ojerosa.

El mullido albornoz rojo que le llegaba a las rodillas le confería cierto parecido con el Blinky de Pac-Man. Retrocedió y me hizo pasar con un ampuloso gesto teatral. El angosto apartamento desprendía una húmeda fragancia floral. Se oía el grifo de la bañera abierto. Tapándose el escote con las solapas del albornoz, volvió corriendo al baño y cerró el grifo.

—Bueno… —dijo al volver.

Traté de adivinar si estaba enterada de que yo era sospechoso del asesinato de Keith, pero se la veía demasiado indiferente ante mi presencia. No: yo seguía siendo un tipo al que había embaucado. Nada más.

—Está usted en peligro —le advertí.

—Ya me han perseguido otras veces.

—No así.

—¿Cómo lo sabe?

No lograba habituarme a su inglés impecable, ni a la facilidad con que sus labios modelaban las palabras. Eché un vistazo alrededor: muebles antiguos, hechos polvo pero todavía enteros; un gramófono con una abolladura en la trompa; las paredes cubiertas de carteles de películas de cine negro y de antiguos anuncios de viajes: CUBA, LA ISLA IDÍLICA. Desde que me había mudado a Los Ángeles, había visto innumerables variantes de ese tipo de decorado. El mismo estilo de objetos en las subastas de garaje, las mismas fantasías proyectadas en las paredes: sombreros *cloche*, posavasos *art déco*, pitilleras de metal de otra época… No de la tuya: si hubieras vivido entonces —esa era la idea— las cosas habrían sido diferentes, y te habrías desenvuelto sin esfuerzo entre el humo y el glamur. Recordé mi propio cartel de una película de Fritz Lang, adquirido con orgullo en una tienda de cachivaches de Hollywood Boulevard cuando me acababa de graduar en la universidad. Había creído entonces que era como una iniciación para entrar en el club, aunque yo no pasara de ser otro chico lleno de aspiraciones, uno de esos que se compraba una chaqueta de cuero dos semanas después de que pasara de moda. Si no te dejan llegar a más, maldita sea, al menos puedes comprarte un coche retro.

—Si yo la he encontrado —dije—, ellos también lo harán.

—Roman le ha dado mi dirección, estoy segura, porque salta a la vista que usted es inofensivo.

—¿Tanto confía en él para jugarse la vida?

—Roman jamás me haría daño. Tiene algo de chulo, pero también su lado de papá bueno. Aparte de él, nadie relacionado con este asunto sabe mi nombre ni mi dirección.

—¿Cómo se llama?

—¿Esta semana? ¿Qué importa?

Sí que importaba. Si a una dirección se le añadía un nombre auténtico —y, esperaba, un historial delictivo— parecía algo lo bastante sólido para volver a reclutar a Sally. Pero tendría que dejarlo por ahora.

265

—¿La puedo llamar Deborah?

—Encanto —dijo con perfecto estilo a lo Marlene Dietrich—, llámeme como le apetezca.

—¿Le suena una empresa llamada Ridgeline, Inc.?

—¿Ridgeline? No.

—Usted nunca vio en persona a los que la contrataron, ¿no? Solamente hubo llamadas por teléfono y giros postales.

—Así es.

—Debió pensar...

—¿Qué?

Aún estábamos de pie, a unos pocos pasos de la puerta. Me fijé en sus uñas, en la preciosa manicura que me había parecido tan fuera de lugar en una camarera sin un centavo.

—Que yo era un idiota.

—¡Ah, no! En absoluto. Fue usted tan dulce que me partió el corazón. —Sentí una oleada de humillación; ni siquiera me atrevía a mirarla a los ojos—. Por eso funcionan los timos la mayoría de las veces —aseguró para consolarme—. Todo el mundo quiere creerse más importante de lo que es.

La compasión era peor, en cierto modo. E incluso peor, su simpatía. No quería tener nada que ver con ella, y no obstante, era obvio que compartíamos las mismas esperanzas truncadas, los mismos sueños frustrados. Ella había alargado el brazo a través del espejo y me había señalado el camino de rosas.

—¿Cómo sabía siquiera...?

—Me mandaron un guion por e-mail. Bueno, más bien un esquema. Pero con los elementos básicos: historia lacrimógena, niña enferma, la compañía de seguros... Yo completé el resto. Mis orígenes en gran parte son rusos, pero eso es bastante común. Con mi negra suerte, habría resultado que usted tenía alguna abuela de la madre patria y conocía el terreno. Pero también soy un poco húngara, ¿y quién diablos sabe algo de Hungría? Y bueno, ya sabe cómo funciona la cosa. Es como escribir, me imagino. Todos esos detalles significativos. Budapest resulta demasiado obvio, así que escogí Debrecen, la segunda ciudad más grande. Ellos me proporcionaron la desgracia: la enfermedad de corazón. Pero lo de las pieles de plátano fue un toque personal mío. Me imaginé que me lo preguntaría, ¿sabe? A veces manejas a la gente desde un enfoque determinado, y no se percatan de lo más obvio.

266

Pese a su tono de complicidad gremial, yo no creía haber poseído jamás su talento ni su profesionalidad. No podía contener mi rencor, mientras que ella no podía contener su orgullo.

—Es usted una actriz muy dotada —afirmé—. Llegará lejos en esta ciudad.

—Demasiado tarde ya. Pero me gano la vida.

—¿Y el dinero…?

—Unas horas después de que usted se fuera, dejé la bolsa de lona en el maletero de un coche aparcado en una calleja.

—Un Honda Civic blanco.

—¿Cómo lo sabe?

Negué con la cabeza; no quería perder el hilo.

—Ellos le hablaron de mí.

—Un poco. No más que la otra vez.

—Un momento —dije—. ¿La otra vez?

—Hubo otro tipo. —Sacó de nuevo aquel acento—: Viene ayudar pobre Elisabeta y su nieta que tiene terrible enfermedad.

La miré atónito y tartamudeé:

—¿Usted…? ¿Quién? ¿Quién era?

Con la misma rapidez con que se había transformado en una camarera hastiada, volvió a metamorfosearse.

—No recuerdo su nombre, pero me dio su tarjeta. Estaba muy orgulloso de la tarjeta. La tengo por alguna parte… —Se acercó a un secreter con innumerables cajoncitos y los fue abriendo.

—Usted no entiende de qué va todo esto, ¿verdad? —le pregunté.

Pero ella siguió con lo suyo.

—Un segundo. Estoy segura de que la guardé.

La observé abrir y cerrar cajones unos momentos, y le dije:

—¿Le importa que use su baño?

—En absoluto. Esa maldita tarjeta ha de estar por aquí…

La ventana del baño daba a un angosto trecho de cactus y guijarros y a otra ventana idéntica del edificio contiguo. El vapor de la bañera llena adensaba el aire y había empañado el espejo. Tras cerrar la puerta, abrí con sigilo el botiquín rezando para que no rechinara. No había medicamentos con receta en su interior, pero sí encontré algunas en uno de los cajones. La etiqueta mecanografiada decía: Dina Orloff.

—¡La encontré! —oí que exclamaba triunfalmente, reflejan-

267

do mi propio sentimiento. Cerré el cajón con cuidado y me dispuse a salir. Ya agarraba el pomo cuando sonó el timbre en el diminuto apartamento. Me quedé paralizado, sosteniendo el pomo girado en la mano. El botón del cerrojo se abrió sobre mi palma.

A través de la puerta, la oí mascullar. Luego unos pasos silenciosos.

Se abrió la puerta principal con un tintineo y sonaron dos impactos amortiguados. El golpe seco de un cuerpo sobre la moqueta. La puerta que se cerraba, y al menos dos pares de pies en movimiento. Algo era arrastrado.

Se me encogió el estómago. Tuve que hacer un esfuerzo para no gritar, para no sobresaltarme, para no hacer nada de nada, salvo respirar y girar muy despacio el pomo hasta dejarlo en su posición normal.

Si me habían seguido, aquella mujer había muerto por mi culpa. Y obviamente, sabrían que yo estaba allí. En ese caso, no viviría lo suficiente para que me atormentase la culpa.

Un murmullo casi inaudible:

—Rápido. ¡Rápido!

Se oyó cómo abrían la puerta del dormitorio.

Estaban buscando.

Manteniendo el pánico a raya, regresé a la ventana. Era de manivela giratoria. Empecé a darle vueltas. El cierre de goma soltó un chasquido y fue abriéndose lentamente hacia fuera.

Desde la habitación contigua me llegó el chirrido de las puertas correderas de un armario.

Me resbaló por la frente una gota de sudor y me cayó en el ojo. Seguí girando la manivela tan deprisa como pude, pero la ventana parecía moverse a cámara lenta.

La misma voz:

—Mira en el lavabo.

Traté de tragar saliva, pero tenía la garganta obturada. Me estaban entrando arcadas.

Unos pasos se aproximaban. La ventana giró perezosamente hacia fuera: espacio suficiente para pasar el pie, la pantorrilla, el muslo. Por el crujido de las tablas del suelo, el tipo ya debía de estar frente a la puerta.

Me escurrí por el hueco, aún demasiado estrecho, aplastando la nariz contra el cristal. Crujiendo los guijarros bajo mis pies, me pegué a la pared, al borde mismo del marco de la ventana.

Se abrió de golpe la puerta del baño, y rebotó contra la pared. Pisadas.

La acera no quedaba a más de veinte metros de distancia, pero un solo paso sobre los guijarros delataría mi posición. Tenía la cabeza vuelta y el cuello estirado, y atisbaba una sección ínfima del suelo del baño. Respiré, recé, mantuve mis músculos inmóviles. Si se acercaba a la ventana y se asomaba, estaba perdido.

Cuando la siguiente pisada crujió en el entarimado, distinguí la punta de una bota negra. En medio de mi terror, caí en la cuenta de que seguramente estaba viendo la Danner del cuarenta y cinco con una piedrecita incrustada en el talón.

Si realmente me habían seguido hasta allí, el tipo echaría un vistazo por la ventana. Pero la bota permaneció inmóvil. ¿Qué estaría mirando?

Contuve la respiración, ardiéndome los pulmones, y mantuve todos los músculos en tensión. No parpadeaba y me escocían los ojos. Tal vez lo tenía a poco más de un metro; seguramente, habría podido colarme por el hueco y darle un golpe en el pecho. Al menor ruido, me vería metido en una lucha cuerpo a cuerpo. Apreté el puño. Forjé un plan de ataque por si aparecía una cara por la angosta abertura: los ojos y la garganta. Y luego salir volando.

269

La bota se retiró en silencio. Percibí el ruido de una mano que removía el agua, sin duda apartando la espuma. Luego las pisadas se alejaron. Necesité unos momentos de frenética incredulidad para comprender que se había ido.

Musitaron un rato en la sala, deliberando. Luego se abrió la puerta principal y volvió a cerrarse. Transcurrieron unos instantes de silencio.

Aunque sin alivio.

Yo estaba totalmente a la vista desde la calle; según por dónde salieran, me verían. El chirriar de una verja, justo a la vuelta de la esquina, me arrancó de mi inmovilidad. Volví a colarme en el baño por la ventana y me pegué a la pared del fondo. Aguardé. Agucé el oído por si sonaban pisadas en los guijarros. Pero no oí nada.

Tras unos segundos, solté impetuosamente todo el aire de mis pulmones y me deslicé hasta el suelo, temblando de pies a cabeza. Me abracé las rodillas.

Permanecí allí diez minutos, o tal vez fueron treinta, respirando. Luego me puse de pie; notaba los músculos entumecidos.

Ella estaba tendida a metro y medio de la puerta principal. No se le veían heridas, aparte de un nítido orificio en la tela del albornoz, por encima de las costillas, y un halo rojo debajo de la cabeza. Uno de los disparos debía de haberle entrado por la boca abierta. El albornoz le había quedado abierto, y sobre su pecho desnudo habían arrojado una nota compuesta con letras recortadas de revistas: ZoRra mEntiRosa.

Timos a través de páginas de contactos, amenazas de muerte y allí estaban las consecuencias. Otra sólida tapadera para un asesinato que no respondía más que a una fría eficiencia.

Cuanto más trataba de avanzar en aquel asunto, más enloquecidamente parecían descontrolarse las cosas. Ahora me había metido en un terreno todavía más espinoso. Yo era el sospechoso principal del asesinato de Keith Conner, y había puesto a la policía sobre la pista de aquella mujer, aunque ellos la consideraban producto de mi delirio paranoico. No podía seguir allí, en el escenario de su asesinato. Tendría que estar en la otra punta de la ciudad, con aire sumiso y una coartada sin fisuras. Debía salir de allí volando. Pero no podía dejar de mirarla.

Tirada en el suelo, vulnerable e impotente, volvía a ser Elisabeta. Y una vez más, habría hecho cualquier cosa para ayudarla. Poniendo una rodilla en el suelo, le eché el albornoz sobre uno de los pechos. No sabía qué más hacer por ella.

Un cajoncito del secreter había quedado entreabierto. Lo estuve mirando de lejos antes de incorporarme.

El cajón no era más grande que una tarjeta. Y, en efecto, contenía un rectángulo de cartulina de color marfil. Lo saqué, leí el nombre y me mordí el labio para reprimir mi consternación. No podía ser. Y al mismo tiempo, encajaba a la perfección.

A toda prisa, tomé una toallita de papel, limpié el pomo y las superficies del baño y volví a salir por la ventana. Pasé de puntillas sobre los cactus y guijarros del pasaje y salí a la calle. Miré alrededor, parpadeando bajo un sol reluciente que contrastaba de modo increíble con lo que acababa de presenciar. Mi corazón todavía tenía que serenarse. Tiré la toallita de papel a una alcantarilla.

Media manzana más allá, saqué la tarjeta y leí el nombre de nuevo, para asegurarme de que no lo había soñado:

Joe Vente.

Capítulo 42

Sentado frente a mí en la trasera de su furgoneta, en una silla giratoria cuyo relleno se salía por las costuras, examinó parpadeando la tarjeta que acababa de darle, junto con una explicación de cómo la había conseguido. Habíamos quedado en un parque cerca de Sepúlveda; y en cuanto me hube bajado de mi coche, subí de inmediato al suyo. Estaba con los nervios desquiciados y tenía que hacer un gran esfuerzo para no demostrarlo. Por mucho que lo intentara, no me quitaba de la cabeza la imagen de aquel cuerpo desmoronado en el suelo, ni la de aquellos ojos azules repentinamente vidriosos.

—No… no me lo puedo creer —murmuró Joe—. ¿También te encontraste con ella? ¿La niña enferma? ¿La bolsa llena de dinero?

—Sí. Y los mismos que me dijeron que fuese allí, me tendieron la trampa en el hotel Angeleno.

—¿Así pues, todo iba a parar ahí? ¿Al asesinato de Keith? —Se puso las palmas de las manos sobre la cabeza, un gesto pueril de inquietud—. ¿Y por qué nosotros?

—Piénsalo.

—No puedo pensar ahora mismo.

—Ambos le guardábamos rencor a Keith Conner. Ambos tenemos pleitos en marcha contra él. ¿Un paparazi y una estrella de cine? Es evidente que no os podíais ver, igual que él y yo.

—¿Así pues, ambos éramos posibles cabezas de turco para el asesinato? —Joe soltó un silbido y se pasó las manos por sus ralos pelos—. Joder, esquivé la bala por poco.

Y yo me había puesto justo en su trayectoria. Él podía seguir sacando fotos indiscretas libremente, mientras yo luchaba por mi vida a contrarreloj. Que Joe Vente hubiera demostrado ser más prudente que yo… era una píldora difícil de tragar.

—¿Qué? —Joe me observaba—. ¿Nunca habías visto un cadáver?

Seguí su mirada: me temblaba un músculo del brazo. Me lo apreté con fuerza hasta hacerme daño.

—¿Cuándo viste a Elisabeta?

—Hace unos meses. Había ido recibiendo esos DVD en los que aparecía merodeando por ahí, espiando a famosos. Yo salía en esas grabaciones grabando a otros. Era raro de cojones, como una película francesa o algo así.

Las similitudes con la historia de Doug Beeman me llevaron a preguntarme si no sería aquello otro truco del montaje, una artimaña dentro de otra artimaña. ¿Cómo distinguiría lo que era real de lo que era una invención? Ya no me fiaba de mí mismo, ni tampoco de nadie. Dejé vagar la mirada por el galimatías de la furgoneta, buscando algún indicio de duplicidad y calibrando la distancia hasta la manija de la puerta. Pero tuve que recordarme que yo mismo había comprobado la identidad de Joe en Internet, que era una persona real, o al menos tan real como puede uno serlo en Los Ángeles. Sally y Valentine también habían hablado con él, confirmando su existencia. Algunas de mis intuiciones habían de ser ciertas; no podía continuar en aquel estado si quería mantenerme operativo.

—Al principio —decía Joe—, creí que se trataba de un rival, uno de los tipos a los que me adelanto y les quito un bocado. Sería lógico, ¿no? Después, cuando la cosa se fue poniendo más siniestra, me figuré que alguna estrella había pagado a alguien para vengarse. Algún famoso, vete a saber. Quizá le había sacado una foto a su hijo durante un entrenamiento de fútbol, o lo había pillado cagando en un baño público, algo así.

Adopté un tono ligero para disimular mi canguelo:

—¿A quién pescaste en un baño público?

Me lo dijo. Y solté un silbido.

—Debió ponerse como una pantera, ya lo creo.

—Luego recibí un e-mail como tú, pero sin esa nota de «Ella necesita tu ayuda o morirá». Únicamente un MPEG del maletero de un coche aparcado en un callejón. El asunto ya me estaba sacando de quicio, y quería saber qué coño era todo aquello. Encontré la bolsa de lona, seguí el mapa y se la entregué a Elisabeta. Representó su papel, ya sabes, la historia de la nieta. Salí de allí flotando, como si llevara encima un chute de heroína. Unos días más tarde, recibo una llamada ¿vale? Me explican cómo encontrar un plano. Y resulta que el plano muestra dónde han escondido unos chismes de vigilancia en mi casa. Por toda la casa, ¿eh? Me cagué patas abajo. Saqué toda esa mierda de las paredes y la tiré en un cubo de basura que ellos me indicaron, junto con los DVD y demás. Y se acabó. Me enviaron más mensajes, pero ya no podía más.

Lo miré, fascinado. Joe Vente les había sido útil como conejillo de Indias. Con él habían descubierto lo que funcionaba y lo que no. Luego habían depurado su estrategia, modificando la secuencia de los hechos, añadiendo amenazas implícitas y montando una trampa más eficaz.

—¿Así que te dejaron en paz? —Apenas podía creerlo.

—Dejé de seguir su juego. ¿Qué coño iban a hacer?

No tenía respuesta, pero una sensación de pesar me subía por el pecho.

—Fuiste más listo —murmuré—. Tuviste más prudencia.

—¿Más listo? —Soltó una risita—. ¿Prudencia?

—Ya me dirás qué, si no.

Hurgó en una bolsa y sacó algo parecido a un dispositivo de grabación: un receptor que surgía del centro de una semiesfera invertida del tamaño de un paraguas pequeño.

—¿Ves esto? Es un micrófono parabólico. Apuntas, lo enciendes y capta las ondas de sonido. Con este trasto soy capaz de grabar un susurro a cien metros. También puedo colocar un dispositivo que detecta las vibraciones a través de un cristal en una sala de estar, un vehículo en la autopista, el despacho de un médico, y toda la pesca. Lo que digo es que conozco este mundo; lo tengo pinchado. —Se echó atrás, cruzando los brazos.

—No te sigo.

—Me vi superado por completo —afirmó, irritado—. De veras. Me jodió el tarro. Ya no sabía dónde tenía los pies, y no era cuestión de ser listo ni prudente. No tenía las agallas necesarias; no las tenía para llegar tan lejos. Soy un hipócrita y un parásito, pero por lo menos no me miento a mí mismo, joder. Me arrugué. Dejadme en paz si yo os dejo en paz. Y funcionó. No creas que no me atormenta cada puto día del año saber quién pudo conmigo y adónde iba a parar todo esa mierda.

273

—Al menos ahora ya sabes qué había al final.

—La silla eléctrica. —Lo dijo en broma, pero advirtió mi expresión y añadió—: Te tomaba el pelo. Te acabarás librando.

—¿Cómo? ¿Piensas corroborar mi versión?

Se echó a reír.

—Digamos que, ante la policía, mi palabra vale probablemente menos que la tuya. Te haría más mal que bien. Además, no tengo pruebas, ni nada tangible.

—Ninguno de los dos tiene ninguna.

—Sí, no te quedan testigos. No paran de morirse… —Cayó en la cuenta al fin, y una oleada de temor le cruzó el rostro y lo transformó—. Por eso me has buscado. Para advertirme.

—Sí.

—¿Crees que en realidad…?

—Yo, que tú, no me arriesgaría.

—Joder… —Recorrió la furgoneta con la vista, como si las paredes se estuvieran estrechando. El pánico que le había entrado me reafirmó en la idea de que no estaba en el ajo—. De acuerdo —dijo—. De acuerdo. Ya he desaparecido otras veces cuando la cosa se ha puesto al rojo vivo. —Hundió el pulgar en el relleno de la silla, ensanchando el roto—. Tú no tenías por qué buscarme. Gracias por el aviso.

—Trista Koan —le espeté—. Necesito una dirección.

Asintió despacio, con una pronunciada inclinación de cabeza. Era un tipo acostumbrado a hacer tratos.

—Te la conseguiré. Dame una hora. Y dime tu número.

Le di el número del móvil desechable que le había cogido a Ariana. Me lo hizo repetir dos veces sin anotarlo.

—¿Qué más? —Sus ojos, de color verde claro, resultaban llamativos en un rostro tan tosco.

El eco de los dos impactos amortiguados resonó otra vez en mi cerebro, y me provocó un escalofrío. Luego la punta de la bota negra, apenas visible junto a la ventana del baño…

Joe me miró de un modo raro.

Carraspeé antes de pedirle:

—Me gustaría que dieras el aviso de dónde está el cadáver de Elisabeta. Anónimamente, claro. Yo no puedo intervenir.

—Por lo que me has contado, esa tipa se dedicaba a estafar y había recibido amenazas de muerte. La poli relacionará una cosa con otra y sacará una idea equivocada, o te implicará otra vez a ti.

En cualquier caso, los tendrás encima en cuanto aparezca muerta. ¿Para qué informar, en ese caso?

—¿Qué sugieres, entonces? ¿Dejar el cuerpo allí?

—A ella ya le da igual.

—Tendrá familia, seguro.

—¿Y qué? La seguirá teniendo dentro de una semana cuando los vecinos se quejen de la peste. Pero al menos habrás ganado unos días para hacer averiguaciones sin los polis pisándote los talones. Ella nos jodió a los dos. No merece nada mejor.

—Su familia, sí. Haz la llamada.

—Será tu sentencia.

—¿Puedes contarme algo más de Keith Conner?

—Puedo contártelo todo. Pero eso vale una fortuna, colega. ¿Yo qué saco?

—Has dicho que quieres saber quién te estuvo jodiendo. Bueno, esta podría ser tu oportunidad. Ni siquiera te pido que compartas los riesgos conmigo.

Estaba otra vez mordiéndose las uñas, pero se dio cuenta y puso las manos en el regazo.

—Por lo que yo he visto, las estrellas de cine no hacen un carajo. Reuniones, sí. Montones de reuniones. Asesores financieros, agentes, el Coffee Bean en Sunset Boulevard. Y putos almuerzos. De modo que tú merodeas con la esperanza de que pase algo que se salga de la rutina, algo raro, insólito... Un día, hará dos semanas, descubrí algo así: había otro coche siguiéndolo, vigilándolo, pero no era de los habituales. Nosotros nos conocemos todos. Y nadie anda a la caza con un Mercury Sable de vidrios tintados. Le pasé la matrícula a mi contacto en la policía, y adivina qué me dijo: «Esa matrícula no existe».

Bajó la voz, y yo me incliné hacia delante. El hedor de la furgoneta —cacahuetes, café revenido, aire viciado— me estaba causando claustrofobia, pero ahora que había lanzado el anzuelo, no iba a moverme de allí.

—Bueno, el caso es que a mí me pica la curiosidad —prosiguió Joe— y, cuando el coche se despega, voy y lo sigo. Le pierdo la pista en un semáforo, pero lo encuentro aparcado dos manzanas más arriba, en el Starbright Plaza, uno de esos centros comerciales cutres de Riverside, junto a los estudios. Tiendas abajo, oficinas arriba, ¿sabes? Me acerco a echarle un vistazo: tiene un adhesivo Hertz en el parabrisas.

Hertz de nuevo. Como el coche cuyo NIV rastreó Sally.

—Así que alguien había cambiado la matrícula —continuó—. Miro la lista del centro comercial, me doy una vuelta, pero hay la tira de oficinas y no veo nada sospechoso. Me quedo unas horas vigilando el coche, hasta que me aburro y me voy.

—¿Starbright Plaza, dices?

—Starbright Plaza. Es la mejor pista que puedo darte.

Abrí la puerta corredera, inspiré aire fresco y salí a buscar mi coche. Ya había metido la llave en la cerradura cuando oí la furgoneta a mi espalda.

—¡Eh! —gritó Joe con su ronca voz—. Si sobrevives, sigo queriendo la exclusiva.

Al darme la vuelta, ya se alejaba traqueteando.

Capítulo 43

Ante mí, un anodino complejo de dos plantas —madera marrón y estuco beis— bautizado como Starbright Plaza. La ironía involuntaria era frecuente por esa zona, en los aledaños de la Warner Bros., la Universal y la Disney: llantas y neumáticos Estrella, material de jardinería Blockbuster, motel Alfombra Roja, ¡con televisión por cable GRATIS en cada habitación!

Puesto que el aparcamiento estaba lleno, dejé el vehículo en un aparcacoches frente al café que quedaba al final del complejo. 277 Ningún cliente reparó en mí, aunque yo, nervioso y desafiante, estudié sus caras por si alguien daba muestras de reconocerme. Increíble lo egocéntrico que te volvía una buena dosis de miedo.

El empleado me entregó un resguardo en el que se incluía un anuncio satinado de un ceñudo Keith Conner:

Este mes de junio, prepárate.

Este mes de junio, no hay dónde ocultarse.

Este mes de junio... TE VIGILAN.

Un conductor tocó educadamente la bocina; me había quedado embobado en la calzada. Crucé la neblina que formaba en el exterior el aire acondicionado, y eché un vistazo a las tiendas y oficinas experimentando la misma frustración que debía de haber sentido Joe. ¿Cómo te las arreglas para buscar algo sospechoso en un enorme centro comercial?

Dos operarios sacaban de una cristalería un gran ventanal, como un par de extras de un sketch de Laurel y Hardy. Dando por supuesto que las tiendas de la planta baja, que iban desde una tintorería hasta una sucursal de Hallmark, eran igualmente inocuas, me dirigí a la escalera. Un repartidor de FedEx bajaba a toda prisa, tecleando en una tablilla electrónica, y no se molestó en levantar la vista cuando lo esquivé en el rellano.

La galería de la planta superior, dispuesta en forma de una uve enorme, albergaba una interminable hilera de puertas y ventanas. Mientras caminaba sin saber muy bien qué buscar, vi que había unas cuantas de ellas abiertas: cubículos con gráficos en las paredes, tipos jóvenes al teléfono sosteniendo esferas chinas en una mano, venta de acciones, material deportivo a pagar en tres cuotas… Pasé por delante de una agencia de seguros de aspecto poco fiable y de una tienda de películas distribuidas directamente en vídeo, cuyo escaparate exhibía con orgullo unos carteles de insectos gigantes que causaban estragos en una metrópoli. Alguna que otra oficina había sido desmantelada con prisas, y todavía se veían los cables saliendo del techo y de las paredes, y montones de teléfonos de tele-venta arrumbados por los rincones. Otras, con las persianas cerradas y sin rótulo en la puerta, parecían tan silenciosas como la sala de espera de un dentista. Era evidente que los elevados alquileres provocaban una rotación continua.

Eludiendo las ocasionales cámaras de seguridad, de aspecto muy cutre, seguí adelante por la galería. Me fijaba en las caras y en los nombres de los negocios, pero no dejaba de preguntarme qué demonios hacía allí. Al fin se me acabó el recorrido y llegué a la escalera del fondo. Empezaba a bajar ya cuando me llamó la atención el letrero de latón clavado en la puerta de la última oficina: NO DEJAR PAQUETES SIN ACUSE DE RECIBO. NO DEJAR PAQUETES EN LAS OFICINAS VECINAS. Obedientemente, les habían dejado un volante de FedEx alrededor del picaporte. Aparte del número, 1138, no había ningún rótulo en la puerta, igual que en muchas otras tiendas.

Saqué el volante del picaporte y miré el nombre garabateado con descuido: *Ridgeline, Inc.*

Sentí un hormigueo de excitación. Y miedo. «Cuidado con lo que buscas, porque tal vez lo encuentres.» En este caso, la probable base operativa de los tipos que me habían enviado los mensajes, que me habían embaucado para colgarme un asesinato, que habían matado a tres personas, y suma y sigue.

El volante azul y blanco indicaba un segundo intento de entrega de un paquete remitido desde una oficina de FedEx de Alexandría, Virginia: una ciudad del área de Washington, plagada de intermediarios influyentes y expertos en tráfico de influencias. La procedencia del paquete me resultaba siniestra.

Las persianas del escaparate no estaban bien cerradas. Me puse de puntillas para atisbar entre las lamas. La habitación de delante era de lo más sencilla: ordenador, fotocopiadora y trituradora de papel; no había plantas, ni cuadros ni retrato familiar pegado al monitor, y ni siquiera una segunda silla para una visita. La puerta sin ventanilla del fondo debía de dar a un pasillo y a otras habitaciones.

Bajé corriendo y crucé el mugriento callejón que discurría por detrás del complejo para examinar la parte posterior de la oficina 1138. Una desvencijada escalera de incendios subía hasta una gruesa puerta metálica. La cerradura estaba reluciente y los restos de serrín del rellano indicaban que había sido instalada recientemente.

Di de nuevo la vuelta entera jadeando, y examiné una vez más la puerta delantera por si había decidido abrirse por sí sola entretanto. Pero no.

¿Y ahora, qué?

Recordé al repartidor de FedEx, con el que me había cruzado en la escalera.

Marqué el número que figuraba en el volante, introduje el código de referencia y aguardé oyendo la versión en xilofón de *Arthur's Theme* que sonaba como música de fondo. Cuando la operadora de atención al cliente me atendió, le dije: «Llamo de Ridgeline. Se me acaba de escapar una entrega y creo que el repartidor sigue todavía por la zona. ¿Podría decirle, por favor, que vuelva a pasar por aquí?».

Me alejé un buen trecho por la galería descubierta. Prefería no quedarme junto al 1138, no fuera a presentarse alguien con unas botas Danner. Pasaron veinte minutos lentísimos. Mi ansiedad y desaliento habían llegado casi a un punto culminante cuando vi la trasera blanca del camión de FedEx abriéndose paso entre el tráfico. Me situé en la puerta de la oficina, puse la punta de una de mis llaves en la cerradura y esperé durante lo que me pareció una eternidad. Al fin, oí pasos en la escalera y me giré, con la llave a la vista, mientras él se acercaba.

—¡Ah, me pilla cerrando!

—Nunca los encuentro últimamente. —Me tendió un sobre express y la tablilla electrónica—. Son ustedes algo complicados.

Firmé J. Edgar Hoover con letra ilegible, y se la devolví.

279

—Sí —afirmé—, es cierto.

Tuve que hacer un esfuerzo inmenso para no bajar la escalera y cruzar la calle corriendo. Mientras esperaba que el empleado me entregara el coche, recorrí con la mirada, hecho un manojo de nervios, todo el complejo hasta la oficina Ridgeline. Fue entonces cuando me percaté de la cámara de seguridad plateada montada en el alero, justo encima del 1138, que desde la galería no quedaba a la vista. No era igual que las demás.

Y me enfocaba a mí.

En la etiqueta de FedEx, debajo de «Contenido», habían escrito: «Póliza de seguro».

Sentado a la mesa de la cocina, con toda la casa en silencio, rasgué el sobre. Saqué un trozo de cartón corrugado, doblado y pegado con cinta adhesiva para proteger el contenido. Un Post-it decía: «Cortando comunicación. No contactar». Rompí la cinta metiendo el pulgar. Dentro, había un CD. Inspiré hondo y me froté los ojos. Lancé el cartón al montón de basura del suelo.

¿Un seguro? ¿Para quién? ¿Contra qué?

¿«Cortando comunicación» quería decir que lo había enviado una especie de agente infiltrado? ¿Un espía, quizá?

Subí a mi despacho con el disco y lo metí con febril expectación en el portátil de Ariana.

Vacío.

Solté una maldición y golpeé el escritorio con tal fuerza que el portátil dio un brinco. ¿Es que no podía funcionar ni una sola pista? Después de todos los riesgos que había corrido para conseguir el sobre, y de haber dejado mi imagen grabada en la cámara de seguridad para los tipos de Ridgeline... ¡La ira que ello podría desatar sobre nosotros!

Ariana estaba en el trabajo, estudiando las opciones financieras que teníamos. Inquieto, la llamé como ya había hecho unas cuantas veces y de nuevo me salió el buzón de voz. Tenía apagado el móvil, como habíamos acordado, para que no consiguieran localizarla a través de la señal. Yo había recuperado y estaba usando en ese momento el móvil desechable que le había comprado para que llevase encima, y pudiéramos así ponernos en contacto de día. Muy listo por mi parte.

En la planta baja, en la libreta de direcciones de Ari, encontré el móvil de su secretaria. Dejé que sonara, moviendo nerviosamente la rodilla. Sentí una oleada de alivio cuando respondió.

—¿Patrick? ¿Estás bien? ¿Qué sucede?

—¿Por qué no respondéis al teléfono?

—Es que aún estamos recibiendo llamadas estúpidas sobre…, ya sabes; por eso es más fácil dejar puesto el buzón de voz.

—¿Dónde está Ari?

—En otra reunión. No ha parado en todo el día. No puedo comunicar con ella porque tiene el móvil apagado.

—Está bien. Solo quería saber si…

—Si todo va bien, ¿no? No te preocupes. Está tomando muchas precauciones. Se ha llevado con ella a los dos repartidores más forzudos que tenemos.

La información me hizo sentir mucho mejor.

—¿Puedes decirle que me llame cuando vuelva? —le pedí.

—Claro, pero la reunión debería estar acabando, y me ha dicho que regresaría directamente a casa, así que lo más seguro es que hables con ella antes que yo.

Colgué y me quedé con el teléfono pegado a los labios. Dado que estábamos en pleno día, las cortinas corridas daban una opresiva sensación de encierro. Me había colado otra vez por la cerca trasera, y caí en la cuenta de que no había estado en el patio de delante de casa desde que había vuelto de la cárcel. Armándome de valor, salí al porche. ¿Quién habría imaginado que una cosa tan sencilla pudiera parecer una osadía? Sonaron varias voces, y enseguida apareció una multitud en la acera, haciendo preguntas a gritos y sacando fotos. Cerré los ojos y ladeé la cabeza hacia el sol. Pero allí, tan expuesto, no podía relajarme. En la oscuridad que me proporcionaban mis párpados bajados, volví a ver cómo se abría bruscamente la puerta del baño de Elisabeta mientras yo me escapaba por la ventana para salvarme.

De vuelta en la cocina, me bebí de golpe un vaso de agua y busqué algo de comida, con lo que añadí unas cajas de cartón y un pan enmohecido al montón de basura del suelo. Masticando una barrita energética rancia, volví al despacho y contemplé un rato más el disco vacío en la pantalla. ¿Tal vez había un documento oculto? Pero la memoria marcaba cero. Parecía muy improbable que hubieran conseguido introducir información de tal manera que no ocupase memoria, aunque con aquellos tipos todo era posible. Escondí el disco entre mis

281

DVD vírgenes, ensartándolo en el eje del cartucho, y guardé en un cajón el sobre de FedEx.

Sonó el teléfono. Me apresuré a descolgar.

—¿Ari?

—Estoy fuera de circulación. —Joe Vente—. Memoriza este número. —Me lo dijo de un tirón—. Me encuentro a buen recaudo. A salvo. Nadie tiene este número; quiero decir que, si vienen a matarme, me cabrearé contigo de verdad.

—No diré una palabra.

—Ya he dado el aviso de lo de Elisabeta, o como coño se llamara. Prepárate, porque la mierda empezará a salpicar.

—De acuerdo.

—¡Ah! Y me he ganado esa exclusiva por partida doble.

—¿Eso significa…?

—Ya puedes apostarte el trasero. La he encontrado.

Capítulo 44

Sorprendí a Trista fuera de su bungaló de Santa Monica, tirando unos envases de Dasani en el cubo de reciclaje.

—¿Agua embotellada? —pregunté—. ¿Le parece responsable desde un punto de vista ecológico?

Se dio media vuelta, protegiéndose los ojos del sol poniente y esbozó una sonrisa triste al reconocerme. Una sonrisa que enseguida se volvió reticente.

—Su camisa está hecha de algodón —observó—, que requiere ciento diez kilos de fertilizante nitrogenado por hectárea cultivada. Y en cuanto a ese coche suyo —un giro de su encantadora cabeza—, si lo convirtiera en un híbrido, ganaría cinco kilómetros por litro, lo cual le ahorraría a la atmósfera diez toneladas de dióxido de carbono al año. —Mientras me acercaba, se inclinó, cayéndole por la cara la rubia cabellera, y me miró los pantalones—. ¿Y ese móvil que lleva en el bolsillo? Tiene un condensador de tantalio, obtenido del coltán, que se extrae del lecho de los ríos del este del Congo, la zona donde viven los gorilas. O donde vivían.

—Me rindo.

—Somos todos unos hipócritas. Todos causamos daño. Simplemente, por el hecho de vivir. Y sí, también bebiendo agua embotellada. —Guardó silencio un momento—. Veo que me sonríe. ¿Va a ponerse a coqueto y paternalista?

—No, no. Pero es que he pasado un par de días muy largos, y verla es como un soplo de aire fresco.

—Le gusto.

—No en ese sentido.

—¿Ah, no? ¿Entonces por qué?

—Porque no piensa igual que yo.

—Me alegro de verlo, Patrick.

—Yo no lo maté.

—Ya.

—¿Cómo lo sabe?

—Toda su ira está en la superficie. En realidad no es más que una herida que no quiere reconocer. Vamos adentro.

Había cajas de mudanza esparcidas sobre las baldosas. Evidentemente, la productora no se había demorado en despedirla, ahora que ya no hacía falta que cuidase de Keith. Eché un vistazo al bungaló: bien situado, a cuatro travesías del océano, unos ochenta metros cuadrados que debían de salir por dos mil dólares al mes. Una encimera flotante daba cabida apenas a un fregadero, un microondas y una cafetera. Aparte del baño diminuto, junto al armario, la vivienda era una sola habitación.

Las paredes estaban adornadas con carteles de ballenas.

—Ya sé —dijo al ver que las miraba—, es la decoración de una cría. Pero no puedo evitarlo. ¡Son tan espléndidas! Se me parte el corazón. —Recogió del suelo una botella de Bombay Sapphire y volvió a llenarse el vaso, añadiendo un chorro de tónica—. Disculpe. Seguramente pensará que soy…

—No, por favor. Siempre puedes fiarte de una mujer que bebe ginebra.

—Le ofrecería un poco, pero se me está acabando y voy a tener que estirarla para pasar todo esto. —Metió la lamparilla de noche en un cubo de basura metálico, junto con un puñado de calcetines, y luego miró alrededor, abrumada—. Regreso a Boulder. Me irá bien. Pondré otro proyecto en marcha y… y…

Me estaba dando la espalda; se llevó una mano a la cara, encogió los hombros y comprendí que estaba llorando. O tratando de evitarlo. Soltó un agudo gemido y, al volverse, tenía la cara roja, pero por lo demás parecía normal; un punto cabreada, si acaso.

Bebió un trago, se sentó en la cama y dio una palmadita a su lado. Obedecí. Sobre el edredón había esparcidas fotos satinadas de ballenas varadas o en plena autopsia. Eran imágenes de gran crudeza, imposibles de ignorar. Me produjo una sensación de desesperanza ver a esos magníficos animales convertidos en meros despojos arrastrados por la marea. Una impotencia que se transformaba en asco en el fondo de mi garganta.

Ella cogió una de las fotos y la miró casi enternecida, como si fuese un recuerdo de otra vida.

—Es todo una mierda, Patrick. Ya lo sabe. El sueño nunca llega a cumplirse. Al final, todo se reduce a un montón de componendas y, con mucha suerte, a unas cuantas personas decentes con las que tropiezas de vez en cuando. —Apoyó la cabeza en mi hombro y noté el olor a ginebra.

Se secó la nariz con la manga y volvió a sentarse derecha.

—Mi trabajo era cuidarlo como una niñera. Impedir que se estrellara borracho, que se follara a una chica de diecisiete años o algo parecido. Mantenerlo con vida y sin que acabara en la cárcel hasta que tuviéramos nuestra película. ¿Le parece difícil?

—Muy difícil.

—Sé que lo odiaba. —Arrastraba ligeramente las palabras.

—Quizá no fuese tan mala persona.

—No —dijo—. No lo era. Era una especie de perro labrador bobo, pero sintonizaba lo bastante con la causa para que lográramos enrolarlo. Estrellas, películas, oportunismo… Joder, suena todo tan cínico. —Bajó la vista a una de las fotos: grasa y carne rosada—. Pero yo realmente creo en toda esta mierda.

—¿Y Keith?

—Él era una estrella. ¿Quién coño lo sabe? Lo utilizaban para toda clase de causas. —Ahora hablaba con ironía—. Se aburren, ¿entiende? Buscan pasatiempos, causas nobles. Pero él no tenía por qué escoger esta; no tenía por qué escoger ninguna. Y sin embargo, la escogió. ¿Recuerda cuando las ballenas grises empezaron a varar en la bahía de San Francisco?

—No, lo siento.

—Justo al pie del Golden Gate. Yo lo llevé allí. Ya sabe, una inspección sobre el terreno con biólogos marinos, donde te ensucias los zapatos… Esas chorradas les encantan. Keith estaba emocionado, se compró un anorak Patagonia nuevo. Después, cuando todo el mundo se había ido ya, me puse a buscarlo y no lo encontraba. Resulta que había vuelto junto al agua; estaba acariciando a la ballena, cayéndole una lágrima por la mejilla. Como la lágrima de ese indio de Keep America Beautiful, ¿sabe? Igual. Pero nadie lo vio. Se la enjugó enseguida… «No pasa nada —me dijo—, tranquila, todo va bien.» Pero yo le perdoné muchas cosas por esa lágrima. —Se puso de pie con brusquedad—. He de terminar de recoger. Lo acompaño afuera.

285

Pero se quedó ahí inmóvil, mirando los carteles combados de las paredes.

—¿Qué demonios hago aquí? —explotó—. Yo no sé nada de cine. Ni de finanzas. No soy sino una estúpida sentimental con un título universitario a medias y una pasión loca por las ballenas. —Examinó el bungaló como si las cuatro paredes mostraran todos sus defectos y sus desilusiones. Cuando recuperó la compostura, se percató de que la contemplaba y se ruborizó por haberse mostrado tan diáfana—. He dicho que he de terminar de recoger.

—Oiga, concédame un minuto, por favor. Usted pasó con Keith mucho tiempo al final…

—¿Hace falta que me lo recuerde?

—¿Le puedo preguntar un par de cosas?

—¿Como qué?

—¿Alguna vez mencionó una empresa llamada Ridgeline?

—¿Ridgeline? No, no me suena de nada.

—¿Alguna vez fue al Starbright Plaza? Es un centro comercial con oficinas junto a Riverside, en Studio City.

—Él jamás bajaba al Valle. —Volvió a desplomarse en la cama—. ¿Nada más?

—Tengo un tiempo limitado, Trista. Soy el principal sospechoso. He de averiguar quién me tendió una trampa para inculparme, y he de hacerlo antes de que la policía venga a por mí y me meta en la cárcel. Porque entonces ya no quedará nadie para averiguarlo.

—¿Y qué quiere que haga? ¿No lo he ayudado bastante ya?

—¿A qué se refiere?

—Los convencí, a él y a Summit, para que retirasen la demanda. O al menos, iban a hacerlo.

Me quedé boquiabierto.

—¿Fue usted?

—Sí, yo. Después de que perpetrase aquel ataque vandálico…

—Yo no fui.

—Da igual. Lo convencí de que todo ese jaleo legal era una distracción y un coñazo para él, y prácticamente le escribí el guion con lo que debía decir a los tipos de la productora para hacerles creer que la película no necesitaba ningún escándalo después de haber despertado tan buenas expectativas. Yo sabía, en todo caso, que usted no lo había golpeado —es demasiado inofensivo, como he dicho—, y si la verdad llegaba a descubrirse, él habría perdido toda su credibilidad para erigirse en el portavoz concienciado de nuestra lucha ecológica. —Se mordió una uña astillada y se quedó mirándome fijamente, destacándole las rizadas pestañas, un despliegue de clase y estilo increíbles—. Bueno, ¿algo más o puedo volver a mi deprimente soledad?

Me había pillado desprevenido y traté de centrarme.

—Dígame, ¿hizo Keith alguna cosa o se vio con alguien que a usted le pareciese fuera de lo normal?

—¿Fuera de lo normal? Mire, pese a su agitación aparente, Keith era de las personas más aburridas y predecibles que he conocido. Todo eran chorradas infantiles: clubes y bares, y paseos en limusina a medianoche con modelos en ropa interior. Cantidad de travesuras y de borracheras, desde luego, pero nada serio. Dudo mucho que conociese a alguien lo bastante interesante para querer matarlo. Y eso lo incluye a usted.

Deduje que daba por concluida la charla con estas palabras, y me puse de pie en silencio. Tenía toda la razón: era difícil imaginarse a Keith haciendo algo lo bastante serio para llamar la atención de unos tipos que manejaban material de inteligencia de última generación. Él saltaba de una cosa a otra: fiestas, películas, proyectos... Se había enrolado en la causa de Trista tan a la ligera como en todo lo demás, y luego se había ido exaltando hasta alcanzar un estado parecido a la convicción.

Me detuve en el umbral y me di la vuelta.

—Yo también he perdido mi trabajo —le comuniqué—. Me dedicaba a la enseñanza. No me había dado cuenta hasta ahora de lo mucho que significaba para mí. ¿Y sabe lo más gracioso? Siempre lo había considerado algo secundario, un premio de consolación, pero perderlo me ha dolido mucho más que ser despedido de mi propia película. —Advertí que estaba divagando y me interrumpí—. Bueno, lo que pretendo decir es que lamento que la hayan despedido de un proyecto que significaba tanto para usted.

—¿Despedido? A mí no me han despedido. Toda la producción se ha cancelado. —Se sumió en sus pensamientos, encogiéndose de hombros—. El lunes iba a ser el primer día de rodaje. Solo faltaban tres días. Parece mentira, joder.

El gélido viento me traspasaba la camisa, pero mi piel se había puesto tensa de golpe.

—¿Qué ha pasado? ¿Se ha venido abajo la financiación?

287

—Por supuesto. Los documentales sobre medio ambiente no pueden obtener un lanzamiento como es debido si no los protagoniza un Al Gore o un Keith Conner.

Se me había quedado la boca seca. Dirigí de nuevo la vista hacia las fotos satinadas esparcidas sobre la cama: ballenas varadas, tímpanos reventados, cerebros lacerados…

El sónar.

Keith había comentado algo acerca de un sónar de alta frecuencia que causaba estragos entre las ballenas, destrozándoles los órganos internos, provocándoles embolias y empujándolas hacia las playas.

Todas las piezas dispersas se alineaban de repente.

Sentí que se me alborotaba la sangre: un deseo feroz de llegar al fondo del asunto.

Ella seguía hablando:

—Cuando algo se tuerce, sea por una recesión, por una votación en el Senado o un nuevo recurso técnico, el medio ambiente es el primero en sufrir las consecuencias. —Una risa irónica—. Bueno, me temo que esta vez ha sido Keith el primero.

Pregunté sin pensar:

—¿No pueden encontrar a otra estrella y obtener nueva financiación?

—Ya dará igual. —Se colocó un mechón detrás de la oreja—. Disponíamos de un tiempo muy acotado para el proyecto. Y el dinero ahora ha desaparecido.

Me vino a la cabeza la imagen de Keith, la última vez que lo había visto vivo, reclinado en aquella tumbona de teca, fumando cigarrillos de clavo y ensayando su tono más serio: «Es una carrera contra reloj, tío».

¿Qué era lo que había dicho Jerry? «El muy idiota va a hacer un documental de mierda sobre ecología. Mickelson trató de convencerlo para que esperase a tener otro éxito en el bolsillo, pero no: tiene que ser ahora.»

—¿Por qué un tiempo acotado?

Me sonaba lejana mi propia voz. Ella levantó la vista.

—¿Cómo? —preguntó.

—Ha dicho que tenían un tiempo acotado para hacer la película. Mucha prisa. ¿Por qué?

—Porque teníamos que llegar a los cines antes de la votación del Senado.

Me reverberaban las pulsaciones en los oídos.

—Un momento —dije—. ¿Ha dicho «la votación del Senado»?

—Sí. Se trata de la propuesta para reducir los límites del nivel de decibelios del sónar naval, con el objetivo de proteger a las ballenas. Está prevista para octubre. Lo cual significa que deberíamos estar rodando… ya. —Frunció el entrecejo y echó un vistazo al vaso vacío—. ¿Por qué se ha puesto tan raro?

—Si *Profundidades* se estrenase antes de octubre, la idea de salvar a las ballenas de los efectos del sónar podría convertirse en una causa popular. Y ciertos senadores acabarían tal vez con un huevo en la cara. Estamos en año de elecciones.

—Así funcionan las cosas. Oiga, ¿de dónde sale usted? ¿De los *Boy Scouts*, por casualidad?

—Se sentirían presionados para votar la imposición de límites al sónar.

—Sí, Patrick. Esa era nuestra esperanza.

—A menos que no se haga la película.

—Exacto.

—Y lo único que puede provocar la cancelación de un rodaje, una vez que se ha dado luz verde, es…

Ella dejó el vaso.

—¡Venga ya, Patrick!

—… la muerte del protagonista.

Por primera vez vi miedo en su cara. Lo había entendido. Sentí que tal vez había encontrado a una nueva aliada, alguien que ya estaba en la batalla, aunque fuera en un frente distinto, y que podría serme de ayuda.

Pero ella echó una ojeada hacia la puerta de atrás, y entonces comprendí con brutal desilusión que no estaba asustada porque me creyese y viera con qué me enfrentaba (o nos enfrentábamos), sino porque yo le daba miedo. En mi entusiasmo, había cometido el error de precipitarme y de no dosificarle la información. Ella disponía de una visión limitada de aquel sórdido embrollo y, ante mis febriles afirmaciones, únicamente podía pensar que yo era un paranoico y un perturbado, tal como me habían presentado los medios.

Levanté una mano, desesperado, tratando de sortear el debate que ella había iniciado consigo misma.

—Usted ha dicho que sabe que no soy un asesino.

289

—Quiero que se vaya. Ya.

—No es tan disparatado como suena. Por favor, déjeme explicarle algo… —Di un paso en el umbral, y ella se levantó de un salto, jadeando. Durante un instante, que se me hizo muy largo, nos miramos de un extremo al otro de la habitación. El terror parecía emanarle del cuerpo como un halo de energía.

Alzando las palmas, retrocedí despacio, salí y cerré la puerta con cuidado.

Capítulo 45

—Siempre he estado planteando la pregunta equivocada. —Estaba tan agitado que casi gritaba hablando por teléfono—. Me he preguntado a quién beneficia la muerte de Keith Conner.

—Muy bien —contestó Julianne. La había localizado en su despacho, y ella había tenido la precaución de responder con referencias veladas a lo que yo le explicaba de mi conversación con Trista—. ¿Y la pregunta correcta sería…?

Acelerando por la cuesta, me metí en el carril contrario para esquivar a una furgoneta de reparaciones eléctricas.

—¿Quién se beneficia si la película acaba en vía muerta?

—Estoy con un alumno ahora mismo; quizá podrías…

—Explicarme. Desde luego.

Pero, por supuesto, no me dejó.

—¿Tenía alguna respuesta esa chica ingenua?

—¿Trista? No. Pero la lista es más que obvia: cualquier defensor de ese sistema de sónar, los senadores de algún comité de investigación, el departamento de Defensa, la Agencia de Seguridad Nacional, los fabricantes de material militar…

—Bueno, eso restringe bastante las posibilidades. Pero dada la posición que ocupa esa chica, ¿no puede especificar…?

—Ella cree que estoy como una puta cabra…

—Humm, humm.

—… me ha echado de su casa.

—¿Con lo cual…?

—¿Podrías investigar tú sobre el sónar naval y esa propuesta del Senado?

—Ya me imaginaba que ibas…

—Pero datos concretos —exigí—: nombres, programas, cómo

funcionan los fondos invertidos, etc. Sean quiénes sean, son poderosos, es evidente. Es decir, si se trata del departamento de Defensa o de la Agencia de Seguridad Nacional…, imagínate qué recursos: los equipos que manejan y su radio de acción. Tienen gente en todas partes. Obviamente, infiltraron a alguien en el departamento de policía. ¿Cómo te enfrentas con un coloso semejante?

—De ninguna manera —replicó—. Y no nos pongamos dramáticos. Una cosa así no es una operación autorizada, ¿comprendes?, que abarque a toda una…

—¿Agencia?

—Exacto. Tienes que averiguar qué parte corrupta del conjunto está relacionada con tu… situación.

—¿Puedes ayudarme? ¿O queda muy lejos de tu territorio?

Un suspiro.

—El *Wash Post* y *The Journal*. Antiguos compañeros de curso, ¿sabes? Periodismo de investigación. Y yo tampoco soy manca.

No estaba muy seguro de que sus frases entrecortadas y sus respuestas elípticas resultaran más veladas que un discurso normal, pero me sentía demasiado agradecido para ponerlo en cuestión. Le di, pues, la dirección de Ridgeline, Inc., en Studio City, y le pedí que averiguara todo lo que le fuera posible sobre ellos y sobre su posible conexión con el asunto. Ella asintió varias veces y se despidió sin pronunciar mi nombre. Di un golpe triunfal en el volante. Al fin se movía algo.

Pensé en tratar de localizar otra vez a Ariana (había marcado todos sus números antes de llamar a Julianne), pero ya casi había llegado a casa. En nuestra manzana había nuevas furgonetas esperando. Viré con brusquedad a la derecha y dejé el coche junto a la cerca trasera. En cuanto bajé, percibí que había algún problema. Puse un pie sobre el invernadero, y al mirar a través del tejado de plástico, vi los estantes arrancados de las paredes, los tiestos hechos pedazos y las flores esparcidas entre grumos de tierra. Resbalé, me golpeé con el tejadillo y caí de espaldas al suelo del jardín.

Desde ese ángulo, el invernadero aún tenía peor aspecto. Lo habían puesto todo patas arriba. Resumiendo, registrado a fondo.

Eran las cuatro de la tarde pasadas. Ariana podría haber estado allí cuando vinieron. Volví la cabeza magullada hacia la casa.

292

Se habían dejado entornada la puerta trasera.

Me puse de pie y corrí adentro. La casa se veía más arrasada que cuando me había ido. No habíamos llegado a arreglarla del todo después de que la policía la registrara de arriba abajo. La sala de estar… también vacía. Nuestra foto de boda enmarcada, arrinconada contra la pared, me observó fijamente, evidenciando la grieta del cristal sobre nuestras sonrientes caras. Llamando a Ari a gritos, subí corriendo la escalera. No estaba en el dormitorio. Me apresuré a entrar en el despacho y abrí el cajón del escritorio.

El sobre de FedEx que había robado de la oficina de Ridgeline había desaparecido.

El cartucho de DVD vírgenes seguía en su estante. Quité la tapa a toda velocidad y tiré los discos al suelo. Todos idénticos. Se habían llevado también el CD.

Saqué a tientas del bolsillo el teléfono y llamé a Ariana. Buzón de voz. Bajé corriendo y abrí la puerta que daba al garaje: la camioneta blanca no estaba. Buena señal. Tal vez no había llegado a casa. Tal vez se había prolongado la reunión…

Una sensación de pánico se llevó por delante mi fantasía. Tendría que haber llegado hacía media hora. Busqué en su libreta de direcciones, llamé a su secretaria…

—¿Cómo, Patrick? Que yo sepa, la reunión se ha terminado hace ya…

Colgué y salí a la calle al trote. Varios fotógrafos habían reanudado la vigilancia. Se asomaron de los coches y furgonetas entre perplejos y divertidos.

—Eh, oigan, ¿han visto…? ¿Han visto entrar a alguien en la casa? ¿O salir? ¿Han visto a mi esposa?

No paraban de sacarme fotografías.

—¿Cuánto llevan aquí apostados? ¿Cuánto? —Nada. Me puse furioso—. ¿Han visto algo, joder?

Me giré en redondo. Los vecinos de los apartamentos de enfrente ya se asomaban a los balcones, una cara o dos en cada piso. En la puerta de al lado, Martinique miraba estremecida desde el umbral; Don le rodeaba los hombros con un brazo.

—¿Estabais aquí? —les grité—. ¿No os habéis movido de casa? ¿Habéis visto a Ariana?

Don dio media vuelta y arrastró a su mujer adentro.

Me volví. Cámaras sin rostro disparando sin cesar.

—No sé… No sé dónde coño está —supliqué. Dos de ellos

disimulaban la risa; el tercero retrocedió con cara de disculpa.

A través de la puerta abierta, oí que sonaba el teléfono.

Gracias a Dios.

Corrí adentro, descolgué.

—¿Ari?

—*Teníamos la esperanza de que la última vez que hablamos fuese realmente la última.*

La voz electrónica. Se me erizaron los pelos de la nuca.

—*Pero tienes más resistencia de lo que habíamos previsto.*

No conseguía respirar.

—*No podemos matarte. Demasiado sospechoso.* —Un silencio calculado—. *Pero tu esposa…*

Tenía la boca abierta, pero no me salía ningún sonido.

—*Eres un tipo perturbado. Quizá también podrías hacerle daño a ella.*

—No —logré decir—. Escuche…

—*El disco.*

—No, yo… no. No lo tengo. No tengo ningún disco.

—*Tráenos el* CD. *O te enviaremos el corazón de tu esposa en un paquete de FedEx parecido al que nos robaste.*

Me apoyé en la encimera de la cocina para no venirme abajo.

—Juro por Dios que alguien se lo ha llevado.

—*Ve en coche a casa de Keith Conner. Utiliza la entrada de servicio. El código es 1509. Aparca a medio metro de la maceta de cactus que hay junto al pabellón de invitados. Permanece sentado. Mantén subidos los cristales de las ventanillas, y no te muevas de tu sitio cuando nos acerquemos. Si hablas con la policía, ella morirá. Si no nos entregas el disco, ella morirá. Si no estás aquí a las cinco en punto, ella morirá.*

—¡No, espere! Escuche, yo no…

Había colgado.

Mis pensamientos giraban desbocados. Si la llamada era de Ridgeline, no podían ser ellos los que habían entrado en casa y recuperado el disco. ¿Quién, entonces? ¿La policía, en busca de pruebas? ¿Unos polis corruptos para chantajearme? ¿La Agencia de Seguridad Nacional? ¿El departamento de Defensa? ¿Los secuaces de un senador? ¿Qué papel jugaba yo en aquel asunto? Obviamente, el CD no estaba vacío como yo había creído. ¿Qué demonios habría allí escondido?

A las cinco en punto. Eso significaba: al cabo de treinta y siete minutos. Apenas me quedaba tiempo para llegar en coche; mucho menos para que se me ocurriera algo.

¿Cómo iba a localizar el disco si no tenía la menor idea de quién se lo había llevado?

Treinta y seis minutos.

Cogí el teléfono para llamar al detective Gable y averiguar si se lo había llevado él. Pero la hora fijada... Aun suponiendo que sí, era imposible alcanzar un acuerdo con él y llegar a casa de Keith en treinta y cinco minutos. Aporreé la horquilla con el auricular, errando el golpe y aplastándome los nudillos.

¿Estaría bien Ariana? ¿Le habrían hecho daño ya?

Me tiré del pelo, pero me aparté las lágrimas de las mejillas.

¡Un disco! Podía entregarles uno de mis CD vírgenes. Les diría que había intentado copiarlo y que se había borrado todo por sí solo, igual que los DVD. Un plan defectuoso, desde luego, pero al menos era algo. Quizá me serviría para ganar unos minutos y averiguar dónde estaba Ariana mientras ideaba otra cosa. Subí corriendo otra vez. Cogí un CD genérico de uno de los cajones y lo metí en el portátil de Ari para asegurarme de que estaba vacío.

Treinta y tres minutos.

Bajé de nuevo y eché a correr hacia la cerca con la camisa empapada. Me detuve a medio camino. Volví atrás y agarré el cuchillo más grande que encontré en el taco de madera de la cocina.

Tomé una curva muy cerrada sujetando con firmeza el volante y haciendo lo posible para no resbalar en el asiento. Si el cuchillo de carnicero que tenía bajo el muslo se desplazaba, me rajaría de arriba abajo la pierna. La hoja estaba en posición oblicua, de manera que el mango sobresalía hacia la guantera que hay entre los asientos, y me quedaba al alcance de la mano. El olor acre a caucho quemado se colaba por las rejillas de ventilación del salpicadero. Contuve el impulso de pisar a fondo de nuevo el acelerador; no podía arriesgarme a que me obligaran a detenerme en el arcén y no llegar a tiempo.

Crucé disparado la calleja. Notaba las manos resbaladizas en el volante, y el corazón me bombeaba tanta adrenalina por el cuerpo, que me faltaba el aliento. Miré el reloj, miré la calle, miré otra vez el reloj. Cuando apenas estaba a unas travesías, pegué el coche al bordillo, haciendo chirriar los neumáticos. Abrí la puer-

295

ta justo a tiempo. Mientras vomitaba en la cuneta, un jardinero, parapetado tras un cortador de césped funcionando a toda potencia, me observó con expresión indescifrable.

Volví a incorporarme en mi sitio, me sequé la boca y continué ya más despacio por la empinada cuesta. Doblé por la vía de servicio como me habían indicado, y al cabo de unos segundos apareció ante mi vista el muro de piedra, y luego las verjas de hierro, a juego con las que ya conocía de la parte de delante. Bajé de un salto y pulsé los números del código. Las verjas retemblaron y se abrieron hacia dentro. Flanqueado de jacarandas, el sendero asfaltado discurría por la zona trasera de la propiedad. Por fin distinguí el pabellón de invitados: paredes de estuco blanco, tejado de tejas ligeramente inclinado y un porche elevado. Era más grande que la mayoría de las viviendas normales de nuestra calle.

Paré el coche junto a una maceta de cactus, al pie de la escalera, muy pegado al edificio; con las manos aún en el volante, hice un esfuerzo para respirar. No había la menor señal de vida. Al otro lado de la propiedad, apenas visible entre la enramada, el edificio principal se alzaba silencioso y oscuro. Me escocían los ojos a causa del sudor. La escalera, que quedaba justo al lado de la ventanilla del acompañante, era tan alta que no lograba ver el porche desde el asiento; no había gran cosa al alcance de la vista por ese lado, salvo los peldaños. Supuse que esa era, precisamente, la intención.

Aguardé y agucé el oído.

Al fin oí cómo se abría rechinando una puerta. Un paso. Después otro. Una bota masculina descendió el escalón más alto que alcanzaba mi campo de visión. Luego la bota derecha, y a continuación las rodillas, los muslos y la cintura del hombre. Llevaba unos gastados pantalones vaqueros de operario, un cinturón negro vulgar, tal vez una camiseta gris.

Deslicé la mano derecha hacia la empuñadura del cuchillo, y la apreté tanto que sentí un hormigueo en la palma. También noté que algo cálido me goteaba en la boca: me había mordido un carrillo.

Él se detuvo en el último escalón, a un paso de mi ventanilla; el techo del coche lo partía por la mitad. Deseaba agacharme para verle la cara, pero me habían advertido que no lo hiciera. Lo tenía demasiado cerca, en todo caso.

Alzó el puño y golpeó la ventanilla una vez con los nudillos.

Pulsé el botón con la mano izquierda, y el cristal descendió produciendo un zumbido. Notaba el frío de la hoja del cuchillo bajo mi muslo. Escogí un punto del pecho del individuo, justo debajo de las costillas. Pero sobre todo debía averiguar lo que necesitaba saber.

De pronto su otra mano surgió veloz ante mis ojos, y lanzó un objeto del tamaño de un puño por la rendija de la ventanilla, que todavía seguía descendiendo. Al caer sobre mi regazo, advertí que era una cosa sorprendentemente pesada.

Bajé la vista: una granada de mano.

Se me cortó el resuello, pero me apresuré a agarrarla.

Antes de que mis dedos extendidos lograran atraparla, estalló.

297

Capítulo 46

$\mathcal{M}$is párpados parecían de hormigón. Se entornaron apenas y volvieron a cerrarse para evitar la luz abrasadora. Me dolían las costillas. Me zumbaban los oídos. Sentía como si me faltara piel en la mejilla derecha y en la comisura de los labios. Intenté alzar la mano hacia mi palpitante cabeza. Inútilmente.

Fue un lento proceso, pero al fin abrí los ojos. Me dio la impresión de que los fluorescentes lo blanqueaban todo, aunque tras unos parpadeos más descubrí que la habitación era deslumbrante por sí misma: baldosas blancas, paredes blancas, un gran espejo redoblando la cegadora blancura. Estaba vacía en absoluto, aparte de una silla en un rincón. Durante un instante, abrigué la idea de que me hallaba en una sala de espera divina. Luego, por la ranura de la puerta del fondo, identifiqué el póster del Departamento de Policía de Los Ángeles, clavado detrás de una mesa.

Una sala de interrogatorios.

¿Me habían detenido?

Estaba tumbado en un banco de metal, y tenía la muñeca derecha esposada a una barra de seguridad atornillada a la pared. No me había dado cuenta al principio de que era eso lo que me impedía levantar el brazo.

El recuerdo de Ariana provocó que me sentase de golpe, y la cabeza casi me estalló. Sentía pinchazos por todo el brazo derecho. Me levanté la camiseta y me la sujeté con la barbilla: me vi el pecho en carne viva. Me puse de pie y traté de separarme del banco lo suficiente para mirarme en el espejo polarizado y observarme las heridas de la cara, pero la esposa me mantenía sujeto a unos centímetros del marco.

Notaba la garganta demasiado reseca para articular palabra; pese a ello, proferí un grito afónico para pedir ayuda. No acudió nadie.

Examiné la habitación. Había una gruesa puerta metálica con cerradura de seguridad en la misma pared a la que estaba atado, aunque fuera de mi alcance. El zumbido no sonaba únicamente en mi cabeza: el aire acondicionado trabajaba a tope, aunque solo renovaba el aire a temperatura ambiente. En la habitación contigua, un reloj junto al póster del departamento de policía marcaba las siete en punto (¿de la mañana?, ¿de la tarde?); al lado de la atestada bandeja de documentos, vi un cubo de plástico transparente, donde se hallaban mi billetera, mis llaves y el móvil desechable. Reparé en que tenía un bolsillo vuelto del revés.

Una idea atroz irrumpió en medio de la confusión: «Está muerta». Pero mi mente retrocedió y se apresuró a buscar otras posibilidades.

Tal vez la habían soltado. O quizá la policía la había rescatado cuando había dado conmigo. Sentía una necesidad desesperada de creerme cualquier cosa.

Di cuatro pasos siguiendo la pared; la esposa se deslizó hasta el extremo de la barra y me detuvo en seco. No podía alcanzar nada desde ahí. Tragué varias veces y al fin conseguí que me saliera la voz. Miré el espejo polarizado.

—¿Dónde estoy? —Más ronco que Marlon Brando.

Oí una puerta que se abría y se cerraba, y enseguida entró desde la habitación contigua un detective con una chapa de identificación colgada del cuello. Era tan corpulento que al principio casi no vi al otro, al compañero que venía detrás de él.

El rubio grandullón se pasó la mano por el pelo, rematado con un tupé plano, e hizo un gesto hacia el espejo.

—De acuerdo. Lo tenemos, gracias. ¿Ya estáis grabando? —Su rostro, de rasgos recios y apuestos, se concentró en mí. Tenía un aire típicamente americano, como un jugador de fútbol pintado por Norman Rockwell—. Soy el teniente DeWitt; este es el teniente Verrone.

Tenientes. Me habían ascendido.

Verrone tenía tez de fumador y bebedor: amarillenta, tosca y enfermiza, todo a la vez. Vista su talla, daba la impresión de que habría cabido en una pernera de los pantalones de DeWitt. El bigote se le retorcía un poco en las puntas, insinuando un mostacho daliniano, aunque lo llevaba pulcramente recortado, sin duda para atenerse al reglamento.

—Mi esposa —grazné.

—¿Qué le pasa? —preguntó DeWitt.

Verrone se dejó caer en la silla del rincón. Llevaba la camisa muy ceñida y se le marcaba un torso sorprendentemente fibroso. Parecía un alfeñique al lado de DeWitt.

—¿Está bien? —quise saber.

—No sé —respondió DeWitt—. ¿Es que le ha hecho daño?

—¡No, yo no! —Tenía un cerco de piel enrojecida en la muñeca. La cabeza todavía no me funcionaba correctamente; todo parecía tan brutal, tan desconcertante—. Ustedes... ¿no la han visto?

DeWitt se acuclilló ante mí sobre las blancas baldosas. A pesar de ser un tipo de tal corpulencia, sus movimientos poseían gracia y precisión.

—¿Por qué deberíamos haberla visto? —cuestionó.

Desde su silla, Verrone seguía estudiándome. No era una mirada ceñuda, sino desapasionada; el matiz amenazador estaba en su persistencia de reptil. No había dejado de mirarme ni tampoco movido un músculo, al menos por lo que había apreciado en las ojeadas que le lanzaba a mi vez.

Sacudí la cabeza para despejarme, aunque solo sirvió para exacerbar el dolor.

—¿Cómo es que yo...? —El resto no conseguí trasladarlo desde el cerebro a los labios.

DeWitt respondió de todos modos:

—Una granada aturdidora de fabricación militar. Contando la presión añadida por hallarse dentro de un coche, estamos hablando de una onda expansiva de diez mil kilos por centímetro cuadrado. Tiene suerte de no haber quedado malherido de verdad.

¿Aquel había sido desde el principio el plan de mi atacante? ¿O había visto el cuchillo y había decidido lanzarme una granada? Me habían dejado con vida. Lo cual significaba que aún les servía. Como era obvio, se habrían dado cuenta de que el CD que les había llevado era falso, pero quizá creían que todavía los ayudaría a encontrar el auténtico. La esperanza renació en mi pecho; en ese caso, mantendrían viva a Ari para asegurar mi colaboración.

«Si hablas con la policía, ella morirá.»

Ahuyenté el recuerdo de la amenaza y procuré concentrarme. Tenía que salir de allí sin revelar nada y ponerme a disposición de los secuestradores de mi mujer. Nada de lo cual iba a resultar fácil. Lo primero era conseguir que me trasladasen a un lugar con menos medidas de seguridad como, por ejemplo, a un hospital.

—Podr... ¿podría ver a un médico?

—Ya lo han examinado en el lugar de los hechos. Usted estaba consciente... ¿recuerda?

—No.

—Lo hemos traído aquí, y se ha quedado dormido.

—¿Aquí?

—Parker Center.

La central de la policía de Los Ángeles. Fantástico.

—Debería estar en un hospital. Me he quedado inconsciente. No me acuerdo de nada.

DeWitt miró a Verrone arqueando una ceja.

—Será mejor que le volvamos a leer sus derechos, entonces.

—No. Lo tenemos grabado. Y él ha firmado. —Los labios de Verrone apenas se habían movido, y me pregunté si habría llegado a hablar; seguía misteriosamente inmóvil.

Intenté ponerme de pie, pero la esposa me devolvió al banco dándome un tirón.

—No pueden detenerme. No puedo... estar en la cárcel ahora.

—Me temo que es un poco tarde para eso —dijo DeWitt.

—¿Puedo hablar con la detective Richards?

—Ella ya no lleva el caso.

—¿Y Gable?

—Nosotros —pronunció la palabra con más firmeza— estamos por encima de él.

—Sexta planta —añadió Verrone.

Mi cerebro giraba y giraba en vano, como unos neumáticos al aire. Ahora que Ariana corría peligro, ¿me habría quedado fuera de juego?

—Hace unas horas un vecino avisó de la explosión. —DeWitt fijó la mirada en la esposa que me sujetaba, e inconscientemente se ajustó el reloj sumergible en su propia muñeca—. En casa de Keith Conner, ¿sabe? —Dio un silbido—. Así que salimos a escape. Y lo encontramos allí. Mírelo desde nuestra perspectiva: he de ponerme duro y sacarle unas cuantas respuestas.

301

Notaba fija en mí la mirada impasible de Verrone: aquellos ojos férreos planteando un silencioso desafío. Me percaté de que me daba miedo.

—No creo disponer de ninguna respuesta —aseguré.

—¿Quién lo atacó? —preguntó DeWitt.

—No lo vi. Y no sé ningún nombre.

—Pero no lo han matado. Lo cual significa que debe de tener algo que les interesa.

—No. No les interesa verme muerto, lo cual es distinto. Soy el cabeza de turco del asesinato de Keith Conner. Si yo muero, resultará sospechoso.

—¿Y esto no es sospechoso?

—Desde luego que sí. Me hace parecer sospechoso. Por eso estoy bajo arresto.

—Escuche bien, capullo —soltó Verrone. Esta vez no cabía duda de qué estaba hablando. Tampoco quedaban demasiadas dudas sobre cuál de los dos iba a hacer de poli malo. Se sacó del bolsillo de la chaqueta una bolsa de pruebas: el cuchillo de carnicero oscilaba en su mano—. Queremos que nos explique por qué llevaba esto encima. Y también qué coño andaba haciendo en casa de Keith Conner.

—¿Capullo?

—¿Sabe cómo se hierve una rana, Davis?

—Me sé esa historia —afirmé—. No puedes tirarla al agua caliente porque escapará de un salto. Así quc la metes en una olla de agua fría sobre el fogón y vas subiendo la temperatura, grado a grado. Tan gradualmente, que la rana no se entera, y se queda allí hasta acabar cocida. Y por si aún no me había dado cuenta de lo jodido que estoy —abarqué la angosta habitación con un gesto, y la esposa tintineó—, ahora es cuando usted me dice que yo soy la rana.

Habría jurado que DeWitt lo encontró divertido.

Verrone se levantó de golpe, y la silla se volcó hacia atrás. Después de tanta inmovilidad, el gesto resultaba intimidante. DeWitt se incorporó y se volvió hacia él. Verrone me estudió con la mandíbula apretada, me apuntó con un puño y me amenazó:

—Se va a ganar uno de estos gratis.

DeWitt se me acercó y resopló desde lo alto.

—Hasta aquí hemos llegado. Esta vez no se nos va a escabullir. Todo el mundo está de acuerdo. Desde la fiscal del distrito hasta el jefe del departamento. Tiene que desembuchar. ¿Por qué estaba en casa de Keith?

Aunque agaché la cabeza, aquella sombra enorme ejercía su presión sobre mí. Notaba el calor que desprendía su cuerpo. El CD estaba en alguna parte. Ariana también, muerta de miedo. Y yo entre rejas, incapaz de ayudarla. Si hablaba, la matarían.

—Quiero un abogado —dije.

DeWitt suspiró y dio un paso atrás.

—¡Vaya! —exclamó Verrone—. Quiere ponerse en ese plan. —Se dio media vuelta, indignado—. Me voy a mear.

Salió, y DeWitt y yo nos quedamos solos. Muy nervioso, miré el espejo polarizado.

—Tiene que permitirme que consulte con un abogado —pedí.

—Claro. —DeWitt dio otro paso atrás. Había en su enorme y simpático rostro una mueca de decepción, como si me hubiera pillado en el asiento trasero con su novia—. Claro que sí. Déjeme que se lo explique al jefe.

Salió, dejando la puerta algo entornada, apartó un montón de carpetas y se sentó en el borde del escritorio, que se resintió. Abarcaba por completo el auricular con la manaza.

—¿Sí, jefe? Estoy con Davis en la sala cinco. Solicita un abogado... Sí, he dejado de interrogarlo de inmediato... Lo sé, lo sé. —Chasqueó los labios—. ¿Mucho tráfico? Pues tendrá que esperar mientras llega el abogado. Aunque la celda está hasta los topes con esa pandilla de matones que acaba de traer la división urbana. —Volvió la vista —ojos de color azul— hacia mí, como evaluándome—. Oiga, es un tipo de clase media. No creo que quiera mezclarse... —Asintió. Y otra vez—: Está bien. Lo sé. No se hace una idea de lo mucho que podríamos ayudarlo si estuviera dispuesto a hablar... ¿Cómo? No, no creo que sepa que usted considera un incompetente al detective Gable... Exacto, los árboles no le dejan ver el bosque. Si Davis nos guiara en este embrollo, quizá llegaríamos a alguna parte, pero él cree que ya hemos rebasado ese punto. Una lástima, porque algo me dice que es un tipo decente metido en un asunto que le sobrepasa. En fin, no nos deja alternativa... De acuerdo. De acuerdo.

Colgó.

—Fantástica actuación —dije.

Se sentó en la silla del escritorio y revolvió unas carpetas. Lo

303

miré a través de la rendija de la puerta, pero él no levantó la vista.

—No puedo hablar con usted —musité.

Él se volvió y llamó a alguien que quedaba fuera de mi vista.

—Murray, necesitamos un impreso de traslado para Davis.

—Mi esposa —dije—. Mi esposa podría estar…

Miró por la rendija.

—Perdón, ¿hablaba conmigo?

—¡Venga ya!

—¿Está dispuesto a seguir hablando conmigo sobre lo sucedido, incluso en ausencia de su abogado?

Miré hacia el espejo, para que quedase grabado.

—Sí.

Entró de nuevo y cruzó los brazos.

—No puedo contarle nada útil. —Hizo amago de marcharse otra vez—. Espere, espere un segundo. No es que pretenda marearlo. Mi mujer está en peligro.

—Cuéntenos lo que sabe y nosotros nos ocuparemos de ello. Si su esposa corre peligro, la protegeremos.

—Usted no lo entiende. Ellos quieren…

—¿Qué?

—Creen que tengo algo.

—¿Qué? Nos es imposible ayudarlo si usted no nos deja.

—La matarán, ¿entiende? La matarán si les cuento algo.

—Nadie ha de enterarse de lo que nos cuente. —Ante mi silencio, probó otro enfoque—. ¿Quiénes son «ellos»?

—No lo sé.

Los ojos le brillaron con intensidad.

—¿Dónde está su esposa?

—La tienen ellos, precisamente.

—Está bien, está bien —dijo para calmarme—. Lo primero es lo primero. No puede contarnos nada sin poner en peligro a su esposa. Así que vamos a encargarnos de localizarla nosotros.

—No la encontrarán.

—Encontrar gente es nuestro trabajo. Ahora, dígame, cuando la hayamos encontrado, ¿confesará? —Me miraba con serenidad, sin parpadear—. Quiero su palabra.

—De acuerdo —acepté—. Si la encuentran. Y si hablo con ella, para comprobar que está bien.

Levantó la vista hacia el espejo, asintiendo con energía. Una orden para pasar a la acción.

304

—Tendré que hacerle esperar aquí. ¿Necesita ir al baño?

—No. Sobre todo, que no sufra ningún daño.

—No se vaya. —Una suave sonrisa. Salió y cerró la puerta.

Me estiré en el banco y traté de calmar el martilleo que notaba en la cabeza. Debí de quedarme dormido, porque cuando se abrió la puerta y entró Verrone atisbé el reloj de pared por encima de su hombro. Eran las ocho y cuarto.

DeWitt estaba tras el escritorio de la habitación contigua, sujetando el teléfono con el hombro y apoyando la cabeza en una mano. Muy nervioso.

Verrone fue a buscar la silla del rincón y la arrastró para sentarse frente a mí. Me incorporé frotándome los ojos.

—¿Qué? ¿La han encontrado?

En la otra habitación, DeWitt se reclinó en la silla y puso los pies en el escritorio. Tenía en las manos varias fotos de ocho por diez, pero yo las veía por detrás.

Oí que decía furioso por teléfono:

—Ya lo sé, pero necesitamos que venga el psiquiatra ahora mismo.

Verrone le echó una mirada irritada, y él alzando una mano en señal de disculpa, bajó la voz. Luego Verrone se volvió hacia mí. Su actitud había cambiado por completo. Se inclinó como si fuese a cogerme la mano. Frunció los labios y entre los ojos se le formó un pliegue: una expresión de empatía, de interés. Mis temores se dispararon bruscamente.

—¿Qué? —salté—. Dígame.

—Un excursionista ha encontrado a su esposa…

—No. —Mi voz sonó irreconocible—. ¡No!

—… en un barranco de Fryman Canyon.

Lo miré fijamente, sin sensaciones, sin pensamiento.

—No.

—Lo siento —murmuró—. Está muerta.

Capítulo 47

*L*a foto forense, un primer plano de Ariana, temblaba en mis manos. No soportaba semejante visión, pero no podía dejar de mirarla. Tenía los ojos cerrados, y la piel, de un gris antinatural; sus oscuros rizos, esparcidos entre la hierba seca. Como me había negado a creerlo, Verrone había traído la prueba. Mi esposa, muerta en un barranco.

Me salió una voz tenue, lejana:

—¿Cómo?

Verrone meneó la cabeza.

—¿Cómo?

—Apuñalada en el cuello. —Se humedeció los labios, incómodo—. Usted es sospechoso, obviamente, pero estoy dispuesto a concederle el beneficio de la duda hasta que sepamos la hora de la muerte y todas las pruebas. —Tiró de la foto y, por fin, la solté—. Mi esposa… Yo perdí a la mía por culpa de un conductor borracho. No hay… —Se agachó y se estiró la pernera de los vaqueros; el bigote le osciló—. No sirve de nada lo que se diga. —Ladeó la cabeza con aire respetuoso—. Lo siento.

Apenas captaba sus palabras.

—Pero si estábamos empezando… —Me ahogaba con mi propia respiración—. … a arreglar las cosas.

No pude continuar. Me di la vuelta hacia la pared y me llevé los puños a la cara; quería comprimir mi pecho, mi cuerpo, endurecerme hasta convertirme en una roca desprovista de sensaciones. Si no me desmoronaba, si no lloraba, no sería cierto. Pero lo hice. Lo cual significaba que sí lo era. Me eché hacia delante, manteniendo la muñeca ridículamente esposada detrás. Notaba en el hombro el cálido tacto de la mano del policía.

—Respire —decía—. Una vez. Luego otra. Eso es lo único que ha de hacer ahora.

—Los encontraré. Los encontraré, joder. Tienen que sacarme de aquí.

—Lo haremos. Lo acabaremos resolviendo, ya verá.

Pero yo ya me imaginaba cómo acabarían las cosas. La voz electrónica había diseñado el plan: *Eres un tipo perturbado. Tal vez también podrías hacerle daño a ella.*

—Todo por un CD que les robé —murmuré—. Un puto CD le ha costado la vida. ¿Cómo se me ocurrió pensar…?

—Podríamos usarlo para atraparlos. ¿Sabe lo que contiene?

—No, ni idea.

—¿Lo tiene aún?

Las lágrimas me rodaban por la cara, goteaban en el suelo y en las botas de Verrone. Parpadeé, volví a parpadear con energía para deshacerme de aquel velo borroso, para asegurarme de que era cierto lo que estaba viendo…

El pequeño logo en cursiva junto a sus cordones:

Danner.

Dejé de respirar.

307

Por la rendija, vi que DeWitt seguía al teléfono, apoyaba las enormes botas —un cuarenta y cinco, sin duda— en el escritorio. Mis ojos se detuvieron en el guijarro blanco incrustado en el talón, luego en el reloj Timex que lucía en la muñeca derecha. Mi intruso zurdo: lo había tenido ante mis narices todo el rato.

Momentáneamente, mi consternación bordeó el ataque de pánico; a duras penas conseguí no ponerme a gritar. Después, cuando pasó la crisis, se adueñó de mí una furia helada.

Inspiré hasta que mi corazón comenzó a serenarse, hasta que el hormigueo que sentía en la cara se fue aplacando. Hice un esfuerzo para ordenar mis ideas y reconstruir cómo debía de haber sucedido todo. Estos hombres habían secuestrado a Ariana y me habían arrojado una granada aturdidora. Al encontrar tan solo un CD de repuesto en el coche, me habían traído aquí —a saber qué sitio era este— para que les contara dónde estaba el auténtico, o a quién se lo había dado. Y una vez que habían asumido que no iba a hablar por temor a poner aún más en peligro a Ariana, se habían deshecho de ella, como habían planeado desde un principio. En el momento de apuñalarla, me tenían encerrado en esa habitación. Lo cual los convertía en las únicas personas que podrían proporcionarme una coartada.

¿Me habrían arrancado unos pelos mientras permanecía inconsciente para dejarlos sobre el cuerpo de Ariana? ¿Quién le habría clavado el cuchillo en la garganta? ¿Y quién la habría mantenido sujeta en el suelo?

Verrone seguía inclinado hacia mí, pegando casi su mejilla a la mía. Todavía mantenía una mano en mi hombro y, describiendo pequeños círculos con ella, me lo acariciaba. Un amigo preocupado, un pobre viudo igual que yo.

—¿Todavía guarda ese CD? —preguntó otra vez.

Me hizo falta un enorme esfuerzo para no girar la cabeza y abrirle un boquete en la cara de una dentellada.

—Ha dicho que hablaría con nosotros —me pinchó con cautela—. Ahora ya no tiene nada que perder, a fin de cuentas. Vamos a atrapar a esos hijos de puta.

Sus frases parecían sacadas directamente de una prueba de casting. Mientras mis ojos iban frenéticamente de un lado para otro, caí en la cuenta de que la propia sala de interrogatorio parecía un decorado. Daba la impresión de ser auténtica porque era igual que todas las comisarías que salían en la televisión y en el cine: el gran espejo polarizado, las luces blancas, el escritorio lleno de expedientes; habían montado una película para mí. Lo cual significaba —y me iba la vida en ello— que debía interpretar mi papel sin que se me notara que había descubierto la verdad: que era todo un guion prefabricado.

Verrone se acercó un poco más, e inquirió:

—Bueno, ¿todavía tiene ese CD?

Contuve mi rabia y solté la mentira.

—Sí —dije.

—¿Dónde?

Levanté la vista. Notaba olor a comida en su aliento. Me palpitaban las sienes y me costaba muchísimo disimular la furia que sentía, aunque él no podía saber que era algo más que dolor o consternación.

Tenía que huir. Lo cual significaba que habría de arreglármelas para que se marcharan los dos hombres.

Me esforcé para idear unas frases adecuadas a la situación:

—Hay un callejón cerca de la universidad donde trabajo —le informé—. Donde los tipos que han matado a mi esposa dejaron aparcado un Honda con una bolsa llena de dinero en el maletero. ¿Tiene anotado el lugar en el informe de la investigación?

—Sí.

Otra mentira. Yo nunca le había explicado a la policía la localización exacta.

—El muro norte es de ladrillo —indiqué—. Hacia la mitad del callejón, como a tres metros del suelo, hay un ladrillo suelto. El CD está detrás.

Se incorporó en el acto.

—Voy a buscarlo.

—Es un callejón muy largo. Y tendrá que usar una silla o algo así, lo cual le complicará la búsqueda. Quizá prefiera que vaya con usted para mostrarle dónde es.

Él titubeó, pero al fin dijo:

—Imposible que el jefe permita que nos lo llevemos. Sobre todo, después de la noticia que acabamos de recibir.

—De acuerdo. Pero quizá le cueste mucho tiempo. Será mejor que se dé prisa para que podamos usarlo y atrapar a los hijos de puta que han matado a mi mujer.

Estábamos muy próximos; le aguanté la mirada con firmeza. Él apretó los labios y, mientras observaba mi expresión, se le erizó el bigote casi daliniano. Sus ojos, de un castaño turbio, eran duros e implacables. ¿Sabía que yo sabía?

Se levantó.

—Está bien —dijo, mirando al espejo, a quien estuviera escuchando detrás—. Me llevo también a DeWitt para terminar cuanto antes. —Bajó la vista hacia mí—. Espere aquí. Hay un psiquiatra en camino. Si necesita algo más, nos ocuparemos de ello cuando volvamos.

Salió y cerró la puerta. Enseguida oí otra que se abría y se cerraba también.

Pegué el oído a la pared. Ruido de tráfico. Lejano, pero no a seis plantas de distancia. Arriba, el aire acondicionado continuaba limitándose a renovar el aire a temperatura ambiente; su uniforme zumbido servía para evitar que oyera ruidos del exterior.

Había leído una vez que es factible inmovilizar a un elefante debilitado atándolo con una cuerda a una estaca. El animal cree que está atrapado y no pone a prueba esa percepción.

Tiré de la manilla para comprobar la resistencia de la barra. Los tornillos que la sujetaban a la pared parecían sólidos e imponentes. Agazapándome en el banco metálico, agarré la barra, me acuclillé con torpeza y conseguí poner los pies contra la pared, junto a mis manos. Me eché hacia atrás y empujé con todas mis fuerzas hasta que la presión me sostuvo en el aire por encima del banco. Me dolían las piernas, el filo metálico del banco me arañaba las corvas… Y entonces la barra se desprendió de la pared con un blando chasquido, y yo salí disparado y aterricé en el suelo. Ahogué un gemido, respirando entrecortadamente. Me ardían los omoplatos.

Ningún ruido de pasos. No irrumpió nadie desde la habitación contigua.

Saqué la manilla por el extremo curvado de la barra y me puse de pie. Habían clavado los tornillos en el yeso y en un listón del armazón de la pared, pero detrás no había una capa de metal o de hormigón, como habría sido necesario. Sujetando la barra, me acerqué al gigantesco espejo. Tenía la cara como un mapa: una serie de morados en la mejilla; un párpado azul e hinchado; la comisura de los labios agrietada y enrojecida; un cardenal en el cuello… Me acerqué más al espejo y me fijé en un punto oscuro en el centro del cardenal: la marca de una aguja. ¿Cuánto tiempo me habrían mantenido drogado?

DeWitt y Verrone, recordé, se habían dirigido antes de nada a sus compañeros de la sala de observación, detrás del espejo polarizado: *De acuerdo, lo tenemos, gracias. ¿Ya estáis grabando?* Un toque astuto para que me sintiera observado.

Alcé la barra de seguridad y golpeé el espejo. La barra rebotó con fuerza, como había previsto, y cayó a mis pies una lluvia centelleante de cristales.

Debajo del espejo no había ninguna sala de observación, sino la pared. Las astillas de cristal que habían quedado adheridas rompían mi reflejo en múltiples fragmentos.

Una cuerda y una estaca clavada en el suelo. Una barra de seguridad y un espejo.

La puerta de la habitación contigua estaba cerrada, pero no con llave. Armándome de valor, con la barra en la mano, me adentré en la oscuridad y busqué el interruptor a tientas. Encendí los fluorescentes. La barra se me cayó al suelo de pura incredulidad.

Conocía aquel sitio.

Aparte del escritorio, del póster y el reloj, que era la única parte visible desde el banco al que había estado encadenado, la habitación estaba prácticamente vacía.

La última vez que había estado allí, atisbándola desde fuera, había visto el escritorio de DeWitt, ahora desplazado hacia un lado para que se viera desde la sala de interrogatorio. Las persianas de lamas estaban cerradas. A la izquierda no había nada, salvo unos cables de ordenador, una trituradora de papel volcada y una fotocopiadora arrumbada en un rincón.

En el suelo, sin duda arrancado de un llavero, un volante satinado del aparcacoches:

Este mes de junio, prepárate.

Este mes de junio, no hay dónde ocultarse.

Este mes de junio… TE VIGILAN.

Renqueé hacia el escritorio. Ahí estaban mis cosas, pulcramente reunidas en el cubo de plástico; me las metí en los bolsillos con manos temblorosas. Luego hurgué en el desbarajuste de documentos acumulados en las bandejas. Se cayó al suelo un sobre de papel Manila, y su contenido se desparramó fuera. Miré atónito el abanico de hojas en blanco. Me apresuré a revisar el resto de las carpetas con creciente consternación a medida que descubría que todas contenían únicamente hojas en blanco. En el cajón superior había montones de carpetas y de cuadernos intactos. Pero al fondo de todo, encontré la llave de las esposas, y me liberé la muñeca con enorme alivio.

En el cajón del archivador había un revólver. Lo miré como si fuese una serpiente enroscada.

Estaba entumecido, agobiado e iba de un sitio para otro maquinalmente; era como si me dirigiese a mí mismo desde el exterior de mi cuerpo. Cuando me aparté del escritorio, tenía el revólver metido en la cinturilla.

Crucé la habitación, abrí el depósito de la trituradora y saqué la bolsa de plástico llena de trozos de papel. Seguramente no serviría de nada, pero no quería marcharme sin llevarme algo de allí. Abrí la puerta delantera con mano insegura y apareció ante mi vista el letrero de latón: NO DEJAR PAQUETES SIN ACUSE DE RECIBO. NO DEJAR PAQUETES EN LAS OFICINAS VECINAS.

Salí tambaleante a la segunda planta del Starbright Plaza.

Era de noche. Parecía imposible, pero en el mundo real todo seguía como siempre. Al fondo de la galería, ahora a oscuras, sonaban voces: gente trabajando todavía, hablando por teléfono,

311

vendiendo, vendiendo, vendiendo. Desde el café de abajo, me llegó un ruido de vajilla. En el aparcamiento, las farolas de mercurio arrojaban una pátina sobre los techos lustrosos de los coches. Una llovizna lo había dejado todo cubierto de rocío.

Cuando ya estaba a mitad de la escalera, con la bolsa de papel triturado bajo el brazo, me detuve. La advertencia de Jerry la semana pasada volvió a resonar en mi cabeza: «Impresoras, fotocopiadoras, máquinas de fax... todo tiene disco duro ahora, y es posible acceder a él y averiguar qué has estado haciendo».

Subí corriendo otra vez. Al desmantelar la oficina, se habían dejado la fotocopiadora, un armatoste difícil de manejar. Era una Sharp desvencijada, con años de antigüedad. No había nada en la bandeja, ni tampoco boca abajo sobre el cristal. Abrí la tapa frontal de plástico y escruté sus interioridades mecánicas. Ahí estaba, un rectángulo beis de aire inofensivo. Enderecé un clip, lo introduje en el orificio para liberarlo y extraje el disco duro. Después anoté el número de modelo de la máquina y salí disparado.

¿Qué me esperaba ahora? ¿Habrían emitido ya una orden de arresto por el asesinato de Ariana? ¿Qué otros cambios se habrían producido en el mundo desde que había caído en mi regazo la granada aturdidora?

Como era de esperar, DeWitt, Verrone y todos los que formasen parte de Ridgeline habían pensado retenerme el tiempo necesario para recuperar el CD y dejarme sin coartada, de manera que se me pudiera inculpar por el asesinato sin margen de duda. Entonces me soltarían para que reanudase mi vida, o lo que quedara de ella, y los detectives de Robos y Homicidios me detendrían y me encerrarían por matar a Keith y a mi esposa.

Sin coche... La billetera vacía... Los había enviado a aquel callejón de Northridge porque tardarían sus buenos cuarenta y cinco minutos en llegar y darse cuenta de que no había ningún muro de ladrillo. La treta me daba el tiempo necesario para ir a casa, coger dinero, un talonario de cheques y la lista de abogados que Ariana me había preparado, y desaparecer del mapa antes de que la policía de verdad me acorralara. Luego podría recuperarme en un motel, mirar las noticias, prepararme para probar mi inocencia, conseguir un abogado y negociar mi propia entrega. Notaba en el estómago la presión de la culata del revólver: una sensación fría y tranquilizadora. Quizá se presentaran otras opciones también.

Con el disco duro de la fotocopiadora en el bolsillo y la bolsa de documentos triturados en la mano, salté a trompicones de la escalera a la planta baja y salí afuera, justo delante de una tintorería. Las luces estaban apagadas y las hileras de camisas envueltas en bolsas de plástico se vislumbraban en los colgadores como un ejército de fantasmas. Al pasar junto a la cristalera contigua, vi algo dentro que me detuvo en seco: alineados en estantes de madera y colgados en las paredes, había infinidad de espejos. El que yo había hecho añicos arriba sin duda había sido adquirido allí; un sencillo elemento de atrezo que habrían subido Laurel y Hardy, los dos empleados con los que me había cruzado la otra vez. Me vinieron a la cabeza una vez más las palabras de Ariana, mientras los ojos se me humedecían al pensar en ella: «… una interpretación errónea, un pañuelo blanco, o unos cuantos codazos bien dados…». Con qué facilidad habían ido manipulándome paso a paso, hasta que el mundo en mi mente ya no coincidía con el mundo exterior. Me quedé con la palma pegada al escaparate, empañando el cristal con mi respiración entrecortada. Los reflejos multiplicados de mí mismo —la cara magullada— me miraban a su vez estupefactos.

Seguí caminando, atajé por detrás del puesto del aparcacoches y entré en el café. Los clientes me observaron con educada incomodidad y los camareros se miraron entre sí. Era lógico dado el aspecto que ofrecía.

El local se iba vaciando ya. El barman estaba guardando las botellas. Y sin embargo, el reloj de arriba marcaba las ocho y media hacía un momento, cuando había salido.

—¿Qué hora es? —le pregunté a un caballero de pelo canoso, sentado en un reservado.

Un vistazo a su ostentoso reloj de pulsera.

—Las once y cuarto.

Me habían mantenido inconsciente más horas de lo que me habían hecho creer. ¿Había sido para dar los últimos toques a la sala de interrogatorio? ¿O tal vez mientras buscaban el momento oportuno para trasladar mi cuerpo inconsciente al callejón de atrás, para subirlo por la escalera de incendios y entrar en la oficina por la puerta metálica con cerradura nueva? ¿O había sido para trasladar a Ariana a Fryman Canyon? Quizá la habían matado antes de que yo recuperara el conocimiento.

Fuera cual fuese el contenido de aquel disco duro, no podía valer el precio que había pagado por llevármelo.

Todavía notaba la mente espesa a causa de la droga que me habían inyectado. Caí en la cuenta de que me había quedado allí plantado, interrumpiendo la cena de la pareja. Busqué las palabras indicadas para asegurarme del todo.

—¿Qué… qué día es hoy?

La esposa, inquieta, le puso la mano en el antebrazo al marido. Él me dedicó una sonrisa consoladora.

—Jueves.

—Estupendo —murmuré retrocediendo, casi chocando con un camarero—. Como tenía que ser.

Me libré de sus miradas metiéndome en los servicios. Allí tiré el móvil de prepago a la basura y me adecenté lo mejor que pude. Me vino un fogonazo de la grisácea cara de Ari, y casi me desmoroné. Tuve que controlarme; debía aguantar el tipo.

Al salir, cogí un billete de veinte que alguien había dejado de propina en una mesa. En el perchero de la entrada había un anorak negro. Lo cogí también y me lo puse sin dejar de andar mientras me acercaba al puesto del aparcacoches, con la bolsa de papel triturado bajo el brazo. La capucha, una buena protección contra la brisa húmeda, me disimulaba la cara hecha una mierda.

El empleado se levantó de un salto de su silla de director. Le señalé un BMW, cuatro coches más allá.

—Ahí está el mío —dije tendiéndole el billete—. Ya lo voy a buscar yo mismo.

Me lanzó las llaves.

Capítulo 48

*F*rené con un chirrido junto a la cerca trasera y dejé el BMW a tres palmos del bordillo. Pero yo no oía los neumáticos, ni sentía cómo se me clavaba la cerca en el estómago, ni olía la tierra bajo las plantas de zumaque. Sumido en el dolor, había quedado totalmente desconectado de mis sentidos. Tenía millares de sensaciones e impresiones de Ariana. Nada más.

Es extraño el tipo de cosas que se te quedan grabadas: la veía sentada en el suelo de la cocina, hurgando en el armario de abajo, aguantando varias ollas en el regazo, y bastantes más esparcidas alrededor, mientras un cartón de huevos esperaban en la encimera. Acababa de llegar después de salir a correr como todas las tardes; iba con un sujetador deportivo y le brillaba la frente de sudor. Se le veía el talón por un agujero del calcetín. Levantó la vista y se mordió el labio, avergonzada, como si la hubiera pillado in fraganti. Bajo la cinta que le sujetaba el cabello, tenía un grueso mechón apelmazado; la luz le dejaba en sombra la mitad del rostro. «¿Qué?», dijo. Yo meneé la cabeza y me limité a contemplarla. La gente habla como si una relación consistiera en baladas a la luz de la luna, sesiones de sexo y diamantes de talla princesa. Pero a veces tan solo se trata de tu mujer sentada como una rana en el suelo de la cocina, buscando una sartén.

Aturdido, me deslicé por la verja lateral llevando las llaves en la mano, y me dirigí hacia la parte delantera de la casa. El coche oscuro que apareció de pronto ante mi vista me obligó a retroceder con brusquedad. La bolsa de documentos triturados cayó a mis pies con un golpe sordo. No podía ser la policía aún; era muy improbable que hubiesen encontrado ya el cuerpo de Ariana. Tenían que ser DeWitt y Verrone, dispuestos a llevar el interrogatorio a otro nivel.

El conductor se adentró en las sombras junto a nuestro buzón y paró el motor. Lo primero que sentí fue miedo, un miedo agravado por todo lo sucedido. Pero luego, sacándome de mi parálisis, apareció otra cosa: rabia.

Me dirigí hacia el coche mientras metía la mano bajo la camisa y asía la culata del revólver. En el preciso momento en que iba a sacarla y apuntar, la puerta se abrió y la luz interior iluminó al detective Gable. Me detuve en seco.

—Solo tiene que hacer una cosa ahora —dijo saliendo del coche—. Y es quedarse quieto. ¿Dónde demonios se había…?

Estábamos cerca y me vio la cara. ¿Debía echar a correr? Toda mi energía se había evaporado, y titubeé con desánimo. Todavía tenía la camisa medio levantada. Me tiré del faldón, tratando de alisarla por encima del revólver.

—Joder, pero ¿qué le ha pasado?

—¿Fue usted quien entró en mi casa y se llevó un disco del despacho? Porque no tiene ni idea de lo que ha provocado.

—Sí, sobre todo. Entré sin una orden judicial y robé no sé qué mierda para estropear mi caso más importante. —Me miraba con su expresión arrogante de siempre, pero mi agresividad lo había pillado desprevenido.

—¿Ha venido a detenerme?

Se puso rígido ante mi tono airado.

—Las personas relacionadas con usted no cesan de morirse.

—Deténgame si ha de hacerlo, pero no pretenda jugar conmigo —le espeté—. Ahora no. Y menos con una cosa así. Hay unos límites ¿no cree? Una mínima decencia humana.

—He visto el cuerpo. Y no parece que usted mostrara ninguna decencia con ella. —Avanzó un paso, y le di un fuerte empujón hacia el coche. Chocó estrepitosamente contra la puerta, pero cuando recuperó el equilibrio, ya tenía la pistola en la mano. La mantenía ladeada, sin apuntarme. No había perdido la calma—. Váyase con cuidado.

—Dígalo. Dígalo de una puta vez. Diga que he matado a mi esposa.

—¿A su esposa? —Parecía atónito—. He venido porque Deborah Vance ha aparecido muerta.

¿Deborah Vance? Su nombre parecía venir de otra vida. Y no

obstante, no hacía más de doce horas que le había dicho a Joe Vente que avisara a la policía para que fuesen al apartamento de la mujer.

Advertí la presencia de media docena de fotógrafos, que se habían acercado con sigilo, como ratones entre las sombras. Ante la pistola desenfundada, mantenían las distancias, pero sus flashes iluminaban entrecortadamente la escena.

—Usted les habló a los detectives Richards y Valentine de esa mujer —dijo Gable—. Ella interpretaba a la abuela húngara, ¿no? Y debía quedarse con la mítica bolsa llena de dinero que usted había encontrado en el mítico Honda, ¿no es eso? Quiero que me cuente la verdad. —Su aliento se condensaba en el aire nocturno—. Y que me explique cuál es su coartada.

—No tengo ninguna puta coartada.

—Aún no le he dicho cuándo la mataron. —Parecía inseguro.

—¿Cree que me importan Keith Conner o Deborah Vance? Mi esposa está muerta. Y ustedes no paran de dar vueltas como si toda esa mierda importase. Es lo único que hacen, pero no salvan a nadie. Son simples notarios. Llegan cuando todo ha ocurrido, escriben sus putos informes y apuntan con el dedo.

Di un paso a un lado. Ahora tenía a los paparazi detrás. Gable no había movido la pistola; el cañón permanecía inmóvil.

—Han matado a mi esposa —expliqué—. Se la llevaron y la mataron. —Decirlo en voz alta le daba más dramatismo. Me esforcé en que no me fallase la voz—. Trataron de retenerme en una… celda falsa.

—¿Una celda falsa?

Me devané los sesos buscando una respuesta. La falsa sala de interrogatorio era una idea tan audaz, tan chocante, que no podías formularla sin que sonara disparatada.

Gable no sabía si burlarse o indignarse.

—Y déjeme que lo adivine —explotó—. Si vamos allí, ya no quedará nada.

Una barra, un espejo, un póster… En ese preciso momento, DeWitt y Verrone debían de estar llevándose incluso esas pocas cosas, para dejar la oficina de Ridgeline tan impoluta como una pizarra recién borrada.

—Sí —dije—. Eso es precisamente lo que pasará. Y luego encontrarán el cuerpo de Ariana en un barranco de Fryman Canyon, con indicios que demuestren que yo la maté. Y ustedes son

317

tan idiotas que no me creerán, porque no tengo ninguna cosa tangible para probar que sus asesinos existen. Solo esto.

Me levanté la camisa y mostré el revólver que tenía metido en la cinturilla. Pero Gable no me miraba a mí, sino la puerta de nuestro garaje.

Bamboleándose, había empezado a alzarse.

Dejé caer los brazos, y la camisa volvió a cubrirme antes de que él se fijara otra vez en mí.

Sonaron pasos en el suelo de hormigón del garaje. Ahora Gable apuntó con lentitud la pistola hacia la casa.

Ariana apareció en el umbral.

Al principio, no lo creí. Luego corrí, corrí aturdido, tropezándome con el bordillo, y llegué al garaje, donde ella se había quedado inmóvil junto a la camioneta. La tomé de los hombros, sentí el contacto de su carne, de sus huesos.

—Estabas muerta —murmuré.

—Tu cara...

—Desapareciste, te tenían secuestrada, estabas muerta.

—No. Desapareciste tú. —Me fue moviendo la cabeza a uno y otro lado, para examinarme las heridas—. Mi reunión se retrasó y me entretuve para comprar más móviles de prepago, ya que tú te habías llevado el último. Cuando llegué, no había nadie.

—¿Entonces... todo este tiempo, tú... tú...? —No sabía si lloraba o reía, enloquecido.

Gable se quedó en el sendero, iluminado desde atrás por los fogonazos de las cámaras, aunque los fotógrafos permanecían en la oscuridad, convertidos apenas en un coro de murmullos. El detective tenía un poco encorvados los hombros, y su silueta parecía sacada de una película de cine negro.

—Tendríamos que haberlo encerrado —gritó—, y nos habríamos ahorrado un montón de complicaciones.

Yo seguía palpando a Ariana —las caderas, los brazos— para asegurarme de que era real. Ella acariciaba mi mejilla sana con una mano y me miraba ansiosa y perpleja.

—¿Qué te ha pasado? ¿Quién te ha hecho esto?

A Gable le irritó que no le hiciéramos caso.

—¿Cree que puede jugar así con nosotros? ¿Tomarse a broma la investigación? He visto lo que le ha hecho a esa mujer, la bala que le disparó en la boca. Y cuando cuelgue sus cojones en la pared de los trofeos, veremos cómo se sostiene ese numerito de trastornado. —Regresó al coche, pero todavía giró sobre sus talones, furioso, y me dijo:

—La próxima vez, no vendré solo a hacer preguntas.

Los ojos de Ari no se apartaban de los míos. Alargó la mano hacia la pared, pulsó el botón iluminado, y la puerta del garaje fue descendiendo. El detective Gable aguantó en su sitio mientras la puerta le iba recortando primero el airado rostro, luego el pecho y, por fin, sus impecables mocasines.

Las puertas estaban cerradas con llave y cerrojo, la alarma encendida. La última sesión de teatro al aire libre había infundido nuevo vigor a los paparazi, que bebían café de sus termos, patrullaban por la manzana de casas y comparaban sus cámaras junto a la acera. Había reaparecido un helicóptero de la televisión y volaba en círculos sobre nosotros, esperando otra catástrofe. La bolsa de papel triturado estaba sobre la encimera de la cocina, al lado del disco duro que había sacado de la fotocopiadora de Ridgeline, mientras que el revólver reposaba al alcance de mi mano en la mesita de café. Gable y Robos y Homicidios echaban mano a todos sus recursos para apuntalar una acusación contra mí; ni siquiera les hacía falta desperdiciar efectivos para mantenerme bajo vigilancia, ya que la prensa les hacía ese trabajo. Los tipos de Ridgeline —DeWitt y Verrone, y a saber quién más— seguían en algún rincón en plena noche tramando planes. Ari y yo permanecíamos en el diván, el uno frente al otro, con las piernas entrelazadas.

Le recorría con las yemas de los dedos la boca, el cuello, cada parte viva del cuerpo. Mantenía los nudillos ante sus temblorosos labios y sentía las ráfagas de su aliento. Me maravillaba el colorido de su tez. Le apretaba la piel y contemplaba cómo el cerco blanco se volvía otra vez rosado, como si esa prueba de que la sangre seguía circulándole pudiera borrar de mi memoria la imagen de su rostro entre las hierbas, aquel gris cadavérico de su piel obtenido con Photoshop.

Se inclinó y me besó tímidamente.

Un susurro nervioso:

—¿Aún recuerdas cómo se hace el amor?

319

Su boca estaba pegada a mí oído; su cabello me rozaba la mejilla magullada.

—Creo que sí —respondí—. ¿Y tú?

Se apartó, frotándose un labio con otro; parecía que estudiaba la sensación que le habían dejado los míos.

—No lo sé.

Se levantó y subió la escalera. Un instante después, cogí el revólver y la seguí.

Nos reencontramos en una serie de destellos fulgurantes, de imágenes fragmentarias: las sábanas, estrujadas y apartadas con impaciencia bajo su talón; la blanda presión de su mano; su boca, húmeda y exploradora sobre mi clavícula… Me empeñé en observarle cada detalle: el lunar en la curva de la cadera, el arco del pie, el vello rubio de la nuca bajo el peso de los rizos.

Después, o entremedias, yacimos exhaustos, entrelazados, cada uno rastreando las gotas de sudor en la piel del otro. No estábamos desnudos juntos desde hacía meses, y reinaba toda la excitación de la novedad junto con la comodidad de lo conocido. El tendón de sus corvas resultaba firme y frágil contra mis labios. El revólver permanecía junto al inhibidor en la mesita de noche; surgía a veces ante mi vista y no lo olvidaba en ningún momento, pero nuestro dormitorio se había convertido en una especie de santuario y mantenía a raya los terrores de la noche. Desde la puerta hasta la cama, había un reguero de ropa: la sudadera de la UCLA que ella se había comprado en el Sindicato de Estudiantes para guarecerse del frío cuando yo la acompañaba de madrugada a su residencia; la camiseta de Morro Bay que nos agenciamos cuando subimos a dar de comer a las ardillas, y pasamos la noche en un sitio piojoso que decidimos llamar Pensión de los Tábanos; sus vaqueros manchados de barniz, vueltos del revés, y sobre una almohada caída, su anillo de boda. Una serie de objetos capaces de trazar toda una relación.

Con la oreja pegada a la cara posterior de su muslo, oí el murmullo de su voz a través de la piel:

—Te echaba de menos.

Me empapé de la calidez de su cuerpo.

—Me siento como si hubiera vuelto a encontrarte —dije.

Capítulo 49

*L*a adrenalina me mantuvo despierto casi hasta el alba cuando al fin mi vigilancia cedió bajo el peso de tantas noches en vela. Dormí —sin soñar, profunda y tranquilamente— como no lo había hecho desde mi adolescencia. Al despertarme, el revólver no estaba en la mesita, pero oí el ruido familiar de Ariana trasteando en la cocina. Cuando logré levantarme, tomarme cuatro tabletas de Ibuprofeno y bajar tambaleante, ya eran las dos de la tarde.

Con el arma y el inhibidor al lado, Ariana se había sentado en la alfombra del salón, dándome la espalda, y revisaba un montón de papel triturado que había sacado de la bolsa de Ridgeline. No debía de haber ningún trozo más grande que una uña. Al acercarme, vi que había hecho ya unas cuantas pilas por colores. La colección más nutrida, que tal vez reunía diez trozos, resultaba ridícula al lado del montón aún por clasificar, pero ella nunca se amilanaba.

—Está jodido; la mayor parte son blancos —comentó cuando me puse detrás de ella—. Y grises, quizá no tantos; alguno de color rosa, aunque yo creo que es un menú de comida preparada para llevar. Y unos pocos de estos más duros. Fíjate qué raros. —Alzó por encima de la cabeza un cuadradito entre blanco y plateado; lo cogí y lo torcí entre el índice y el pulgar. Se doblaba, pero volvía a recuperar la forma.

—¿Una portada de revista? —aventuré.

—No hay letras en los pocos que he encontrado. —Se reclinó sobre mis piernas y alzó la cabeza para mirarme. Llevaba un lirio mariposa detrás de la oreja.

De color lavanda.

—No habías… —me interrumpí.

Tocó tímidamente la flor con la mano.

—¿Lo habías notado? ¿Te habías dado cuenta de que había dejado de llevar este color?

—Por supuesto.

No sonrió, pero pareció complacida. Continuó clasificando el montón de recortes.

—¿Te parece posible reconstruir algo? —pregunté.

—Seguramente, no. Pero es una de las dos pistas que te llevaste de allí. Hicieron lo indecible para recuperar el CD. Quizá algo de esto nos sirva para encontrarlo. ¿Vas a volver al Starbright Plaza? ¿Para preguntar por el alquiler o algo así?

—No voy a dejarte sola. Creí que estabas muerta.

—Patrick, no saldremos de esta si nos encerramos aquí. ¿Qué vamos a hacer? ¿Esperar abrazados hasta que los de Robos y Homicidios tiren la puerta abajo?

No quería confesarle que después de la penosa experiencia de las últimas veinticuatro horas, ese era básicamente mi plan. La idea de separarme de ella me resultaba insoportable.

322

—No tiene sentido que vaya al Starbright Plaza —razoné—. Tú y yo sabemos cuál será el resultado. Ellos ya habrán cubierto todos los flancos. Y si intento que la policía vaya a echar un vistazo, acabaré pareciendo aún más delirante. Además, ya me llevé de allí todo lo que podía ser útil. —Miré el disco, todavía sobre la encimera—. Por cierto, he de hacer unas llamadas y averiguar qué tiendas tienen ese modelo de fotocopiadora Sharp.

—Hay un par de ellas en el local de Kinko's, al pie de la colina —me informó—. El de Ventura. Quizá lo conoces.

Me la quedé mirando boquiabierto.

—Qué eficiencia.

—Sí, bueno, yo no había de recuperarme de una granada aturdidora como otros. —Sonó el teléfono—. Esta debe de ser Julianne. Se ha pasado la mañana llamando.

—¿Por qué no me has despertado?

—Lo he intentado. Pero estabas desmayado, ya te lo he dicho. Cogí el teléfono.

—Hola. —La voz de Julianne sonaba acelerada, intensa—. Necesito esos exámenes que has de pasarle al profesor que asuma tus clases. Es urgente.

Iba a responderle, pero me abstuve. Ella ya sabía que le había pasado todos los guiones a la directora del departamento dos días atrás. Así pues… ¿qué me estaba diciendo en clave?

—Vale —respondí con cautela—. Te los llevaría ahora, pero…

—No, me temo que tampoco serviría. He de estar en la fiesta de cumpleaños del sobrino de Marcello a las tres. En Coldwater Canyon Park.

Marcello era hijo único. Ni sobrino ni fiesta. ¿Pretendía fijar una cita conmigo?

—Bueno —replicó—. Te llamo mañana y quedamos entonces.

Antes de que se me ocurriera cómo explicarle que no quería salir de casa, colgó.

—¿Qué pasa? —preguntó Ariana.

—Quiere que nos veamos en Coldwater Canyon Park. —Miré el reloj—. Ahora mismo. Me ha hecho averiguaciones sobre la conexión sónar-Ridgeline.

—¿Vas a ir?

Eludí la pregunta.

—Patrick —utilizó un tono severo—, ya sé que no quieres salir, y yo tampoco soporto la idea de separarme de ti, pero si vamos a tratar de salvarnos, debemos pasar a la ofensiva. Tenemos mucho que hacer ahora. Hemos de dividirnos y poner manos a la obra. —Señaló el montón de recortes—. A mí me queda muchísimo trabajo. Clasificar todo esto. Buscarte un abogado. No me moveré de aquí. Tengo la alarma y esto. —Dio unas palmaditas al revólver.

—Creía que no sabías disparar.

Examinó mi rostro amoratado y afirmó:

—Aprenderé.

Me dejó hecho polvo oírselo decir.

—Ellos también tienen armas —le dije—. Y no han de aprender a usarlas. Además, saben cómo saltarse una alarma.

—Ya. Pero esto no pueden saltárselo. —Me hizo una seña para que la siguiera a la sala de estar, y abrió las cortinas. Los paparazi que aguardaban en la acera se pusieron torpemente en movimiento. Saludó con la mano al tumulto de cámaras y volvió a correr las cortinas—. Bueno, ¿en qué anda Julianne?

—Me parece que tiene alguna información.

—¿Qué esperas descubrir?

—Algo irrefutable. Si encontrase una prueba concreta, podría conseguir que Sally Richards volviera a colaborar conmigo.

—Ella te dejó bien claro que estaba fuera del caso.

—Pero resulta —cité de memoria— que para ella «no hay nada tan estimulante como la curiosidad.»

—Mira quién habla.

—Lo único que necesito es ofrecerle una buena excusa.

—Tu coche sigue en casa de Keith Conner, ¿no? ¿Quieres la camioneta? —Me miró con una expresión decidida, inflexible.

Tenía razón. Debíamos trabajar en dos frentes.

Di un largo suspiro y le expliqué:

—No puedo llevarme la camioneta, o tendré a todos los paparazzi encima en cuanto salga por el sendero. Necesito un vehículo más… anónimo.

—Pues toma prestadas las placas de mi matrícula.

—¿Y qué hago? ¿Las pongo en el BMW robado? —Lo dije riendo, pero enseguida vi que ella hablaba en serio—. Seguro que al abogado que todavía no hemos contratado le encantará la idea.

Me señaló la puerta:

—Y ahora, vete.

Me guardé en el bolsillo el disco duro de la fotocopiadora, entré en el garaje y desatornillé las placas de la matrícula de Ari. Después volví adentro, cogí dos de los nuevos móviles de prepago y grabé el número de cada uno de ellos en el otro teléfono. Así podríamos comunicarnos por una línea segura. Dejé el suyo sobre la encimera. Inspiré hondo, me acerqué, le di un beso en la cabeza y me dirigí a la puerta trasera.

—También están ahí detrás, los paparazi —me dijo sin levantar la vista de su tarea—. Nos tienen rodeados.

—¿Podrías hacer una maniobra de distracción por la parte de delante? ¿Ingeniártelas para que salgan corriendo detrás de ti?

—Está bien. Voy a exhibirme ante ellos. Seguro que me trae recuerdos de mi época en la hermandad de mujeres.

—Pero si tú no estabas en ninguna hermandad…

—Ya, pero siempre pienso que me lo perdí.

Se levantó, sacudiéndose los trocitos de papel de las manos. A la luz dorada del mediodía, vi que le temblaban los dedos. Su tono, advertí, más que animoso era desafiante; temía tanto como yo lo que se nos pudiera venir encima. Se percató de que la estaba mirando y se metió las manos en los bolsillos.

324

Tomó aire.

—Lo de anoche fue el principio para nosotros, no el final —afirmó—. Así que haz el favor de andarte con cuidado.

La zona de juegos, situada en una extensión verde entre dos empinadas carreteras, reunía todas las características de Beverly Hills: comidas preparadas, empaquetadas de restaurante, a las que se les añadía una espumosa limonada francesa; lujosos y relucientes aparatos para escalar; alguna solitaria estrella de televisión con enormes gafas de sol; un jugador de los Yankees muy popular, persiguiendo distraídamente a un crío de tres años y fingiendo una pizca de interés por él de vez en cuando, o bellísimas segundas esposas cuidando a sus recién nacidos, bebés más bien parecidos a sus feos padres, que rondaban lejos de los areneros y las tortugas de hormigón con un aire agresivamente distante, vestidos con prendas de seda, apestando a colonia, mientras tecleaban en sus iPhones o parloteaban con un auricular. Las madres se agrupaban y charlaban en corrillos, pero ellos (cada vez con menos pelo, pero más barriga) se mantenían aparte, como señores en su propio feudo, y sus ojeras delataban desencanto, un desencanto más pronunciado que la satisfacción que a duras penas lograba abrirse paso en la tirantez de los rostros operados de sus esposas.

Julianne había escogido el parque, supuse, porque allí todos eran famosos, o creían serlo. Las presentaciones estaban de más: o sabían quién eras o no valía la pena conocerte. Patrick Davis, con su mala fama recién adquirida y su gorra de los Red Sox, pasaría desapercibido allí.

Julianne se entretenía junto a los columpios, como una solterona dejada de lado en la reunión familiar. Aparqué el BMW, un coche muy apropiado y con los cristales oportunamente tintados, y ya me disponía a bajarme cuando mi mano se quedó paralizada en la manija. Sintiendo un espasmo de justificada paranoia, escruté los vehículos y transeúntes que pasaban por la calle y me quedé quieto. Marqué su número.

—¿Dónde estás? —preguntó, cuando se lo hube explicado.

—A las nueve en punto desde tu posición. Gira, gira. Aquí.

—¿El BMW?

—Ese.

325

—Bonitas llantas, colega. ¿Me lo vas a contar?

—Sería muy largo. Te debo un relato completo cuando acabe todo. Si aún sigo en pie.

—Me deberás mucho más que eso, porque he hablado con mi contacto en *The Wash Post*. Uno de sus compañeros se ha especializado en destapar toda esta historia desde que Clinton firmó en 1995 la directiva de entregas ilegales.[4]

—¡Eh, espera un momento! ¿Qué es «toda esta historia»?

—Ridgeline tiene su sede en Bahrein. —Hizo una pausa, interpretando mi silencio—. Sí, ya sé. Puesto que «Ridgeline» no suena muy árabe, que digamos, doy por supuesto que es una empresa occidental que quería establecerse como una entidad no sometida a fiscalización para mantener el máximo secreto. Están especializados en protección y seguridad de alto nivel.

De repente parecía hacer demasiado calor dentro del coche. Me ahuequé la camisa para que me entrara aire.

—¿Qué hace una compañía como esa en unas galerías comerciales de Studio City?

—El servicio de guardaespaldas de Ridgeline es una tapadera para cubrir su verdadera actividad. Todo el dinero que llega a sus manos resulta imposible de rastrear, una vez en Bahrein, así que nadie puede dilucidar cuánto sacan de cada operación. Además, se parapetan detrás de una maraña de sociedades, pertenecientes a un grupo financiero, y empresas fantasma. Cuando atraviesas todos los velos, no obstante, queda claro que Ridgeline fue básicamente creada al servicio de un único cliente: Festman Gruber.

Julianne se paseaba alrededor de los columpios, echándose atrás su pelirroja melena una y otra vez. Una familia se bajó de un Porsche Cayenne justo delante de mí; la niña más pequeña pulsaba las teclas de un móvil de juguete. Su hermana mayor se lo arrancó de las manos: «¡No es un muñeco!».

—No sé nada de Festman Gruber —dije débilmente.

—¡Ah! Es una empresa de tecnología militar de setenta mil millones de dólares. Sí, setenta mil. El tipo de gente a la que subcontratas para organizar una guerra. Deduzco que es la única cla-

---

4. Entrega de presos sin las debidas garantías a países donde se practica la tortura. *(N. del T.)*

se de empresa, dejando aparte las agencias de inteligencia, nacionales o no, capaz de actuar contra ti como han actuado. Todo lo cual suena plausible.

—Y siniestro.

—Como quieras.

—¿En qué están especializados?

—En material de vigilancia, obviamente. Y también…

—En sistemas de sónar.

Dejó de pasear. Junto a ella, un columpio recién abandonado se bamboleó sujeto por sus cadenas.

—Bingo.

Vi cómo modelaba la palabra con los labios medio segundo antes de que el móvil transmitiera su voz. Me parecía absurdo verme obligado a esconderme allí, a treinta metros de distancia, en vez de hablar con ella cara a cara.

Julianne se metió la mano en el bolsillo de detrás y enseguida se puso a pasar las páginas de su bloc de notas.

—Festman tiene su sede en Alexandria.

Recordé que el paquete que contenía el CD que yo había robado procedía de una sucursal de FedEx en esa ciudad. Y también recordé la nota adjunta: *Cortando comunicación. No contactar.*

¿«Cortando comunicación»? ¿Un agente de Ridgeline infiltrado en Festman Gruber? ¿Por qué habrían de tener un espía en la empresa que les daba trabajo? El motivo, comprendí, estaba escrito allí mismo, en el volante de FedEx: *Póliza de seguro.*

Bruscamente todo encajaba: Ridgeline era un grupo independiente contratado bajo tapadera legal para hacerle el trabajo sucio a Festman Gruber: como matar a Keith, con lo que se abortaba la película que amenazaba los intereses financieros de Festman. La misión principal de Ridgeline era inculparme por el asesinato de Keith, de modo que todos los indicios me señalaran a mí, y no a Festman Gruber. Pero al librarme yo de la cárcel, Ridgeline había querido contar con un pequeño «seguro», una garantía por si las cosas se torcían y Festman los dejaba colgados. Habían logrado infiltrarse en Festman o sobornar a alguien de dentro para que les enviara algunos trapos sucios ocultos en aquel CD aparentemente vacío. Por eso estaban tan desesperados por recuperarlo: para conservar dicho «seguro» e impedir que Festman descubriera la traición.

Ahora bien, si Ridgeline todavía no había recuperado el disco

327

—y si Festman Gruber aún no sabía nada del asunto—, ¿quién demonios había entrado en nuestra casa y se lo había llevado?

Julianne continuaba hablando.

—Perdona, ¿qué decías?

—Decía que Festman tiene su sede central en Alexandria. Pero también cuentan con una oficina aquí, en Long Beach. Obviamente, operan en las dos costas.

—¿Por qué «obviamente»?

—El sónar.

—¡Ah, claro, el océano!

—Ambos océanos. Ellos se encargan de las maniobras bianuales RIMPAC —Costas del Pacífico—, y una buena parte de los desarrollos tecnológicos tienen lugar aquí también. Pero sus tentáculos llegan a todas partes.

—¿Qué quieres decir?

—Según parece, hay un índice de mortalidad más elevado de lo normal entre sus detractores. Un líder ecologista bien conocido por sus aceradas críticas sufrió hace dos veranos un accidente de montaña en Alaska: cayó por un precipicio. Y un periodista de investigación de Chicago cometió un suicidio más que dudoso. Ese tipo de cosas. Festman estuvo hace pocos años bajo un severo escrutinio.

—O sea que no podían permitirse otra muerte misteriosa en su historial, como la de un célebre actor, protagonista de un documental sobre los daños causados por su sónar.

—De ahí la necesidad de un Patrick Davis, un cabeza de turco. Tal como fueron las cosas, ¿quién habría relacionado el asesinato de Keith Conner con una jodida empresa de tecnología naval? En cambio, si tú no hubieras aparecido en el escenario del crimen empuñando tu propio palo de golf ensangrentado…

—Yo no lo empuñaba.

—Como quieras. Si tú no hubieras aparecido jadeando ante el cadáver, algunos habrían planteado preguntas y tal vez habrían incluido a Keith en una serie de crímenes que han resultado muy oportunos para los intereses de Festman. —Soltó un largo suspiro, inflando los carrillos—. No sería arriesgado afirmar, me parece, que Ridgeline y Festman han mantenido una fructífera relación bastante tiempo.

Pensar en el paquete de FedEx me procuró cierto consuelo. Aquellas fructíferas relaciones debían de haber empezado a po-

nerse tirantes para que Ridgeline hubiera optado por tomar precauciones ante sus patronos. Por temibles que fuesen mis enemigos, al menos ahora sabía dónde se hallaban las grietas de su
alianza. El CD, estuviera donde estuviera, venía a ser el santo grial
para todos nosotros.

Giré la llave y arranqué lentamente.

—Espero que todo esto te resulte útil —dijo Julianne con
burlona humildad.

—Eres increíble.

Por el espejo retrovisor, la vi en medio de la luz deslumbrante del parque, con el teléfono en el oído y una mano protegiéndose los ojos. Doblé la esquina y la perdí de vista, pero todavía seguía escuchándola.

—Vete con cuidado —me aconsejó—. Te estás metiendo en
aguas peligrosas.

Capítulo 50

—*P*erdone, caballero, pero no se puede hacer eso.

Me había agachado frente a la fotocopiadora, después de abrir la tapa frontal y sacar el disco duro. Pero aun dándole la espalda al empleado, no podía insertar el disco duro de Ridgeline en la ranura vacía sin que él se diera cuenta. Me metí el disco de Kinko's en el bolsillo de los vaqueros y me di la vuelta, sujetando el otro bien a la vista.

—Ah, perdón. Se ha bloqueado. Solo estaba comprobando…

—¿El disco duro? —El cajero de Kinko's, un chico de secundaria con una mata de pelo rubio rizado y pendientes dilatantes, mascaba con desgana un chicle anisado—. Usted no puede tocarlo. Démelo. —Me arrebató el disco de Ridgeline de la mano. Hice el intento de recuperarlo, pero él se agachó y lo insertó en la fotocopiadora—. Oiga, si va a enredar con las máquinas…

Me volvió a mirar, y su expresión se transformó.

Sally y Valentine habían pasado por allí para revisar el registro de alquiler de los ordenadores y debían de haber mostrado mi foto. O tal vez el chico me había reconocido por haberme visto en las noticias. Mi rostro amoratado probablemente agravó su inquietud. Me llevé una mano a la mejilla con torpeza.

Él retrocedió hasta el mostrador.

—Perdón —dijo—. Tómese su tiempo.

Fingió que se concentraba en su lectura, una sobada edición de bolsillo de *Y: el último hombre*, pero sus ojos asomaban una y otra vez por encima de las páginas.

Tecleando a toda prisa, entré en la memoria de la fotocopiadora y pulsé el botón para imprimir su contenido. Tamborileé con los dedos en la tapa mientras la máquina escupía una hoja tras otra. No paraba de mirar hacia atrás, para asegurarme de que el chico no llamaba a la policía, así que no pude leer nada. En total, salieron unas treinta páginas. Pagué con unos cuantos billetes arrugados y eché a correr hacia el coche.

Me había entrado un sudor frío al pensar en Ariana, sola y sin protección en casa. Avancé unas manzanas y tuve que detenerme para llamarla con el móvil de prepago. El corazón no dejó de retumbar en mi pecho hasta que descolgó.

—¿Sigues viva? —pregunté.

—No —respondió—. ¡Ah, espera! Sí, perdona. Sí lo estoy.

—¿Todavía rodean la casa los paparazi?

—¿Nuestros involuntarios ángeles custodios? Sí, aquí están. Con la nariz pegada al cristal.

—Llámame si se van.

—Si se van, montamos una fiesta.

Colgué e inspiré hondo. Tenía el montón de copias en el regazo. Como el cielo estaba cubierto de nubes que amenazaban lluvia y anticipaban el anochecer, hube de encender la luz del coche para ver con claridad la primera hoja.

Era una foto mía, en la ventana de delante de casa, mirando la calle, aunque el cristal me desdibujaba la cara. La naturaleza furtiva de la imagen y mis rasgos borrosos le conferían al conjunto un toque casi sobrenatural que me provocó un escalofrío.

Keith aparecía también en una serie de fotografías, y el rótulo de la fecha indicaba que habían sido tomadas en los días anteriores a su muerte. Un registro escrito a mano, probablemente sacado de algún dispositivo de escucha, incluía la lista de números a los que había llamado con el fijo y con el móvil. Las siguientes fotografías se centraban en un viejo caballero trajeado que se bajaba de una limusina ante un edificio de cristal y acero donde relucía un logo en la luna del vestíbulo (la letra N ladeada y rodeada con un círculo). El hombre lucía una perilla plateada y toda su actitud sugería una justificada seguridad. Debajo de la foto, figuraba una copia de una factura de móvil a nombre de Gordon Kazakov, y varios números subrayados. ¿Otro enemigo de la organización? A continuación venían otras fotos, con mucho grano, de varios hombres y mujeres; una persona en un campamento base en medio de la nieve… ¿Acaso el líder ecologista que se había «caído» por un precipicio? Allí había respuestas a preguntas que yo ni siquiera había llegado a formular.

331

Seguí pasando las hojas. Billetes de avión, facturas de hotel, más registros de llamadas, un extracto bancario con transacciones rodeadas con un círculo, cheques y confirmaciones por cable. Junto a ciertos pagos figuraban nombres: Mikey Peralta, Deborah Vance, Keith Conner y, naturalmente, Patrick Davis. Era como la carta de un restaurante: el precio de vigilar, de inculpar, de matar.

En la página siguiente había copias de cuatro transferencias de 9.990 dólares (todas por debajo del umbral de los 10.000, a partir del cual el banco debe informar al fisco). Garabateado en lo alto de cada transferencia había un número: #1117.

¿Qué demonios sería? ¿Un código interno? ¿Un número de cuenta? ¿Y por qué aquellos pagos figuraban aparte y se encontraban destacados?

Con creciente asombro, llegué a la última página. Una foto del cadáver de Keith derrumbado en el suelo de la habitación del hotel. La hendidura en la frente, el charco oscuro en la cuenca del ojo, el giro antinatural del cuello: todo ello me retrotrajo con tal intensidad a la horrible epifanía de aquel instante que se me olvidó respirar. Examiné la foto con más atención. Se veía el destello del flash en el cristal de una acuarela de la pared, y la hora sobreimpresa marcaba la 1.53.

Cinco minutos antes, el camarero del servicio de habitaciones me había visto en la planta baja.

No solo no podía haber estado yo en la habitación a aquella hora, sino que tampoco podía haber hecho la foto, puesto que no llevaba encima ninguna cámara, y desde luego no me habían encontrado ningún rollo de película al detenerme.

Me temblaban las manos de la emoción.

Mi inocencia, probada. Todos los indicios, conectados.

Antes de vaciar la oficina y prepararla para mi falsa detención, DeWitt y Verrone habían hecho copias de aquellos documentos clave, para que todos los miembros de Ridgeline conservaran un dosier enormemente comprometedor con el que protegerse frente a futuras amenazas. Ahí estaban documentadas con detalle sus transacciones con Festman Gruber, incluyendo los números de las cuentas bancarias. Si ellos caían, podían arrastrar consigo a Festman. Destrucción mutua asegurada. Pero yo no formaba parte de esa ecuación, y ahora tenía el dedo en el detonador.

Localicé a Sally Richards en su teléfono móvil. Sonaban voces de fondo, algo así como una fiesta.

—Concédame solo diez segundos —le dije.

—Dispare.

—Tengo la prueba definitiva que me exonera del asesinato de Keith. Tengo sólidas pruebas de la existencia de una conspiración. Como usted dijo: la justicia, la verdad y todas esas chorradas. Es nuestra ocasión. Se lo puedo servir en bandeja a usted y a Valentine. Veámonos cinco minutos.

Contuve la respiración y escuché el jaleo de fondo: una radio, alguien que contaba un chiste entre risas, el tintineo del collar de un perro... La última rodaja del sol se hundió tras un banco de nubes, y el cielo adquirió una tonalidad más gris. Sally no había colgado, pero tampoco me había respondido.

—¡Vamos! —dije—. Muéstreme esa curiosidad tan estimulante.

Silencio. Mis esperanzas se disipaban como la luz de día.

Por fin, suspiró en el auricular y concedió:

—Conozco un sitio.

Mullholland Drive cruza la cima de Santa Mónica, dominando todo el panorama. Al norte, el Valle se extiende como una lona cubierta de lentejuelas, tersa e implacable, o como un invernadero de aire viciado y asociaciones equívocas: porno, anfetas y estudios de cine. La llanura del litoral de Los Ángeles, más guay en todos los sentidos y siempre ansiosa por proclamarlo, se extiende hacia el sur y el oeste, hasta que el terreno (cada vez más caro) termina en un trecho de arena y en las aguas contaminadas del Pacífico. Una carretera glamurosa muy apropiada para una ciudad glamurosa, ofreciendo peligros y tentaciones a cada curva, que te invita a contemplar la vista, pero no deja de retorcerse, sinuosa. Y te quedas mirando las luces espectaculares hasta que te despeñas: Los Ángeles, en apretado resumen.

Finalmente, doblé por un camino de tierra apisonada, levantando una nube de polvo rojizo que me escoltó hasta una verja amarilla. PROHIBIDO APARCAR DE NOCHE. Detuve el BWM junto a la verja, pegado al Crown Vic que ya conocía, tomé el montón de copias y eché a andar hacia el centro de control del antiguo sistema de misiles Nike. Unos cuatrocientos metros más arriba, las instalaciones seguían en pie. Una reliquia tan agrietada y reseca como el acento de Kissinger.

Los dispersos edificios, rodeados de alambre de espino caído, te recordaban los aparatos de un campo de juegos abandonado: oxidados, desmantelados, suburbanos… No parecían gran cosa, quizá porque la verdadera potencia del lugar nunca había estado allí, sino enterrada en silos de misiles en las tranquilas colinas de los alrededores.

Mis pisadas hacían crujir las piedras. El aire olía a lluvia. Un sendero serpenteaba hasta la torre de observación hexagonal; lo seguí y me situé bajo el alero. Unos empinados peldaños metálicos subían en zigzag con precisión militar. Los carteles didácticos sellaban el destino de aquella construcción: ahora era un museo mohoso, una cápsula del tiempo destartalada, un templo a una paranoia obsoleta.

La predicción de Khrushchev aullaba desde una placa atornillada a la base de la torre: OS ENTERRAREMOS. Respirando el hedor a mugre y metal, me imaginé a los soldados impecablemente rasurados que habían ocupado las instalaciones de día y de noche, fumando sus Lucky Strike con los ojos fijos en el horizonte, esperando el cambio de turno o el fin del mundo.

Los escalones —planchas horizontales, sin cierre vertical— parecían ascender hacia la oscuridad. La perspectiva me llenó de temor. Yo no quería estar allí; quería estar en casa con mi esposa y con la puerta bien cerrada. Ascendí pese a todo por la estructura, que se mantenía rígida frente al viento nocturno. El aire silbaba entre las barandillas y los peldaños de malla de acero, pero la torre no crujía ni rechinaba. Había sido erigida en una época en la que aún se sabía construir.

Llegué casi sin aliento a lo alto. Sally estaba junto a la barandilla, inclinada sobre un telescopio de pago, contemplando el panorama de oscuridad. Me miró con sus inexpresivos ojos.

—Dicen que en los días claros se ve hasta Catalina.

Deambulando en círculo y reluciéndole de sudor la oscura tez, Valentine podría haber sido un artillero de vigilancia.

—Ya te lo he dicho, Richards, no me gusta nada este rollo en plan Garganta Profunda.

—Una pregunta —insinué—: ¿Los de Robos y Homicidios se llevaron ayer un CD de mi casa?

—No —respondió Sally—. Al menos, oficialmente. —Parecía cada vez más incómoda ante la mirada escandalizada de Valentine—. He seguido el caso de cerca —le dijo, a modo de explicación—. Vamos, lo que se comenta por los pasillos.

—Te estás jugando el puesto, Richards —le contestó él, alzando las manos y dirigiéndose a la escalera—. Yo no pienso seguirte por este camino.

—Ya estamos aquí —replicó ella—. Vamos a ver qué tiene. Nada más.

—Tengo la copia de una foto del cadáver de Keith Conner tomada cinco minutos antes de que yo entrase en la habitación.

Los labios de Sally se tensaron, pero Valentine continuó como si yo no estuviera presente.

—Esto es una patata demasiado caliente. El comisario nos dejó claro de cojones lo que pasaría con nuestros traseros si seguíamos husmeando. Tengo cuatro hijos que mantener, de manera que, sí, muchas gracias, conservar mi puesto y mi pensión sería un buen modo de llegar a la próxima semana.

Les acerqué la foto del cuerpo de Keith para que la vieran. Sally se apartó con escepticismo del telescopio y se me aproximó. Tras una pausa desafiante para echar un vistazo a mi rostro amoratado, bajó la vista y entornó los ojos. Su expresión permaneció inalterable un momento, pero después tragó saliva y se ruborizó.

—Aunque la hora sobreimpresa esté manipulada —dijo—, usted no llevaba una cámara. —No lograba apartar la vista de la imagen. Buscó la barandilla con la mano y agarró un puñado de aire; por fin la encontró y apoyó una robusta cadera en la estructura, como apuntalándose—. ¿Qué más?

Abrí varias hojas en abanico para mostrarle las fotos del seguimiento que le habían hecho a Keith.

—Todas fueron tomadas por una empresa llamada Ridgeline. Dos de sus hombres me secuestraron.

Sally arqueó las cejas.

Alcé una mano.

—Un momento. Ahora se lo explico. Pero primero déjeme exponerle el móvil: Keith estaba haciendo un documental contra el sistema de sónar naval porque mata a las ballenas.

—*Profundidades* —dijo Sally—. A los delfines también, dicen.

—Hay una votación inminente en el Senado para rebajar el nivel de decibelios del sónar. El documental estaba programado para influir en esa votación. Hay una empresa de material militar muy importante llamada Festman Gruber que está especializada en equipos de sónar. Deduzco que tendrían mucho que perder si esa votación no se inclina de su lado.

—¿No podríamos cortar antes de que nos vuelva locos? —rogó Valentine.

—¿Así que se cargaron a Keith y lo inculparon a usted? —Sally hizo una mueca y esbozó una sonrisa inquieta—. ¿Qué tiene para respaldar una teoría tan sofisticada?

—Tengo extractos bancarios, transferencias, registros de llamadas que vinculan a Ridgeline con Festman Gruber. Tengo los nombres de las víctimas asesinadas escritos junto a algunos pagos en concreto.

Pasé las hojas deprisa, muy ufano. Sally las miró frunciendo el entrecejo y mordiéndose los labios. Valentine, a pesar de sí mismo, se asomó tras ella y miró también.

—Y además —expuse—, tengo estas curiosas retiradas de fondos.

—¿Curiosas, por qué? —cuestionó Valentine.

—Tienen un código asociado. Aquí. —Volví la página, señalé las órdenes de pago con el #1117 escrito en lo alto.

Valentine bajó la vista y casi distraídamente abrió el cierre de seguridad de la pistolera. La mano le tembló sobre la culata durante un segundo de indecisión. Luego, con agilidad, sacó la Glock de la funda de cuero y le disparó a Sally en el pecho.

Capítulo 51

$\mathcal{M}$ientras le brotaba de la camisa un hilo de sangre, Sally dio un paso atrás. Todo su peso se ladeó sobre una pierna doblada y luego se vino abajo. Valentine y yo miramos horrorizados cómo se estremecía y jadeaba; luego él levantó el arma y me apuntó.

El cañón chisporroteó de nuevo. Noté una ráfaga de aire que me rozaba la sien, pero yo ya saltaba hacia la escalera con los documentos aferrados en la mano. Caí a la mitad del último tramo, golpeándome el hombro con la barandilla, y la inercia me hizo dar una voltereta. Me estrellé contra el descansillo y, entre tumbos y caídas descendí por el siguiente tramo de peldaños, poniendo la ingente cantidad de metal entre mi cuerpo y Valentine. Resbalé y me detuve, dolorido. La malla de acero se me clavaba en la espalda. Entonces lo oí allá arriba.

—¡Oh, Dios, estás herida! ¿Por qué has tenido que meterte en esto, Richards? Habías de emperrarte, joder. Intenté disuadirte. Pero tú nada. No lo soltabas. Estás herida, joder, estás herida. No me has dejado alternativa. Ninguna alternativa.

Un gorgoteo y un líquido salpicando el suelo metálico.

Un ronco gemido, que no lo emitía Sally, comprendí, sino Valentine, se elevó hasta convertirse en un alarido casi femenino, acompañado de una serie de golpes brutales. ¿Estaba dando puñetazos a la plancha de metal?

Lloraba.

—No podía jugármela. Si yo desaparezco, ¿quién va a cuidar de mis hijos?

Ella no respondía.

—Lo siento —sollozó—, lo siento. ¡Venga, abre los ojos, Richards, abre los ojos! Reacciona. ¡Oh, Dios, lo siento!

Doblé los documentos y me los metí en el bolsillo. El viento arreció con fuerza y ahogó la serenata de los grillos.

Me deslicé por otro tramo de escalones, y Valentine pareció percibir mi movimiento y volver en sí. Sonó el pitido de su radio y le oí gritar:

—¡Agente abatido! Agente abatido en la torre de observación de las instalaciones Nike, en el camino de tierra de Mulholland. ¡Envíen refuerzos y asistencia médica de inmediato! —Le falló la voz, y me di cuenta de que incluso la conmoción que me ofuscaba a mí no podía compararse con la suya. Jadeó un momento, recuperando el aliento, y prosiguió—: El responsable, Patrick Davis, me ha arrebatado la pistola y le ha disparado a ella. Tengo el arma de mi compañera y voy tras él. Corto.

Sonó una angustiada respuesta llena de interferencias; luego el volumen descendió hasta enmudecer, y ya solo quedamos él y yo, respirando en silencio.

Los pies de Valentine se desplazaron con lentitud por la plataforma y luego por la escalera. Dos tramos por debajo, envuelto en una especie de sereno terror, fui dando pasos al mismo tiempo que él: silenciosa, regularmente. El recuerdo de la foto del escritorio de Sally, donde aparecía con su crío en brazos, me provocó unos instantes de incredulidad. Parecía imposible que hubiera presenciado lo que acababa de presenciar.

Ahora él bajaba un poco más deprisa: se veía la sombra fugaz de sus piernas por las ranuras entre los peldaños. Aceleré. Un tramo más y perdería toda mi ventaja. Ya no se trataría más que de correr en la oscuridad con una pistola cargada a mi espalda.

Llegué abajo. Él se apresuraba; sus pisadas resonaban con un redoble metálico. Durante un instante, observé el sendero que me dejaría totalmente expuesto a un disparo.

La alternativa estaba clara: echar a correr y caer de un balazo, o revolverme y contraatacar.

Notando las piernas agarrotadas, me agazapé bajo la escalera. El suelo de tierra se empinaba bajo el primer tramo. Me acurruqué en la oscuridad bajo el rellano. Empezaba a sentir el dolor a causa de la voltereta. Me abrasaban los pulmones al inspirar, pero hice un esfuerzo para mantener la respiración en silencio.

Me resbaló una zapatilla y estuve a punto de caerme y delatar mi posición, pero metí la mano por un hueco y me así al peldaño, recuperando el equilibrio.

338

Los pasos apresurados de Valentine se ralentizaron en cuanto sus zapatos asomaron en el penúltimo tramo de escalones. Se temía una emboscada. La punta de los mocasines le relucía de sangre, una sangre que casi parecía negra, y las vueltas de los pantalones las tenía también manchadas. Mientras él iba bajando, me separé un poco de mi escondite y extendí las manos con sumo cuidado. Los peldaños lo recortaban en rodajas horizontales: pie y tobillo, muslo y cintura, pecho y cuello. Cuando se plantó en el rellano de encima, vislumbré con toda claridad la Glock, que esgrimía por delante sujetándola con ambas manos.

Avanzó todavía más despacio. El fragor del viento debería de haber ahogado mis movimientos mientras me ocultaba allí debajo… Pero ¿me habría visto? ¿O lo habría intuido?

Su siguiente paso lo situó fuera de mi vista, justo sobre mi cabeza. Contuve el aliento. No podía soltar el aire, me ardían los pulmones. Uno de sus zapatos se posó con suavidad en la plancha de metal. Otra vez. Vi por el hueco que aparecía la pistola antes que nada, y estuve a punto de ceder al pánico y salir huyendo. Pero no apuntaba hacia abajo, sino que la mantenía a media altura. Surgieron sus manos, sus muñecas, sus antebrazos. Apuntaba hacia el camino, jadeando. Puso un pie en el escalón más alto, apenas a quince centímetros de mis ojos. Percibí el olor acre de la sangre que le empapaba las suelas. El otro pie descendió casi a cámara lenta hasta el siguiente peldaño.

Mis manos, medio alzadas, temblaban en la oscuridad. Observé cómo bajaba el tacón de su zapato, milímetro a milímetro. Me quedé paralizado un instante atroz. Pero entonces se desató en mi interior una explosión de aterrada furia. Metí las manos por el hueco, le agarré los tobillos y tiré hacia mí con todas mis fuerzas.

Valentine se vino abajo violentamente con un aullido. Su torso se estampó contra los escalones y al mismo tiempo sonó un disparo, amplificado por la estructura de metal. Todavía resbaló boca abajo varios peldaños antes de dar una voltereta y detenerse con una última sacudida, mientras una mano le aparecía por un lado. Gruñó algo ininteligible, y después volvió a adueñarse de la noche el canto de los grillos y un extraño sonido sibilante que sonaba a intervalos.

Permanecí en cuclillas, incapaz de moverme, esperando no se sabía qué, hasta que vi los negros goterones que rezumaban por

339

la malla de acero del último peldaño y goteaban sobre el suelo de tierra. Me arrastré hacia fuera.

Valentine había acabado recostado al pie de la escalera. Desorbitada la mirada, le resaltaba el blanco de los ojos a la tenue claridad de la luna. Al acercarme con cautela, me detectó y me clavó la vista. Tenía un pequeño orificio en un costado, en la base de las costillas. El roto en su camisa blanca no sería más grande que un centavo, pero la tela de alrededor se había oscurecido con una mancha de un palmo. Torcida de un modo imposible, su mano derecha aferraba aún la Glock, con el dedo enredado en el guardamonte. Se le estremecía el pecho dejando escapar aquel sonido sibilante, mientras la tela desgarrada del orificio aleteaba débilmente.

Se le había desabrochado la cazadora, y un rayo de luna que se colaba por el enrejado de la escalera iluminaba la placa de su cinturón, donde destacaba aquel número demasiado conocido:

LAPD 1117.

Vi que apretaba la Glock con la mano y me alarmé, pero no parecía tener fuerzas para alzar el brazo y apuntarme. Se le contrajo la frente debido al esfuerzo. Meneó la cabeza, extendió una pierna rígidamente y la pistola disparó al suelo de tierra. Otra vez. Y otra. Las detonaciones rebotaron por la ladera, entre los árboles y los silos de misiles ocultos. Con el retroceso del siguiente disparo se le escapó de la mano el arma. Bajó la vista hacia ella, impotente. Las lágrimas se le mezclaban con el sudor.

El ruido sibilante de los pulmones se hizo más tenue; las piernas se le retorcieron; la tela de los bordes del orificio dejó de aletear. Fijó la mirada en la mía, tan viva en apariencia como lo había estado hacía unos momentos.

Yo había hincado una rodilla junto a él, como en un gesto de atemorizada veneración ante el acto que acababa de cometer. Más allá del fragor de mis pensamientos, no sentía nada.

Atornillada a la izquierda de Valentine, la placa con las palabras de Khrushchev parecía poner un sangriento epitafio: OS ENTERRAREMOS.

Un fuerte zumbido me arrancó de mi trance. Me eché atrás, dando un traspié. Me incorporé con cautela. El zumbido volvió a vibrar en el bolsillo de la camisa de Valentine.

Me acerqué con temor; tenía los nervios de punta. Alargué un brazo y, de un tirón, saqué una Palm Treo de su bolsillo.

Un mensaje de texto:

Tu dinero en el punto de entrega habitual.

Vamos a entrar ahora.

Esta cadena de mensajes se borrará en 17 segundos.

16.

15.

¿Entrar, adónde?

Un escalofrío recorrió mis magullados hombros. El mensaje era una respuesta. Pulsé frenéticamente los botones para recuperar el texto original que Valentine había enviado:

Saldrá de casa a las 8.00

Varias unidades responderán a un falso aviso de robo dos puertas más arriba, para alejar a los paparazi.

Estará sola.

341

Capítulo 52

*M*iré atónito la pantalla. Las palabras se me deshacían en letras inconexas, mientras mi cerebro se debatía entre el deseo de comprender y el impulso de protegerse. El mensaje se borró por sí solo, produciendo un sonido de papel estrujado, pero las letras parecían persistir y flotar en la oscuridad. Volvieron a formar palabras y su sentido me arrancó de mi parálisis.

Me recobré tres metros más abajo, mientras corría por el sendero y llamaba a mi esposa con el teléfono de un muerto. Llevaba la Glock metida en la parte trasera de los vaqueros y los documentos apretujados en el bolsillo de delante. No había más que una barra de cobertura en el móvil y, cada vez que pulsaba «Llamar», parpadeaba. Al llegar al camino de tierra, la pantalla mostró una antena parabólica rotando inútilmente. Nada.

Sin dejar de correr, saqué el móvil de prepago, lo sujeté con la otra mano y fui observando una y otra pantalla. No había cobertura en ninguno de los dos: imposible allá arriba, en las inmediaciones del Parque Estatal Topanga.

El reloj del móvil marcaba las 7.56 horas. Cuatro minutos más y tendrían vía libre para irrumpir en nuestra casa.

El suelo estaba tan lleno de roderas y montículos, que tropecé en la oscuridad, me caí y me arañé las palmas. El móvil y la Palm Treo se me escaparon de las manos. Busqué a tientas, encontré el móvil y, tras unos segundos más, decidí renunciar a la Palm. El mensaje inculpatorio se había borrado de cualquier modo, y la cobertura era igual de chunga. Continué corriendo con el teléfono bien sujeto, sin quitar la vista de su maldita pantalla iluminada, mientras avanzaba a lo loco en la oscuridad dejando que mis piernas intuyeran por su cuenta el terreno.

ESTARÁ SOLA.

Sin cobertura. Sin cobertura. Sin cobertura.

Había empezado a lloviznar. La tierra húmeda parecía multi-plicarse bajo mis pies como una cinta continua plagada de aguje-ros. Era como si recorriese todo el rato el mismo trecho de lade-ra. Resollando, empapado de sudor, me sentía atrapado en el circuito infernal de una película de terror.

Por fin la verja amarilla surgió en la oscuridad. La crucé dis-parado, golpeándome un hombro en el marco. El impacto me hizo dar media vuelta y acabé de bruces sobre el capó del BMW. Subí, arranqué y salí volando hacia casa, hacia una zona con co-bertura, manteniendo el móvil en mi sudorosa mano para mane-jar el volante y mirar la pantalla a la vez.

Al fin apareció una barra de cobertura. Vaciló, pero apareció de nuevo y la llamada acabó entrando. Sonó y sonó un rato…

—¡Ari!

—¿Eres tú, Patrick?

—¡Van a entrar a buscarte! ¡Sal corriendo de casa!

Pero ella no me oía.

—Me pillas saliendo de la ducha. He cambiado de sitio la ca-mioneta y te la he dejado aparcada detrás para que la uses a par-tir de ahora, así que deshazte de ese coche robado antes de venir aquí. Oye, no te vas a creer lo que he logrado ensamblar. —Se oían sirenas de fondo—. Espera. Qué raro…

Su respiración se aceleró mientras bajaba la escalera precipi-tadamente y aumentaba el estrépito de sirenas.

Yo gritaba a voz en cuello, como si el problema fuese el volu-men y no la cobertura.

—Han montado una maniobra de distracción un poco más arriba de la calle para alejar a los paparazi y dejar nuestra casa sin vigilancia. Coge la pistola y sal de ahí. Ve a la policía. ¿Ari? ¡Ari!

Ella prosiguió sin escuchar mis gritos.

—Han pasado varios coches de policía, pero no vienen aquí. Parece que están en casa de los Weetman. A ver si también han inculpado a Mike por el asesinato de una estrella de cine.

La comunicación se cortó. Miré el móvil, incrédulo. Sonó una bocina; me había metido en el carril contrario. Chirriando, salí de la carretera levantando una nube de polvo, corregí el viraje con violencia y entré otra vez en mi carril dando tumbos y esquivando a un Maserati por poco. Enderecé el coche y tomé una curva derrapando a causa de la lluvia.

Dos barras. Tres.

Marqué.

Ari respondió.

—Hola. Te había perdido. Te estaba diciendo…

—Sal de casa. De inmediato. Corre hasta donde está la policía.

El aullido de nuestra alarma.

—Mierda, Patrick. Alguien…

Un estrépito de pasos. El móvil se le cayó al suelo. El chillido de Ariana fue interrumpido de golpe y un instante después la alarma enmudeció.

El BMW rozó la pared de la ladera y un tamborileo de piedras sobre el techo me recordó que seguía conduciendo. Me escocían los ojos de tanto sudar. Gritaba al teléfono sin saber lo que decía.

Una voz amortiguada daba instrucciones:

—Que termine de vestirse. No la vamos a llevar medio desnuda. Y tú, deja de resistirte o te rompemos el brazo. Muévete.

Sonó un traqueteo mientras recogían el móvil del suelo.

Una voz serena. Verrone:

—Se acabaron los juegos. —Aquel timbre tranquilo de tenor me trajo la imagen de su tez amarillenta y de su mustio bigote.

—No le hagan daño.

—Queremos el disco.

—No lo tengo. ¡Lo juro por Dios, joder! Si lo hubiera tenido, ya se lo habría entregado.

—Nos dijo que lo tenía, pero nos envió a un falso escondite.

Me costó un momento comprender que las sirenas ahora no sonaban al otro lado de la línea, sino que se acercaban por la carretera. Al doblar la curva, vi seis coches de policía y una ambulancia viniendo de cara hacia mí, parpadeándoles las luces y las sirenas a todo sonar. Me aparté instintivamente de la ventanilla, pero ellos pasaron disparados en busca de Valentine y Richards. Tuve que gritar para hacerme oír pese al estruendo.

—¡Me tenían secuestrado! ¡Habría dicho cualquier cosa con tal de escapar!

—Tiene dos horas para encontrarlo.

El ultimátum cayó sobre mí como un puñetazo y me devolvió la conciencia plena de mi espantosa situación. Había seguido adelante a trancas y barrancas a pesar a todos los obstáculos: a pesar de la cárcel real y de la falsa, a pesar de la trampa que me habían tendido, de los tiros que me habían disparado y de la granada que me había dejado conmocionado. Y no había sido suficiente, sin embargo. La impotencia que había tratado de mantener a raya, y la rabia que me causaba ver mi vida arrebatada de mi control, me inundaron de modo abrumador. En ciento veinte minutos, mi esposa perdería la vida.

—¿Cómo coño voy a encontrar una cosa que no sé dónde está? —bramé.

—Si es así, no nos sirve. Lo cual significa que podemos matarla ahora mismo. —Una orden—: Adelante.

—¡Espere! Está bien, está bien. Lo tengo. —Me encogí y escuché, sin aliento. Pero no sonó ningún disparo—. Yo… yo…

El terror me dominaba e intenté aferrarme a cualquier cosa, improvisar una historia, lo que fuera con tal de ganar tiempo. ¿Me atrevería a mostrar las únicas cartas que tenía: los documentos que había sacado de la fotocopiadora? ¿Así como así, en medio de un ataque de pánico, sin ninguna estrategia? ¿En qué situación quedaría? No, tenía que haber otro sistema. Parecía como si hubiera pasado horas callado, aunque la interrupción debió de durar unos segundos.

—Guardé el disco en nuestra caja de seguridad —farfullé—. Pero no puedo recuperarlo hasta que abra el banco mañana.

—Tiene hasta las nueve en punto.

—Richards está muerta —dije—. Valentine está muerto. —Se hizo un gélido silencio mientras Verrone estudiaba el tablero de ajedrez. Pero no esperé a su siguiente jugada; continué, aprovechando que lo había pillado desprevenido—. Ahora soy un fugitivo. Necesito cierto tiempo para ponerme a cubierto y pensar a quién envío al banco mañana a recoger el disco. —Todavía silencio. Añadí—: Un par de horas más.

«Deja ya de hablar. Estas negociando contigo mismo», pensé.

Él se apartó el teléfono mientras hablaba con DeWitt o con quien fuera. Decía:

—Sácala por detrás y vigílala bien al saltar la cerca. Los paparazi deben de estar más arriba muy atareados, pero mantente alerta por si acaso. Escucha, cielo, si hay alguien ahí fuera, somos todos amigos que salimos a dar una vuelta. Esa es la mejor de las dos maneras posibles de hacerlo. Si forcejeas o te pones a gritar,

345

dispararemos a quien sea y te llevaremos a rastras igual. ¿Cómo? Sí, cógelo, parecerá más normal. Andando.

¿Coger, qué?

¿Parecerá más normal?

¿Qué demonios significaba eso?

Verrone volvió a hablar conmigo:

—Muy bien. Tiene hasta mañana a las doce. Y mejor que se mantenga alejado de la policía; detenido, no nos sirve. Llame al móvil de su esposa: al auténtico, no a esa mierda desechable con la que ha estado enredando. Lo tendremos conectado a una línea imposible de rastrear, así que no se moleste en jugar al Superagente ochenta y seis. Si no suena ese teléfono a las doce en punto con buenas noticias, le meteremos a ella una bala en la base del cráneo. Y sí, esta vez va en serio.

La comunicación se cortó.

Mi cerebro oscilaba entre un pánico desbocado y un bloqueo total. Recuerdo haberme cruzado con otro convoy de coches de policía. Recuerdo haberme dicho que debía reducir la velocidad, que no podía arriesgarme a volcar, pero continué igual. Recuerdo que me subí al bordillo derrapando y ahuyentando a los paparazi, y que dejé el BMW en medio del barro del jardín, con la puerta abierta bajo la lluvia.

Y luego me encontré dentro, en el silencioso vestíbulo, goteándome la ropa. Junto a la ventana de la sala de estar, había una taza rota en el suelo, el móvil de prepago, un lirio mariposa de color lavanda…

Me acuclillé junto a la flor con el corazón palpitante. El instinto me lo trajo a la nariz: el olor de Ariana. En el rincón, ambos mirábamos desde la foto de boda tirada en el suelo. El simbolismo era excesivo, sin duda, pero igualmente me dejó hecho polvo. La refinada pátina del blanco y negro, nuestra rígida formalidad y el vidrio resquebrajado conferían a la imagen un matiz antiguo y luctuoso. Época pasada, costumbres olvidadas, fantasmas de días más dichosos. Mirando la imagen levemente difuminada del rostro de Ariana, hice un voto silencioso: «Lo prometo».

La mera imagen de Ari, encajonada entre DeWitt y Verrone en la trasera de una furgoneta, estuvo a punto de derrumbarme. Pero no podía dejarme vencer por el miedo, ahora no. ¿Cuánto tiempo me quedaba antes de que la policía encontrara a Valentine y Richards y viniese a buscarme?

Traté de ordenar mis ideas. ¿Había algo en casa que debiera recoger antes de emprender la huida? La primera vez que me había comunicado con Ari, parecía muy emocionada por algo que había resuelto: «No vas a creer lo que he logrado ensamblar». ¿Habrían encontrado ellos su hallazgo, o todavía seguía allí?

Fui corriendo al salón. Aparte de unos cuantos retales, habían recogido los montones de papel triturado y se los habían llevado.

«Ensamblar», había dicho. Ensamblar.

Entré disparado en la cocina. El estropicio que había dejado la policía seguía tal cual: la basura volcada, los cajones vacíos... Pero no veía cinta adhesiva por ningún lado, y dudaba mucho que Ari se hubiera entretenido en buscar allí. Lo cual solo dejaba una posibilidad: mi despacho.

Subí a toda velocidad. En efecto, sobre mi escritorio había un rollo de cinta adhesiva y, al lado, un pedazo redondo de papel formado por varios trocitos pegados.

¿Un disco?

Lo examiné de cerca. Estaba compuesto con los cuadrados blanco-plateados que le habían llamado la atención a Ariana de entre el montón de confeti: unos trozos que destacaban por su textura más firme. Doblé el CD. Rígido pero flexible. Había visto discos como esos otras veces: *singles* promocionales de hip hop metidos entre las páginas de *Vanity Fair*, o el DVD que incluían a veces en la revista antes de empezar la temporada de premios.

Habían destruido ese CD junto con otros documentos antes de vaciar la oficina de Ridgeline. Aunque ensamblado, ya debía de ser irrecuperable. Pero no necesitaba hacer la prueba para comprender que un CD de ese tipo, flexible y más fino, reunía ciertas ventajas para una operación clandestina. Era más fácil de destruir.

Y también de esconder.

La lluvia tamborileaba en el tejado con un redoble que aceleraba mis pensamientos.

Cerré los ojos, me vi abriendo el sobre de FedEx dirigido a Ridgeline. El CD vacío, envuelto en cartón corrugado.

¿Y si el disco no era sino lo que parecía: un CD vacío? En caso de que alguien como yo interceptara el paquete, pensaría que no contenía más que un disco inútil. El verdadero destinatario sabría, en cambio, que el CD vacío era un símbolo, una clave de lo que realmente venía en el mismo paquete.

Bajé corriendo a la cocina y escarbé entre la basura. Allí estaba, debajo de media rebanada de pan de molde y de una caja de barritas energéticas, el cartón corrugado que yo había tomado por un simple material de embalaje. Lo aplané, metí las uñas en el borde y despegué la base.

Embutido en uno de los orificios biselados, había un disco de color blanco plateado.

Capítulo 53

$\mathcal{M}$e invadió una oleada de excitación. El CD había estado allí siempre, tirado en el suelo, enterrado entre la basura: el único sitio donde a nadie se le habría ocurrido mirar. Lo saqué y lo sujeté a contraluz, observándolo como lo haría un joyero.

De modo que había sido gente de Ridgeline quien había irrumpido en casa para registrarlo todo y recuperar el paquete de FedEx. No querían dejar ningún indicio y se lo habían llevado todo: el sobre, el volante del envío y el CD en blanco. Pero como el cartón no estaba a la vista, dieron por supuesto que yo había descubierto lo que ocultaba y lo había puesto a buen recaudo. Así pues, me citaron en casa de Keith, me arrojaron la granada y luego se hicieron pasar por policías para que desembuchase y les dijera dónde había escondido el disco. No se les pasó por la cabeza la posibilidad de que yo no le hubiera dado valor al embalaje y lo hubiera tirado al montón de basura de la cocina.

La euforia de mi descubrimiento se vio interrumpida por un ruido lejano. Una sirena. Y otra.

Saqué del monedero de Ari un puñado de billetes y las llaves de la camioneta, giré en redondo en la cocina, estudiándolo todo, tratando de pensar qué otra cosa podía hacerme falta.

¿Qué les había pedido Ariana que le dejaran llevarse antes de que la sacasen de casa? Las extrañas palabras de Verrone me daban vueltas en la cabeza: «¿Cómo? Sí, cógelo, parecerá más normal. Andando».

Las sirenas, más cerca.

Con las llaves de Ariana en la mano y el preciado disco metido entre los documentos del bolsillo, salí por la puerta trasera hacia la acogedora oscuridad. Menos mal que Ari me había dejado la camioneta detrás. Crucé el césped corriendo, cayéndome la lluvia en la cara. Ya se oía un chirrido de frenos en la parte de delante. Verrone había reducido las cosas a una simple ecuación: si la policía me capturaba, ella moriría.

Salí a toda velocidad por detrás, siguiendo el mismo camino que le habían obligado a hacer a ella. «Si hay alguien fuera, somos todos amigos que salimos a dar una vuelta», le había dicho Verrone. A él le convenía que Ariana no llamase la atención. Su respuesta a lo que ella le había dicho volvió a resonar en mis oídos: «Sí, cógelo, parecerá más normal».

Me detuve. Alcé la cara hacia la lluvia, sintiendo el repiqueteo de las gotas en mis mejillas.

«Lluvia —pensé—: gabardina.»

«Juega con las cartas que te han tocado.»

Di media vuelta y entré disparado en casa. Tenía las zapatillas mojadas y resbalé entre la basura por las baldosas de la cocina. Tras las cortinas del salón, parpadeaban luces azules y rojas. Sonaban voces, un tumulto de botas en la acera. Corrí hacia allí, al ropero del vestíbulo.

350

Se oyó un grito y un golpe brutal. La puerta se estremeció y los paneles de la base cedieron, pero la cerradura resistió.

Abrí el ropero y miré dentro: cinco perchas, una cazadora y un revoltijo de zapatos. Pero ninguna gabardina.

«Parecerá más normal.» Llevándola puesta, una mujer que salía bajo la lluvia pasaría más desapercibida. Ariana los había embaucado para que le dejasen coger la gabardina: la gabardina con el transmisor cosido en el forro, un transmisor de cuya existencia ellos no sabían que estábamos enterados.

Un transmisor que quizá podría arreglármelas para rastrear.

Me precipité hacia la cocina dando resbalones, y conseguí quitarme de en medio justo cuando un estampido me indicó que la puerta principal había volado en pedazos. Sonó la voz ronca e imperiosa de Gable:

—Registren arriba. Rápido, rápido.

Las paredes temblaron. El estrépito de pasos y las órdenes a gritos no transmitían únicamente eficacia y energía, sino también cólera, furia concentrada. Buscaban a un asesino de policías, a un criminal que había acribillado a dos de los suyos.

Crucé volando el patio trasero, me encaramé a la cerca y vi un par de patrulleros cruzados delante de la camioneta de Ari, bloqueando la calle. Los agentes estaban bajándose de los vehículos y hablando, pero no vislumbraron el trazo blanco de mi rostro en la oscuridad. Me dejé caer jadeando sobre el césped junto al invernadero.

—¿Has oído? —dijo uno.

Había dado un golpe con la rodilla en los listones: un crujido que a mí me resonó como un retumbo atronador.

La maleza y las ramas me ocultaban a medias. Por las ventanas de ambos pisos, vislumbré a agentes de élite con armas semiautomáticas. Arriba, una cara escudada tras unas gafas militares se inclinó sobre el escritorio de mi despacho y un barullo de papeles revoloteó por el aire.

A mi espalda, al otro lado de la cerca, oí el clic de una linterna. Un haz de luz barrió las ramas de encima, balanceándose mientras el agente se acercaba. Desde la casa, una voz aulló en medio del silencio nocturno: «¡Registrad el patio trasero!». Por la ventana de la cocina entreví un pasamontañas y el cañón de un MP5 que se dirigían hacia la puerta de atrás.

Sujetando las inútiles llaves de Ariana, mi blanquísimo puño, de tan crispado como estaba, resaltaba sobre la tierra oscura. Sentía la presión de la pistola en el riñón. Puse la mano en la culata y la aparté enseguida como si quemara. ¿Qué iba a hacer? ¿Enfrentarme a tiros con una unidad de élite?

Pegado a los listones de la base de la cerca, noté en la espalda una vibración de pasos que se acercaban. Se me había pegado una telaraña en la frente, muy sudada. Al otro lado del patio, el pomo de nuestra puerta trasera giró, como si estuvieran forcejeando. Justo encima de mí, una mano rechoncha se agarró a lo alto de la cerca.

Estaba encajonado en el rincón donde se juntaban la madera astillada y la tierra húmeda. No tenía dónde meterme. Maldiciendo, miré alrededor frenéticamente.

A través de una maraña de zumaque polvoriento, entreví una sección de la cerca vencida entre nuestro patio y el de los Miller. Un poste se había derrumbado, dejando un hueco entre los listones, de modo que avancé a gatas por la mullida capa de mantillo.

Las botas del policía golpearon la cerca por fuera; oí que soltaba un gruñido tratando de encaramarse para echar un vistazo. El pomo de la puerta trasera saltó al fin, llevándose un trozo del marco, y un agente de élite apareció en el umbral.

351

A mi espalda, el policía saltó y aterrizó en nuestro lado con un golpe sordo. Me metí por el hueco de la cerca en el jardín de los Miller un segundo antes de que nuestro patio se iluminara con los haces de varias linternas. Rodé hacia un lado y me encontré al pie del macizo de flores de Martinique. Me escabullí por su jardín trasero. En dos zancadas crucé el patio de hormigón y me colé en la cocina por la puerta de atrás.

Martinique bajó el cuenco que estaba fregando, provista de unos ridículos guantes amarillos, y me miró con la boca entreabierta. Yo también me había quedado paralizado en el escalón, aunque apoyando todo mi peso en la mano con la que agarraba el picaporte. En el salón, dándonos la espalda, Don miraba la CNBC con el volumen muy alto. Todo parecía haberse detenido, salvo la charla del experto financiero que despotricaba sobre la crisis económica en la televisión, y el grifo del fregadero, abierto al máximo, por el que salía un potente chorro de agua. Casi no me atrevía a mover los ojos. A mi derecha, estaba la lavadora-secadora, llena de ropa sucia, el montón del correo y el estuche del portátil de Don. Cinco pasos más allá, la puerta del garaje.

Martinique volvió la cabeza y abrió la boca para llamar a Don, pero algo la detuvo.

«Ayúdame», le rogué con los labios.

Por la parte de delante, se oía cómo los coches salpicaban el agua de los charcos, mientras que en el techo pintado a la esponja se reflejaba una temblorosa luz azulada.

—¿En qué coño se habrá metido ahora ese gilipollas? —dijo Don, poniéndose de pie y tirando el mando sobre un almohadón—. Voy arriba, a ver si se ve algo desde el estudio. —Se dio la vuelta, apuró su *whisky* escocés y, sin molestarse en levantar la vista hacia nosotros, dejó el vaso en la mesita—. Este también está sucio —murmuró, y subió lentamente la escalera. Ni ella ni yo habíamos respirado.

Al fin Martinique volvió la mirada hacia la ventana. Las linternas recorrían ahora la cerca. Momentáneamente, pensé que iba a gritar pidiendo ayuda.

Pero su voz sonó como un leve ronroneo:

—Yo no pienso meterme. —Muy seria, puso el cuenco a secar, pasó por mi lado, esparciendo el aroma a jabón de almendras, y abrió el armario que había sobre la lavadora. Las llaves del Range Rover de Don colgaban de un gancho plateado—.

Tengo demasiados platos que lavar para enterarme de nada.

Volvió al fregadero, cogió otro cuenco del montón y empezó a restregarlo, tarareando entre dientes. Me acerqué al armario, cogí las llaves y entré en el garaje.

Pensándolo mejor, retrocedí y tomé el portátil de Don. Martinique ni siquiera levantó la vista, pero juraría que percibí un mohín de satisfacción en sus labios.

La puerta del garaje se deslizó silenciosamente por las ranuras bien engrasadas. Una furgoneta de las unidades de élite y varios coches de policía bloqueaban la calle frente a nuestra acera. La casa estaba infestada de agentes, así como la entrada y el patio lateral. Un tirador había subido incluso a registrar el tejado; pero sobre todo buscaban entre los arbustos y las sombras del jardín. Gable se había asomado a la ventana del pasillo de arriba y escrutaba la oscuridad con el entrecejo fruncido. Barrió con la mirada el césped, la calle y el Range Rover negro que salía del garaje vecino.

Puse el intermitente como un buen ciudadano, arranqué y, girando a la izquierda, descendí calle abajo.

353

Capítulo 54

Aparcado en un callejón detrás de una gasolinera, examiné los objetos que había logrado rescatar, ahora alineados en el asiento contiguo: el portátil de Don, el fajo de documentos doblados en cuatro, que saqué del bolsillo bastante arrugados y un poco húmedos, y el elemento clave de toda la intriga: un disco blanco-plateado.

Me había encasquetado la gorra de golf que estaba en el asiento trasero para cubrirme la cara magullada, y llevaba la pistola en la parte trasera de los vaqueros; asimismo había reemplazado las matrículas del Range Rover por las de un Buick verde estacionado en un aparcamiento comunitario. Debía ganar tiempo antes de que se descubriera el robo, y la leyenda que figuraba bajo la matrícula del Buick —¡LA ABUELA DE ZACHARY Y SAGE!— daba a entender que su dueña no había salido a las nueve y media de la noche para mover el esqueleto. Como si birlar coches no fuese suficiente delito, me había visto obligado a robarle a una abuelita.

Encendí con expectación el Toshiba de Don y quise insertar el CD, pero me entraron dudas en el último momento. ¿Me interesaba conocer su contenido? Y una vez que lo supiera, ¿me dejarían vivo? Me roía la curiosidad, pero la ahuyenté sin contemplaciones; saqué el CD y volví a dejarlo en el asiento de cuero. Hubiera lo que hubiese en él, seguro que provocaría otro montón de problemas. Y yo ya no podía permitirme más distracciones que se interpusieran entre Ariana y yo.

Cuanto más me demorase, más probable era que la policía me atrapara. O que los secuestradores de mi mujer perdieran la paciencia con ella, o decidieran que era un estorbo. El paso más inteligente era telefonear a Verrone ahora mismo y decirle que tenía el CD. Deduciría que lo de la caja de seguridad era una mentira, pero mientras yo le diera lo que quería, no veía por qué había de importarle.

El móvil de usar y tirar se había quedado sin batería; por lo tanto saqué mi fiel Sanyo. Jerry había dicho que las llamadas de pocos minutos eran difíciles de rastrear, de modo que procuraría abreviar todo lo posible. Ensayando lo que iba a decir, marqué el número de Ariana. Ya tenía el pulgar sobre la tecla, pero algo me impidió seguir adelante.

Quizá fue la imagen de Mikey Peralta tendido en la cama del hospital, con una hendidura enorme en la frente, o el halo rojo que se había extendido por el suelo bajo el cabello de Deborah Vance. Deseaba creer con toda mi alma que mientras no mirase el contenido del CD, Ariana y yo estaríamos a salvo. Deseaba creer que si se lo devolvía a los tipos de Ridgeline, nos daríamos la mano y nos separaríamos sin más. Pero la verdad, la cruda verdad que me paralizaba y me impedía hacer la llamada era otra, aunque no quisiera reconocerla. Y esa verdad me asaltó ahora como un puñetazo en el estómago: mi mujer y yo habíamos rebasado la línea de no retorno.

Con dos policías muertos, un par de secuestros y los agentes de Robos y Homicidios y las unidades de élite pisándome los talones, todo había quedado fuera de control para Ridgeline, igual que para mí. Era inconcebible que aún creyeran posible reconducir las cosas para dejarlas en una mera inculpación y hacerme cargar a mí con el muerto.

Antes de que el plan descarrilara, me necesitaban vivo para librar a Festman Gruber de toda sospecha del asesinato de Keith. Pero ahora Verrone, DeWitt y los demás miembros de Ridgeline parecían haber pasado decididamente al modo «limitación de daños». Su único objetivo era su propia supervivencia. Lo cual significaba contar con un buen «seguro», cubrir sus propios traseros y eliminar a los testigos. El «accidente» de Mikey Peralta y la «venganza» de la que había sido víctima Deborah Vance indicaban con bastante claridad lo que pensaban hacer conmigo y con Ariana en cuanto dejáramos de serles útiles. Sabíamos demasiado. Habíamos visto demasiado. Mantendrían a Ari como señuelo solamente el tiempo necesario para hacerme caer en la trampa.

355

Aparte de las copias de los documentos, el CD reluciente que me miraba desde el asiento era mi única munición.

Si se lo entregaba a Ridgeline, nos matarían a los dos.

Bajé la vista a la pantalla del móvil, donde seguían iluminados los diez dígitos, y después al CD. El teléfono. El CD. El teléfono. El CD.

Ya era hora de cambiar de planes, de pasar a la ofensiva.

El único modo de vencerlos era superarlos en su propio juego.

Con renovada determinación, apagué el teléfono, encendí el portátil y metí el CD. Apareció un PDF y lo seleccioné con un doble clic. Cincuenta páginas, según la barra de desplazamiento. Tablas y gráficos. Un sello de CONFIDENCIAL, bien visible aunque translúcido, cruzaba en diagonal cada página. La portada decía: FESTMAN GRUBER-DOCUMENTO INTERNO-NO REPRODUCIR, seguido de unos cuantos párrafos apretados de advertencias legales.

Pasé una página tras otra, ojeando números y columnas, esperando a que los datos tomasen forma. Un gráfico de la décima página titulado «Estudio interno» lo explicaba todo con suficiente claridad incluso para mis pobres conocimientos de geometría, atrofiados desde secundaria.

Tres líneas trazaban los decibelios del sistema de sónar a lo largo de varios meses. La línea azul, horizontal en todo su recorrido, marcaba los límites legales existentes. Otra línea, muy por encima de lo permitido, indicaba los decibelios alcanzados por el sónar de Festman Gruber: superaban los trescientos, es decir, una cifra superior a la que Keith me había vomitado desde su tumbona entre una nube de humo de clavo.

En otras palabras: actividad ilegal.

Me intrigó una línea verde que cruzaba la base del gráfico, muy por debajo de los límites legales. La leyenda la etiquetaba sencillamente *NV*.

Esas siglas me recordaron algo, una imagen que había visto en los documentos extraídos del disco duro de la fotocopiadora. Los cogí y pasé las páginas: la siniestra fotografía que me habían tomado furtivamente, los registros de las llamadas de Keith Conner, los volantes de las órdenes de pago... Al fin encontré aquella foto de las cámaras de vigilancia del hombre mayor con perilla plateada que se bajaba de una limusina. En la siguiente fotografía del mismo hombre salía la imagen que andaba buscando: un logo pintado en la luna del vestíbulo del edificio que aparecía en segundo plano. Era un logo elegante: una *N* rodeada de un anillo y girada un cuarto de vuelta, de manera que la diagonal de la letra y el segundo trazo vertical sugerían una *V*.

NV, todo ligado, en el interior de un pequeño círculo.

Así pues, se trataba de una corporación.

Examiné la limusina reluciente, el formidable edificio, el porte seguro del hombre. Todo parecía indicar que era alguien importante en NV. Y el hecho de que lo hubieran puesto bajo la vigilancia de Ridgeline indicaba, a su vez, que su empresa era rival de Festman Gruber.

Necesitaba un nombre.

Debajo de la fotografía había una copia de la factura de un móvil, cuyo titular era un tal Gordon Kazakov. Muchos de los números de teléfono estaban subrayados, aunque a mí no me decían nada.

Arranqué, buscando un Starbucks. Lo que, estando en el barrio de Brentwood, me supuso recorrer cuatro manzanas. Paré el Range Rover delante, lo bastante cerca para piratear su señal de Internet, y después fui a meter unas cuantas monedas en el parquímetro: una medida totalmente neurótica, porque ya había pasado la hora de pago. Recorrí con la vista el local y vi un reloj sobre la máquina de expreso: las 10.05 horas.

Faltaban menos de dieciséis horas para que los tipos de Ridgeline mataran a mi esposa.

Las risas y el aroma a café de Java que provenían del interior me provocaron una conmoción, recordándome lo mucho que me había alejado de la vida corriente. Me bajé la visera de la gorra de golf sobre la cara magullada y, dándole la espalda a aquel ambiente cálido e iluminado, subí al vehículo. Aseguré la puerta con cerrojo, abrí el portátil y *voilà*: una conexión Linksys de Internet.

En Google Images aparecían numerosas fotos de Gordon Kazakov, el hombre de la perilla plateada. Me bastó hacer varias veces clic para descubrir que era director general de North Vector, la NV del sofisticado logo: una empresa situada, según *Fortune*, entre las mil más importantes del país y especializada, —¡vaya sorpresa!—, en tecnología militar. Kazakov poseía además dos equipos de fútbol en Europa del Este, una compañía aérea de bajo coste con un centro de distribución en Minneapolis y una mansión histórica en Georgetown. Pero la noticia más interesante se

357

hallaba oculta en un reportaje reciente del *Wall Street Journal*: aunque North Vector no había hecho ningún anuncio oficial, el artículo insinuaba que tenían entre manos un sistema de sónar revolucionario a punto de resultar viable.

Un sistema rival que, de acuerdo con el documento secreto de Festman Gruber, funcionaba con un nivel de decibelios no solo legal, sino muchísimo más reducido. La comparación, a juzgar por el gráfico, no resultaba nada halagadora para Festman.

Tenía en las cervicales unos nudos tan agarrotados que casi no los notaba mientras trataba de darme un masaje para aflojarlos. Cerré los ojos y repasé todo lo que sabía, buscando la grieta por donde me fuera posible meter una cuña.

Ridgeline había sido contratada para hacerle a Festman Gruber el trabajo sucio: para asegurarse de que nada interfiriese en sus contratos de defensa hasta que se produjera la votación en el Senado. Pero los miembros de Ridgeline habían experimentado una creciente desconfianza hacia sus clientes y se habían dedicado a guardar copias de seguridad de las operaciones ilegales que llevaban a cabo para ellos, llegando al extremo de hacerse con un estudio interno secreto que demostraba que el sistema de sónar de Festman funcionaba fuera de los parámetros legales: un documento que, debidamente filtrado, causaría mayores perjuicios a las finanzas de la empresa que el documental de Keith Conner.

Me froté las sienes al mismo tiempo que reflexionaba. Y recordé algo que me había dicho Ariana la noche en la que habíamos recibido la primera llamada amenazante y descubierto los dispositivos ocultos en las paredes. Mientras permanecíamos acurrucados en el invernadero repasando nuestra falta de alternativas, había dicho exasperada: «… no conocemos a gente lo bastante importante que pueda ayudarnos».

Me quedé un buen rato mirando la factura del teléfono móvil de Gordon Kazakov. Al fin marqué el número que figuraba en negrita en el encabezamiento. Cinco timbrazos. Siete. ¿No había contestador?

Iba a colgar cuando sonó una voz. Suave como el burbon.

—¿Gordon Kazakov? —pregunté.

—¿Quién es?

—El enemigo de su enemigo.

Una pausa.

—¿Quién es mi enemigo?

—Festman Gruber.

—Dígame su nombre, por favor, caballero.

Inspiré hondo.

—Patrick Davis.

—Por lo que veo, han estado muy ocupados con usted.

¿Cómo lo sabía? Pero yo estaba ansioso por terminar la llamada y apagar mi Sanyo antes de que pudiera rastrearse la señal. Así que fui al grano.

—Tengo algo que le interesa.

—Veámonos.

—No va a ser fácil. ¿No vive en Georgetown?

—Estoy en Los Ángeles. Le prometí a mi esposa que conocería a Keith Conner. Eso fue antes, claro. Pero ya había concertado varios asuntos para la primera parte de la semana.

Mi perplejo silencio debió de resultar muy elocuente, porque añadió, a modo de explicación:

—El primer día de rodaje iba a ser el lunes.

— Oiga, un momento —dije—, ¿usted estaba implicado en la película?

—Hijo —respondió riendo entre dientes—, yo la financiaba.

Capítulo 55

*E*l hotel Bel-Air, enclavado en cinco bucólicas hectáreas de precio astronómico, era sin duda el lugar indicado para alguien como Gordon Kazakov. Gracias a su resguardada arboleda, sus íntimos senderos y su arroyo murmurante, los jardines eran la viva imagen de la discreción. Los empleados, que hablaban en susurros, habían atendido a la realeza en todos sus órdenes: desde Judy Garland hasta Lady Di. Marilyn Monroe y Joe DiMaggio solían ir allí a escondidas cuando querían desaparecer. Y yo mismo estaba haciendo ahora una entrada furtiva y no demasiado regia, mientras algunas clientas desfilaban ataviadas con sus pieles de granja ecológica y sus labios pintados de rojo sangre.

Ari y yo habíamos cenado aquí una vez en nuestro aniversario, aunque no pudimos permitirnos el lujo de quedarnos a pasar la noche. Intimidado por los camareros, les dejé una propina excesiva que seguramente se quedaba corta. Habíamos salido con timidez, dando las gracias a diestro y siniestro, y yo nunca había vuelto. Hasta ahora.

Después de aparcar en Stone Canyon, tomé un sendero que discurría junto al arroyo para esquivar a los conserjes. Un grupo de cuatro personas cruzaba el puente, mientras yo pasaba por debajo, y aunque conversaban entre murmullos, me llegó con toda claridad el nombre de Keith Conner, como si estuvieran hablando de mí. Bajando la cabeza, seguí adelante, y ellos también. La lluvia había cesado, y el ambiente había quedado limpio e impregnado del aroma de la vegetación. Dejé atrás el estanque, donde reposaban tres cisnes (otros tantos carteles advertían de su mal genio); pasé bajo un sicómoro de California casi horizontal, crucé un trecho de césped y observé la escalera privada que conducía a la habitación 162. Una velita parpadeaba en cada peldaño. Un toque romántico, sin duda, aunque sus oscilantes sombras a mí me resultaban más bien siniestras. Al decidir confiar en Kazakov, había puesto la vida de Ariana y mi propia libertad en sus manos. Bien podría ser que hubiera llamado a la policía y que estuvieran todos dentro esperándome, engrasando sus semiautomáticas y bebiendo Campari.

Tenía mucho que ganar, pero podía perderlo todo.

Armándome de valor, subí la escalera. Di dos golpes seguidos en la puerta, uno solo y de nuevo otros dos.

Sonó una voz seca a través de la plancha de madera: «Lo estaba diciendo en broma»; y la puerta se abrió. Me sobresalté, pero no me esperaban Gable, ni la unidad de élite ni un grupo de matones, sino únicamente Kazakov, envuelto en un albornoz blanco, y su esposa, sentada en el sofá del fondo y algo empequeñecida por las dimensiones de la suite.

Él se frotó un ojo y me invitó:

—Pase, por favor. Disculpe mi atuendo, pero ya nunca me visto para nadie después de las diez. —Un hombre apuesto, aunque parecía más viejo que en las fotografías que había visto. Debía rondar los setenta—. ¿No necesita ponerse algo ahí?

Hablaba en un tono tan práctico que me costó unos instantes comprender que se refería a los morados de mi cara.

—No, gracias.

—Pase. Esta es mi mujer, Linda.

Ella se puso de pie, alisándose el chándal de diseño, y me tendió la mano con aire femenino. Debía de tener una edad similar a Kazakov, un dato llamativo en aquel contexto; su porte era elegante y sus ojos denotaban inteligencia. Nos dirigimos unas frases educadas, tal vez absurdas dadas las circunstancias, pero una mujer como aquella parecía inspirar refinamiento y modales.

—¿Pido un poco de té, cariño? —dijo mirando a su marido.

—No, gracias —respondió Kazakov. Mientras su esposa se retiraba, me hizo un guiño y se acercó al minibar—. Cuarenta y dos años ya. ¿Sabe cuál es el secreto?

—No —dije—. Ni idea.

—Cuando atravesamos una situación difícil, reconozco que estoy equivocado la mitad de las veces. Ni más, ni menos.

—Lo de estar equivocado lo tengo bien aprendido —contesté. Pensar en Ariana en aquella lujosa suite me pilló a contrapié.

361

Evoqué el rostro ancho e imponente de DeWitt, los brazos que apenas se estrechaban en la muñeca, los hombros musculosos. Y luego, la imagen de Verrone, de bigote alicaído y mirada fija e implacable. Mi esposa se hallaba en manos de esos dos hombres; controlada por ellos; respirando con la condición de que estuvieran de humor o les conviniera.

—Parece muy alterado —comentó.

Bajo la pantalla plana montada en la pared, el dígito de la hora parpadeó en el reproductor de DVD: las 11.23.

Faltaban doce horas y treinta y siete minutos para que los tipos de Ridgeline mataran a mi esposa.

—No se lo discuto —respondí.

Me indicó que me sentara.

—¿Le apetece una copa?

—Mucho.

Sirvió dos vodkas con hielo y me tendió el mío.

—No juegan limpio, nuestros amigos de Festman Gruber —argumentó—. Conozco sus artimañas, como ellos las mías. —Se sentó de lado en el borde del escritorio y entrelazó las manos sobre la rodilla, como si esperase que alguien fuera a pintar su retrato—. A ellos les interesaba mucho que la película no se hiciera. McDonald's suprimió su menú gigante después de aquel documental, ¿no? ¡Qué demonios, si eres capaz de obligar a McDonald's a hacer algo así, todo es posible! Necesitábamos a una estrella de cierta categoría para que la película llamara la atención como deseábamos. Ya sabe cómo funcionan estas cosas. Dado el plazo limitado con el que contábamos, no resultó fácil. Tampoco es que las estrellas de primera línea hagan cola para involucrarse en una película de ballenas de bajo presupuesto. —Dio un sorbo y entornó los ojos, saboreando el alcohol.

Lo imité. El vodka me quemaba en la garganta, pero me calmaba los nervios.

Con la uña del pulgar, se puso a quitar una mancha imaginaria del barniz del escritorio, mientras decía:

—Keith Conner no era tan idiota como podría creerse.

—Empiezo a intuirlo.

—No es posible matar a una estrella discretamente —musitó.

—Necesitaban algo infalible.

—Y poco sofisticado. —Gesticuló con el vaso—. Un *driver* de golf, ¿no?

—Sí. Ni siquiera sé jugar.

—Yo tampoco entiendo ese juego. Me parece una excusa para llevar unos pantalones ridículos y beber de día. Ya lo hice bastante en mi juventud.

Bajé la vista hacia el líquido transparente; me temblaban las manos. Después de tantas amenazas, un contacto humano semejante y nuestra rápida simpatía me habían pillado desprevenido. Me sentía a salvo en aquella habitación, lo cual desató en mí todas las sensaciones que había tratado de eludir. Las últimas horas habían transcurrido confusamente de una experiencia traumática a otra. Me vino a la mente la imagen de Sally, girando sobre sí misma con la boca abierta y un orificio en el pecho.

—Han disparado a alguien. Delante de mí, ¿sabe? Una madre soltera. Hay un crío que ahora mismo debe de estar... enterándose...

Él permaneció sentado con la paciencia de un francotirador. Yo no sabía muy bien lo que pretendía transmitirle; por fin vacié el vaso y le entregué el CD. Él alzó las cejas.

Cogió el disco, rodeó el escritorio y lo introdujo en su portátil. Abrió el documento y leyó. Leyó un poco más. Permanecí en silencio, pensando en todo lo que haría de otro modo si conseguía volver a estar con mi esposa. Recordé la última noche que habíamos pasado juntos: mi pulgar resiguiendo una gota de sudor entre sus deliciosos omoplatos; la urgencia de su boca contra mi hombro... ¿Y si todo era un último recuerdo?

La voz de Kazakov me arrancó de mis pensamientos.

—Este estudio interno muestra unos resultados muy distintos de los que Festman hizo públicos y presentó ante el Congreso. Conque trescientos cincuenta decibelios... Esos niveles entran de lleno en el terreno ilegal.

—¿Le sorprende la cifra? —pregunté.

—En lo más mínimo. Lo sabemos todos. Pero esto demuestra que ellos también conocen el dato. —Echó un vistazo a la pantalla—. Han robado también nuestros datos. Debemos de tener un topo. Ya nos ocuparemos de ello. —Hablaba consigo mismo, como si yo no estuviera, y frunció sus canosas cejas, mostrando una ira que había ocultado hasta entonces—. Al menos nos robaron datos correctos. —Volvió a acordarse de mí—. Nosotros tenemos un producto superior —me informó—. Pero las innovaciones llevan tiempo, y el cambio siempre cuesta. Hay alianzas, intereses creados, inercias… Había que concienciar a la gente, aplicar la presión adecuada en el momento justo. El documental era un modo de hacerlo. Los negocios pueden crear extraños compañeros de cama.

—¿Por «producto» quiere decir el nuevo sistema de sónar que están desarrollando?

—Más o menos. Nosotros diseñamos transductores y cúpulas de sónar para el casco de barcos y submarinos. Exactamente igual que Festman Gruber.

—¿Por qué es superior el suyo? ¿Porque no daña a las ballenas?

—No vaya a confundirme con un amante de las focas —dijo riendo entre dientes—. Nosotros tenemos nuestros propios motivos. Salvar a los animales no figura entre nuestras máximas prioridades. Pero resulta que nuestro sistema es menos perjudicial para el medio ambiente. Lo cual es bueno para nuestra imagen, ¿entiende?, y lo convierte en un buen negocio. Y es una ventaja de cara a los medios. ¿Cómo anda de física?

—Fatal.

—De acuerdo. En pocas palabras: el de Festman Gruber es un sistema de sónar tradicional: baja frecuencia, pero alta potencia de salida; en pocas palabras, alta intensidad. Y es dicha alta intensidad la que desbarata las migraciones de las ballenas y les revienta los oídos; en fin, toda esa historia de Greenpeace. Naturalmente, Festman niega la relación de una cosa con otra.

—Como las tabacaleras con el cáncer.

—Como cualquier hombre de negocios avispado. No puedes complacer a tus accionistas sacando a relucir tus propios trapos sucios. La clave es —señaló la pantalla— que no te pillen con los pantalones bajados.

—¿Cómo es posible que el sónar de su empresa funcione con un nivel tan bajo de decibelios?

—Porque North Vector ha desarrollado un sónar de baja frecuencia y elevado el ritmo de pulsación, es decir, de baja intensidad, basado en el mismo sistema que usan los murciélagos. Superponemos señales procedentes de múltiples fuentes para incrementar la distancia de propagación sin elevar la intensidad.

Esto supone una enorme ventaja estratégica, porque, aun en pleno funcionamiento, es difícil de detectar, grabar o rastrear incluso con equipos acústicos sofisticados.

—¿Y cuánto representaría un pequeño proyecto artesanal como este?

—Unos tres mil novecientos millones de dólares. Anualmente. Durante cinco años. —Desenlazó las manos y las extendió teatralmente—. Pero ¿en realidad podemos ponerle precio al bienestar de nuestros mamíferos marinos?

Me entraron ganas de soltar una respuesta ingeniosa, pero pensé en Trista, sentada en su bungaló, rodeada de fotografías sanguinolentas, y también en Keith, demorándose a la sombra del Golden Gate para acariciar el flanco de aquella ballena gris, y decidí mantener cerrada la boca.

—La Agencia de Seguridad Nacional —prosiguió— tiene un presupuesto ilimitado. Si necesitan más dinero, lo imprimen. Pero no les gusta pagar dos veces por la misma cosa, sobre todo cuando se trata de esas cantidades. Queda mal ante la Comisión de Gastos del Senado. Y Festman, ¿sabe?, tiene en vigor un contrato a largo plazo para su sónar naval. Por consiguiente, a pesar de todas nuestras ventajas, nosotros vamos detrás de ellos. Este documento —otro vistazo arrobado a la pantalla—, o más concretamente, la amenaza que implica este documento acelerará ciertos procesos.

—¿No pueden alegar que está manipulado?

—La cosa no llegará a ese punto. Esta batalla ha de concluir sin disparar un solo tiro.

—¿Cómo?

—Me encargaré de que ciertas personas, situadas en ciertos puestos clave, sepan que apoyar a Festman implica estar en el bando perdedor. Me refiero a senadores, fiscales, miembros del Gobierno…

—¿Y cómo va a conseguirlo?

—No hay mayor poder, se lo aseguro —ni bombas, ni leyes ni parlamentos—, ningún poder más grande que levantar el teléfono y tener a la persona adecuada al otro lado de la línea.

—¿No tratará de frenarle el Gobierno?

—Yo soy el Gobierno.

—Usted es una empresa privada.

—Exacto.

365

—Sigo considerando —dije asintiendo lentamente—, que no soy lo bastante cínico para vivir en este país.

—Intente vivir en otro. Pero no se volverá más optimista.

—¿Puede usar este estudio interno para crucificar a Festman? —pregunté apuntando el portátil con un dedo.

—No es eso lo que queremos.

—Después de todo lo que he pasado, señor Kazakov, no creo que pueda usted hablar de lo que yo quiero.

—Usted ha acudido a mí por un motivo, Patrick. Yo sé cómo navegar en esas aguas. —Me di unos golpecitos en el muslo con el vaso vacío—. Nunca conviene humillar a un rival —prosiguió—. Porque entonces no obtienes lo que deseas. No: le enseñas tus cartas y le ofreces una salida. Evitarle la vergüenza, al contrario, es un método enormemente efectivo y muy poco utilizado. Enterramos este estudio y arreglamos las cosas para exonerarle a usted de todas las acusaciones que hayan urdido. Todo discretamente, entre bastidores. Y acordamos uno o dos titulares aceptables para ambas partes. Los altos cargos de Festman Gruber no irán a la cárcel; simplemente perderán este asalto.

—Y usted obtendrá un contrato de defensa.

—¿Cuánto quiere por este CD? —cuestionó.

—No quiero dinero. Quiero a mi esposa.

—Entonces busquemos a su esposa.

—No es tan fácil. —Poniéndome de pie, saqué los documentos que llevaba doblados en el bolsillo y se los arrojé sobre el escritorio: todas las facturas de teléfono, órdenes de pago, cuentas bancarias y fotografías que vinculaban a Ridgeline con Festman Gruber—. Hay mucho más en juego. Y yo tengo mucho más que un simple estudio interno.

Le hablé de Ridgeline y de lo que había descubierto sobre su relación con Festman Gruber. Cuando le conté lo del secuestro de Ariana, se le crisparon los dedos sobre el brazo del sillón y los ojos se le encendieron con toda la empatía de sus cuarenta y dos años de casado. Su mujer reapareció en silencio, en apariencia para dejar el servicio de té en la mesa, aunque el momento elegido parecía indicar que había estado escuchando. Se cuidó de captar la mirada de su marido y, por la resignada expresión de este, quedó claro que la decisión ya no estaba en sus manos. Cuando ella se retiró de nuevo al dormitorio, Kazakov asintió gravemente.

—Esto lo cambia todo —aseguró. Se reclinó en el sillón, frotándose las sienes. Su perilla plateada adquiría un tono grisáceo bajo el resplandor de la lámpara—. Si Ridgeline llega a saber que usted está jugando sus cartas, harán limpieza general, ¿entiende? Es lo que han venido haciendo: borrar su rastro.

Ahuyenté mis temores, la infinidad de probabilidades funestas, las imágenes luctuosas…

—Para poder salvar a mi esposa —dije— he de saber cómo funciona todo. ¿Quién está implicado y a qué nivel? ¿El director general de Festman hace una llamada y contrata a Ridgeline?

—¿El director general, dice? —Hizo un gesto desechando la idea—. El director general ni siquiera está enterado. No es como en las películas. Él se limita a establecer prioridades, a dar directrices. «Parad el puto documental de Keith Conner.» Ya está. El resto lo deliberan y lo llevan a cabo otros.

—¿Quiénes?

—Seguridad.

—¿De quién depende Seguridad?

—Del departamento legal. Y ahora podríamos incluir un chiste de abogados. Pero así es como funciona.

El tono neutro de Kazakov —su naturalidad— era escalofriante.

—¿Quiere decir que son ellos los que urdieron el plan? —me tembló la voz al hablar—. ¿Joderme a mí y a mi mujer? ¿Asesinar a Keith? ¿Inculparme y destrozar mi vida? ¿Un grupo de abogados?

—No sé si los del departamento legal habrán ideado el plan. Pero quienes lo habrán aprobado son ellos.

—Una vez contratados los servicios de Ridgeline.

—Exacto.

—¿Cómo averiguo quién está arriba de todo en esa cadena… legal? —dije escupiendo la palabra.

—Sencillamente, usted se presenta con una parte de la información y mira a ver quién sale a dar la cara.

—¿Presentarme? ¿No están en Alexandria?

—Quien tenga el mando, puede apostarse el cuello, anda por aquí supervisando este embrollo.

—¿No llamarán a la policía para que me detengan?

—Puede ser —dijo—. Pero tenga por seguro que primero querrán hablar con usted.

367

—Me juego mi vida y la de Ariana.

—Sí.

Sobre la carpeta de cuero del escritorio reposaba un teléfono móvil vía satélite. Distraídamente, lo cogió y le dio la vuelta. La Glock se me estaba clavando en el riñón; la saqué y la dejé sobre la mesita de café.

Echó un vistazo a la pistola, nada impresionado.

—Ese trasto no sirve de nada. Esto es un juego de poder, y no lo ganará con eso. Probablemente acabará volándose la gorra de un disparo.

Tomé el vaso otra vez, como si por arte de magia se hubiera vuelto a llenar.

—Quiero que caiga el departamento legal. Y Ridgeline. La parte industrial del asunto manéjela como le parezca.

—Tiene un hueso duro de roer.

—Por eso necesito su ayuda. La única ventaja de que te persiga una gran empresa de tecnología militar es que sus rivales también son grandes empresas de tecnología militar.

—Es lo que somos. Y está bien lo de combatir el fuego con el fuego. Pero ¿qué espera que hagamos exactamente?

—En la gabardina de mi esposa cosieron un dispositivo GPS de rastreo. Ellos no saben que nosotros lo sabemos. Y mi esposa se las ingenió para ponerse esa gabardina cuando se la llevaron.

—Una mujer de recursos.

—Sí, congeniarían. ¿Sería posible rastrear ese dispositivo?

—No, a menos que tuviera la signatura de la señal.

—¿Sus características, quiere decir?

—Sí, frecuencia de radio, período, ancho de banda, amplitud, tipo de modulación… En fin, los sospechosos habituales.

—Un conocido mío nos hizo un barrido de toda la casa y encontró el dispositivo con un analizador de señales. ¿Ese aparato habrá grabado la signatura?

—Cualquier analizador de señales decente habría guardado la signatura en su biblioteca. ¿Puede conseguir ese aparato?

—Se me ocurre un modo de hacerlo. Pero… quizá me haga falta que le ofrezca un trabajo al tipo.

—¿Lo han despedido?

—Todavía no.

—Ya veo.

—He de hacer una llamada. Si enciendo mi móvil, ¿Ridgeline puede localizarme?

—Esto no es un episodio de 24. Cuesta mucho tiempo rastrear una señal, y eso suponiendo que estén al acecho. Hable solo unos minutos y estará a salvo. —Me señaló el balcón con un gesto, pero ya había dirigido la mirada hacia la copia de la factura de su teléfono, la que yo había usado para encontrarlo. Mientras me ponía de pie, advertí que tenía la vista fija en algunos de los números subrayados.

—¿De quién son estos números? —pregunté.

—De abogados —replicó sin mayor explicación—. ¿Puedo copiar esto también?

—Quédeselo.

—Me ha hecho usted un gran servicio. Ahora he de limitar un poco los daños. —Volvió a señalarme la puerta corredera de cristal, y lo dejé con su vodka y su teléfono vía satélite.

—¿Cómo que ayudarte? —Aunque la línea telefónica era débil, no dejaba de apreciarse la indignación de Jerry—. Joder, ¿es que no aprendes?

—No tan rápidamente.

—Estoy colgando de un hilo desde que Mickelson descubrió que había hecho el barrido en tu casa. Te dije que no debía enterarse nadie en el estudio. Y aquí me tienes, a un pelo de que me den la patada.

—Bueno, dijiste que querías volver a trabajar en cuestiones de seguridad de verdad. Tengo un puesto para ti en North Vector.

—Todo el mundo te busca Patrick: la policía, la prensa... Sin mencionar a esa gente con la que estás enredado. Ya no se trata de que me despidan, sino de ser acusado de complicidad.

—Tú hoy no has visto las noticias. Por lo tanto, no sabías que yo fuese un fugitivo.

A través de la corredera de cristal, veía cómo Kazakov, enfundado en su albornoz blanco y apoyándose el teléfono en el hombro, gesticulaba con agresiva precisión. Puse la mano en la barandilla del balcón y contemplé la fronda de ramas entrelazadas. Cerré los ojos y aspiré el olor de la lluvia y de la tierra mojada, mientras aguardaba a que Jerry decidiera el destino de mi esposa.

—Cierto —dijo poco a poco—, no las he visto. ¿Qué clase de trabajo?

—Puedes sentarte con el director general y elegirlo tú mismo.

—¿El director general? —Respiraba agitadamente—. Será mejor que no sea una artimaña.

—Tienen a mi esposa. Tienen a Ariana.

Se quedó callado. Miré el reloj, quería colgar cuanto antes.

—Dime lo que quieres.

Concretamos detalles, llegamos a un acuerdo y nos despedimos.

En cuanto colgué, sonaron las campanillas orientales del móvil. Con temor, seleccioné el mensaje:

MAÑANA, A LAS DOCE, LE DEJARÁS EL CD AL APARCACOCHES DEL STARBRIGTH PLAZA.

En la pantalla apareció a continuación un clip de Ariana, atada a una silla. El fondo estaba borroso, pero parecía un cuarto pequeño. Se le veía el cabello suelto y desgreñado, un ojo morado y un hilo de sangre en la comisura de los labios. No había sonido, pero me di cuenta de que gritaba mi nombre.

La secuencia concluyó y dio paso a un rótulo en mayúsculas: DOCE HORAS.

Fundido en negro.

Apagué el móvil. Con la boca seca y las piernas flojas, tuve que agarrarme a la barandilla mientras me recuperaba.

Me vino espontáneamente un vívido recuerdo: la primera vez que vi a Ari en aquella fiesta informativa para alumnos de primer año de la UCLA. Rememoré sus vivaces e inteligentes ojos; cómo me había acercado, nervioso como un flan, aferrado a una jarra de cerveza; mi frase manida: «Pareces aburrida», y su manera de preguntarme si estaba haciéndole una proposición, si era una oferta para quitarle el aburrimiento.

Yo había dicho:

—Da la impresión de que podría ser la tarea de toda una vida.

—¿Y estás dispuesto? —había preguntado.

Sí.

Allí fuera, en el balcón, el frío de medianoche se había colado entre mis ropas. Temblaba violentamente. Adentro, en la habitación, Kazakov dejó su teléfono satélite y me hizo una seña.

Solté la barandilla y me puse en marcha.

Doce horas.

Capítulo 56

*E*l vestíbulo ofrecía un aspecto reluciente e inmaculado. Hasta los ceniceros de mármol, sin ninguna colilla, plantados obedientemente junto a los ascensores, parecían lustrados con un paño de seda. Podría haberse tratado de un hotel, de un club de campo, o de la sala de espera de un dentista de Beverly Hills. Pero no.

Era la oficina de Long Beach de Festman Gruber.

El ascensor subió con un suave zumbido las quince plantas. Una pared de arriba abajo de vidrio grueso, probablemente a prueba de balas, flanqueaba el pasillo guiando a los visitantes hasta la ventanilla del mostrador de recepción. El guardia de seguridad que había detrás llevaba pistola, y mostraba un aire ceñudo impresionante para ser las ocho de la mañana. A su espalda, se extendía una colmena de oficinas y salas de juntas, también con paredes de cristal, por donde circulaban secretarias y oficinistas con paso enérgico. Aparte de esa perspectiva de casa de muñecas, el lugar tenía el mismo aire estéril y deprimente que cualquier otra empresa. El panel frontal aislaba herméticamente las oficinas, enmudeciéndolas por completo. Todo aquel trabajo confidencial a la vista, aunque insonorizado.

El guardia no pareció reconocerme, pero mi cara amoratada decía a las claras que estaba fuera de lugar allí, entre las butacas de los ejecutivos y la mullida moqueta. Notaba las palmas sudadas y los hombros tensos.

Faltaban cuatro horas para que Ridgeline matase a mi esposa.

—Patrick Davis —dije—. Me gustaría hablar con el jefe del departamento legal.

Pulsó un botón y su voz sonó a través de un altavoz.

—¿Tiene cita? —inquirió.

—No. Dé mi nombre y seguro que querrá verme.

El guardia no dijo nada, pero su expresión revelaba que lo juzgaba improbable. Recé para que no llamaran a la policía antes de que tuviera la oportunidad de hablar con alguien.

Como era de esperar, no había dormido en toda la noche. Había recogido de madrugada el analizador de señales de Jerry en el sitio acordado, y ahora la gente de Kazakov se estaba encargando de manipularlo para conectarlo a un GPS estándar, de manera que yo pudiera identificar la ubicación de Ariana, o al menos la de su gabardina. Después, todo quedaría en mis manos. Tendría que rastrear la señal y llegar a la guarida de Ridgeline antes de que ellos salieran al mediodía para dirigirse a nuestro punto de encuentro. En este momento necesitaba algo que me permitiera introducir una cuña entre Festman Gruber y Ridgeline, algo con lo que armarme y poder presentarme ante los hombres que mantenían secuestrada a mi esposa. Había más factores de los que mi mente abotargada y falta de sueño podía abarcar. Y si alguno de ellos se inclinaba en la dirección equivocada, terminaría organizando un funeral y sometido a juicio, o bien ocupando yo mismo el ataúd.

372

Mientras aguardaba una invitación a pasar o una detención fulminante, escuchando una melodía de Josh Groban, observé a una secretaria que cruzaba el pasillo acristalado y entraba en una sala de juntas igualmente acristalada. Una serie de tipos trajeados rodeaban una mesa de granito del tamaño de un yate. Uno de ellos, idéntico a los demás, se levantó con brusquedad de la cabecera cuando ella le susurró al oído. Me dirigió una larga mirada a través de las paredes transparenes; la vida de Ariana oscilaba ahora en sus manos. Por fin entró con paso enérgico en el despacho contiguo. Esperando jadeante su veredicto, me asaltó la idea de que aquella profusión de cristal no era una supuesta política empresarial de transparencia y buen rollito, sino que se trataba de la encarnación de la paranoia suprema, puesto que cada cual podía vigilar a los demás en todo momento.

Sentí un alivio enorme cuando la secretaria, una mujer asiática de melenita corta, vino a buscarme y me guio hacia las oficinas. Crucé un detector de metales y dejé las llaves del coche de Don en una bandeja para que las pasaran por el escáner. El sobre de papel manila que llevaba en la mano no lo solté.

Ahora se avecinaba el verdadero desafío.

El hombre me esperaba en mitad de su despacho, con los brazos pegados al cuerpo.

—Bob Reimer —se presentó sin tenderme la mano.

Nos quedamos allí, sobre la moqueta color pizarra, estudiándonos como dos boxeadores. Él parecía encajar en la absoluta vulgaridad del escenario: un pez gordo que no dejaba la menor impresión en la retina, tan insulso como una acuarela en una fábrica de bombas. Era mayor —unos cincuenta, quizá—, de esa generación que aún usaba un alfiler de corbata y decía «pornografía» en lugar de «porno». No pude por menos de pensar en los replicantes de *The Matrix*: un caucásico del Medio Oeste, con traje impecable y sin un pelo fuera de lugar. Un hombre cualquiera. Un don nadie. En un abrir y cerrar de ojos podría reemplazarlo un alienígena de forma humana. Después de todo el miedo, el dolor y las amenazas, era una decepción abrumadora enfrentarse a un ser tan banal en un despacho refrigerado.

Pasó por mi lado, dio un golpecito con los dedos en la pared de cristal, y esta se nubló en el acto; así nos aisló del resto de la planta. Magia.

Fue a su mesa y sacó un chisme alargado que, según deduje, a la luz de mi acelerada instrucción como espía, era un analizador de espectro.

—Supongo que no tendrá inconveniente dadas las circunstancias —comentó.

Abrí los brazos, y él pasó el aparato por mis flancos, mi pecho y mi cara, así como por encima del sobre de papel manila. Resistí la tentación de hundirle el codo en la nariz.

Satisfecho al ver que no emitía señales de radiofrecuencia, guardó el artilugio en un cajón. Tenía orgullosamente expuesta una fotografía enmarcada de una mujer atractiva y dos chicos sonrientes. Al lado, había una taza de café, en la que se representaba un pescador de tebeo, y el rótulo: ¡EL MEJOR PAPI DEL MUNDO! Comprendí, asqueado, que seguramente era buen padre, que debía de haber dividido su vida en nítidos compartimentos y que los administraba con despótica eficiencia. El compartimento presente ostentaba todos los símbolos y adornos de un padre de familia ordinario, pero yo tenía la sensación de estar en el nido de una víbora, aunque equipado para simular un ambiente humano.

—Es usted un fugitivo —dijo con tono desagradable.

—He venido a negociar. —Mi voz sonaba bastante segura.

—No tengo ni idea de qué me está hablando.

—Ya. Aquí, en la planta quince, tienen las manos limpias.

—¿Para qué ha venido?

—Quería mirarle a la cara —le espeté. Aunque había asomado un matiz de furia en mi tono, su expresión no se modificó. Di un paso hacia él—. Estoy en condiciones de demostrar su relación con Ridgeline.

Si le sobresaltó oír el nombre, lo disimuló a la perfección.

—Por supuesto. Ridgeline es una empresa de seguridad. Ellos se encargan de nuestra protección ejecutiva internacional.

—Los dos sabemos que se encargan de mucho más.

—No sé a qué se refiere. —Pero mantenía los ojos fijos en el sobre.

El teléfono de la mesa dio un pitido. Se acercó y pulsó un botón:

—Ahora no.

La secretaria asiática:

—Hay aquí un equipo de reporteros de investigación de la CNBC. Dicen que quieren una declaración sobre una noticia de última hora.

Cruzó el despacho en cuatro zancadas, golpeó con los nudillos y el vidrio esmerilado se aclaró de nuevo. Más magia.

Al fondo, en el vestíbulo, había dos hombres con anorak; uno de ellos cargado con una cámara enorme que llevaba estampado el rótulo de CNBC TV y el abanico con los colores del arcoíris.

—Quíteselos… —Reimer torció el gesto ligeramente y se volvió para mirarme.

—No he filtrado nada aún —dije—. Es obvio; si no, no estaría aquí. Pero no puedo responder por Ridgeline.

—¿Por qué cree que Ridgeline va a dar un paso contra nosotros?

No respondí.

La secretaria de nuevo, a través del teléfono, preguntó:

—¿Quiere que les haga esperar fuera?

—No. —Haciendo un gesto seco de muñeca, quedó visible el reloj y le echó un vistazo—. No creo que debamos dejar a unos periodistas de investigación en el vestíbulo si estamos esperando a la delegación jordana que llegará en diez minutos. —Era un sarcasmo contenido, lo que lo hacía más mordaz—. Métalos en la sala de juntas número cuatro; así no los perderé de vista. Ofrézcales café, bollos, lo que sea. Iré a verlos con Chris en unos minutos.

Se le distendieron los labios horizontalmente, sin curvarse: su versión peculiar de una sonrisa.

—¿Podríamos abreviar? ¿De qué se trata con exactitud?

—De Ridgeline, ya se lo he dicho.

—No sé de qué historias cree estar enterado, pero debería saber que empresas como Ridgeline las hay a patadas. Se les encomienda una misión, y ellos ponen manos a la obra. La mayoría de las veces ni siquiera saben por qué están haciendo lo que hacen; por eso no es difícil que malinterpreten las instrucciones y rebasen los límites. Esas empresas suelen estar compuestas por antiguos miembros de Operaciones Especiales, los cuales, digamos que, son bien conocidos por poner a veces… un poco más de entusiasmo de la cuenta.

Hablaba en tono despreocupado, sin vacilación alguna, como si aquella situación fuese el pan de cada día. Y estar allí, entre bastidores, donde se accionaban todos los resortes y se cuadraban con brutalidad las cuentas, me hizo sentir ingenuo y asqueado. Observé cómo se le movían los rosados labios y tuve que controlar mi repugnancia para centrarme en sus palabras.

—Por ello —prosiguió—, Festman Gruber se cuida muy mucho de restringir su trato con las empresas del cariz de Ridgeline, y reducirlo a tareas específicas, como la protección ejecutiva. A veces necesitas un perro rabioso, pero has de asegurarte de que mantienes sujeta la correa.

—Sería una desgracia que ese perro rabioso conservara pruebas de todas sus transacciones con Festman Gruber. —Alcé el sobre de papel manila.

Lo miré fijamente. Él clavó la vista en el sobre, lo asió con mayor precipitación de lo que exigía su compostura y, rasgando la solapa, sacó el fajo de papeles. Un juego completo de los documentos que había extraído del disco duro de la fotocopiadora de Ridgeline: pagos, cuentas y llamadas que reflejaban la vinculación de esa empresa con Festman Gruber.

La corbata, pulcramente ajustada bajo su nuez de Adán con un ancho nudo Windsor, parecía de golpe apretarle demasiado. Al ruborizarse, se le hicieron más visibles los puntitos que habían

375

escapado a su rasurado impecable. Pero le bastó un momento para procesar la sorpresa. Cuando volvió a levantar la vista, había recuperado todo el dominio de sí mismo.

—Lo que Ridgeline haya decidido hacer con su tiempo es cosa suya. Les corresponde responder por ello.

Me limité a contemplar las oficinas, dejándole que prosiguiera. Había mucho que mirar, todo un mundo contenido entre las paredes de cristal: una industria respetable y eficaz en continuo movimiento. A los periodistas los habían hecho pasar a la sala del otro lado del pasillo, y ahora aguardaban tomando café. La gigantesca cámara con el logo de la CNBC reposaba sobre la mesa.

—Nosotros hacemos muchos negocios en la comunidad internacional, señor Davis —continuó—. Tratamos, según mis últimos datos, con más de dos mil individuos; muchos de ellos pertenecientes a profesiones violentas. No podemos rendir cuentas por el temperamento de cada uno.

—Pero estos individuos en concreto les rinden cuentas a usted. O se las rendían. Usted es el mandamás, al menos en lo que se refiere a este pequeño complot. No trasciende más allá, de modo que todos los que están por encima de usted quedan maravillosamente aislados de la verdad.

No refutó mi análisis, lo cual se parecía mucho a una confirmación.

—Usted tiene acceso a Ridgeline —insistí—, y es capaz de detenerlos.

—Creo poder afirmar que la relación y la confianza entre nuestras empresas se ha deteriorado —afirmó arqueando apenas el labio inferior, como si hubiese probado algo repulsivo.

—¿Ya no tiene contacto con ellos?

Por lo que me había contado Kazakov sobre el funcionamiento de esas operaciones, casi lo daba por supuesto. Y considerando los pasos que Ridgeline había dado contra su omnisciente patrón, era obvio que les convenía mantenerse en la sombra casi tanto como a mí. Pero, pese a ello, quería confirmar que la comunicación estaba rota y que Reimer desembuchara.

—La comunicación regular puede ser contraproducente cuando se trata de asuntos que requieren de ambas partes… (una pausa para escoger las palabras adecuadas) …cierta prudencia. Tanto más cuando el operativo alcanza un alto grado de complejidad. Y ahora, encima… —Suspiró, decepcionado—. Estos documentos dejan claro que Ridgeline no está interesada en cumplir sus compromisos. Pero eso es un arma de doble filo. Nosotros ya no estamos obligados a ofrecerles la protección acostumbrada.

Señalando los papeles que tenía en la mano, insinué:

—Parece que ellos ya se lo veían venir.

—Todo esto —levantó el fajo— puede explicarse con unas llamadas telefónicas.

—Siempre que sus jefes quieran hacerlas para salvarlo. Ridgeline es prescindible. Me figuro que usted también. Ya conoce el dicho: «En un secreto, nunca seas el mando más alto».

Una tos de incredulidad.

—Es factible retocar los documentos, situarse en un contexto. Las noticias las damos nosotros, ¿sabe? —Hizo un gesto casi involuntario hacia los periodistas que aguardaban con paciencia al otro lado del pasillo—. ¿Cree que unos cuantos trozos de papel bastarán para que mis jefes quieran dejarme tirado?

—Junto con la historia que yo contaría...

—¿Usted? —sonrió—. Estamos capacitados para borrarlo de un plumazo. No lo mataríamos, no, pero lo borraríamos, lo despojaríamos de toda credibilidad. No se trata solo de nosotros, sino de aquellos sobre cuyos hombros estamos plantados, de las bases de datos a las que nos hallamos conectados, de las instituciones que dependen de nuestro éxito permanente.

—¿Eso equivale a decir «Yo soy el Gobierno»? Porque ya lo he oído otras veces.

Torció los labios casi imperceptiblemente, y prosiguió:

—Ridgeline, como todos los demás —hizo un gesto abarcador—, no pasa de ser un pez de nuestro acuario. Tiramos un poco de comida en la pecera y vienen nadando. —Una tenue sonrisa—. Aunque estoy seguro de que un ilustrado profesor universitario como usted es incapaz de entender algo así.

Sus palabras me dieron de lleno. Recordé a Deborah Vance en su apartamento: los anuncios de época, los muebles antiguos, los accesorios de estilo... Todo seleccionado con meticulosa desesperación para transportarla a otra era. Pensé en Roman LaRusso, el agente de los marginados y discapacitados, encajonado entre montañas de documentos polvorientos, con la única perspectiva de una pared de ladrillo y apenas un resquicio de cielo y de valla publicitaria, y me vinieron a la memoria todos aquellos sueños desvaídos enmarcados en las paredes de su oficina: retratos con autógrafos y rancios consejos de aspirantes y perdedores diversos, no más cualificados que yo mismo para proferirlos: «Vive cada momento», «No dejes de creer» y, cómo no, «Persigue tu sueño». Y pensé también en la persona en que yo mismo me había convertido desde que este asunto había comenzado, doce interminables días atrás: un guionista en ciernes prematuramente quemado, y cuyo matrimonio se hallaba al borde del abismo; impaciente, crédulo, ávido de atención, dispuesto a ser explotado, a lanzarse de cabeza a lo que se presentara en su camino. Expulsado de los platós y despojado de todo protagonismo, había sido confinado en el mundo real, en donde no estaba dispuesto a merecer ni a valorar lo que ya tenía.

Reimer me observaba expectante. Sus palabras todavía resonaban en el aire: «Aunque estoy seguro de que un ilustrado profesor universitario como usted es incapaz de entender algo así».

—Ya no —afirmé.

—¿Ah, no?

—Ya no me importan el cine, los guiones, las ballenas ni el sónar. Solo me importa mi esposa.

—¿La tienen ellos?

—Sí.

—Parece que también lo veían venir a usted —me dijo con cierto grado de satisfacción—. Están procurando limpiar el estropicio. Harán lo que tengan que hacer; las historias y las alegaciones para defenderse las elaborarán después. Me temo que la cosa no pinta bien para usted y su esposa.

—Así que usted y yo estamos en el mismo barco.

—La diferencia está en que nosotros podemos despegarnos de una empresa como Ridgeline de la suela del zapato, y usar una cabeza nuclear para hacerlo. Todo estriba en los aliados con los que cuentas, en quien está al otro lado del teléfono. Esa empresa cree que ha conseguido con esto un seguro de vida. —Sacudió los papeles con un primer atisbo de emoción—. Pero no han hecho más que organizar sus funerales. Usted, y ellos, no saben prácticamente nada. Ellos han reunido pruebas de nuestras transacciones, pero las pruebas solo son pertinentes si hay una investigación, un arresto, un jurado… Nosotros haremos unas llamadas. Lo reescribiremos todo. Eso es lo que ustedes, los peces que giran en sus peceras cautivados por su propia imagen, no logran entender. Somos nosotros, las empresas como Festman Gruber, quienes decidimos qué historias se cuentan. Festman Gruber no responde siquiera frente a un puñado de documentos copiados ni frente a un asesino decidido a ajustar cuentas. Todos los crímenes se los atribuirán a usted. Y las repercusiones recaerán en Ridgeline, en todo caso.

—A menos que usted haya tenido la bondad de darme lo que he venido a buscar.

Me escrutó de arriba abajo con la mirada inquieta, y me espetó:

—¿Como si esto se estuviera grabando, quiere decir? —Soltó una risotada de una sola nota, como un ladrido. La sonrisa se le había quedado atascada en los dientes—. Tonterías. Ha pasado por un detector de metales.

—Hay dispositivos de última generación que funcionan con diminutas cantidades de metal.

—Yo mismo lo he escaneado para detectar ondas de radiofrecuencia.

—Entonces no estaba transmitiendo. De hecho, ha sido usted quien lo ha puesto en marcha.

Se observó los brazos, las manos, y por fin reparó en el sobre que aún sujetaba. Con aprensión, alzó la solapa. Un recuadro transparente, fino como una hoja de afeitar y del tamaño de un sello, se hallaba insertado en la parte de dentro, en la franja adhesiva. El interruptor transparente que se había desprendido —activando el dispositivo— cuando él mismo había abierto la solapa, se había quedado pegado al sobre.

—No hay… —hizo una pausa para tomar aliento— fuente de alimentación.

—Absorbe las ondas de radiofrecuencia del ambiente, y las transforma en energía para alimentarse a sí mismo.

A través de la pared de cristal, contempló todos los teléfonos móviles adosados a los cinturones de los empleados, los iPhone que manejaban las secretarias, los *routers* que parpadeaban en los estantes: una cantidad enorme de radiofrecuencia flotando alrededor, disponible para ser usada en el aire que respiraba todos los días allí arriba, en la planta quince.

Una gota de sudor emergió de su patilla y se deslizó mejilla abajo.

—Un… un transmisor tan pequeño requeriría que el equipo de recepción estuviera muy cerca. —Se encogió de hombros, in-

379

seguro—. O no sería posible… que esa señal tan débil pasara la barrera de la fachada. —Señaló la pared de cristal a prueba de balas que flanqueaba el vestíbulo de la planta y daba al mundo exterior.

Di un golpe en la pared con los nudillos y el cristal se nubló. Volví a golpear y recobró su transparencia. Al otro lado del pasillo, en la sala de juntas número cuatro, los periodistas de la CNBC se habían repantigado en las sillas y, con los pies encima de la mesa, devoraban un bollo tras otro. El que estaba en la cabecera me hizo una seña, se lamió el azúcar de los dedos y nos mostró la cámara enorme con un gesto teatral.

—Escondido en la cámara —murmuró Reimer con voz ronca—. Ahí está el equipo de recepción. —Lo dijo en tono neutro, pero yo lo entendí como una pregunta.

—Recepción y transmisión —aclaré—. A un sitio seguro lejos de aquí.

—No lo creo. Aparte de nosotros, apenas habrá un puñado de lugares en el mundo con este tipo de artilugios en el campo de la vigilancia. Usted… ¿dónde iba a conseguir una tecnología semejante?

—¿Dónde le parece?

Cambió de expresión, y diría que por primera vez en mucho tiempo comprendió lo que era el miedo.

En la sala de juntas, el falso reportero se inclinó y despegó de la cámara el adhesivo magnético de la CNBC, dejando a la vista el logo de North Vector que había debajo.

Reimer soltó un ruido gutural, algo a medio camino entre un carraspeo y un gruñido.

—Hay un estudio interno —le informé— sobre los niveles de decibelios en los sistemas de sónar que he puesto también en manos de North Vector.

Palideció.

—El perro rabioso que contrató parece haberse soltado de la correa —añadí—. En cuanto a esas llamadas tan importantes a las que se ha referido… se están haciendo ahora mismo. Tengo entendido que el contrato que hay en juego asciende a veinte mil millones de dólares, millón arriba, millón abajo. Intuyo que una cantidad semejante puede contribuir bastante a erosionar la devoción que sienten sus jefes por usted.

—Está bien —dijo—. Está bien. Hablemos. Aún podemos

frenar todo esto, conseguirle a cada uno lo suyo. Oiga… —Me puso una mano en el hombro, y me dejó una mancha de sudor—. Nos necesita para mediar en lo de su esposa. Somos los únicos con influencia sobre Ridgeline. Podemos hacerles mucho daño.

—Ya me ha dicho que no sabe como contactar con ellos.

—Pero habrán de salir a la superficie. —Hablaba de modo categórico, pronunciando sílabas firmes y compactas—. Nos necesita en este lío. Nosotros lo desactivaremos. Me necesita. Aun suponiendo que consiguiera convencer a la policía para que dejara de seguirlo y se lanzase tras ellos, no le conviene que las fuerzas especiales irrumpan en el lugar del secuestro. Mucho menos cuando los que están allí atrincherados son tipos de ese calibre. No quedará de su esposa más que un charco de sangre.

A través de las paredes transparentes, veía el reloj de la oficina contigua: las 8.44.

Quedaban tres horas y dieciséis minutos…

—Ni polis —dije—. Ni fuerzas especiales.

Soltó un bufido de incredulidad.

—¿Cómo, entonces?

—Ya me ocuparé yo de ello. Usted preocúpese de lo que va a contarles a sus superiores de Alexandria. Y procure escoger bien las palabras. He descubierto que la cultura corporativa de Festman Gruber es algo despiadada.

Lo dejé allí, plantado en medio del despacho. Un peso repentino abrumaba sus cuadrados hombros. Al llegar a la puerta, oí su voz a mi espalda. Más que vengativa, me pareció cansada, resignada a la carnicería que se avecinaba.

—Esto le viene demasiado grande —aseguró—. No se imagina siquiera cómo son esos hombres. Si va a enfrentarse solo con ellos, mejor haría pegándole un tiro en la cabeza a su esposa.

Con la mano ya en el picaporte, cerré los ojos y volví a ver la secuencia granulada que Ridgeline me había enviado al móvil a medianoche: Ariana brutalmente golpeada, gritando sin voz mi nombre. ¿Qué más le habrían hecho? ¿Qué más le estarían haciendo ahora mismo? Él tenía razón, al menos en parte. Aquello me venía demasiado grande. ¿Acertaba también sobre cómo terminaría todo?

Salí al pasillo. Los técnicos de North Vector me esperaban. Mientras atravesábamos el laberinto de cristal, varios empleados

381

se levantaron en sus cubículos y observaron cómo nos marchábamos. Cuando llegué a los ascensores, miré atrás. Pero Reimer había vuelto a dejar opacas las paredes de su despacho y solamente se veía una silueta oscura en el centro: un símbolo del temor creciente que yo sentía.

Capítulo 57

Aparqué el Range Rover de Don al fondo de una calle residencial de North Hollywood. Llamé con mi móvil al 911, le dije al agente que estaba dispuesto a entregarme y que quería pedir su ayuda para rescatar a Ariana. No veía otra salida, añadí, habida cuenta de que tenían a mi esposa secuestrada y de que iban a ejecutarla en cincuenta y tres minutos.

Sentado, sudando, miré cómo llegaba la furgoneta de la unidad de élite, y luego los patrulleros y el coche de Gable.

Los agentes de esa unidad abrían la marcha, empuñando sus semiautomáticas, y se aproximaron por todos lados a los vidrios ahumados. Una mano enguantada abrió de golpe la puerta del conductor y varios cañones de MP5 asomaron en el interior. Pero yo no estaba dentro.

Me hallaba a más de dos kilómetros, agazapado en un mirador asqueroso, observando con unos prismáticos militares que parecían de ciencia ficción y tenían los aumentos de un telescopio de la NASA. «Se ve el blanco de los ojos de los pájaros», había alardeado Kazakov.

Hasta distinguía el Post-it que había dejado pegado en el volante; en él figuraba la dirección de la casa de madera de un solo piso que quedaba a dos manzanas más arriba del lugar donde yo estaba.

Me apresuré hacia el Dogde Neon robado que un anónimo amigo de North Vector me había conseguido: el último favor de Kazakov. North Vector ya no me acompañaría a partir de ahí. Proporcionarme apoyo técnico para contribuir a derrotar a una compañía rival era una cosa; salvar a mi mujer, otra muy distinta, pues suponía un enfrentamiento a tiros, la publicidad, las responsabilidades consiguientes… El riesgo de acabar en el lado equivocado era demasiado alto en este punto.

Pero yo no tenía alternativa.

Volví a usar mi teléfono móvil, y mi paparazi favorito, recién salido de su escondrijo, respondió.

—¿Estás en tu posición? —pregunté.

—Sí. —Joe Vente, mascando chicle, sonaba tenso.

Lo había llamado la noche anterior. A cambio de una exclusiva cuando todo hubiese terminado —siempre que viviera para contarlo—, accedió a hacer correr la voz entre sus colegas. Ellos llegarían justo antes que yo y permanecerían ocultos hasta que yo apareciera. Se lo había dejado bien claro a Joe: la coordinación era fundamental. Yo entraría en la casa primero, antes de que se dejaran ver los fotógrafos y de que llegase la policía; expondría la situación a DeWitt y Verrone, explicándoles que la casa estaba rodeaba con equipos de grabación de todo tipo y agentes de todos los cuerpos imaginables, y después rezaría para que mi discurso funcionara como elemento disuasorio y para que me dejaran salir de allí con Ariana.

—Pero —añadió Joe— tenemos un inconveniente.

384

Se me cortó el resuello. Todo había de funcionar como un reloj. Si la gente de Ridgeline se olía algo antes de que yo llamase a la puerta, era probable que mataran a Ari y huyeran.

Las palabras de Reimer resonaron otra vez en mi interior: «Si va a enfrentarse solo con ellos, mejor haría pegándole un tiro en la cabeza a su esposa».

En caso de que ellos no lo hubieran hecho ya.

—¿Un inconveniente? —El miedo me estrangulaba la voz—. ¿Cuál?

—Los Grandes se han enterado de la historia. No sé cómo lo han hecho, pero están enviando equipos. Y en cuanto se presenten, los míos no se quedarán atrás. Ya nos conoces.

Yo corría hacia el coche.

—¿Cómo demonios ha ocurrido, Joe?

—Como siempre. Alguien ha pagado a cambio del soplo. Ahora eres un asesino de policías también. Vaya, que esto es más gordo que el caso O.J. Simpson. «Patrick Davis: El desenlace.»

Subí al coche, lo puse en marcha y salí disparado. En el asiento contiguo reposaba el analizador de señales portátil de Jerry, donde las emisiones de la gabardina de Ariana aparecían representadas con una llamativa amplitud de onda. El analizador tenía un GPS manual enchufado, y el punto de destino parpadeaba en la calle que quedaba justo después de la curva que divisaba a través del polvoriento parabrisas.

—Mantén escondido a todo el mundo —le ordené—. ¿Les has explicado que es peligroso, que hay un rehén?

—Claro, pero esto está a tope. La gente se está poniendo nerviosa y se asoma para atisbar. Es cuestión de tiempo: los de dentro acabarán viendo a alguien.

Pisé a fondo el acelerador, y el coche coleó sobre la grava.

—¿Tienes algún indicio de que os hayan visto?

—No, tío. Todas las cortinas están corridas. Calla. —Un segundo—. Mierda. Allá vamos. Entramos en directo.

—¿Qué suce...?

Doblé la esquina chirriando justo a tiempo para ver un helicóptero de la tele que pasaba sobre la cima rugiendo y arrojándome tierra en el capó. Noticias del Canal 2. Al fondo, los paparazi se habían puesto en movimiento, pasando de un jardín a otro y saltando setos con las cámaras en ristre. Varias furgonetas se acercaban a la casa desde la dirección opuesta. Un segundo helicóptero se unió al tumulto y voló en círculos sobre la zona. Más abajo, todavía bastante lejos, se oía el aullido de las sirenas. La caballería en camino.

Todo estaba yendo demasiado deprisa.

Apenas oía a Joe entre todo el alboroto.

—... movimiento en las ventanas. Será mejor que llegues ya.

—¿Ves a Ariana?

—No... nada.

Varios tipos corrían junto a mi coche, sacándome fotos. Un poco más adelante había cámaras de televisión, aunque bien alejadas de la acera. La voz de Joe iba y venía.

—... micro direccional... oírlos dentro... asustados de cojones...

Los periodistas mezclados confusamente con los paparazi se arremolinaban alrededor del coche. Unas casas más allá, abrí la puerta de golpe y bajé, gritando:

—¡Aléjense de la casa! ¡Hay hombres armados dentro!

Una oleada de pánico. Gritos. Preguntas.

Su miedo no hacía más que aumentar el mío. ¿Y si veían las cámaras, mataban a Ariana y se abrían paso a tiros?

Eché a correr, dejando atrás a la multitud y seguido cada vez por menos gente a medida que me acercaba a la casa. Ni siquiera los paparazi parecían dispuestos a llegar a primera línea. Algunos, no obstante, se habían internado en la zona de peligro: una mujer desastrada, peinada al estilo hippie, apuntaba con la cámara desde detrás de un poste telefónico; un tipo con guantes sin dedos se agazapaba junto al buzón. A este se le había caído un objetivo que rodó hasta el sendero, pero parecía demasiado asustado para salir a buscarlo.

Observé la casa: pintura azul desconchada, un amplio porche, el cartel de «Se alquila» todavía clavado en el césped… Parecía increíble que aquellas sencillas paredes de tablilla contuvieran tal amenaza en su interior. Pero, bueno, ¿qué esperaba? ¿Una mazmorra con cañerías goteantes? Ahí se producían los horrores más silenciosos: todos los días, en barrios respetables como aquel, detrás de alegres fachadas residenciales.

A mi derecha, Joe estaba boca abajo en un macizo de espliego, estornudando y apuntando el micrófono direccional, con un auricular en el oído, para captar vibraciones de sonido a través de las ventanas de la parte delantera de la casa. Reparé un instante en él mientras corría por la acera.

—¿Captas algo del interior? —le pregunté.

Manteniendo la cara pegada a la tierra, repitió inexpresivamente:

—«¿Qué coño, qué coño…? Mierda, estamos jodidos».

Las sirenas subían ya aullando.

Un sombra en la cortina. Y luego la silueta oscura de una cara. Me miró fijamente. Yo le devolví la mirada, petrificado.

—Un momento. —Joe carraspeó, mientras escuchaba—: «Acabemos con ella y salgamos de aquí, joder».

No tenía la sensación de correr, sino de flotar por la acera.

«No se imagina siquiera cómo son esos hombres… No quedará de su esposa más que un charco de sangre.»

Aporreé la puerta.

—¡Esperen! —chillé—. ¡Soy Patrick! ¡Tengo toda la información que necesitan!

Silencio. Cerrada. Aporreé de nuevo, di patadas.

—¡Esperen, esperen! ¡Tienen que hablar conmigo!

Se abrió la puerta, y una mano enorme salió disparada, me agarró de la camisa y me arrastró adentro. Entré girando como una peonza. DeWitt me miraba desde lo alto con aire maligno. Verrone estaba a su lado; otros dos hombres de aspecto militar se habían apostado en las ventanas con fusiles de cañones recortados. Uno de ellos, de rostro rubicundo, movía la pierna con nerviosismo. Giró el arma y me apuntó a la cabeza.

—Acabemos con él y salgamos cagando leches.

Me encogí ante la mirada mortífera del cañón, pero grité:

—¡Han de saber lo que tengo!

Ya teníamos casi encima las sirenas.

Había una puerta cerrada al fondo. Ariana. Hice un esfuerzo para apartar la vista de allí.

—¿La tienen ahí detrás?

Ninguno de ellos respondió.

—¿Está bien? —Me temblaba la voz.

DeWitt tenía la frente cubierta de sudor.

—¿Qué coño ha hecho? —farfulló—. ¿Qué coño ha hecho?

Me saqué de la chaqueta una carpeta y se la lancé. Las páginas se desparramaron por el suelo: órdenes de pago, fotografías de vigilancia, todos los extractos bancarios, las facturas de teléfono y los pagos por los asesinatos de Mikey Peralta, Deborah B. Vance y Keith Conner.

—¡No! —exclamó Verrone, y dio un paso atrás, tambaleante—. ¿Cómo?

—El disco duro de su fotocopiadora.

Le lanzó una mirada furiosa a uno de los hombres de la ventana, que replicó:

—No me dijiste nada del puto disco duro.

—Esos documentos —expliqué a toda prisa— prueban, por un lado, la implicación de Festman Gruber. Pero también prueban la suya.

—¿Qué importa? —dijo Verrone—. Tenemos material de sobra para que Festman haya de emplearse a fondo en nuestro favor. No les queda otro remedio. O también se hunden ellos. Y esos tipos no son de los que se hunden, se lo aseguro.

—Ya —repliqué—. Destrucción mutua garantizada. Pero ¿sabe qué? Yo no formo parte de esa entente.

—¿Qué quiere decir?

—Que soy yo quien tiene las cartas en la mano. También el disco: esos niveles ilegales de decibelios. Y sé lo que significa todo ello para las partes implicadas.

—¿Cómo?

Lentamente, me saqué la grabadora digital del bolsillo. Pulsé el botón, y la voz de Bob Reimer resonó en la habitación: «Estos documentos dejan claro que Ridgeline no está interesada en cumplir sus compromisos. Pero eso es un arma de doble filo. Nosotros ya no estamos obligados a ofrecerles la protección acostumbrada».

—¿Reimer lo sabe? —se sorprendió DeWitt—. ¿Festman ya lo sabe, joder?

—¿Este pedazo de mierda se lo ha contado? —soltó el de la ventana.

—Hemos de hacer limpieza y largarnos —opinó el otro—. Ahora.

Verrone daba vueltas, tirándose del pelo. Su amarillenta tez se había vuelto gris. Sacó una pistola y me apuntó a la cara; la sien le temblaba. Retrocedí, aguardando la detonación.

—No pueden manipular a Festman a su antojo —advertí—. Su «seguro» ya no existe; se lo he dado a ellos. Y ahora lo saben. Están ustedes acabados; no les quedan más jugadas. Jaque mate.

La voz grabada de Bob Reimer prosiguió: «Esa empresa cree que ha conseguido con esto un seguro de vida. Pero no han hecho más que organizar sus funerales».

Los hombres de Ridgeline se miraron unos a otros. Sus miradas saltaban de una cara a otra, descifrando la situación, sopesando opciones y lealtades. Percibí cómo DeWitt tragaba saliva. Los dos tipos situados junto a las ventanas se apartaron de las cortinas.

—La policía ya está aquí —dijo el del tic nervioso—. Van a rodear la zona. Todavía podemos huir a tiros, pero ha de ser de inmediato.

Pistola en ristre, Verrone reflexionó. Dio un paso adelante, me apoyó el frío metal en la frente y empujó hasta obligarme a ponerme de rodillas. La grabadora se me cayó, pero siguió sonando en el suelo. Mi escaramuza con Reimer en su oficina refrigerada parecía una partida de bádminton en comparación.

—¿Se cree que está al mando, o tal vez que el guion lo escribe usted? —cuestionó Verrone—. Muy bien. Ha hecho unas cuantas jugadas y nos ha metido en un aprieto. Pero ahora estamos nosotros y usted solos en una habitación. ¿Por qué se hace el importante?

—Porque todas las cámaras me enfocan a mí.

—Un par de reporteros…

—No, no son un par —aseguré—. Hay helicópteros enviados por los noticieros, un ejército de paparazi por toda la zona y unidades de élite. Todo el mundo está mirando y presenciando la escena. Ustedes no pueden salirse con la suya; no pueden hacer nada sin que ellos lo vean y se enteren.

«Juega las cartas que te han tocado.»

Se acercaban más sirenas y resonaba el tableteo de nuevos helicópteros sobre nuestras cabezas. Las cortinas no nos dejaban ver el alboroto, pero oíamos gritos, pasos, vehículos, las voces de los fotógrafos, alguien ordenando que colocaran los coches en formación.

—No les conviene añadir otro asesinato a los que ya tienen a sus espaldas —recomendé.

—Y una mierda —exclamó DeWitt, plantado amenazadoramente junto a Verrone.

El cañón me apretó con más fuerza. Me armé de valor y traté de ahuyentar el pánico, mientras rezaba para seguir vivo otro segundo y para que el corazón de mi mujer continuara latiendo detrás de aquella puerta.

Me salieron las palabras a borbotones, casi en un grito:

—Espere… Piénselo. ¿Cuál es la única jugada? Hablar con la policía. Colaborar. Delatar a Festman Gruber. Piense en el poder de esa gente. Es la única posibilidad que les queda frente a ellos. Y ha de ser ahora, en este mismo instante.

Desde la grabadora, la voz de Reimer decía: «Todos los crímenes se los atribuirán a usted. Y las repercusiones recaerán en Ridgeline, en todo caso».

Me habían rodeado los cuatro hombres. Me dolían las rodillas, la cabeza me estallaba, el corazón me bombeaba tan acelerado que se me nublaba la vista. Se alzaban todos sobre mí como pálidos verdugos. El brazo de Verrone permanecía tan inmóvil como el de una estatua, y la articulación del dedo flexionado sobre el gatillo había adquirido un tinte blanquecino.

Cerré los ojos, me quedé solo en la oscuridad. No existía nada en el mundo salvo aquel cerco de acero sobre mi frente.

La presión se aflojó.

Abrí los ojos. Verrone había bajado la pistola y los demás se apartaron. DeWitt se mordió los labios; el tercer hombre se sen-

389

tó en el suelo; el cuarto volvió a la ventana… Era como si se hubiera roto un hechizo, dejándolos mudos y aturdidos.

Me puse de pie, vacilante. Caí en la cuenta de que no había salido ningún ruido de la habitación del fondo. Ni un grito ni un sollozo.

—¿Mi esposa está ahí?

Ellos siguieron inmóviles, con las armas depuestas.

Parpadeé para contener las lágrimas.

—¿Está viva? —insistí.

Verrone le hizo un gesto al tipo de la ventana, que alargó el brazo y arrancó la cortina. La luz entró de golpe y nos deslumbró. Un impreciso panorama de objetivos, gafas militares, bocas de fusiles y vehículos: el mundo entero apostado fuera, enfocando y apuntando, volcado sobre el repentino espectáculo. Y nosotros devolviéndoles la mirada a través de los cristales.

Guiñando los ojos, Verrone alzó las manos. Los otros lo imitaron.

Cuando DeWitt levantó los brazos, me fijé en una franja roja que le recorría la cara interior del antebrazo. Una gota le resbaló hasta el codo y quedó allí colgando.

El griterío del exterior había cesado de golpe, así como el tableteo de los helicópteros. Por la ventana vi a un agente que gritaba por un megáfono, aunque la boca le quedaba semioculta; se le notaban los tendones del cuello en tensión. Pero no me llegaba el menor sonido.

Únicamente percibía los latidos de mi corazón, el eco amortiguado de mis propias palabras aulladas:

—¿Qué han hecho? ¿Qué han hecho con ella?

Y después me vi corriendo hacia aquella puerta cerrada, moviéndome a cámara lenta. La unidad de élite irrumpió en la casa: noté la vibración, la lluvia de esquirlas de la puerta astillada que me acribillaba la nuca, mientras varios paneles de madera pasaban volando por mi lado. Estaba a unos pasos de la puerta, gritando el nombre de mi esposa. Oí a los agentes a mi espalda, percibí el calor de sus cuerpos, la trepidación de sus miembros, sus gritos. Cada hebra de la alfombra parecía multiplicarse, como un océano de fibras ensanchándose entre mi mujer y yo. Mi brazo me precedía extendido, resaltándome las venas en el dorso de la mano crispada. Alguien me golpeó en la pantorrilla y perdí el equilibrio, pero me rehice sobre la marcha, seguí adelante, ya llegaba. Los agentes me golpearon de nuevo por todas partes, se echaron sobre mí y me inmovilizaron en el suelo. Me di un golpe en la cabeza con el tacón de un zapato, y todo empezó a girar vertiginosamente. La oscuridad vino a borrar la última imagen clavada en mi retina: la puerta todavía cerrada, ocultando el panorama sangriento que hubiese detrás.

Capítulo 58

*S*algo de la oficina del director, en Loyola High, cruzo el exuberante parterre de césped y, cerrando los ojos, ladeo la cabeza hacia el sol. Estamos en julio, mi mes favorito. El clima sombrío ha dado paso por fin al calor. Para una ciudad tan impaciente como Los Ángeles, los veranos suelen llegar más bien tarde.

Tengo en las manos una oferta para dar clases de literatura americana de cuarto de secundaria. Voy a aceptar, desde luego, pero no quería hacerlo nada más proponérmelo; prefería prolongar los placeres de la expectación, como cuando te dejas la mitad de una Oreo para tomar un poco más de leche.

Estoy libre de toda complicación legal. Después de días de penoso interrogatorio, y con la ayuda de algunas de esas llamadas estratégicas que tanto le gustan a Gordon Kazakov, he logrado librarme por completo de las acusaciones. Como habría señalado la detective Sally Richards, he tenido la justicia, la verdad y todas esas chorradas de mi lado. Un escrutinio minucioso resulta favorable cuando eres inocente.

Incluso la demanda por el puñetazo que no le di a Keith Conner ha sido retirada. Ya sin la obligación de proteger a Keith, Summit Films ha preferido mantenerse lo más alejada posible de mí. Cuando nadie quiere demandarte, comprendes que estás en un serio aprieto. Haciendo ahora balance, la factura de mi abogado ha resultado prácticamente equivalente a lo que me saqué por el guion de *Te vigilan*.

La película se estrenó el mes pasado con más pena que gloria, y el segundo fin de semana, reuní el valor necesario para ir a verla. Sintiéndome casi como un pervertido en un cine porno, la miré desde la última fila de una sala vacía. Era peor de lo que habría llegado a imaginarme. Aunque trataron a Keith con respetuosa deferencia, las críticas fueron feroces con toda la razón: argumento previsible, diálogos trillados, personajes sin sustancia, ritmo enloquecido, montaje confuso… A su manera, una obra maestra por su absoluta incompetencia. Kenneth Turan insinuaba que el guion parecía generado con un programa de ordenador.

Cuando mi nombre apareció en los últimos títulos de los créditos, comprendí que a mí —como a tantos de esos desafinados concursantes de *American Idol*, eliminados en la primera ronda— nunca se me había dado muy bien esa clase de trabajo. Que me hubieran despedido del rodaje de *Te vigilan* era una de las cosas mejores que podían haberme pasado. Había estado muy cerca de tirarlo todo por la borda, porque nunca me había molestado en revisar un sueño adolescente que ya ni siquiera deseaba de verdad.

Soy más feliz viendo películas que escribiéndolas.

Soy más feliz dando clases.

Plantado en medio del césped, abro los ojos otra vez. Me vuelvo, miro la escuela y veo mi imagen reflejada en la ventana de la capilla: pantalones caqui, camisa de Macy's y una mochila baqueteada en la mano. Patrick Davis, profesor de secundaria. A fin de cuentas, he terminado en el mismo sitio donde había empezado.

Aunque no exactamente.

Subo a mi Camry. El interior está algo chamuscado debido a la granada aturdidora, pero tampoco tiene tan mal aspecto, pues fue mi propia cara la que absorbió la mayor parte de la onda expansiva. No puedo permitirme todavía un coche nuevo, pero hice arreglar los mandos y dispositivos del salpicadero, y he prometido no darles puñetazos nunca más.

Guardo la oferta de trabajo en la guantera como si fuese un tesoro, y me dirijo a casa por la Diez oeste, atajando después por Sunset Boulevard para disfrutar con las curvas. El aire entra por la ventanilla, despeinándome. Miro desfilar las mansiones tras las verjas de hierro, y no me pregunto, o no me importa, cómo sería vivir en ellas.

Mi vida ya no es como *Enemigo público*, ni como *Fuego en el cuerpo* o *Cadena de favores*.

Es mi vida, sencillamente.

Me detengo para recoger la ropa de la tintorería, y saludo al empleado, que me contempla un poco más de la cuenta. La gente

393

todavía me mira de un modo especial, pero cada vez menos. Si la fama es fugaz, la infamia en Los Ángeles es como el parpadeo de una luciérnaga. Pero pese a ello, las cosas no son como eran, y nunca lo serán. Pues, por ejemplo, sufro terrores nocturnos o me despierto lleno de pánico, y de vez en cuando me entran sudores fríos al mirar el buzón o desplegar el periódico. Y la mayoría de los días, tanto si está todo tranquilo como si no lo está, mis pensamientos vuelven una vez más a la imagen de mi esposa, encerrada y maniatada en el cuarto de atrás de la casa de madera, y rememoro cómo trató de luchar con sus captores, cómo le clavó los dientes a DeWitt en el brazo cuando la amordazó, y cómo, presa de un pánico cerval, presintió en el fondo de su alma que iba a morir.

Sally recibió honores de héroe en su funeral. Y lo era. Cada vez más me imagino a los héroes como gente vulgar que decide darle importancia a lo que hace, en vez de valorar lo que puede ganar. Mientras miraba cómo descendía su ataúd, sentí un profundo abatimiento. Dudo mucho que vuelva a encontrar a alguien con su peculiar combinación de compostura e irónica mordacidad. Un primo suyo va a adoptar a su hijo. El comité de pensiones está revisando el caso de Valentine, y parece improbable que sus cuatro hijos vayan a tener un camino tan allanado.

Los cuatro hombres que estaban en la casa de madera (ninguno de los cuales se llamaba realmente DeWitt o Verrone) se declararon culpables. A cambio de prestar testimonio contra Festman Gruber, evitaron la inyección letal, pero tuvieron que resignarse a una condena a cadena perpetua. Pienso en Sally y Keith, en Mikey Peralta y Deborah Vance, y me complace que esos hombres tengan que comer el rancho de la prisión y guardarse las espaldas el resto de su vida.

Si hay que creerlos, ellos integraban el equipo completo de esa operación. Ridgeline y las numerosas empresas tapadera que la encubren se han visto sometidas a una exhaustiva investigación, pero según las filtraciones que me han llegado, es muy difícil seguir el rastro una vez que llega a Bahrein.

A Bob Reimer, el principal inculpado en el escándalo, las cosas no le han salido bien. Sus maniobras previas al juicio se alargan interminablemente, pero se enfrenta a varios agravantes que podrían implicarle la pena de muerte. Mientras él sigue intentándolo con su estilo imperturbable, la fiscalía y los medios continúan hurgando en el departamento legal de Festman Gruber. Los colegas de Reimer se abren paso entre una tupida red de acusaciones menores; algunos de ellos podrían llegar a reunirse con él en la cárcel, suponiendo que no sea ejecutado.

Los altos cargos de Festman reaccionaron, como era de prever, con gran indignación ante todo lo que salió a la luz. Su cotización en bolsa ha caído en picado. Juraría que eso es lo que más les duele, a los muy hijos de puta. Sin necesidad de disparar ni una salva en público, el contrato del sónar naval ha pasado de Festman Gruber a North Vector. Se acerca el día de la votación en el Senado sobre el límite de decibelios. Para Kazakov, está bastante claro de qué lado se decantará.

Gracias, Keith Conner. Tu vida ha servido a una buena causa. James Dean no salvó a las ballenas, pero tú, aunque de un modo enrevesado, sí lo has hecho.

Trista Koan ha conseguido luz verde para otra película. Tratará sobre las ranas del Amazonas, que se están muriendo a causa del calentamiento global. Y tienen a un chico nuevo, una estrella pop metida en el mundo del cine, que pondrá la voz en off; parece que el tipo no está mal. Cuando su último álbum ganó un disco de oro, sustituyó a Keith en esa valla publicitaria junto a la agencia LaRusso. Con suerte, seguirá allí el mes que viene.

Giro en Roscomare y subo colina arriba. Hay parejas paseando al perro y un jardinero cargando su camioneta. Dejo atrás la mansión de falso estilo Tudor con sus falsas almenas. Paul McCartney susurra palabras llenas de sabiduría a través de mis desvencijados altavoces; luego entran las noticias: un jugador de Los Lakers ha sido sorprendido con un travestido en una caseta de baño de Venice Beach. Apago la radio y dejo que la brisa me dé en la cara y se lleve consigo el escándalo y toda esa absurda curiosidad lasciva.

Hago una parada en Bel Air Foods y recorro los pasillos, tachando cada ítem en mi lista mental y tarareando una melodía. Ya estoy casi en la caja cuando lo recuerdo. Vuelvo atrás y cojo un frasco de vitaminas prenatales.

Bill se dispone a recoger mis compras de la cinta.

—¿Qué tal, Patrick?

—Todo bien, Bill. ¿Y tú?

—Perfecto. ¿Trabajando en tu próximo guion?

395

—No. —Sonrío, a gusto conmigo mismo y con el mundo—.
Me encanta el cine. Pero eso no me convierte en guionista.

Su mirada se detiene en las vitaminas mientras las pasa por el
escáner. Levanta la vista y me guiña un ojo.

Conduzco hasta casa, entro en el garaje y me quedo un rato
sentado. A mi izquierda, en uno de los estantes abarrotados, se ve
el vestido de novia de Ariana en su recipiente de plástico. Abro la
guantera, saco la oferta de trabajo y vuelvo a leerla para asegurarme de que es real. Pienso en nuestra vieja y venerable mesa de
cocina, en las paredes recién pintadas de azul de mi antiguo despacho y, lleno de gratitud, lloro un rato.

Haciendo malabarismos con las bolsas, salgo por la parte de
delante y me acerco al buzón. Siento un espasmo de temor al levantar la tapa, pero el correo de hoy —como el de ayer y el de an-
teayer— es correo y nada más. Me lo meto bajo el brazo y me
quedo mirando la casa de la que he vuelto a enamorarme.

En el jardín de los Miller hay un cartel de la inmobiliaria. Están liquidando todos sus bienes para facilitar el papeleo. Tras las
cortinas de seda de Martinique, atisbo a una pareja joven que está
visitando la casa. Tienen toda la vida por delante.

En un lado de nuestro jardín, cerca de la tierra recién removi-
da, hay un par de guantes de jardinería y una pala. Subo por la
acera cargado con las bolsas; por una de ellas asoma una baguete,
como en una postal de Francia. Pienso en todas las cosas que antes perseguía con frenesí por motivos equivocados. Y advierto
que ahora, sin moverme de mi sitio, estoy lleno de una vitalidad
desconocida.

Dejo las bolsas en el porche y saco de una de ellas el ramo de
lirios mariposa. De color lavanda. Llamo al timbre como un tímido pretendiente. Sus pasos se aproximan.

Ariana abre la puerta. Me ve, ve las flores y alarga una mano
hacia mi mejilla.

Cruzo el umbral y me entrego a la calidez de su palma.

Agradecimientos

Me gustaría dar las gracias a mi espléndido editor, Keith Kahla; a mi editora, Sally Richardson; y al resto del equipo de Saint Martin's Press, incluyendo —aunque no pueda citarlos a todos— a Matthew Baldacci, Jeff Capshew, Kathleen Conn, Ann Day, Brian Heller, Ken Holland, John Murphy, Lisa Senz, Matthew Shear, Tom Siino, Martin Quinn y George White. También a mi editor inglés, David Shelley y a la plantilla tan competente de Sphere. A los superagentes Lisa Erbach Vance y Aaron Priest. A mis queridos abogados, Stephen F. Breimer y Marc H. Glick. A Rich Green de CAA. A Maureen Sugden, mi correctora, por mejorar mi gramática, mi dicción e incluso mi postura. A Geoff Baehr, mi gurú en tecnología, que a veces parece EL gurú en tecnología. A Jess Taylor por sus tempranas observaciones. A Philip Eisner, que puso a mi servicio su considerable talento como lector. A Simba, mi fiel ridgeback de Rodesia, el perfecto compañero bajo la mesa de un escritor. A Lucy Childs, Caspian Dennis, Melissa Hurwitz, doctora en medicina, Nicole Kenealy, Bret Nelson, doctor en medicina, Emily Prior y John Richmond por llevar a cabo diversas tareas inestimables. Y finalmente, a Delinah, Rose Lenore y Natty: mi corazón colectivo.

ESTE LIBRO UTILIZA EL TIPO ALDUS, QUE TOMA SU NOMBRE
DEL VANGUARDISTA IMPRESOR DEL RENACIMIENTO
ITALIANO ALDUS MANUTIUS. HERMANN ZAPF
DISEÑÓ EL TIPO ALDUS PARA LA IMPRENTA
STEMPEL EN 1954, COMO UNA RÉPLICA
MÁS LIGERA Y ELEGANTE DEL
POPULAR TIPO
PALATINO

***

* *

*

O ELLA MUERE SE ACABÓ DE IMPRIMIR
EN UN DÍA DE INVIERNO DE 2012,
EN LOS TALLERES DE RODESA,
VILLATUERTA
(NAVARRA)

***

**

*